Jardim para Duas

MAZEY EDDINGS

Jardim para Duas

Tradução
Jacqueline Damásio Valpassos

JANGADA

Título do original: *Late Bloomer*.

Publicado mediante acordo com St. Martin's Publishing Group.

1ª edição 2025.

Editor: Adilson Silva Ramachandra
Gerente editorial: Roseli de S. Ferraz
Preparação de originais: Júlia Rodrigues
Gerente de produção editorial: Indiara Faria Kayo
Editoração eletrônica: Cauê Veroneze Rosa
Revisão: Bárbara Parente

Dados Internacionais de Catalogação na Publicação (CIP)
(Câmara Brasileira do Livro, SP, Brasil)

Eddings, Mazey
Jardim para duas / Mazey Eddings ; tradução Jacqueline Damásio Valpassos. -- 1. ed. -- São Paulo : Editora Jangada, 2025.

Título original: Late bloomer

ISBN 978-65-5622-101-4

1. Ficção norte-americana I. Título.

25-263452 CDD-813

Índices para catálogo sistemático:
1. Ficção : Literatura norte-americana 813
Cibele Maria Dias - Bibliotecária - CRB-8/9427

Jangada é um selo editorial da Pensamento-Cultrix Ltda.
Direitos de tradução para o Brasil adquiridos com exclusividade pela
EDITORA PENSAMENTO-CULTRIX LTDA., que se reserva a
propriedade literária desta tradução.
Rua Dr. Mário Vicente, 368 — 04270-000 — São Paulo, SP — Fone: (11) 2066-9000
http://www.editorajangada.com.br
E-mail: atendimento@editorajangada.com.br
Foi feito o depósito legal.

Este eu escrevi para mim

ALERTA DE CONTEÚDO

Olá, caro leitor!

Embora o romance a seguir seja leve e fofo e espero que faça você rir, esteja ciente de que os seguintes temas são discutidos ao longo da obra:

- sofrimento após a perda de um ente querido
- relacionamentos problemáticos com álcool
- negligência/abandono parental

Como sempre, dei o melhor de mim a fim de lidar com tais questões com sutileza e compaixão. Por favor, cuide-se durante a leitura!

Com todo o meu amor,
Mazey

CAPÍTULO 1

OPAL

Eu me sinto, dizendo com delicadeza, uma idiota.

E essa sensação de ser uma idiota está se tornando muito familiar. Confortável, até. Como usar a mesma calça de moletom por seis dias seguidos sem lavá-la porque, se eu não sair do meu sofá durante esse tempo, será que ela fica mesmo suja? (Sim, eu sei que fica. Sim, tenho transtorno mental, obrigada por perguntar.)

Mas a vida parece decidida a me colocar em situações que trazem à tona minha idiotice. Repasso minhas memórias de maneira regular e melodramática em busca de um momento específico que eu possa apontar como o início do caos.

Talvez tenha sido a vez em que fui pisoteada por um rebanho de alpacas em uma fazenda quando tinha 4 anos, minhas irmãs assistiam horrorizadas e em silêncio enquanto aquelas lagartas peludas gigantescas de pescoços compridos e com pernas criavam um medo vitalício em mim.

Ou talvez tenha sido aos 10 anos quando assisti *A Múmia* (1999) pela primeira vez em uma festa do pijama e fiquei... fiquei *muito* atraída tanto por Brendan Fraser quanto por Rachel Weisz. Tão atraída, na verdade, que naquela mesma noite tentei beijar minha melhor amiga na época. Ela gritou e se trancou no banheiro, e depois disse a todos na escola na segunda-feira que eu era uma baita de uma lésbica. Não sei por que cargas d'água não saímos mais juntas depois disso.

Um momento mais óbvio seria a vez em que eu, bêbada — embora sem deixar de ser romântica —, tatuei o nome do meu primeiro namorado, Sam, no quadril. Sam então me largou dois dias depois (no meu aniversário), e eu chorei enquanto voltava ao estúdio de tatuagem — minhas irmãs Olivia e Ophelia seguravam minhas mãos — e mudei a letra cursiva e escura de *Sam* para *Sanduíche* ♥.

Mas, enquanto estou na esquina em frente ao meu local de trabalho, Sprinkle, vestida com um traje inflável de casquinha de sorvete balançando uma placa que diz EXPERIMENTE MEU *WAFFLE* FRESCO, fico me perguntando se o caos é menos uma consequência de ações que descarrilham uma vida de qualquer caminho discernível do que uma maldição imposta aos azarados no nascimento. E eu sou muito, *muito* azarada.

Ou apenas uma idiota.

Enquanto outra caminhonete passa em alta velocidade buzinando, o motorista coloca a cabeça para fora da janela sem perder a oportunidade excepcionalmente fácil de fazer uma piada de waffle[1] (porém, mais apimentada), meu telefone vibra no bolso. Sinto um frio cruel na barriga, alojando-se em um nó perigoso de esperança em minha garganta.

A última coisa que eu deveria querer é uma mensagem do meu ex de merda, Miles. Mas saber que eu não deveria querer isso e impedir

---

1. Piadas com *waffle* são muito populares, mas consideradas bobas ou ruins, no Brasil, seriam equivalentes às piadas do "tio do pavê". (N. da T.)

meu coraçãozinho idiota de se despedaçar de verdade com o quanto quero saber notícias dele são duas coisas completamente diferentes.

Solto um suspiro, curvando-me de maneira desajeitada para apoiar a placa na base do meu corpo de cone. Puxando os braços para dentro do traje, enxugo o suor da nuca e tiro os fios de cabelo cor de Fanta laranja da testa antes de tirar meu celular do bolso.

Fico desanimada quando percebo que a mensagem é do grupo que tenho com minhas irmãs, confirmando nossos planos para o jantar da semana.

Olivia

Pizza ou *curry* hoje à noite?

Ophelia

A resposta é SEMPRE *curry*

Bufo fazendo barulho com a boca fechada, então dou um sorriso forçado com os lábios, mandando minha escolha por mensagem. Guardo o telefone no bolso, vou até a entrada do Sprinkle, o cheiro de sorvete e casquinhas de *waffle* me atingem até mesmo por baixo do traje.

Não é que eu não goste dos jantares de quinta-feira à noite com minhas duas pessoas favoritas, mas a tradição surgiu por eu ter tomado um pé na bunda cruel de Miles e ficar remoendo essa dor de forma exagerada depois. Embora comer *curry* e maratonar *The Real Housewives* com certeza ajude muito a preencher o buraco enorme na minha vida desde que ele terminou comigo, os jantares frequentes ainda são um lembrete de quanto tempo se passou desde que nos separamos.

E de como as chances de voltarmos a ficar juntos são cada vez menores.

Não ajuda que eu esteja presa em um ciclo desagradável de me sentir deprimida e sozinha, recebendo mensagem de Miles para "sair" em uma noite aleatória durante a semana, indo até seu apartamento de merda onde tem um colchão no chão e dois travesseiros manchados de baba (sem uma fronha à vista), para fazer um boquete ou alguma outra forma de sexo sem graça, e indo embora logo em seguida (leia-se: sendo expulsa porque ele tem que *acordar cedo* no dia seguinte — nunca vi o cara acordar antes das onze), para na próxima semana conviver com a dor de não escutar nem um pio dele. O encontro mecânico me deixa ainda mais infeliz do que antes. *Chocante*.

Toda vez que fico deprimida e fraca — o que tem acontecido com uma frequência maior do que eu gostaria de admitir — e começo a reclamar para minhas irmãs o quanto quero voltar com ele, elas fazem a pergunta superdivertida sobre o que eu gostava no cara, para começo de conversa.

A velocidade com que isso me cala é constrangedora. Mas, para ser sincera, não tenho uma resposta. Como explico que ele estava fisicamente *presente* (exceto todas as vezes em que não estava) e que seu sorriso era *fofo* (mas ele parou de sorrir para mim em algum momento por volta da segunda semana de namoro) e eu meio que preferia *morrer* a ficar sozinha (mesmo que eu me sentisse mais solitária do que nunca em um relacionamento com ele).

Eu me espremo atrás do balcão da loja, depois pela cozinha, tentando não bater em nenhum eletrodoméstico enquanto caminho até a sala de descanso. A fantasia faz um som de *crack* quando a espiral da parte de cima é barrada pelo batente da porta e então aparece de volta quando eu forço a passagem. Minha amiga Laney se vira de onde está curvada perto da pequena janela no canto.

— Oi — diz Laney, dando uma última tragada em seu baseado e soprando a fumaça pela janela aberta.

— Oi — cumprimento do modo mais alegre possível, apesar do meu humor nada animado. As pessoas não gostam de mim se eu não estiver radiante e feliz. — Você pode me desligar? — pergunto, virando-me e gesticulando em direção à minha bunda.

Os passos de Laney ecoam pelo pequeno espaço; e ela desliga a bateria perto da base do meu cone e depois desamarra os cordões.

Suspiro aliviada enquanto saio da monstruosidade de náilon. Apesar de ser apenas começo de abril, a umidade em Charlotte, Carolina do Norte, está sufocando a cidade com força total.

— Tenho uma coisa para você. — Laney joga um envelope dobrado para mim, e eu me atrapalho ao capturá-lo, deixando-o cair.

— O que é isso? — questiono, abaixando-me para pegá-lo.

— Presente de aniversário atrasado — diz Laney, com um sorriso entediado.

— Ah, obrigada. — Sorrio para ela enquanto me sento à frágil mesa de jogos em que costumamos comer. Meu aniversário tinha sido cinco semanas atrás e Laney (e todos os outros, com exceção das minhas irmãs e dos meus pais) tinha esquecido... o que não era grande coisa e não me magoou nem um pouco.

— Não há de quê. — Laney acomoda-se de volta em seu lugar perto da janela e acende outro baseado. — Então, estou precisando de um favorzinho seu — ela diz enquanto passo o dedo sob o lacre do envelope para abri-lo.

Laney sempre tem um favorzinho para pedir.

— O que é? — Tiro uma folha de caderno destacada do envelope. Está escrito *feliz aniversário* a lápis.

— Eu sei que sou a *pior* pessoa do mundo por pedir tão de última hora, mas, tipo, estou escalada para um turno duplo hoje, mas acontece que a banda que tocaria no McNally's esta noite cancelou e eles nos chamaram para tocar e é, tipo, uma daquelas coisas que você não quer recusar porque nunca sabe quando pode ter alguém importante na plateia, sabe o que quero dizer? — Laney explica, dando uma tragada, e depois fazendo sua expressão de cachorrinho pidão. — Então, você cobriria meu turno?

Meus ombros se curvam, um cobertor de exaustão pesado me envolve enquanto eu olho para as duas raspadinhas de loteria amassadas que Laney tinha enfiado no envelope.

Laney é a vocalista da banda de Miles. Nunca é uma coisa maravilhosa cobrir um turno para ela sair com meu ex. Eu nunca admitiria isso — sobretudo porque prefiro evitar conflitos reprimindo meus sentimentos com tanta força que corro o risco de explodir como uma Coca-Cola cheia de Mentos —, mas por dentro eu meio que fico arrasada que Laney ainda ande com ele. Principalmente porque eles só se conheceram por minha causa.

E talvez eu esteja sendo paranoica, mas tenho a horrível e incômoda sensação de que Laney e Miles também não são apenas companheiros de banda platônicos. É o que mostra as pistas em potencial e nada sutis ao encontrar a calcinha de Laney no carro de Miles ou o batom dela no banheiro dele enquanto ele e eu estávamos namorando.

Mas essas coisas não eram provas concretas, e Laney e Miles morriam de rir sempre que eu tocava no assunto.

— Você me ajudaria *muuuuito* — ela diz, lançando o sorriso mais meigo possível para mim.

— Tudo bem — respondo, forçando um sorriso de volta. — O dinheiro extra pode ser útil de qualquer forma. — Eu queria que essa fosse a motivação principal, mas meu traço de personalidade dominante é agradar os outros. Sou tão mole quanto um espaguete cozido.

— Obrigada, obrigada, obrigada! — Laney grita, deixando seu baseado de lado para me dar um abraço. — Você é a melhor amiga que *existe*.

Isso, pelo menos, é verdade. Corro pela vida como um são-bernardo ansioso pronto para resgatar literalmente qualquer um fazendo o que for preciso. Levar você ao aeroporto às quatro da manhã? Ainda levarei um café para você. Ajuda para fazer mudança? Não vou reclamar se você fizer uma pausa de três horas para ficar rolando a tela do celular enquanto eu faço o trabalho pesado. Esqueceu sua carteira em casa sem querer? Claro que pago a conta e, sério, tudo bem, não se preocupe em me ressarcir. Está tudo certo.

Infelizmente, o que não falta para a maioria das pessoas na minha vida são coisas com as quais precisam de ajuda.

Poderia ser pior. Pelo menos hoje à noite estarei atrás do balcão servindo sorvete em vez de ficar parada na esquina com uma fantasia extremamente grande e meio humilhante. Quando o antigo funcionário que trabalhava como o boneco de casquinha de sorvete pediu demissão, meu chefe me pediu para assumir o lugar. Só por aquela tarde. A tarde se transformou em três meses vestindo aquela fantasia.

— Você vai ver se ganhou alguma coisa? — Laney pergunta, batendo a unha lascada nas raspadinhas.

— Ah. Sim. Obrigada pelas raspadinhas, a propósito — digo, indo vasculhar meu armário em busca de uma moeda. — É tão, hum, atencioso de sua parte.

— Céus, isso não foi nada — Laney fala num tom que faz as raspadinhas parecerem uma baita extravagância.

Eu me sento e começo a raspar.

— Vou usar um *look* supersexy hoje à noite — declara Laney. Ela é profissional em fazer monólogos espontâneos. — Um *cropped* arrastão que vou combinar com minha saia xadrez.

— Fofo — digo, raspando o último canto da primeira raspadinha e empurrando-a para o lado. Nenhuma combinação.

— Eu sei! Mostrei ao Miles ontem à noite, e o queixo do cara *caiu*.

Que coisa totalmente inócua e nada inapropriada da Laney dizer sobre meu ex!

— Que ótimo. — Mantenho meus olhos fixos nos dois quadrados adjacentes, um cheio de flores e outro com 500 mil dólares que acabei de ganhar na raspadinha.

— Aham. Na verdade, estamos pensando em fazer uma pequena turnê neste verão. Ir a Durham. Asheville. Knoxville. Talvez até cidades maiores como Atlanta.

— Nossa — digo, meu coração começando a se despedaçar. Miles e eu conversamos sobre fazer uma viagem de carro neste verão.

Mas não vou pensar nisso. Não. Não vou deixar essa dor continuar.

Não pensar nisso seria muito mais fácil se eu tivesse outra coisa para ocupar meu cérebro. Mas sem algum estímulo considerável, meus pensamentos ficaram presos na dor como um inseto numa fita cola mosca, grudados na tortura até que desistam de exaustão, apodrecendo.

Olho para o quadrado recém-riscado com uma nuvem de chuva carrancuda.

— Só acho que seria muito bom para a nossa música se viajássemos juntos. Explorássemos mais o mundo, sabe?

— Sim, com certeza — respondo, piscando por causa da pressão estranha que se forma atrás do meu nariz e olhos enquanto raspo outro quadrado. Provavelmente alergia, não um coração despedaçado de maneira trágica, não mesmo.

— E, tipo, talvez você pudesse cuidar da minha casa enquanto eu estiver fora? Regar minhas plantas e dar comida aos meus peixes, coisas desse tipo? Isso faria você sair da casa dos seus pais por um tempo.

Abro a boca para dar a Laney minha resposta automática de que eu a ajudarei no que ela precisar, quando minha atenção se concentra na raspadinha à minha frente. Aperto os olhos por um momento, então os abro, meu coração pesado de repente bate um pouco mais rápido. De maneira um pouco mais frenética.

Isso não pode estar certo.

Laney ainda está falando, mas é um zumbido incoerente com todo o sangue que corre em meus ouvidos. Com as mãos trêmulas, levanto o papel da raspadinha, quase pressionando o nariz nele enquanto examino a pequena inscrição várias vezes.

— Opal, você ouviu o que eu disse? — Laney pergunta, acenando com a mão na frente do meu rosto.

Pisco para ela, tão rápido que pequenas estrelas prateadas nadam na minha visão.

— Não posso cobrir seu turno hoje à noite — declaro, levantando-me num pulo.

— O quê? — Laney grita. — Por quê?

— Porque acabei de ganhar na porra da loteria.

CAPÍTULO 2

OPAL

— Ganhei na porra da loteria! — berro, arrombando a porta de Olivia como se eu fosse uma das Três Espiãs Demais.

Ophelia e Olivia dão um grito. Como se estivessem assustadas por terem a casa invadida, e não do jeito "puta merda, que notícia emocionante que vai mudar a vida" que eu estava esperando.

— Acho que estou tendo um ataque do coração — Ophelia diz, apertando o peito.

— Duas — Olivia responde, tomando um gole generoso de vinho.

— Desculpe, mas vocês não me ouviram? — insisto, fechando a porta com o pé e entrando no apartamento. — Eu. Ganhei. Na. Loteria.

Minhas irmãs piscam devagar para mim.

— Tipo na loteria de verdade? — Olivia pergunta.

— Ganhei — sussurro, chegando muito perto do rosto de Olivia. — Quinhentos *mil* dólares.

Dou um soco no ar, balançando a raspadinha.

A sala fica em silêncio por alguns segundos.

Então, nós três começamos a gritar loucamente. A algazarra continua, aumenta com nossos pulos, suspiros e choro enquanto nos revezamos segurando a raspadinha. O vizinho de baixo de Olivia começa a bater no teto com um cabo de vassoura, mas nada consegue estourar nossa bolha.

Quando ficamos até roucas de tanto gritar, eu as acompanho pela hora mais louca da minha vida.

— Não acredito nisso — Ophelia diz, jogando-se no sofá.

— Eu também não — ecoo, despencando no chão e pegando meu telefone que está tocando no bolso.

Caramba. Chegou um monte de mensagens de Laney.

MUITO FELIZ POR VOCÊ!!! ISSO É INCRÍVEL

VOCÊ MERECE TAAAANTO ISSO

Não se esqueça de quem comprou aquela raspadinha para você ;)

Mas, falando sério, você não vai voltar hoje à noite? Você prometeu me cobrir

Você topa dar o fora daqui para passarmos um fim de semana entre amigas? Ou talvez jantar na semana que vem?

Contraio os lábios enquanto olho as mensagens, sentindo uma chicotada nas variações repentinas de apoio e insinuações não tão sutis de querer algum tipo de recompensa por me dar a raspadinha. Pelo meu aniversário.

Estou prestes a mostrar todas as mensagens às minhas irmãs quando uma chamada aparece na tela.

Minha cabeça recua com espanto quando leio o nome.

— O que há de errado? — Olivia pergunta.

— É o Miles — respondo, balançando meu telefone.

— Não atenda — minhas irmãs aconselham em uníssono enquanto deslizo meu dedo pela tela e atendo a chamada. Nunca aleguei ter respeito próprio quando se trata de comunicação com um ex, então, é melhor me manter fiel à minha maneira de ser. Não posso deixar o dinheiro me mudar e tudo mais.

— Alô? — atendo, minha voz está ofegante e ansiosa. Como de uma completa idiota.

— Opal. Meu Deus. É tão bom ouvir sua voz.

Eu quase derreto. Racionalmente, sei que o coração e o estômago são uns malditos traidores, mas mesmo com toda a determinação mental do mundo, no segundo em que ouço a voz familiar de Miles ronronar naquele tom que ele sabe que me deixa um pouco bamba, uma onda de esperança invade com toda a violência o meu ser, envenenando minha mente, aquecendo meu sangue e curvando o dedo para me chamar de um jeito sedutor.

— Senti sua falta — diz Miles, doce e tentador como mel.

— Você está precisando de alguma coisa, Miles? — pergunto, tentando parecer tranquila. Tenho certeza de que não estou convencendo ninguém.

— Não. Só queria saber como você está. Estava pensando em você.

Meu coração dá um giro e depois voa em direção ao céu. Ele estava pensando em mim? Tudo o que eu sempre quis foi que alguém pensasse em mim.

— Eu também estava pensando em você — sussurro, afundando meus dedos na areia movediça emocional. Mas juro que consigo ouvir seu sorriso do outro lado da linha. Perverso. Lupino. Suavizado por uma covinha. E, desta vez, é genuíno.

Também consigo sentir o olhar de reprovação das minhas irmãs atrás de mim, mas estou fingindo não notar. Atravesso a sala correndo e me enfio num canto.

— Tenho pensado muito em *nós* também — ele diz, a voz ainda mais baixa, as palavras vibrando no meu peito despedaçado.

Nós. Quem diria que um pronome poderia ter tanto impacto. Sempre que faço parte de um *nós*, coloco toda a minha energia no *você* e faço o *eu* valer o sacrifício. Não que isso adiante muita coisa porque, pelo jeito, sempre acabo sozinha. Tenho tendência a me apegar muito rápido às pessoas, encontrando um mero ponto de conexão e agarrando-me a ele até a morte.

Miles é o mais recente na minha coleção de relacionamentos fracassados.

— S-sério? — pergunto, uma onda perigosa de esperança no meu tom de voz.

— Claro. Eu... sinto sua falta, Opal. Quer tomar um café amanhã? Conversar sobre as coisas?

A esta altura, meu coração está prestes a explodir. Miles é apático por natureza, a empolgação e o interesse dele são constrangedores para ser verdade, mesmo assim passei todo o nosso relacionamento me esforçando para fazê-lo sorrir. Quase virei do avesso contorcendo-me toda de diferentes maneiras na esperança de que ele gostasse de uma delas. E talvez agora ele esteja finalmente vendo o que perdeu quando me disse que precisava se concentrar em sua música.

— Eu... eu adoraria — sussurro, mordendo o lábio enquanto sorrio.

— Maravilha. Waffle House?

Meu Deus, estou a ponto de desmaiar.

— Perfeito.

Há uma pausa que se estende um pouco a mais.

— Então... alguma novidade? — Miles pergunta, seu tom é o epítome do casual.

— Como? — Não é do feitio de Miles perguntar sobre meu dia. Ou fazer qualquer pergunta, para ser sincera. — Na verdade, não. Por quê? — respondo, sendo cautelosa pela primeira vez com esse garoto idiota que sempre me tem na palma da mão.

— Só curiosidade. Só curiosidade. Como eu disse, estava pensando em você.

Outra pausa.

— Então, falei com a Laney agora há pouco e...

Com um movimento brusco, meu celular é arrancado da minha mão e estou olhando boquiaberta para minha irmã.

— Vá cheirar vidro moído, babaca — Ophelia diz no celular antes de encerrar a ligação.

— Que diabos foi isso? — grito, levantando-me e olhando para minha irmã com uma indignação plausível.

Ophelia me olha de maneira insossa.

— Acho que você sabe.

Meus ombros desabam de desânimo. Claro que sei. Apesar das evidências contrárias, tenho algum bom senso e uma quantidade dolorosa de autocrítica. A questão é que, mesmo assim, ainda faço escolhas *terríveis*. Principalmente quando se trata de Miles. Ou da maioria dos homens, aliás.

Às vezes parece uma maldição sentir atração por homens, já que em geral não gosto deles. Já mulheres? Amo mulheres. São criaturas com quem eu quero conversar de verdade e também peço gentilmente para que sentem na minha cara.

— Você precisa bloqueá-lo — diz Ophelia. — Sei o que ele está fazendo.

— Você nem conseguiu ouvir a conversa!

Ophelia cruza os braços e inclina o quadril.

— Não precisa ser um gênio para descobrir. Ele passa o relacionamento inteiro usando e traindo você, depois termina o namoro e procura você de tempos em tempos só para transar, e horas depois de você ganhar na *loteria* ele sente sua falta? Venhamos e convenhamos, Opal.

Esfrego o punho no meu peito dolorido. Ophelia é do tipo que não tem papas na língua.

— Eu sei — sussurro.

— Opal, querida, sei que é difícil ouvir — Olivia diz, estendendo os braços para mim de seu lugar no sofá. Vou até onde ela está na sala e desabo em seus braços. — Mas independentemente do que você for fazer, não dê um centavo a esse palhaço desprovido de talento. Eu imploro.

— Não vou dar — respondo, com uma voz trêmula e nem um pouco convincente. Não *quero* dar dinheiro a Miles, mas tenho essa tendência desastrosa de ceder quando as pessoas me pedem algo insistentemente. E ninguém é tão persuasivo quanto Miles. — Acho que Laney tem esperança de ganhar alguma coisa, já que ela me deu a raspadinha.

— Ai, meu Deus, essa é outra que poderia se foder até o último fio de cabelo.

— Ela é minha amiga — protesto (sem tanta convicção).

— De verdade, não, Opie — Ophelia é taxativa, usando meu apelido de infância. — E você não deve um centavo a ela. Você já fez por ela mais do que devia com tantos favores ao longo dos anos. Ela só chama você de amiga porque sabe que desse jeito pode pedir o que quiser.

E esse é o meu problema. Fico com tanta vontade de ter uma conexão com alguém — qualquer um — que me contento com migalhas e finjo que elas são uma refeição completa.

Ophelia passa seus braços e pernas compridos atrás de mim no sofá, abraçando-me pelas costas. Minhas irmãs ficam em silêncio por um momento, deixando-me costurar quieta a última lágrima em meu coração já despedaçado.

— O que *você* está pensando em fazer com o dinheiro? — Olivia finalmente pergunta, afastando-se para passar a mão em meu cabelo.

A pergunta me pega desprevenida. Fiquei tão atordoada só de pensar que tinha ganhado, e depois me deixei levar pelos outros que tentaram reivindicar esse dinheiro capaz de mudar a vida, que não me dei conta de que ele é *meu*. Posso fazer o que eu quiser com ele.

Mas o que *devo* fazer com ele?

Acredite ou não, não cresci sonhando em ser uma casquinha de sorvete gigante que ganha uma merreca. Entrei em uma escola de arte, terminei minha graduação em Belas-Artes, o que, neste inferno capitalista em que infelizmente nasci, significa que gastei muito dinheiro para ser considerada desempregada por praticamente todos os algoritmos de candidatura a empregos por aí.

O que é bom. Sério. Todo artista tem que lutar. Depois de me formar sem nenhum plano, coloquei o rabo entre as pernas e voltei a morar com meus pais, prometendo ingenuamente a mim mesma que ficaria seis meses, no máximo. Tempo suficiente para economizar dinheiro e me mudar para Nova York, onde todos os artistas de verdade viveram, sofreram e foram bem-sucedidos.

O Sprinkle era um trabalho temporário. Um meio para receber um salário (ganho de forma um tanto quanto humilhante). E eu estava perto — tão perto — de fazer a mudança.

E então conheci Miles.

E adiei a mudança.

E continuei adiando.

E, puta merda, *continuei* adiando.

Adiei meus sonhos, meses se passaram, até que esses sonhos desapareceram e a complacência se disfarçou de conforto. A ideia de estar com alguém, mesmo sendo alguém que nunca realmente se importou, era menos aterrorizante do que dar um passo que me deixaria sozinha em uma cidade grande.

Na real, por que desistir de um emprego — apesar do rebaixamento de garçonete para casquinha de calçada — e por que jogar um banho de água fria (no que eu achava que era) em um relacionamento perfeitamente bom com Miles? Essas pequenas perguntas sempre me impediam de seguir adiante quando eu pensava muito sobre uma mudança.

Mas em algum ponto entre o emprego de merda e o namorado pior ainda, perdi de vista o fato de que eu queria que a mudança fosse... feliz.

— Quero usar o dinheiro para um novo começo — falo num rompante, meus olhos ficam arregalados enquanto encaro minhas irmãs.

— Isso é ótimo — aprova Olivia, a mais velha e madura de nós três. — Como seria isso?

Mordo o lábio enquanto penso.

— Eu... eu quero ser uma artista. Quero fazer isso pra valer. Quero pintar meus tecidos e vender meus *designs*.

Sei trabalhar e brincar com todas as formas de artes visuais, do carvão à argila, mas minhas mãos são mais felizes quando estou pintando tecidos e materiais para criar algo deslumbrante e usável.

Meus favoritos são os sapatos. Tenho centenas de cadernos cheios de esboços de sapatos, pintados à mão com *designs* expressivos. Mules, clogs, sapatilhas e botas. Padronagens concêntricas, espirais abstratos, estampas coloridas de aves-do-paraíso como arco-íris nas pontas dos pés de alguém. Uma tela infinita existe a cada passo que alguém dá.

— Opie, isso é incrível — comemora Ophelia. — Você tem o nosso apoio. Vai atrás disso.

— Talvez eu finalmente me mude para Nova York — digo, corrigindo minha postura, essa ideia, essa nova vida, ganhando força. — Consiga um apartamento. Caramba, talvez até compre alguma coisa? Use como estúdio? Venda meu trabalho?

Minhas irmãs ficam caladas.

— O que foi? — pergunto ao pegá-las olhando uma para outra.

— Por que Nova York? — pergunta Olivia com delicadeza.

Dou de ombros.

— É o que os artistas fazem. Eles se mudam para Nova York e são constante e devastadoramente inspirados pela energia da cidade.

— Quero dizer... talvez alguns artistas sejam. Mas você não acha que sua inspiração maior vem da natureza?

— Ela tem razão — Ophelia entra na conversa. — Quando mamãe e papai nos levaram a Nova York na época em que éramos adolescentes, você reclamou o tempo todo do quanto sentia falta das árvores, e de tudo que fizemos o que você mais gostou foi caminhar pelo mercado de flores.

Elas não estão erradas; eu tendo a preferir a natureza. Algo nas cores e texturas da natureza selvagem — o cheiro do calor do verão na grama ou a primeira neve caindo com suavidade — faz eu me sentir em paz. À vontade. Como se meu cérebro conseguisse desacelerar e recuperar o fôlego.

Mas quando penso em artistas — o tipo que admiro, o tipo que quero ser — eles são rebeldes e revolucionários, seus trabalhos são pequenos atos de protesto, a emoção da arte se choca contra o anonimato frio das grandes cidades.

E eu quero pertencer a um grupo assim. Estou sempre tentando me definir, para me encaixar bem e perfeitamente nos meios e espaços que tento ocupar.

Tudo o que eu sempre quis na vida foi pertencer.

A algum lugar.

Qualquer lugar.

— Você não precisa decidir nada hoje à noite — Olivia esclarece, pegando meu trem de pensamentos desgovernado como ela sempre consegue fazer. — É só algo para pensar. E esse é o lado bom do dinheiro: ele dá o tempo para você pensar. Espaço para planejar.

Assinto, tentando me puxar de volta para o momento. Sei que Olivia está certa, mas meu cérebro inquieto adora se agarrar a uma ideia, revirá-la e exigir um plano para *este minuto*. É difícil calá-lo.

Tiro meu celular das mãos de Ophelia, com o coração batendo forte quando o aparelho vibra com uma nova mensagem de Laney:

> Estou indo para aí! Quero comemorar com você!

E depois outra:

> Miles quer ir também! Vamos festejar!

— Posso dormir aqui? — pergunto a Olivia, mordendo o interior da bochecha.

— Sim, por quê?

Jogo meu telefone para o lado e solto um suspiro alto, cuspindo marimbondos.

— Estou muito agitada para ir dirigindo até em casa — minto, não querendo preocupar Olivia e Ophelia ainda mais com a possibilidade de eu fazer algo imprudente com o dinheiro. E, sendo justa, elas têm o direito de se preocupar com isso. Meu coração bobo costuma trabalhar em conluio com meu cérebro sedento por agradar as pessoas, todo o bom senso sai pelos meus ouvidos quando preciso dele.

Ophelia se afasta de nós e se espreguiça, arqueando o pescoço longo e gracioso.

— É melhor eu ir — ela diz. — Amanhã de manhã vou dar uma aula de balé avançado.

De uma forma ou de outra, nós três somos artistas — Ophelia é bailarina e Olivia, escritora —, o que tem uma deliciosa pitada de ironia, já que nossa mãe e nosso pai — uma estatística e um advogado ambiental, respectivamente — não têm nenhum gene artístico. Adoramos brincar e experimentar maneiras diferentes de nos expressar, muitas vezes assumimos um ou outro projeto aleatório só para passarmos tempo juntas.

— Te amo.

— Mande uma mensagem quando chegar em casa.

Depois que a porta se fecha atrás de Ophelia, Olivia arruma o sofá para mim, e eu me afundo nos lençóis e travesseiros macios.

— Por que você está me rodeando como Kathy Bates em *Louca Obsessão*? — pergunto, espreitando-a com um olho.

Ela solta uma risada de porco.

— Sou completamente obcecada por você, amorzinho — diz ela, passando a mão no meu cabelo laranja. — E também estou animada por você. Acho que um novo começo é exatamente o que você precisa. Encontrar sua inspiração outra vez.

Ela se inclina, dá um beijo na minha cabeça e depois vai para o quarto.

Pisco para o teto escuro.

Minha inspiração.

É disso que estou sentindo falta. Aquele brilho de alegria, uma vela numa janela no inverno, quente e acolhedora e um guia para casa.

Espero conseguir encontrá-la.

CAPÍTULO 3

OPAL

Eu me pergunto se algum dia voltarei a ter uma boa noite de sono.

Horas agoniantes de ficar virando de um lado para o outro o tempo todo não são um fenômeno particularmente novo — na verdade, não consigo me lembrar da última vez que dormi bem. Meus pais nunca perdem a oportunidade de reclamar que não dormiam a noite toda até eu completar 10 anos — sempre acordavam com um sobressalto pela força do meu olhar enquanto eu ficava parada na beirada da cama deles como uma criança fantasma da era vitoriana.

Mas já faz uma semana e meia que ganhei na loteria, e meu sono está pior do que nunca.

E, caramba, é frustrante. Eu queria ter vindo com um botão de desligar, um jeito de interromper o circuito de vozes do meu cérebro hiperativo. Mas, não, no segundo em que coloco a cabeça em um travesseiro, a eletricidade corre pelas minhas veias, dando um impulso no meu coração sempre que caio no sono, mesmo que de leve. Minha mente me faz reviver em *loop* cada momento vergonhoso da minha vida ou aparece com preocupações infinitas, todas elas quicam em meu crânio como um pote de bolinhas de gude rolando escada abaixo.

Olho para as nítidas linhas verdes brilhando às quatro horas da manhã no meu relógio até minha visão ficar nebulosa, a escuridão da madrugada pairando no quarto. Com um suspiro de derrota, desisto da ideia de dormir.

O fato de meu telefone continuar vibrando não ajuda em nada — mensagens no Instagram, no celular e *posts* de pessoas de quem não ouço falar desde o ensino médio ou até antes disso —, aquela luz azul coloca combustível no meu nervosismo. Ao que tudo indica, Laney não contou só ao Miles as novidades.

O dinheiro foi depositado na minha conta bancária, antes ridícula, alguns dias atrás, criando um mundo de problemas. Passei a maior parte da minha vida procurando desesperadamente por amigos, intimidade e companheirismo — sempre servindo como plano B das pessoas, uma diversão em doses homeopáticas, pronta e ansiosa como um cachorrinho para pular em qualquer coisa que eu tivesse a sorte de ser incluída, então fazendo todo o possível para garantir que as pessoas ao meu redor se divertissem, mesmo que isso me deixasse exausta e me anulasse.

Em tantos momentos da minha vida eu quis que alguém me mandasse uma mensagem para saber como eu estava, para acabar com a solidão de perseguir relacionamentos unilaterais.

Agora, *todo mundo* quer saber como estou. Se eu quero sair para tomar uns drinques. Para jantar. Para tomar café. Algumas das mensagens são sutis. A maioria é na cara de pau mesmo.

Tudo isso fere meus sentimentos.

Ninguém queria nada comigo até que eu tivesse algo monetário para lhes oferecer, e é doloroso perceber o quanto minhas irmãs estavam certas em se preocupar com as pessoas querendo tirar proveito de mim.

Sei que nada disso vai mudar a menos que eu tenha coragem para dar o próximo passo. Mas a estagnação é confortável. Mudar exige coragem, uma disposição para estabelecer o que eu quero e então ser levada em direção às consequências desconhecidas dessa decisão. Se eu nunca fizer algo diferente, nada mudará, mas se nada mudar não posso ficar arrasada pela decepção de não ter dado certo.

Olho minhas mensagens, uma particularmente longa de Laney chama minha atenção.

> Outra ligação não atendida. Legal. Eu só acho muito engraçado que para alguém que o tempo todo gosta de fingir ser uma maldita mártir, você não tem problema em dispensar todo mundo no segundo em que algo bom acontece. Mas faça o que achar que é melhor para você. Como se nenhum de nós tivesse problemas reais, certo? E, tipo, eu não ficaria brava nem me daria ao trabalho de entrar em contato se eu não me importasse com você e tudo mais. Acho que é isso que torna tudo tão frustrante... você está apenas priorizando suas próprias necessidades. Tudo bem. Não volte rastejando para minhas DMs quando estiver triste e deprimida dentro de uma semana porque alguém magoou seus sentimentos preciosos. Cuidado com as consequências dos seus atos, querida.

A culpa invade meu estômago e atinge a garganta. Não estou tentando ser egoísta, estou... estou...

Estou sobrecarregada.

Estou sobrecarregada e confusa e nunca me senti tão isolada como agora com todo mundo me bombardeando com mensagens.

Começo a digitar uma mensagem de desculpas, mas as vozes de Olivia e Ophelia surgem na minha cabeça.

Ela não é sua amiga, Opie. De verdade, não é.

Não vou me deixar levar pela minha cabeça, vou seguir o conselho delas. Dou um suspiro, saio do aplicativo e jogo meu telefone para a beirada da cama. Dou tapinhas na minha testa, tentando me livrar dessa depressão. Detesto a ideia de ser odiada — faz minha pele coçar e meu estômago revirar —, mas se já estou sendo vista como vilã pela minha suposta amiga, posso muito bem investir meu dinheiro em encontrar um novo lugar para fugir de todo mundo.

Eu me sento, prendendo metade do meu cabelo curto (agora rosa-chiclete) em um rabo no topo da cabeça. Depois de tirar todas as notificações automáticas do celular, pego meu *laptop* velho de guerra e o ligo.

Com uma respiração profunda e trêmula, abro o navegador e começo a pesquisar.

Inicio de maneira básica e vaga, minha busca no Google por *apartamentos em Nova York* resulta em opções demais para meu cérebro já lotado. Então, passo a pesquisar por bairros. Brooklyn. Lower East Side. Hell's Kitchen. Chelsea.

Clico em anúncios de apartamentos em vários sites, dando *zoom* nas fotos granuladas de paredes cinzentas com janelas minúsculas e pisos de plástico manchados que parecem estar em todas as opções de moradia em Nova York... pelo menos nas que estão dentro do meu orçamento.

Acontece que centenas de milhares de dólares não levam você tão longe quando se trata de imóveis na cidade de Nova York. Uma revelação inacreditável que é absolutamente chocante para uma das cidades mais caras do mundo.

Passo a mão pelo rosto e aperto o queixo, nada disso é como imaginei que seria.

Talvez Olivia e Ophelia estivessem certas. De novo. Malditas.

Talvez Nova York não seja de fato para mim. Porque a ideia de me mudar para uma cidade gigante feita de concreto, metal e vidro sem conhecer ninguém faz meu coração machucado se despedaçar ainda mais de solidão.

Estou prestes a desistir de tudo e sair da busca quando um anúncio no canto chama minha atenção.

Visite Asheville, não abra mão da esquisitice!, ele diz, uma foto de uma pequena cidade e montanhas verdejantes ao fundo.

Como num passe de mágica, sou inundada por lembranças felizes.

Sempre adorei Asheville — meus pais nos levaram inúmeras vezes às montanhas quando éramos crianças. É uma mistura espetacular e eclética de cachoeiras e florestas, trilhas e calçadas cheias de arte, artistas de rua e beleza.

É um pouco de tudo, aninhado nas Montanhas Apalaches.

Mudo minhas palavras de busca.

Quando me dou conta, tenho cinquenta e duas abas abertas e não pisco há horas, estou entretida com joias escondidas na cidade que agora está me chamando.

Mas um anúncio em particular, o do Facebook Marketplace com algumas fotos granuladas e uma beleza infinita, tomou conta do meu coração e não consigo parar de pensar nele.

Sem pensar, pego meu celular e ligo para o número.

— Alô? — uma voz doce com sotaque sulista atende após o terceiro toque.

— Oi! Desculpe incomodá-la. Meu nome é Opal. Opal Devlin. Vi sua postagem no Facebook Marketplace sobre a fazenda.

Há uma breve pausa. Então, a mulher diz:

— Ah, certo! Bem, olá, querida. Sou Trish. Prazer em conhecê-la.

— Igualmente — digo, falando sério. Gosto de imediato dessa mulher, da voz doce e do charme dela. — O anúncio ainda está de pé? Eu queria fazer algumas perguntas e eu...

— Espere, deixe-me interrompê-la antes de continuar, querida — diz Trish. — Quero que você saiba que o preço não é negociável. A Thistle e Bloom é uma bela propriedade e já estou vendendo-a por uma pechincha. Não quero que nenhuma de nós perca tempo.

— Desculpe! Desculpe! — apresso-me a dizer. Sou incapaz de ter uma conversa sem me desculpar profusamente por, tipo, falar e tudo mais. — Não é sobre isso que quero perguntar. O preço está bom. Não é um problema, na verdade.

Outra pausa.

— Bem, está certo, então. Em que posso ajudá-la?

— É... você pode me contar sobre a propriedade?

Trish respira fundo.

— Ah, querida, é o lugar mais bonito do mundo.

Ela começa a fazer uma descrição absurdamente maravilhosa da fazenda de flores, pintando um quadro com a doçura de um arco-íris, folhas carregadas de orvalho e pétalas salpicadas de sol. Um chalé surpreendentemente aconchegante construído no meio de um pouco mais de dois hectares. Paisagens deslumbrantes, grama verde e um cenário tão encantador que poderia muito bem ter uma trilha sonora de *folk* tocando ao fundo sem parar.

— Parece incrível — digo sem ar, com corações rosa-peônia nos meus olhos.

— Querida, é o paraíso na terra.

— E você ainda não vendeu? — pergunto, sabendo que o desespero estava estampado na minha cara. Nem me importo. De repente, nada no mundo parece tão importante quanto chegar a esse Éden perfeito e florido, passar meus dias brincando em plantações de tulipas, noites enrolada em um cobertor grosso ao lado do fogo crepitante da lareira de pedra que Trish descreveu, tomando chá de camomila enquanto os grilos cantam nas janelas.

Trish suspira.

— Sabe, teve ofertas. Tantas ofertas...

Sou acometida por um desânimo.

— Mas nenhuma me pareceu ser muito certa. Um lugar como este, um lugar tão especial, merece ser de uma pessoa especial. Que o mantenha bonito. E estou procurando essa pessoa.

— Eu posso ser essa pessoa — quase grito. — Sei que posso. — Minha mandíbula está tensa, a pele pulsando e os músculos contraídos com o quanto eu quero que aquele seja meu futuro.

— Não sei, querida. Você parece tão jovem. Tem certeza de que consegue cuidar de um lugar como este?

— Sim. Com certeza, sim. — A essa altura, estou disposta a fazer qualquer coisa para provar isso para Trish. Para mim mesma.

Trish faz uma pausa outra vez.

— Estou disposta a pagar o preço que você está pedindo hoje — falo num rompante, precisando ouvir a voz doce dessa senhora me dizer que sim. Abrir a porta para minha vida nova com aquela simples sílaba.

— Oh, Deus lhe abençoe. Você está falando sério, não está? Onde você mora? — Trish pergunta devagar, e eu cruzo todos os meus dedos das mãos e dos pés.

— Em Charlotte.

— Que coincidência, eu também. Se isso não é um sinal do céu de que este lugar tem que ser seu, eu não sei o que é!

Meu corpo inteiro está inundado de calor e empolgação como na primeira vez em que vejo o sol depois de um longo e rigoroso inverno.

— Vamos nos encontrar e resolver tudo pessoalmente. Eu entrego a escritura e você me dá o cheque. Podemos nos encontrar no Starbucks do Shopping Blakeney. Que tal às dez da manhã?

Eu sorrio.

— Vejo você lá.

✿ ✿ ✿

— Oi, querida. Opal? Por acaso seria você?

Eu me viro para aquela voz alegre, sorrindo. A aparência de Trish combina perfeitamente com sua voz: doce, radiante e maravilhosamente sulista.

— Sou! E você é Trish?

— Eu mesma. Obrigada por me encontrar tão rápido, querida — ela diz, amassando ainda mais o cabelo louro e bem cheio, com mechas fininhas cor-de-rosa que brilham na luz do sol. Ela se parece com Dolly Parton, mas com uma estampa de oncinha a mais. Não consigo enfatizar o suficiente o quanto a adoro.

— Obrigada *você* — respondo, incapaz de vencer a vontade de chegar perto dela, estender as mãos e apertar de leve seu braço. Ela irradia conforto. — Sendo honesta, isso é... tão emocionante.

— Parece mesmo obra do destino, hein, querida? — Trish diz, sentando-se e tomando um longo gole de seu chá gelado. — Tem certeza de que está pronta para lidar com um lugar como Thistle and Bloom?

Isso faz meu coração disparar.

— O que você quer dizer? Lá não está em boas condições?

Trish joga a cabeça para trás e me encara, ofendida.

— Pelo contrário, está perfeito. Essa é a questão principal; se vou abrir mão de um lugar tão maravilhoso, preciso saber que a pessoa que vai comprá-lo cuidará dele de maneira adequada.

Sorrio, a emoção crescendo em meu peito com a paixão e o amor na voz de Trish. Fica óbvio que ela se importa muito com a fazenda.

— Vou cuidar. Juro. Na verdade, planejo usar a fazenda para meu novo começo. Sou uma artista e quero começar a trabalhar sério com isso. A Thistle and Bloom parece ser uma fonte de inspiração infinita.

— Que tipo de arte, meu bem?

O calor sobe pelas minhas bochechas e brinco com a tampa do meu café gelado.

— Ah, bem, eu acho que é meio que um segmento pequeno de mercado, mas gosto muito de, hã, pintar tecidos? — Eu me pergunto se algum dia deixarei de ficar desconfortável ao falar sobre a coisa que amo tanto. Por que a paixão é tão complicada?

— Excelente — Trish diz, os olhos brilhando enquanto ela se curva na minha direção. — Conte-me mais.

Droga, eu *amo* essa mulher. Ela faz eu me sentir a pessoa mais interessante do mundo, como se ela de fato se importasse comigo.

— O que eu mais amo pintar são sapatos — prossigo, o tom de voz aumentando de empolgação. — Desenvolvimento de *designs* exclusivos de mules e clogs de couro. Depois quero vendê-los.

O sorriso de Trish nunca vacila.

— Querida, isso parece a melhor ideia do mundo. Você vai ganhar uma fortuna. Não consigo lhe dizer o tamanho da minha felicidade em imaginar você fazendo isso na Thistle and Bloom.

Também consigo imaginar como seria, eu com o cabelo bagunçado, um vestido longo e transparente voando com o vento suave do verão enquanto estou na varanda daquele chalé perfeito, o sol batendo no meu rosto e o doce perfume das flores no ar. Vou andar descalça pela grama, arrumar um lugar embaixo de uma árvore frondosa e trabalhar por horas a fio em minhas pequenas obras de arte com toda dedicação e carinho. Paz. Propósito. Tudo isso está prestes a ser meu.

Meus olhos ficam um pouco marejados, e Trish estende a mão sobre a mesa segurando a minha.

— Falando francamente, querida — e espero que você me perdoe porque eu realmente odeio falar sobre dinheiro, que é uma coisa tão suja —, mas você tem certeza de que pode pagar? Como eu disse ao telefone, o preço não é negociável. E de fato estou cansada de todos esses homens me ligando e me chateando com ofertas baixas. Estou deixando um pedaço do meu coração aqui, não vou abrir mão do valor pedido.

— Nossa. Claro. Defenda o que você sabe que é valioso — respondo, como se algum dia na vida eu já tivesse defendido o que quer que fosse. Eu daria minha alma se alguém pedisse com jeitinho.

Trish pisca para mim.

— Trezentos mil não é brincadeira.

Ela mexe na bolsa por um segundo, então tira um envelope pardo, passando a escritura para mim por cima da mesa. Finjo olhar para o documento como alguém que sabe o que está fazendo. Parece bastante autêntica. O selo na parte inferior está em alto-relevo e tudo.

Engulo em seco, sentindo a realidade daquela quantia batendo em cada ponto do meu corpo onde dá para sentir a pulsação. Uma onda de enjoo passa por mim, mas eu a controlo. Eu *posso* pagar. Depois de pagar os impostos, esse é quase o valor total do que sobrou da raspadinha premiada, o restante é o suficiente para comprar os materiais e me manter enquanto tento fazer meu negócio dar certo, mas todo mundo sempre diz para investir em imóveis... não é?

— Eu posso pagar — digo, levantando o queixo sem perder o olhar gentil de Trish de vista.

Trish me analisa com atenção por um momento, e eu me sinto inundada de respeito por ela estar me examinando tão a fundo, por ela se importar tanto com aquele pedaço de terra a ponto de se certificar de que quem quer que o compre seja digno.

— Eu acredito em você — ela diz afinal, tomando outro gole de seu chá. — Mas — e eu sei que isso não é da minha conta, querida, por isso me avise se eu estiver sendo inconveniente e deixando você desconfortável — como uma garota tão jovem quanto você pode pagar essa enorme quantia? Você trabalha com outra coisa além da arte? — Ela se inclina para a frente, uma animação intensa revela um sorriso em seus lábios rosa brilhante. — Deixe-me adivinhar, você é um desses gênios empreendedores, certo? Você é, dá para ver. Tão inteligente e criativa.

Eu rio, amassando meu cabelo cor-de-rosa.

— Eh, não é para tanto, mas obrigada.

Trish sorri para mim cheia de expectativa, aguardando por uma resposta condizente. É a minha vez de avaliá-la. Seu cabelo armado e louro não sai do lugar com o vento que passa, e não posso deixar de respeitar uma mulher que se compromete com esse tipo de atitude. Seus olhos são gentis e brilhantes, com uma camada grossa de sombra roxa em cada pálpebra acompanhada de cílios pretos e curvados. De alguma maneira a coisa toda combina com seu top justo de estampa de oncinha e a calça de couro pintada que abraça bem suas curvas que são semelhantes às minhas. Consigo sentir o cheiro suave de fumaça de cigarro e baunilha em sua pele, estranhamente reconfortante e doce. Ela tem uma energia própria, uma exuberância verdadeira como se estivesse entregue de corpo e alma ao momento, emocionada para ver o que acontece a seguir.

Eu seria uma idiota se não confiasse nela.

— Bem — digo, a voz baixa enquanto me inclino para a frente, olhando ao redor. — Sei que vai parecer que sou mentirosa, mas juro que é verdade. Eu meio que... ganhei na *loteria*.

Os lábios perfeitamente delineados de Trish se abrem em choque.

— Ganhou nada.

— Ganhei! — Eu rio do absurdo de tudo isso.

— Tipo, a Mega-Sena?

Nego, balançando as mãos.

— Não. Não tanto assim. Mas uma quantia considerável numa raspadinha. Eu... eu sinceramente ainda não consigo acreditar nisso.

Trish me encara com a boca aberta por mais um momento; então, ela a fecha em um sorriso radiante, com os olhos enrugados nos cantos.

— Céus. Meu bem, sei que não a conheço, mas só Deus sabe como estou feliz por você. Imensamente feliz.

— Obrigada. Eu... isso significa muito mesmo para mim. Algumas pessoas do meu convívio reagiram de maneira estranha ao ficarem sabendo disso. Pessoas que sempre me ignoraram de repente quiseram "colocar o papo em dia".

Trish bate as mãos na mesa, fazendo nossas bebidas balançarem.

— Desculpe meu palavreado, querida, mas mande essa gente à merda. Não dê um centavo a esses oportunistas à toa. Você é uma pessoa muito boa para ser passada para trás.

Respiro fundo, pronta para recuar e dizer a ela que não é tão sério assim, mas ela levanta a mão, me interrompendo.

— E tenho certeza de que você está prestes a me dizer que está tudo bem e acabar se convencendo de que o que eles estão fazendo não é tão relevante assim, mas agora quero que você preste bastante atenção no que vou dizer neste minuto.

Estou paralisada pela sabedoria marcada nas linhas ao redor de seus olhos, a pressão consciente de seus lábios. Eu me agarro a cada palavra.

— A vida me deu tanta rasteira ao longo dos anos — ela diz, olhando rápido para seu colo em um momento de desesperança. — E eu errei feio várias vezes, mas meu maior pecado foi confiar demais nos outros. Não me proteger no fim das contas.

Seus olhos se fixam em mim, firmes e vulneráveis.

— Eu mudaria muitas coisas. Diria não. Sairia mais cedo. Teria me colocado em primeiro lugar. E é difícil não ficar com raiva quando penso em tudo.

Eu entendo — a frustração pura de dar o máximo de si aos outros na esperança de que eles aceitem você. Queiram você. Vai minando você aos poucos.

— Mas o que faz tudo valer a pena — Trish continua, estendendo a mão sobre a mesa para pegar a minha, seu toque quente e reconfortante — é ver coisas boas acontecendo com pessoas boas. Você é generosa, Opal. Dá para ver. Uma dessas almas lindas, como um anjo caminhando entre nós, espalhando gentileza para os outros, nos fazendo lembrar que existe bondade no mundo. É por isso que estou tão aberta a entregar a Thistle and Bloom a você. Você é uma pessoa boa, e aquele pedacinho do céu disfarçado de fazenda é um bom lugar para uma pessoa boa.

Estou tão comovida com seu discurso, sua voz falhando, que uma lágrima traiçoeira escorre pela minha bochecha.

— Tem certeza de que não deve ficar com ela para você? — sussurro. — Você também merece algo bom. — Eu abriria mão da fantasia que construí acerca daquele lugar para ver alguém tão gentil quanto Trish feliz.

— Ah, meu bem, meu prazo com ela já acabou. E embora eu esteja devastada de deixar para trás esse lugar que significa tanto para mim, não tenho outra escolha a não ser passá-lo adiante.

Minhas sobrancelhas franzem, a cabeça inclina para o lado como se eu a estivesse interrogando.

Trish olha para mim por um momento, depois aperta os lábios, desvia o olhar, suas bochechas ficam coradas.

— Não é fácil admitir — como eu disse, odeio falar de dinheiro e coisas do tipo —, mas estou apertada financeiramente.

Trish afasta a mão de mim, recostando-se na cadeira. Ela coça o nariz e tenta enxugá-lo discretamente com a manga da blusa.

— Fugindo de um namorado ruim, sabe? Estou em apuros mais uma vez.

Ela observa uma sacola branca de supermercado voar pelo estacionamento, o rosto estilhaçado de sofrimento. Agora estou desmoronando de tanto chorar.

— Mas será meu recomeço — ela diz, por fim, respirando fundo antes de voltar o olhar para mim com um sorriso hesitante, mas genuíno. — Ninguém acredita em mim, mas eu acredito. Você está me dando uma chance, Opal. Uma pessoa boa como você, comprando essa terra, permitindo que eu pague minhas dívidas e tenha o suficiente para *me* manter pelo menos uma vez na vida, é a maior bênção que eu poderia ter. Sou grata a você, querida.

Estou tão impressionada pela resiliência na voz de Trish, a determinação marcada em suas feições, que estou tentada a entregar o que ganhei em troca de nada. Alguém como ela, alguém que sempre precisou lutar mesmo fazendo o bem, merece uma dádiva mais do que ninguém.

Mas quero honrá-la, aprender com suas lições, ter meu novo começo ao mesmo tempo que ela. Pego minha bolsa, tirando o talão de cheque.

— Qual é seu sobrenome? — pergunto, apertando minha caneta.

O sorriso de Trish aparece entre seus olhos marejados, e ela solta um pequeno soluço enquanto fala.

— Boden.

Preencho o cheque (o que tive que pesquisar no Google como fazer antes de sair de casa esta manhã). Paro no campo da quantia, olhando para Trish, que está enxugando os olhos de maneira delicada com um guardanapo.

Acrescento dez mil ao total, assinando meu nome no cheque e arrancando-o do talão com uma firula.

— Aos nossos novos começos — digo, entregando-o a ela. Ela confere o valor e arregala os olhos.

— Meu bem, você tem certeza disso?

Ignoro a pergunta dela.

Ela se levanta, dando a volta na mesa para me envolver em um abraço de urso, derramando sua gratidão em lágrimas no meu ombro. Enquanto a abraço de volta, vejo um pequeno balão amarelo subindo rapidamente em direção às nuvens, meu coração seguindo um caminho semelhante. É um sinal. Um pequeno e perfeito sinal do universo de que estou fazendo exatamente a coisa certa.

CAPÍTULO 4

OPAL

— Você fez *o quê*?

— Comprei uma fazenda! — Comemoro, jogando as mãos para o céu e pulando sem parar na sala de estar da casa dos meus pais. — Uma fazenda de flores!

— Que porra é uma fazenda de flores? — Ophelia pergunta.

— Parece tanto ser invenção sua — Olivia acrescenta.

— Opal, meu anjo, me diga que isso é uma brincadeira — minha mãe, Linda, diz, enquanto minhas irmãs e meu pai continuam me olhando boquiabertos.

— Não é — falo como se estivesse cantando, girando para tocar no nariz da minha mãe com o dedo indicador. — Eu vi um anúncio no Facebook Marketplace e liguei para o número e então nos encontramos e eu assinei o contrato e...

— *Facebook?* — Olivia grita. — *Você comprou uma fazenda no Facebook?* Isso é válido judicialmente?

— Eu, hã, eu tenho a escritura — explico com uma pontada de preocupação surgindo no meu peito. Olho para o meu pai, mas ele ainda está boquiaberto, o rosto pálido.

— Você sabe alguma coisa de plantação de flores? Ou de qualquer tipo de plantação? — Ophelia questiona, os olhos arregalados como os de uma coruja.

— *Não* vou plantar flores, boba — justifico. Pelo menos tenho certeza dessa parte do plano.

— Então, se me permite perguntar, por que diabos você comprou uma fazenda?

— Pela, hã, eu acho que energia...?

Meu pai, Lloyd, solta um grunhido, então coloca a cabeça entre as mãos, abaixando-a, Olivia está parada atrás dele, a veia saliente em sua testa parecendo que vai estourar a qualquer segundo.

— Vocês mesmas me disseram que eu gosto da natureza! — acrescento, apontando para minhas irmãs.

— *E daí?* Gosto de vinho, mas não significa que vou sair por aí e comprar um vinhedo! — Olivia rebate.

— Parece uma ideia superdivertida!

— Opal. Não.

— Desculpe, mas tem como isso não ser um golpe, não tem? — Ophelia diz, virando-se para o Pai.

Ele solta um grunhido de novo, então levanta a cabeça.

— A probabilidade de isso ser válido parece ínfima na melhor das hipóteses.

Meu estômago se revira numa velocidade inédita. Golpe? Não. Não pode ser. Isso é absolutamente impossível. Quer dizer, de maneira objetiva, sim, eu sei que golpes acontecem na internet. Mas eles acontecem com idosos que ainda tentam criar uma conta de e-mail no Hotmail ou mães da geração X no Instagram depois de algumas taças a mais de rosé. Eles não são realizados por senhoras sulistas que só querem o melhor para sua propriedade... certo?

— Puta merda, isso foi um golpe? — grito, agarrando mechas do meu cabelo curto cor-de-rosa.

— Deixe-me dar uma olhada no contrato e na escritura — pede papai, levantando-se da otomana e indo em direção ao balcão da cozinha.

Com um audível suspiro de nervosismo, procuro a papelada amassada na bagunça da minha bolsa, tentando alisar os papéis enquanto vou ao encontro de papai na cozinha.

Ele se senta em uma das banquetas, e eu me instalo ao lado dele, dobrando as pernas até o peito e deixando o queixo repousar nos joelhos. O restante da família paira atrás de nós como uma nuvem ansiosa.

Papai lê.

E lê.

E *re*lê.

Depois do que parece uma eternidade lendo o que sinceramente não pode ter mais do que quatro páginas, ele tira os óculos e suspira.

— Opal, meu amor — diz ele, massageando a testa enrugada. — Você tem uma sorte *tremenda* porque esses documentos parecem ser um contrato e uma escritura legítimos.

Minha mãe solta um suspiro, e Olivia e Ophelia dizem algo no estilo de *aleluia, porra* em uníssono.

A onda instantânea de alívio que rebate minha adrenalina me faz querer desabar no piso da cozinha. Então, desmorono, chorando para desafogar todas as emoções intensas demais enquanto aperto o peito com uma mão.

— Essa é de longe uma das coisas mais doidas que você já fez — censura Ophelia, me cutucando com o dedão do pé.

— Eu sei.

— Opal, querida, qual é o seu plano? — pergunta mamãe, encarando-me com olhos grandes e preocupados.

— O que faz você pensar que ela tem um, mãe? — diz Ophelia, apertando a ponte do nariz.

Mostro o dedo do meio a ela e me viro para mamãe.

— Eu acho — digo, engolindo o nó na garganta e tentando colocar meu cérebro atordoado em ordem — que vou me mudar para Asheville. Para ser uma artista.

E enquanto essa ideia nova, emocionante e linda dança pela minha mente, girando até meu peito e inflando meu coração, sorrio. É isso. Esse é o novo começo de que preciso.

As coisas não poderiam estar melhores.

CAPÍTULO 5

PEPPER

— Não tenho certeza se as coisas poderiam ficar muito piores, Pepper.

Por um momento, assinto devagar ao ouvir as palavras de Diksha, então — de maneira muito calma e cuidadosa, como faço todas as coisas —, ponho uma mão sobre a outra na mesa gasta da cozinha.

E continuo batendo minha testa sem parar contra elas.

— Obrigada por me contar com tanta delicadeza — digo à minha contadora (e melhor amiga). Para ser justa, a parte da amizade veio primeiro, mas estou explorando ativa e descaradamente essa amizade para ter uma ideia mais clara de como a Thistle and Bloom, a fazenda de flores da minha avó Lou, recentemente falecida, está financeiramente.

Bastante fodida parece uma forma adequada de descrever.

— Sinto muito, mas Lou não lhe fez nenhum favor com essa escrituração contábil — diz Diksha, enquanto vasculha uma caixa de sapato cheia de papéis e recibos amassados. — Ela usou as páginas de lucros e gastos de dois anos atrás como embalagem de chiclete.

Assinto outra vez, massageando as têmporas. Eu queria conseguir ficar frustrada de verdade com a natureza desmiolada da vovó Lou, irritada por ela nunca ter me contado que a fazenda estava com sérias dificuldades financeiras. Essas são emoções fáceis. Definidas. Mas sempre que me pego pensando nela, tudo o que vejo são os cachos brancos e volumosos de Lou como uma nuvem ao redor de sua cabeça, o corado infalível de suas bochechas rechonchudas como se ela tivesse passado os dias com o rosto virado para o sol e a maciez de seus abraços, o lugar mais seguro do mundo. Quando penso na vovó Lou, só consigo sentir amor e gratidão por ela ter existido.

— Vou dar um jeito — asseguro, endireitando os ombros e tomando um gole de chá.

E eu vou. Não tenho outra escolha.

Só tem três coisas que eu amo neste mundo:

1. Vovó Lou.
2. O aroma delicado de uma anêmona recém-florida.
3. A fazenda de flores Thistle and Bloom.

Perdi a primeira, mas não vou me perdoar se eu falhar e perder a última. Mas com a temporada de verão batendo na porta do chalé e um pouco mais de dois hectares de flores que precisam de muito cuidado, e pouquíssimo dinheiro para dar conta de tudo, as perspectivas não estão boas.

— Você já encontrou o testamento? — pergunta Diksha, fechando seu caderno e colocando com cuidado vários papéis dentro de uma pasta.

Penso em bater minha cabeça na mesa mais uma vez. Esse é o outro grande problema: vovó Lou faleceu de repente, apesar de ter sido uma morte serena, e um testamento (se é que ela tinha um) ainda não foi encontrado.

— Não — sou lacônica, prendendo meu pesado cabelo castanho em um coque frouxo, depois saio da mesa para colocar nossas canecas na pia funda.

— Ela o esconderia de propósito? Ela nunca foi brincar.

Balanço a cabeça negativamente, abro a torneira e deixo a água pelando escorrer pelos meus dedos. Lou era a única pessoa na minha vida com quem nunca precisei me preocupar de estar manipulando uma situação. Ela era honesta até demais.

Mas ela também não dispunha de nenhuma forma concreta de organização.

Lou não mantinha arquivos ou pastas, nem tinha aptidão para administrar um negócio. Em vez disso, tinha suas flores, risadas prontas e dedos encantadores sujos de terra. Sua mente estava sempre tão envolvida com o jardim que pensamentos sobre papelada nem seriam um pontinho no radar dela.

Ela era uma daquelas pessoas especiais e raras, tão enraizadas no presente — absorvia e irradiava toda a alegria que um segundo poderia conter — que não me surpreenderia descobrir que ela nunca tinha pensado em como seria o futuro sem ela, um testamento seria a última coisa que ela perceberia que precisava fazer.

— Você precisa procurar com um advogado, Pepper. Tipo, pra ontem — aconselha Diksha, entendendo a indireta e enrolando o cachecol rosa-claro em volta do pescoço antes de vestir o casaco corta-vento. Apesar de ser primavera, as noites na Carolina do Norte Ocidental dissipam qualquer calor diurno, dando lugar a um frio cortante assim que o sol se põe.

Eu bufo em resposta, dirigindo toda a minha atenção às bolhas de sabão na esponja enquanto esfrego os pratos. Sei que preciso falar com um advogado. Mas saber que preciso fazer isso e de fato obrigar meu cérebro a cooperar são duas coisas bastante diferentes.

Preciso controlar cada situação — o que sem dúvida é uma manifestação do meu autismo — e até mesmo a ideia das possíveis notícias ruins que resultariam dessa conversa com o advogado é suficiente para enviar uma explosão forte e brilhante de ansiedade direto pela minha espinha e estremecer meus membros. Há muitas incertezas para enfrentar.

Então, não vou enfrentá-las de jeito nenhum.

Todos os mecanismos de enfrentamento muito saudáveis etc., etc.

— Vai ficar tudo bem, querida — diz Diksha, fazendo movimentos circulares de maneira suave com a mão nas minhas costas antes de se inclinar para me abraçar. Meus joelhos quase dobram com o conforto do contato, mas eu me mantenho rígida, sem me inclinar. Se eu fizer isso, vou desmoronar, o que não vai fazer bem a ninguém.

— Talvez você possa fazer outra rodada de vendas de bulbos e tubérculos? — ela pergunta, com um tom gentil, mas eu a conheço bem o suficiente para sentir a insistência na sugestão. — Você ganhou um dinheirinho extra fazendo isso durante o inverno, certo? Ou tentar atrair mais compradores no atacado?

Digo que não balançando a cabeça.

— Já acabou o momento de vender bulbos nesta temporada. E eu passei o inverno inteiro tentando conseguir mais compradores com pouco para mostrar. Minha lista de tarefas tem mais de um quilômetro de comprimento com a chegada da primavera.

O inverno é uma estação de descanso. Mas esse último foi o meu primeiro sem a vovó Lou. Minha primeira vez vivendo sem ela.

Descansar nunca foi uma opção.

Assumi toda e qualquer tarefa, mantendo minhas mãos ocupadas e meu cérebro extremamente focado em qualquer coisa para evitar ficar sozinha com meus pensamentos e minha tristeza, mesmo por um minuto. Eu complementei a renda da fazenda cavando no solo congelado, colhendo (tarde demais, como qualquer vídeo do YouTube vai dizer) bulbos e tubérculos de nossas flores e vendendo-os *on-line* durante todo o inverno. Não rendeu muito dinheiro, mas me deixava com frio e exausta o suficiente todos os dias para que valesse a pena.

Mas com o sol da primavera cravando seus raios quentes no solo, a busca por maneiras de me manter ocupada acabou, e o período da colheita chegou. São manhãs começando mais cedo, joelhos doloridos e músculos contraídos enquanto passo em cada fileira de flores, cortando os caules profundamente para que floresçam mais uma vez. E eu amo isso. Adoro a dor no meu pescoço depois de um longo dia curvada em cima das flores, a terra que fica embaixo das minhas unhas, apesar de usar luvas.

Diksha solta um suspiro com os lábios contraídos.

— Bem, Tal e eu estamos aqui para ajudar você. No que for preciso — ela diz, afastando-se.

— Eu sei — respondo, falando sério. Diksha e sua companheira, Tal, provavelmente são as únicas duas pessoas que restaram no planeta em quem posso confiar. Mas só porque *posso* não significa que *vou* confiar. Confiar nos outros — caramba, até mesmo confiar em mim — parece tão esquisito quanto dirigir em marcha a ré numa rodovia. Só pode resultar num desastre.

Eu cresci ao redor de pessoas extremamente tóxicas, não tem como eu ser tão diferente delas. Se eu me permitir ficar muito próxima de alguém, vou machucá-lo. Está no meu DNA.

— Vou dar um jeito — acrescento, mostrando um sorriso tenso a Diksha.

Diksha revira os olhos e dá um tapinha na minha bochecha.

— Que interpretação intimidadora e superconvincente a sua.

— Não me faça expulsá-la da minha propriedade — digo, atirando o pano de prato em Diksha, um sorriso mais genuíno aparecendo em meus lábios.

— Tsc, tsc. Tanto mau humor para alguém que parece ter saído de uma pasta de cottagecore do Pinterest. Decida-se, Pepper. — Diksha pega o raminho de camomila do bolso da frente do meu macacão e o gira entre os dedos.

— Não entendi bulhufas do que você falou — digo, arrancando as flores pequenininhas da mão dela e colocando-as cuidadosamente de volta no meu bolso. Eu a empurro em direção à porta.

Diksha ri.

— Você está ficando muito por fora dos tipos de lésbicas. Precisa se atualizar.

— Pode deixar que vou priorizar isso a escovar os dentes e salvar a fazenda da falência.

— É assim que se fala, querida — Diksha diz, pulando os degraus da varanda e entrando em sua caminhonete. — Ainda há esperança para você.

Aceno enquanto Diksha se afasta pela comprida entrada de terra, desaparecendo no muro de pinheiros que protege a propriedade da estrada.

E, então, não há nada além do perfeito silêncio primaveril me envolvendo. O aroma fresco do ar frio e da terra quente acalma meu cérebro nublado, deixando a paz entrar.

Envolvendo os braços ao redor do meu corpo, desço os degraus da varanda e entro em uma fileira de ranúnculos, os grandes botões cor-de-rosa, amarelo e laranja flertando com a chance de florescer a qualquer momento. Uma forte rajada de vento belisca minhas bochechas, e aninho o queixo no calor do meu blusão fininho de gola alta. Adoro essa hora do dia, o lilás manchado do crepúsculo dançando sobre o crescimento verde esperançoso das flores, a maneira como a natureza parece se acomodar, pronta para enfrentar a noite que se aproxima.

Passei a maior parte da minha infância sendo levada de um lugar para o outro. Quartos de hotéis de beira de estrada, carros velhos e inúmeros sofás dos vários namorados da minha mãe, tudo condensado em uma esteira borrada de imprevisibilidade e confusão.

Mas essa incerteza desastrosa jamais afetou a Thistle and Bloom. Primavera, verão, outono ou inverno, foi o primeiro lugar onde encontrei conforto. Quando adolescente, andava por horas pelos campos, às vezes desembaraçando um pensamento espinhoso ou me perdendo na beleza deste lugar e não pensando em nada. E, mesmo agora, o silêncio perfeito que aparece entre as fileiras de brotos novos e flores adultas sempre me recarrega.

Quanto tempo vai demorar para eu parar de esperar um abraço apertado da vovó Lou depois de uma dessas caminhadas?

Enxugo uma lágrima boba perdida. Estou bem. Não preciso de um desses abraços para sobreviver. Não preciso de nada de ninguém.

O barulho repentino de um motor acaba com o silêncio pacífico... provavelmente Diksha está voltando para pegar alguma coisa que esqueceu. Com um suspiro, retorno ao chalé, a grama — precisando muito ser aparada — sussurrando contra meus sapatos a cada passo.

Mas não é a caminhonete de Diksha que está estacionada na frente do chalé.

É um carro prata amassado.

Com uma mulher baixa de cabelo cor-de-rosa parada ao lado, os braços cheios de... sapatos?

Cerro os olhos na direção dela.

Sim, com certeza são sapatos... tipo, uma quantidade absolutamente ridícula de sapatos brancos dentro de uma sacola gigante de malha pendurada no peito dela?

A mulher suspira com ar sonhador enquanto olha para a minha casa, alguma coisa parecida com desejo transparece em suas feições no momento em que sorri.

Não gosto nem um pouco desse olhar.

— Estamos fechados — apresso-me em dizer, caminhando em sua direção. — Na verdade, não aceitamos visitantes em geral.

A Cabelo Rosa grita, deixando cair sua sacola de sapatos (agora tenho certeza) no chão, os quais atingem a terra com um barulho abafado.

— Ai, merda, você me assustou — resmunga ela, levando a mão ao peito, mas conseguindo me dar um sorriso sem graça. — Desculpe. Sou Opal.

Opal estende a mão. Eu a encaro com os olhos semicerrados, meu lábio fazendo uma leve curva. Opal por fim desiste e volta a mão para a lateral de seu corpo.

— Você mora aqui perto? — pergunta ela, prendendo o cabelo cor de chiclete.

— Pode-se dizer que sim.

— Oh. Incrível. Isso é ótimo. Seremos vizinhas!

— É mesmo? — pergunto, cruzando os braços, a ansiedade tomando conta de mim.

— É! Acho que sim. Acabei de comprar este lugar. — Opal faz um amplo movimento horizontal e circular com o braço em direção ao meu chalé. — Estou tão animada.

As palavras ecoam na minha cabeça, cada sílaba parece um golpe forte no meu crânio. Conforme elas se sedimentam, meu coração sai para fora do peito, a preocupação se dissolve na minha corrente sanguínea, fazendo meus músculos ficarem tensos e formigarem.

— Você... o quê?

— Comprei esta fazenda! — ela diz, juntando sua (quantidade absurda de) sapatos. — Vou transformar partes dela em um estúdio de arte.

Fazer uma espécie de casa para trabalhar e morar.

— Só se for por cima do meu cadáver — vocifero, dando um passo em sua direção.

— Hum, o quê? — Os olhos de Opal, de um azul-claro irritante, arregalam de medo.

— Esta casa é minha. A Thistle and Bloom é *minha* — declaro, apontando para o chalé e depois para meu peito.

Você não encontrou o testamento, uma voz horrível e sincera sussurra em meu ouvido. Afasto o pensamento. Com ou sem testamento, eu saberia se alguém comprasse o lugar onde *estou morando*... né?

— Eu... hã... talvez este seja o momento mais desconfortável da minha vida — Opal gagueja. — Mas é... na verdade é minha.

Fico em silêncio, o rosto pegando fogo de tanta raiva e confusão e, mais do que tudo, pavor.

Opal segura a sacola de sapatos com um braço, mexe na bolsa gigante ao lado do quadril antes de tirar um punhado de papéis. Olhando para a terra como uma criança culpada, ela os estende para mim.

Eu os pego, os olhos vasculhando as palavras, ansiosa demais para de fato lê-las. Com a respiração trêmula, tento deixar as mãos firmes, o texto ainda entrando e saindo de foco enquanto a escuridão se infiltra nas bordas da minha visão.

Não demoro muito para entender o que elas significam.

Chego à última página, olhando as assinaturas, a curva familiar de um *T* grande de propósito me dizendo tudo o que preciso saber.

Meu coração afunda tanto que sinto que ele vai derreter a ponto de chegar ao núcleo da Terra.

É claro que esse nome está nesses papéis.

A pior pessoa que conheço.

A porra da minha mãe.

CAPÍTULO 6

PEPPER

— Explique-me de novo — exijo, inclinando-me para a frente para apoiar meus antebraços nos joelhos. É muita coisa para processar, as palavras se acumulam na minha cabeça enquanto faço Opal repeti-las várias vezes. Tiro o raminho de camomila do bolso da frente e balanço-o nervosa entre o polegar e o indicador.

Opal suspira e tira a franja da testa, embalando-se algumas vezes na cadeira de balanço que range na minha varanda. Ela repete a história pela terceira vez.

— ... e então Trish me chamou para encontrá-la e conversamos um pouco mais sobre a fazenda e aí ela disse que havia um cartório na FedEx ao lado e fomos até lá, eu assinei os papéis e ela me disse onde encontrar a chave. — Os olhos de Opal se voltam para o pequeno boneco de neve feito de cerâmica perto da porta, o qual desde que me entendo por gente vovó Lou deixava do lado de fora o ano todo para esconder a chave reserva. — Arrumei todas as minhas coisas, comprei uma tonelada de material para o meu negócio de sapatos que estou começando e... é isso. Você sabe o restante.

Resmungo, deixando a cabeça cair nas mãos, minha espinha se curva como uma concha protetora. Quero chorar. Gritar. Dar um chilique. Tirar essa estranha de cabelo cor-de-rosa da minha varanda.

Mas não posso fazer nada disso, a última por razões aparentemente legais, o que me deixa ainda mais chateada.

Opal respira fundo, preparando-se para dizer mais alguma coisa, mas eu não aguento mais ouvir uma palavra sequer. Levantando-me rápido, dou alguns passos para longe da varanda e então me viro.

— Tenho que ligar para Trish.

— Você conhece a Trish? — Opal pergunta, um sorriso radiante aparecendo em seus lábios.

— Infelizmente — murmuro. — Você pode me dar o número dela?

Minha mãe troca de número de telefone pelo menos uma dúzia de vezes por ano, e já faz muito tempo desde que fui eu que liguei para falar com ela.

Opal hesita por um momento, e eu a encaro com um olhar penetrante, desafiando-a a dizer não. Com um suspiro, ela pega seu telefone e rola a tela.

— Gostaria que me dissesse o que está acontecendo. Estou me sentindo uma intrusa ou algo assim — diz Opal, estendendo o celular.

— Mas você é — respondo, digitando o número no meu próprio telefone. Saio dali com a pouca dignidade que me resta, derrubando uma fileira de narcisos que estava por perto.

Ando de um lado para o outro entre as plantas por alguns instantes, tentando controlar minha respiração.

Tudo bem, respire fundo. Inspire e expire. Encontre o Zen ou algo do tipo.

Não está ajudando.

Tento de novo, inclinando a cabeça para trás para ver o céu escuro da noite.

Faço isso mais três vezes.

Não adianta nada. Posso ficar aqui respirando profundamente *ad infinitum* que o bloco de concreto que está obstruindo meu peito não vai desaparecer.

Paro de andar de um lado para o outro e me sento no chão frio, galhos e folhas envolvendo minhas costas curvadas como uma rede de segurança. Um abraço.

Seguro meu telefone em uma das mãos, o raminho de camomila na outra. Passo com delicadeza a ponta do meu polegar pelas frágeis pétalas brancas, jovens, macias e reconfortantes. Faço isso com tanta frequência — sempre que me sinto nervosa, sobrecarregada ou hipersensível, o que acontece quase o tempo todo — que o cheiro doce e suave das flores está sempre na minha pele.

Depois de tirar uma mecha de cabelo frisado da minha visão, ligo para o número.

Ele toca. E toca. E toca mais um pouco. Eu deveria estar acostumada com a indisponibilidade de minha mãe quando preciso dela. Isso não é novidade. Isso não é novidade, cutucando uma ferida antiga entre minhas costelas.

— Alô? — uma voz alegre responde, fazendo minha pele formigar e meus ombros chegarem perto das orelhas, de tão tensos.

— Olá, Trish — digo, esperando que usar seu nome soe legal e desapegado em vez de idiota e imaturo. — Sou eu.

Há uma pausa.

— Desculpe, meu bem — Trish responde, a voz ainda repugnantemente doce. — Eu quem?

— Sua filha. — Há um silêncio pesado. — Pepper.

A linha fica silenciosa. Espero que Trish sinta vergonha. Medo. Arrependimento. Desconforto.

Mas, somando-se à lista de decepções sem fim, a mulher tem a audácia de soltar uma risada tilintante de alegria.

— Bem, valha-me Deus. Quando atendi a esta chamada, a última voz que eu esperava ouvir era a sua. Como você está, querida? Onde você está morando?

— Exatamente onde você me deixou — respondo com os dentes cerrados.

Outra pausa demorada.

— Na Thistle and Bloom?

Solto uma risada alta e irônica em resposta. A última vez que vi minha mãe foi há nove anos, quando eu era uma garota de 17 anos aterrorizada que foi forçada a amadurecer rápido demais e deixada na porta da casa da vovó Lou.

Não se preocupe, Pep. Volto em dois dias. Três, no máximo, Trish disse quando me deixou com uma mulher que eu nunca tinha visto. *Tenha um bom fim de semana prolongado com a vovó Lou e, quando eu voltar, vamos ter um apartamento novo para morar. Só nosso. E você vai terminar o último ano do ensino médio sem mudar de colégio. Depois a faculdade. Tudo vai melhorar. Eu prometo.*

Fiquei sentada imóvel naquela varanda por horas, olhos arregalados fixos nas marcas de pneu que o carro de Trish tinha deixado, meu corpo inteiro entorpecido, como se todos os meus sentidos, minha própria alma, tivessem se enrolado em uma pequena bola no canto do meu estômago e deixado o restante das minhas células vazias para se defenderem sozinhas. Eu não tenho reação diante de uma situação de correr ou morrer. Eu sempre fico paralisada, e o medo desse lugar desconhecido com uma pessoa desconhecida me fez sentir como se eu nunca mais fosse conseguir me mexer.

Mas vovó Lou, com a voz delicada como o orvalho da manhã e o sorriso brilhante como um girassol, finalmente me convenceu a entrar, enrolando um cobertor quente em volta dos meus ombros. Ela explicou que era na verdade minha tia-avó, e eu expliquei calmamente que, como não conheço meu pai, vovó Lou era a única parente que eu tinha. Vovó Lou me mostrou o quarto de hóspedes no segundo andar, e foi a primeira vez que eu tinha um espaço só para mim.

Levei quatro meses para aceitar que minha mãe não voltaria para me buscar e cinco para descobrir quantos problemas Trish havia causado.

— Fiquei triste quando soube de Lou — Trish diz, a voz repleta de um suposto remorso.

— Que engraçado. Não me lembro de ter visto você no funeral.

— Bem, querida, não recebi um convite. Com certeza, deve ter sido extraviado no correio.

— É meio difícil enviar um convite a uma pessoa que está sempre fugindo — retruco. Odeio quão calma, quão despreocupada, minha mãe parece. A mulher me abandonou. Ela poderia pelo menos soar um pouco arrependida.

— Agora eu não acho que seja muito justo da sua parte falar comigo desse jeito. Principalmente depois de ficar tanto tempo sem ter notícias suas, amorzinho — Trish diz, sua voz suave como a de uma beldade sulista insensível. Isso faz meu estômago revirar.

— Você quer falar sobre justiça? Foi muito *justo* da sua parte vender minha *casa* pelas minhas costas?

— Como eu poderia saber que você estava morando aí? — Trish choraminga. — Você nunca liga para mim.

Embora eu não tivesse ouvido falar de Trish no primeiro ano em que fui abandonada aqui, ela começou a tentar de seis meses em seis meses, ou por volta disso, a me manipular para consertar nossa relação destruída, fazendo que eu me sentisse cada vez mais usada. No fim, parei de atender ligações de números desconhecidos quando fiz 21 anos.

— Talvez você não devesse vender uma propriedade na qual não pisa há quase uma década — retruco. — Como você conseguiu dar esse grande golpe, a propósito?

— Ah, você nem sabe o que está dizendo. Não é um golpe. A casa passou a ser minha quando Lou morreu.

Minha garganta fica tão seca a ponto de doer, e eu não conseguir engolir. Algum advogado estava com o testamento todo esse tempo? A vovó Lou entregou mesmo meu porto seguro para a única pessoa com o poder de destruí-lo?

— O-o quê? Como?

— Bem, querida, você sabe que não conheço todos os detalhes técnicos quando se trata de jargão jurídico e outras coisas...

Isso é uma grande mentira. Trish Boden conhece bem a lei e sabe burlá-la melhor ainda.

— Mas é algo chamado sucessão intestada. Se nenhum testamento for encontrado, a propriedade e coisas do tipo são passadas ao parente mais próximo. É tudo muito oficial, fique você sabendo.

Meu mundo vira, seu eixo girando fora de controle como se tivesse sido puxado por um participante ansioso do Roda a Roda.

— E você simplesmente... *vendeu*? Simples assim? Sabendo o quanto a vovó Lou amava este lugar? — *Sabendo o quanto eu amava este lugar*, quero acrescentar. Mas isso não é justo. Minha mãe não sabe. Trish só se preocupa com seus próprios interesses.

— Eu estava apertada, Pep, e até parece que eu teria o conhecimento necessário para administrar esse maldito lugar.

— É, bem, eu tenho. — Odeio a maneira como minha voz falha. — Você tem que devolver o dinheiro dessa tal de Opal. Desfaça a venda. — Quero que pareça uma exigência, mas soa muito mais como um pedido desesperado.

Trish tem a decência de suspirar.

— Até gostaria, meu bem, mas não posso. Já tenho planos para o dinheiro. E mesmo que não fosse o caso, eu ainda não o faria. Foi uma boa jogada de negócio.

— Jogada de negócio? Ou um primeiro passo para mais um dos seus golpes? — Não tem como isso ser honesto, não importa o que Trish diga.

— Estou no caminho certo agora, fique você sabendo.

— Ah, é? O caminho certo inclui pagar o dinheiro que você me deve?

— Meu Deus, Pepper, você nunca vai esquecer isso?

— Não. — A traição foi muito pessoal. Muito séria. Vou levar essa mágoa para o túmulo.

— Não dá para conversar com você quando você está assim — diz Trish, a voz chorosa e magoada. É como um canto de sereia, atraindo-me para me sentir culpada por ser honesta. Por expressar meus sentimentos. Trish sempre usou isso com a habilidade de um atirador de elite. — Não vou deixar você me usar como seu saco de pancadas. Você é muito ingrata por tudo que eu lhe dei.

Cerro o punho, a planta macia e vulnerável é esmagada até virar polpa na minha mão. Pelo que eu deveria ser grata? Pela instabilidade de cada hora estar em um endereço residencial diferente? Pela fuga constante à noite para um novo começo? Pelo desfile de namorados da minha mãe que ou eu odiava ou eu me aproximava o suficiente para me apegar e depois nunca mais vê-los? Que abundância de bênçãos Trish Boden derramou sobre mim.

— Muito obrigada por vender meu local de trabalho e meu abrigo para uma completa estranha com algum tipo de obsessão por sapatos. Sou eternamente grata. — A raiva é mais fácil do que reconhecer a dor aguda que vive logo abaixo da minha pele.

— Eu sempre soube que você era egoísta, Pepper, mas não sabia que era cruel. — O sotaque sulista exagerado tira um pouco do peso das palavras, mas não muito. — Um dia você vai ter que descongelar esse seu coração gelado e, quando o fizer, espero que me ligue. Quero ter um vínculo com você.

Trish desliga, e eu fico ali, olhando para os pequenos brotos de ervas daninhas na base dos meus narcisos, batendo o canto do telefone na minha testa.

Não. Ouse. Chorar, eu digo a cada toque. Aquela mulher não merece minhas lágrimas. Trish nunca fez nada para evitá-las; ela com certeza não vai fazer nada com relação a elas agora.

No fim, eu vou engatinhando até as ervas daninhas, arrancando-as, examinando o canteiro em busca de quaisquer outros intrusos antes de me levantar e seguir o caminho da completa escuridão em direção ao chalé. Fico completamente em choque ao encontrar a anunciante de más notícias mais indesejável do mundo parada do outro lado.

— Eu… eu exijo que você me diga o que está acontecendo. — Opal fala, colocando as mãos nos quadris levemente avantajados e endireitando os ombros, alongando-se ao máximo da sua altura que não deve ser mais do que um metro e sessenta. Eu sou mais alta do que ela uns vinte e três centímetros, jogando baixo.

É um pouco difícil levar a exigência de Opal a sério, com seus grandes olhos assustados, cabelo bagunçado e bochechas redondas e rosadas. A mulher é, infelizmente, bem bonitinha. O que torna a enorme reviravolta que ela causou na minha vida ainda mais desconcertante. E irritante.

Irritante pra cacete.

— Tudo bem — digo, passando por ela e caminhando em direção à varanda. — Você quer saber o que está acontecendo? Vou lhe contar.

Trish — a simpática senhora que lhe vendeu este lugar por uma ninharia? —, ela é minha mãe. E uma grande vigarista. Tragicamente para mim, essa foi aparentemente a única vez que ela fez algo dentro da lei, o que me coloca na posição superdivertida de ser uma sem-teto. E acho que desempregada, já que você quer transformar esta fazenda de flores em algum tipo de fábrica de sapatos como um elfo Keebler[2] de cabelo cor-de-rosa. Isso lhe dá uma ideia geral da situação? — Eu me viro para Opal, deixando evidente nossas diferenças de altura. Sei que não devo atirar na mensageira, mas com certeza estou prestes a gritar com uma.

Opal fica em silêncio por um momento, então engole em seco.

— Elfos Keebler não fazem biscoitos? — ela sussurra.

A raiva que me invade é quente o suficiente para incendiar toda esta fazenda.

— Desculpe. Desculpe — Opal apressa-se em dizer. — Imagino que agora não seja o momento certo para o significado dos elfos.

— Quanto você pagou pela fazenda? — Eu sei — por estudar muito as interações entre neurotípicos — que falar sobre dinheiro é falta de educação. Mas já passei do ponto de me forçar a ser gentil socialmente quando meu mundo inteiro está desmoronando.

Opal pisca aqueles grandes olhos azuis.

— Eu... hã... t-três. Trezentos. Mil. Trezentos mil dólares.

Esse valor é tão inconcebivelmente grande que eu, não pela primeira vez naquela noite, sinto que vou desmaiar. Meus joelhos ficam bambos e eu me jogo no degrau de cima da varanda.

— Deixa eu ver se entendi — digo com a garganta irritada. — Você pagou trezentos *mil* dólares, em dinheiro, por uma fazenda de flores à beira da falência onde você nunca tinha colocado os pés?

---

2. Tradicional fábrica de biscoitos cujas embalagens dos produtos sempre trazem elfos Keebler desenhados. (N. da T.)

— Eu... eu paguei com um cheque — Opal sussurra, como se isso fizesse alguma diferença para a completa maluquice que essa coisa toda é.

— O que eu vou fazer? — murmuro a mim mesma, a voz falhando enquanto pensamentos avassaladores obstruem meu cérebro. — Tipo, sério. Se eu perder este lugar, eu fico...

Sem nada.

Se eu perder a Thistle and Bloom, não tenho nada. Nenhum propósito. Nenhum local seguro. Nenhum abrigo cheio dos momentos mais felizes da minha vida. Eu seria mais uma vez uma boia perdida no oceano infinito da vida. Sem direção. Sem amarras. Sozinha.

— Fique comigo. — As palavras de Opal soam alto. Um pouco assustadoras. No entanto, estou começando a perceber que tudo relacionado a ela é assustador.

— O quê? — digo, virando-me para olhá-la.

Opal limpa a garganta, os olhos fixos em meu rosto.

— Fique aqui comigo. Ou, hã, eu fico com você. Ou, hum, acho que ficamos juntas? No chalé? — Opal balança a mão descontroladamente em direção à porta da frente.

Meu cérebro trava. Não há a menor possibilidade de eu morar com essa mulher esquisita com um cabelo doido e uma quantidade alarmante de sapatos que comprou uma propriedade no Facebook Marketplace sem que aconteça algum tipo de homicídio.

— Inconcebível — finalmente consigo dizer.

Opal dá uma risadinha. Uma *risadinha*. Numa hora dessa? A mulher é a versão mini de um monstro com cabelo cor-de-rosa.

— Nunca ouvi alguém falar essa palavra sem fazer a voz de *A Princesa Prometida*. — Opal ri ainda mais. O homicídio deve acontecer mais rápido do que eu estava esperando. — Mas falando sério

— Opal continua, tentando sem êxito conter o restante de suas risadinhas. — Acho que é a melhor solução para o nosso problema.

— Isso realmente resolve alguma coisa? — falo com rispidez, olhando para Opal, registrando a sinceridade de seus olhos, a bondade afetuosa em seu sorriso com covinhas.

Ela rumina a pergunta, lábios carnudos contraídos e uma pequena linha aparece entre suas sobrancelhas.

— Eu acho... — ela diz devagar, com cuidado — que resolve o suficiente para esta noite. E amanhã podemos descobrir o restante.

Continuo encarando-a, o coração cauteloso e exausto, tudo em mim gritando que Opal não é confiável. Ninguém é confiável. Ainda mais alguém relacionado a Trish. Mas meu cérebro supercansado não consegue pensar em nenhuma alternativa, e tudo o que quero de verdade é vestir meu pijama mais macio, entrar debaixo das minhas cobertas e acordar amanhã de manhã para descobrir que tudo isso foi um pesadelo horrível.

— Tudo bem — digo, por fim, levantando-me. — Vamos deixar o restante para amanhã. — Vou até a porta, as botas de Opal subindo os degraus da escada da varanda atrás de mim. Seguro a porta de tela para ela, mas ela hesita.

— E, hã, só para confirmar e tal... você não é uma assassina em série ou algo do tipo, né?

Jogo a cabeça para trás.

— Como é que é?

— Não estou dizendo que você passa essa impressão — esclarece Opal, balançando as mãos descontroladamente. — Eu só achei que deveria perguntar para ter certeza. Já que nós vamos ficar, tipo... na mesma casa e tudo mais. E, tipo... quer dizer, acho que eu só não quero ser... bem. Assassinada. Ou algo assim.

Examino essa mulher bizarra do topo da cabeça até a barra da calça *jeans*. Ela foi enviada do meu sétimo círculo do inferno só para me torturar aqui na Terra?

— Eu não vou assassinar ninguém esta noite — asseguro com um suspiro. — Mas agora você me deixou superassustada, então vou dormir com a porta trancada e um *spray* de pimenta por perto no caso de você ser a verdadeira assassina.

— Vamos concordar que ninguém vai assassinar ninguém — diz Opal, passando pela porta e entrando na cozinha aquecida do chalé. — Viu só? Outro problema resolvido. Estamos indo bem.

— Certo. Tenho certeza de que tudo o que ainda temos que encontrar será uma solução tão fácil de resolver quanto concordar em não matar uma à outra. — Eu dou a volta por Opal na pequena cozinha, apagando as velas em cima da mesa no momento em que estou saindo. — Vamos encontrar um final feliz para tudo isso. Espere pra ver.

O dia de hoje foi repleto de surpresas e reviravoltas, que uma coisa eu sei, sem a menor sombra de dúvida, ser verdade: o resultado desse pesadelo não tem como ser um final feliz.

CAPÍTULO 7

PEPPER

— Bom dia!

Preciso deixar uma coisa bem clara: sou, acima de tudo, uma criatura de hábitos. Numa escala de um a cinco, estou no nível cinco no quesito ser apegada à minha rotina. Acordo todos os dias às seis e trinta, saio da cama, escovo os dentes, calço o chinelo e, às seis e trinta e cinco, estou aqui embaixo tomando café e olhando pela janela que fica em cima da pia da cozinha enquanto faço uma lista mental do que tenho que fazer no dia.

Não falo com ninguém antes das oito e meia (no mínimo) e, quando sou obrigada a ter algum contato humano, geralmente costuma ser com a Diksha, que liga para saber como estou.

Meu mundo gira em torno dessa rotina. É sagrada. Especial. E qualquer interrupção faz meu dia inteiro sair do curso.

É por isso que meu grito aterrorizante e o café quente derramado na bancada ao som da saudação alegre e inesperada de Opal são reações totalmente razoáveis.

— Porra, você me assustou — reclamo, colocando minha mão queimada sob a água corrente da torneira e limpando a bancada. Eu tinha me convencido de que tudo não passara de um pesadelo, que não havia uma estranha com cabelo de algodão-doce dormindo no quarto de hóspedes em frente ao meu alegando ser a dona deste lugar. Que o estresse da morte da vovó Lou estava desgastando minha mente e que a coisa toda tinha sido uma alucinação terrível.

— Alguém é uma pessoa matinal — Opal cantarola, lançando para mim um sorriso lamentavelmente encantador enquanto adentra a cozinha.

— Esta é a invasão domiciliar mais demorada do mundo — resmungo.

O sorriso de Opal hesita, seus olhos arregalados viram-se para o chão com alguma coisa parecida com arrependimento.

— Sinto muito — ela sussurra, estalando os nós dos dedos. — Eu não queria... — Ela gesticula de maneira vaga com a mão.

E, droga, ela parece sincera. O que deixa muito mais complicado eu ficar brava com ela, aquela oscilação quase imperceptível em sua voz que toca meu coração.

— Você aceita um café? — ofereço a contragosto, enchendo minha própria xícara.

— Na veia, se for possível.

Dou uma risadinha por educação.

— Estou falando sério — diz Opal, inclinando-se na minha direção com um brilho nos olhos. — Depois de virar uma noite em claro estudando, tomei umas sete doses de expresso em um funil de cerveja, já fiz isso mais de uma vez.

Pisco, perplexa.

— Isso parece... atraente de um modo catastrófico.

— Sou conhecida por chamar atenção. — Ela me dá uma piscadela gratuita, seu rosto de volta naquele sorriso desimpedido que parece ser sua configuração padrão, aquelas bochechas redondas e lábios carnudos criando uma sensação no meu peito que é bizarramente... reconfortante.

Um leve arrepio consciente percorre minha nuca, e eu limpo a garganta, desviando o olhar antes de oferecer a Opal uma caneca fumegante, tomando um gole escaldante da minha. Não preciso do conforto dessa demônia do caos. Eu preciso é da minha rotina de volta e que essa coisa toda vire uma piada de mau gosto.

— Ah, nada como o primeiro gole — observa Opal, levando a borda da caneca à boca, os cantos ainda marcados por aquele sorriso indulgente. Ela solta um leve gemido de prazer enquanto toma um gole de café, e algo naquele barulho combinado com os olhos fechados e os lábios entreabertos de Opal em êxtase envia uma onda violenta de calor para minhas bochechas.

Desnorteada, volto depressa para o balcão, derramando ainda mais café no caminho. Reprimo uma série de palavrões no momento em que bato a caneca na bancada.

Tudo no que diz respeito a Opal é perturbador e invasivo e... e... e *exagerado*. Tem só doze horas que a conheço e ela já me deixou meio louca. O que eu deveria fazer?

— Espere, deixe-me ajudar — Opal diz, vindo para o meu lado.

— Eu cuido disso. — Tento empurrá-la para trás enquanto ela pega uma esponja.

— Sério, não é nada de mais — Opal garante com a voz alegre.

Ela pega um pano na beirada da pia e depois se agacha para limpar o chão, o movimento rápido e sincronizado com meu próximo passo, mandando minha bunda direto para o rosto de Opal.

Em um momento de puro pânico e constrangimento, eu me viro, prendendo meu quadril na bancada e enrolando minhas pernas embaixo de mim. Tentando ficar em pé, eu me desequilibro indo ao chão, derrubando Opal no processo. Ela solta um grito agudo no momento em que quicamos no chão da cozinha, e então caímos como um saco de batatas. Meu impulso imediato é tentar rolar para longe, mas isso nos emaranha ainda mais até que nós duas estamos deitadas no chão frio de madeira em um silêncio atordoado, levemente ofegantes pela comoção.

Depois de alguns segundos, um leve tremor percorre o corpo de Opal.

— Você está bem? — pergunto, piscando para o teto enquanto tento me recompor.

Opal continua tremendo.

— Estou bem — ela finalmente solta um suspiro, seu corpo inteiro está tremendo.

É o som abafado e forte que vem a seguir que me faz perceber que Opal não está segurando as lágrimas. A herege está *rindo*. É nesse momento também que percebo quão próximos nossos corpos estão um do outro.

Sinto o calor da risada de Opal no meu pescoço, nossas pernas enroladas com firmeza, os nós dos dedos de Opal encostando nos meus quando ela levanta a mão e tira do rosto sua franja rosa.

Eu saio daquela posição, andando de ré como um caranguejo até bater nos armários, apoiando-me na bancada para me levantar.

— Eu lhe disse para deixar comigo — eu vocifero, olhando para o rosto corado de Opal, seu nariz enrugado de tanto rir. Como essa mulher pode achar graça disso?

A risada de Opal morre, e ela pisca para mim com aqueles grandes olhos azuis.

— Você está... você está brava comigo ou algo do tipo?

Junto meu cabelo para fazer um rabo, puxando-o tanto até quase fazer uma careta.

— Não posso dizer que você é minha pessoa favorita no momento.

Opal se senta, o olhar fixo em mim, e eu tenho que desviar os olhos de seu rosto levemente carrancudo repleto de preocupação. Esse rosto carrancudo não tem o direito de ser tão fofo assim.

— Sinto muito. — Sua voz é suave. Gentil. Ela me desmonta. — Só estava tentando ajudar.

— O que me ajudaria é se você fosse embora. — Eu uso minha raiva como apoio, segurando-a com as duas mãos. A raiva é fácil. Justificada. Quem é essa mulher para invadir minha vida e bagunçar tudo?

A dona da propriedade, sua idiota.

— Eu... — Opal morde o lábio, me olhando de maneira tão temerosa que a raiva se dissipa. — Eu não sei o que fazer — ela sussurra. — Sinto muito por ter causado tantos problemas, mas eu... eu não tenho nem ideia do que fazer.

Fecho os olhos com força, passando a mão na testa enquanto tento pensar em alguma solução.

— Eu poderia entrar em contato com Trish. Ver se ela estaria disposta a desfazer a venda — Opal oferece, aquela pitada de otimismo sempre presente.

— Ela não vai fazer isso.

— Talvez faça. Eu poderia...

— Ela *não vai* — digo de maneira enfática. Muito agressiva. Mas Trish só vai fazer o que favorece ela própria.

Opal me lança outro olhar magoado, fazendo eu me sentir tão culpada quanto se eu estivesse gritando com o Bambi. Depois de um momento, ela se levanta, tirando a poeira do corpo e endireitando os ombros.

Ela levanta o queixo assumindo um ar desafiador... ela não parece totalmente confortável com a sensação.

— Pare de falar comigo como se eu fosse sua inimiga — ralha ela, o maxilar cerrado e a voz mais séria do que eu pensei que ela fosse capaz. — Eu não sou. Juro que não sou. Estou tentando ser sua parceira para encontrar uma solução para esta confusão, mas você está dificultando muito as coisas com a maneira como fala comigo.

Pisco, surpresa, uma onda de culpa percorre minha espinha.

— Desculpe. Não quero ser uma babaca. Isso é simplesmente... — Eu balanço a mão de maneira brusca.

— Isso também não é o ideal para mim — reconhece Opal, sua voz suavizando lá no fundo, mas seus olhos ainda mantendo um certo brilho. — Eu tinha planos para este lugar. Para o meu futuro. Gastei a maior parte do dinheiro que tinha para comprá-lo e o restante para adquirir material para o meu negócio. Não posso desistir desse investimento. Não sobraria nada para mim.

— Uma de nós vai acabar sem nada — sussurro, a verdade por trás dessa situação revira meu estômago. Enfio a mão no bolso, pego um raminho de lavanda murcho e o passo entre meus dedos. Opal observa o movimento.

— E se eu comprar a fazenda de você? — sugiro, incapaz de esconder o desespero que ameaça partir meu peito em dois. Mas o desespero já faz parte de mim. Vou fazer qualquer coisa — sem sombra de dúvidas *qualquer coisa* — para manter o único lar que já tive.

Opal encolhe um dos ombros sem fazer esforço.

— Com certeza isso resolveria alguns dos nossos maiores problemas.

A velocidade do meu estímulo repetitivo aumenta conforme a ansiedade e as ideias atingem minhas entranhas.

— Só que... eu precisaria de um tempo para conseguir fazer isso. Não tenho tanto dinheiro guardado assim. Poderíamos combinar um esquema de descontar as parcelas do meu pagamento? Com os lucros das vendas da fazenda? — Considerando a péssima situação das finanças da Thistle and Bloom, isso provavelmente levaria uma vida inteira. Mas talvez haja uma esperança? Alguma coisa que daria para economizar, as operações se tornariam ainda mais enxutas? — Ou eu poderia tentar fazer um empréstimo?

Opal dá de ombros de novo.

— Por mim, tudo bem.

Meu cérebro engasga, enquanto infinitos "e se" competem por atenção.

— Poderíamos chegar a um acordo? Depois desta temporada, eu lhe dou o que eu ganhar, e talvez seja o suficiente para amortizar o total? O suficiente para que você possa, hum, encontrar outro lugar para fazer seu... negócio de... sapatos?

Opal me dá um sorriso triste.

— E até lá?

— Eu...

Sou tomada por um tipo visceral de medo ao perceber que talvez não tenha um lugar para morar durante o verão e o início do outono. Lembranças da solidão — do desamparo — de ser aquela garotinha que não sabia onde seria seu próximo abrigo batem em minhas bochechas e chamuscam meus nervos. Meus lábios começam a formigar, as mãos a suar, no instante em que a ansiedade me atinge em cheio, a esperança desaparece como fumaça.

— Acho que poderíamos ser colegas de quarto por alguns meses, se você estiver disposta.

Levo um momento para processar o que Opal disse.

— Você quer dizer — minha voz soa rouca — que nós duas ficaríamos aqui?

— Se você estiver disposta — Opal repete, dando um passo em minha direção. — Eu sei que me intrometi muito na sua vida, mas se você não se importar em dividir o espaço... De qualquer jeito eu não costumo me virar muito bem morando sozinha. E as coisas não podem piorar para nós, né?

Tento engolir o nó na minha garganta.

— Acho que você deveria bater na madeira ou algo assim.

O sorriso de Opal retorna com força total, seu rosto inteiro resplandece. Sou invadida pela estranha sensação de que eu meio que... *senti falta* do sorriso de Opal nos instantes em que ele não estava presente. Isso é bizarro. E provavelmente só está acontecendo porque estou sendo bombardeada com tantas emoções que não consigo pensar direito.

Devagar, ela se inclina em minha direção, e meu coração bate com tamanha violência no peito que minha cabeça gira. Ela está... quase parece que vai pressionar esse sorriso na minha boca. Me mostrar qual é o gosto dele. Ela está a um sussurro de distância, o calor de sua pele fazendo cócegas na minha, e eu não posso fazer nada além de ficar parada ali enquanto ela diminui a distância e...

Muda de direção no último segundo, batendo os nós dos dedos no armário de madeira.

Ela se endireita, o sorriso ainda radiante.

— Temos um acordo? — Opal cutuca meu pé com o dela.

Assinto com a cabeça, lambendo os lábios, tentando recuperar o fôlego enquanto ele escapa de mim em rajadas intensas.

— Ok — consigo dizer afinal, minha voz meio derrotada, meio esperançosa. — Sim. Ok.

Opal solta um gritinho, depois bate palmas, sua energia como um raio iluminando o chalé.

— Podemos dar um abraço, colega de quarto?

Atordoada, eu sinto que estou dando um leve aceno de cabeça.

Num instante, os braços de Opal estão em volta do meu pescoço, puxando-me para perto. Sou bem mais alta do que ela, por isso tenho que me abaixar para que ela continue sem ficar na ponta dos pés, mas ela me aperta mesmo assim.

Deve ser pela força do abraço de Opal que todo o ar sai dos meus pulmões. Meu coração disparado. Meus membros inundados de calor.

— Isso vai acabar sendo ótimo, eu juro — Opal sussurra em meu ombro, a suave radiância de sua voz atinge minha espinha.

Como uma eterna pessimista, sei que é muito mais provável que acabe em desastre, e nenhuma de nós deve esperar alguma coisa diferente disso.

No entanto, por algum motivo desconhecido, deixei Opal continuar me abraçando — até retribuí de leve —, uma minúscula chama de esperança aparecendo em meu peito.

CAPÍTULO 8

OPAL

De qualquer ponto de vista meu novo começo não está indo muito bem.

O que é bom. Totalmente bom. Porque posso dar a volta por cima. Posso dar a volta por cima por completo em qualquer situação. Se alguém tem experiência em encontrar o lado positivo em uma pilha fumegante de merda, sou eu.

E daí que talvez nessa nova situação eu tenha que me mudar em cerca de quatro meses e provavelmente não ver a maior parte do meu investimento na propriedade pelos próximos anos? Detalhezinhos. O tipo de coisa com que os caras das finanças se preocupam. Eu não. Porque eu tenho todas essas habilidades de dar a volta por cima e tudo mais.

O importante é que não vou adiar meus sonhos nem por um só dia. Não. Só preciso dar uma transformada neles.

Moro aqui há uma semana e passei a maior parte dela arrumando meu (infelizmente) temporário quarto novo... e talvez encontrando o máximo possível de desculpas para me esconder aqui porque Pepper me assusta um pouco.

A semana não foi nada confortável. Nos primeiros dias, tentei que nem uma desesperada me aproximar de Pepper, aparecendo em seu caminho, perguntando sobre seu dia. Mas as respostas em forma de grunhidos monótonos da mulher acabaram com qualquer coragem que eu tivesse, e passei o restante do tempo escondida.

De pé na minha cama, furo dois pregos minúsculos em cima da minha janela para pendurar uma guirlanda que fiz de um papel artesanal velho cortado em formato de pássaros. O sol entra pela janela, capturando o brilho dourado das fibras entrelaçadas no papel grosso, e um vento leve faz os pássaros dançarem como se estivessem se preparando para alçar voo.

Olho para a grama que se estende por trás da casa, meus olhos fazem uma inspeção rápida, então pousam no pequeno borrão que é Pepper a distância. Meus olhos sempre parecem pousar nela.

Esta semana desenvolvi uma espécie de fascínio em vê-la trabalhar, o que, de modo objetivo, parece assustador. Mas é um fascínio na maneira como ela se mexe. A regularidade de suas tarefas. A ternura precisa com que cuida das milhares de flores ao seu redor. Ela se move entre as flores como alguém que se move pela casa em que nasceu, com um senso intuitivo, de propósito e pertencimento — sabendo exatamente onde ela é necessária e o que fazer. Eu me pego desenhando-a — o arco de suas costas e a curva de sua cabeça enquanto ela se inclina em direção às flores — com mais frequência do que eu gostaria de admitir.

É cativante ver alguém tão confortável na natureza.

E essa também é praticamente a única oportunidade que tenho de conhecer minha nova colega de quarto. Por mais delicada e carinhosa que Pepper seja com sua plantação, ela é espinhosa e áspera sempre que interagimos na casa... quando ela não está me evitando e vice-versa.

Ela não confia nem gosta de mim, o que é justo, mas não é bom viver sob tanta tensão. Eu gosto mesmo de gente, e uma sensação dolorosa de solidão continua aumentando dentro de mim a cada dia em silêncio.

Com um suspiro, limpo a poeira das mãos nas coxas e pulo para o chão, avaliando o quarto e meu trabalho.

Eu amei como ficou.

Estou enfiada nos fundos do segundo andar, com luzes de fada penduradas no teto inclinado e emoldurando uma janela redonda que dá para um bosque. Várias bugigangas e peças de arte que trouxe comigo estão acomodadas em cada centímetro livre de prateleiras e armários, além de uma tapeçaria que pintei à mão alguns anos atrás — retratando um buquê de violetas e suas delicadas raízes entrelaçadas e cobertas de terra —, que está pendurada atrás da cabeceira da minha cama. Não importa quão temporária seja minha estadia, estou determinada a fazer deste quarto um santuário pequeno e aconchegante.

Sem ter o que fazer, crio coragem e decido explorar o restante da casa.

O andar de cima tem dois quartos — meu quarto à direita da escada, o de Pepper à esquerda —, com um banheiro que dividimos no fim do corredor. O teto é alto, com uma elevação no meio, o telhado inclinado de ambos os lados da estrutura forma um A.

Desço silenciosamente os degraus de madeira que emitem estalos até o espaçoso andar térreo. A cozinha, que se conecta à ampla varanda do chalé, é repleta de armários abertos, um arco-íris escuro de pratos e canecas que não combinam entre si e frigideiras de ferro fundido enchendo os cubículos. Uma grande janela em cima da pia da fazenda deixa entrar um feixe de luz dourada que bate direto na mesa redonda de jantar feita de madeira que fica ao lado.

O espaço faz a transição para a sala de estar, que conta com uma lareira de pedra no centro do aconchegante cenário, um sofá espaçoso com mantas e almofadas espalhadas, poltronas reclináveis aveludadas posicionadas dos dois lados. Grandes janelas se abrem para fileiras de flores, o celeiro vermelho — onde parece que a maioria dos floristas vêm para retirar suas encomendas — ergue-se orgulhosamente a distância. Não sou corajosa o suficiente para me jogar naquele sofá como estou tão profundamente tentada, mas pelo menos me permito ficar por alguns minutos, passando as mãos sobre as diferentes texturas com uma exploração suave que eu ainda não havia me permitido.

Tudo isso envia um arrepio de conforto irrestrito à minha espinha. Entrar nesta casa é igual a ser transportada para um pequeno universo alternativo onde tudo cheira a lavanda e nenhum dos problemas do mundo podem atingir você desde que esteja aconchegado em seu espaço acolhedor e agradável.

Com uma respiração profunda e um rápido olhar para a porta dos fundos, sigo pelo longo corredor ligado à sala de estar, encontrando um outro banheiro e uma porta fechada no final.

Infelizmente, sou intrometida por natureza, e portas fechadas me chamam com um canto de sereia tão forte que em geral me sinto atraída a abri-las. Sem pensar muito, giro a maçaneta da porta de pinho, deixando-a se abrir para revelar um quarto totalmente mobiliado.

Este terceiro quarto é um pouco maior do que os de cima, inundado de luz pelas duas janelas largas que dão para os fundos da propriedade. Há uma cama arrumada com esmero num canto, uma penteadeira e um espelho no canto oposto — pequenos potes de loções e pós alinhados em uma fileira organizada, um vaso de flores secas do outro lado.

Ainda que o cômodo seja arejado e iluminado, uma fina camada de poeira repousa sobre os móveis, uma certa tristeza paira no espaço, como se sua fonte habitual de luz tivesse sido apagada e ele estivesse esperando por uma nova.

Meu coração rodopia de empolgação. Seria o local perfeito para o estúdio, onde eu começaria a trabalhar com meus sapatos.

Uma série de fotos está pendurada na parede, uma jovem morena que se parece muito com Pepper em cada uma delas. Incapaz de resistir às molduras reluzentes e sorrisos radiantes, eu me desloco a fim de olhar mais de perto quando uma voz grave e irritada soa perto do meu ouvido.

— Não entre aí.

Eu me assusto, então me viro, olhando para o rosto zangado de Pepper.

— Por quê? — sussurro. — É amaldiçoado? Radioativo? Assombrado?

Pepper recua.

— Não é da sua conta. Simplesmente fique longe daí.

Sou invadida por um desânimo, marcas de constrangimento se espalham pela minha pele. Odeio ser uma sensível crônica, sofrendo com um tipo de dor profunda e desagradável que aparece apenas por uma escolha de palavras.

— Preciso de um lugar para trabalhar — declaro, enrijecendo a coluna e esperando parecer mais forte do que sinto que sou. Esta situação é tão familiar quanto um abraço e forte como um tapa. Seria tão fácil ceder ao tom gelado de Pepper e correr de volta para meu quarto; ficando encolhida o máximo possível até me fundir com o papel de parede para deixar todos ao meu redor mais confortáveis.

Mas esse era o meu antigo eu. O novo eu é duro e implacável... ou pelo menos o novo eu está *fingindo* ser essas coisas.

Infelizmente, testar esse novo eu com uma pessoa como Pepper — ou seja, gostosa de uma maneira intimidadora, com feições marcantes e majestosas, de estatura alta e olhos da cor de biscoito de gengibre que revelam uma mágoa oculta — está se tornando um tanto quanto desafiador. Como posso ser assertiva quando o que eu prefiro fazer é pedir com delicadeza a essa mulher linda para me sufocar com aquelas pernas infinitamente longas?

— Bem, não vai ser aqui — Pepper determina, fechando a porta com um barulho irrefutável e depois enfiando as mãos nos bolsos do macacão.

Fico ainda mais desanimada, a sensação acomodando-se confortavelmente no meu corpo, mas faço um teatrinho olhando ao redor de maneira dramática.

— Então, acho que a sala de estar vai ser a opção...

Pepper solta um ruído que só pode ser descrito como um rosnado.

— Odeio mudanças — ela murmura, passando a mão pelo rosto.

Ela parece genuinamente angustiada, e a determinação que eu tinha me abandona. Não há precisamente nada que eu deteste mais do que causar sofrimento a outras pessoas.

— Vou pensar em alguma coisa — digo com um aceno, esperando que a grande confusão de sentimentos no meu peito não emperre minha voz.

Pepper me encara, ela me olha de cima a baixo. Sei que o olhar não deve ser de avaliação, mas, macacos me mordam se eu não fico toda vermelha mesmo assim.

— Venha comigo — Pepper diz com uma voz estável e determinada enquanto se vira e sai pisando firme pelo corredor.

Algo no tom de voz sério de Pepper e no balanço suave de seus quadris quando ela se move com tanta firmeza me leva a pensar que eu faria praticamente qualquer coisa e tudo o que ela me pedisse. Uma confirmação desnecessária de que sou, em resumo, uma baita de uma trouxa com pessoas bonitas mesmo com aquelas que são levemente autoritárias.

Sigo atrás dela, tentando fazer o melhor que posso para encurralar meus pensamentos descontrolados numa prisão destinada a conter o tesão.

Na porta da frente, Pepper calça o clogs, quase sem diminuir o ritmo, enquanto eu me atrapalho como Bambi no gelo tentando calçar meus tênis. Entre caminhadas e corridas um tanto quanto desajeitada, alcanço Pepper, que já está na metade de uma fileira de flores altas e de um cor-de-rosa vivo. A fazenda inteira parece um pequeno e perfeito Éden, com canteiros infinitos de flores espalhados pelo terreno como uma colcha de retalhos. Algumas crescem esbeltas e orgulhosas, as faces das pétalas erguidas para o sol, outras são mais curtas, espalhando-se largamente enquanto abraçam a terra.

— Você plantou tudo isso sozinha? — pergunto, passando de leve as pontas dos dedos pelas folhas cor de esmeralda enquanto caminhamos.

Pepper olha para mim, com um ar sério e desconfiado.

— Não.

Ela abre a boca como se fosse dizer mais alguma coisa, mas em vez disso balança a cabeça em negação, enfiando as mãos nos bolsos e se abaixando para se proteger dos intensos raios do sol do meio-dia.

Legal. Muito divertido. Justo eu que de fato, de verdade, *realmente* amo todo esse lance constrangedor pra caramba de conversa fiada.

— Eu não sou de conversa fiada. Tenho autismo. Minha mente simplesmente rejeita todo esse conceito.

Levo um momento para processar o que Pepper falou e que, aparentemente, pronunciei meu último pensamento em voz alta.

— Merda. Eu... hum. Sinto muito — balbucio.

Pepper para no meio do caminho, lançando-me um olhar capaz de matar: olhos semicerrados e lábios contraídos.

— Não sinta. Não é como se fosse uma doença terminal.

Pisco devagar algumas vezes, tentando descobrir como as coisas estão saindo dos trilhos de maneira tão desastrosa e rápida. Repasso a conversa na minha cabeça algumas vezes.

— Porra. Não. Eu não quis dizer que sinto muito por você ter autismo. — Minha língua enrosca nos meus dentes enquanto falo. — Quis dizer que sinto muito pelo que falei, fui grossa. Merda. Eu não quis dizer isso de *forma alguma*. Eu... — Gesticulo freneticamente, tentando descobrir o que dizer.

Pepper arqueia uma sobrancelha escura e perfeita no momento em que começo a engasgar com o ar.

— Eu não quis dizer isso, é sério — grito, por fim.

O rosto de Pepper dá uma suavizada.

— Acredito em você. Eu posso... — Ela inclina a cabeça para trás, olhando para o céu como se as palavras que está procurando estivessem escritas nas nuvens. — Ficar na defensiva em relação a isso. As pessoas em geral têm uma reação ridiculamente pesarosa quando menciono que tenho autismo, como se fosse uma questão sensível para mim ou algo assim.

— Não acho isso de jeito nenhum — sussurro, dando um pequeno passo em sua direção.

Pepper olha para mim por um momento, os olhos explorando meu rosto. Algo em seu olhar parece próximo. Íntimo. Como se um fio delicado estivesse tecendo o caminho entre nós. Então, encolhendo os ombros de maneira audaciosa, ela vira e começa a andar de novo.

— Tenho quase certeza de que sou neurodivergente — deixo escapar, praticamente gritando as palavras enquanto volto a segui-la.

Ela olha para mim e depois se concentra de novo na grama.

— Só quando eu estava na faculdade de artes que um médico mencionou essa possibilidade — continuo, as palavras saindo descontroladamente de mim, aquelas que eu queria contar a alguém há tanto tempo, que se transformaram em um nó pesado no meu peito. — A grande questão era o controle dos impulsos. Porque ao que tudo indica eu não tenho nenhum. — Solto um suspiro forte e autodepreciativo que me rende um segundo olhar de Pepper.

Estou começando a me sentir um pouco melhor quanto a esses olhares, como se não fossem olhares suplicantes me dizendo para calar a boca, mas um convite tácito para dizer mais.

Meu olhar cruza com o dela e se fixa. Depois de um instante, Pepper arregala os olhos de leve, como se ela estivesse nervosa. Limpo a garganta, lembrando a mim mesma de desviar o olhar. Eu melhorei no quesito deixar de encarar as pessoas com o foco a laser, que é o meu normal — aprendi com Olivia e Ophelia quando eu era mais nova que a intensidade desse olhar pode deixar as pessoas desconfortáveis —, mas algo no rosto de Pepper é tão dinâmico, tão cativante, que não consigo evitar.

— E embora Savannah, na Geórgia, não pareça logo de cara ser um lugar de festões — prossigo —, sem sombra de dúvida encontrei grupos nessa vibe quando eu morava lá por causa da faculdade. Depois de precisar do serviço de saúde da faculdade pela terceira vez em um mês por causa de desidratação e/ou para tomar a pílula do dia seguinte, comecei a ser atendida por um conselheiro estudantil de lá.

— Ter que ser atendida por um conselheiro para discutir sua vida sexual parece um pouco puritano — comenta Pepper, contraindo os lábios enquanto tira o cabelo do ombro.

Sorrio.

— Acho que foi mais por causa da combinação de álcool em exagero e o uso frequente de drogas mais o sexo que levaram a isso.

Pepper abre e fecha a boca algumas vezes.

— Ah — ela diz, por fim.

Meu sorriso fica maior. Não tenho vergonha do meu passado de curtição. Na verdade, todas as escolhas imprudentes me lançaram ao fundo do poço — a depressão que surgia depois das bebedeiras me colocava em risco de ser reprovada em mais de uma matéria em razão de projetos inacabados. Foi no fundo do poço que aprendi a realmente encarar a mim mesma e meu cérebro turbulento em vez de tentar anestesiar tudo.

Sem sombra de dúvida, a vida parece ser mais fácil no fim de um baseado com uma quarta bebida na mão ou enrolada nos lençóis com uma pessoa aleatória. Desde pequena, quando eu era uma criança quase selvagem, procuro algo para abafar meus pensamentos, fazer meu coração disparar, desacelerar meu cérebro. Eram picos de açúcar e novos melhores amigos e paixões sem fim e a adrenalina de um novo *hobby*. Eram cigarros fumados no estacionamento da minha escola e goles roubados do armário de bebidas dos meus pais.

É uma necessidade básica e primitiva de *mais*. Estímulo. Dormência. Adrenalina. Apagões. Meu cérebro quer tudo.

Contudo o *mais* tem seus limites e alcançá-los não é muito agradável.

Aos poucos, com os dentes cerrados e um conselheiro particularmente prestativo, aprendi a parar de tentar alimentar a dormência e, em vez disso, canalizar cada dolorosa emoção que sinto para qualquer tela que esteja à mão.

— De qualquer forma, depois que contei ao conselheiro estudantil sobre meu hiperfoco e esse tipo de... necessidade *desesperada* de estímulo, ele levantou a hipótese de que eu poderia ter TDAH ou autismo. Conversamos muito sobre isso, depois fiz algumas pesquisas por conta própria, e ambos se sobrepuseram e se encaixaram de maneiras diferentes. Procurei fazer exames para as duas hipóteses, mas eles eram extremamente caros e a fila de espera era de algo em torno de onze meses, então eu simplesmente disse foda-se. Neurodivergente está bom e não preciso saber mais do que isso. Sei como me sinto e vivencio o mundo.

A esta altura, Pepper tinha parado de andar, sua boca formava uma linha firme. Ansiedade e constrangimento se entrelaçam em meu peito.

— Desculpe. Tenho certeza de que foi uma exposição desnecessária — digo, cravando as unhas na palma da mão enquanto olho fixamente para a terra, querendo que um buraco fosse aberto para me enterrar nele.

Pepper pigarreia.

— Posso lhe garantir — ela diz num tom de voz suave como uma pétala de rosa — como alguém com pouco ou nenhum instinto natural do que é socialmente aceitável em conversas, que não pareceu nada com uma exposição desnecessária.

Um pequeno soluço de felicidade paira no meu peito.

— Acho que temos algo em comum, no fim das contas — respondo, esticando meu pé para cutucar o dela.

Os olhos de Pepper se voltam para o meu rosto, e o mais discreto dos sorrisos aparece em seus lábios.

— Dizer que estou chocada é um eufemismo.

Solto uma risada estridente, tapando a boca com a mão quando percebo o pulo assustado de Pepper.

— Vamos — Pepper diz, liderando o caminho mais uma vez.

Andamos um pouco mais longe pelas fileiras de flores, alguns canteiros completamente floridos, outros num tom de verde vivo com botões prontos para abrir.

— Serve? — Pepper pergunta com um movimento brusco do pulso, parando em um galpão a alguns metros do celeiro.

— Para quê?

Pepper solta um suspiro como se eu fosse extremamente tapada.

— Sua fábrica de calçados.

Bufo, dando uma olhada mais atenta no galpão.

A construção está praticamente em ruínas, com uma tinta verde bem descascada, expondo a madeira destruída pelo tempo. Uma pequena porta com dobradiças de ferro está torta perto do batente. Eu a empurro e dou um passo desconfiado para dentro.

Está sujo, mas seco, manchas de terra decoram o chão. Grandes janelas foram colocadas no meio de três paredes, deixando entrar feixes brilhantes de luz que transformam as partículas de poeira em faíscas. Vejo se os vidros estão funcionando, confirmando que posso abri-los para deixar sair o vapor de tinta. Com exceção de algumas pás intrometidas, o espaço está vazio, e já consigo imaginar minha mesa de trabalho em um canto, uma área de secagem em outro. Um local para material nas prateleiras já instaladas numa parte das paredes.

Uma volta rápida ao redor do galpão mostra a hera subindo pela parte de trás enquanto flores e grama alta abraçam a base. Eu me inclino para ficar mais perto de uma flor branca, suas pétalas delicadas e abertas em direção ao sol, e observo uma abelha zanzando com preguiça ao redor do miolo, coletando pólen.

— E aí? — Pepper diz, com uma voz ligeiramente aguda.

Olho por cima do ombro e a encontro me observando atentamente, sobrancelhas franzidas e boca inclinada para baixo, uma expressão de nervosismo. Sorrio para ela, e a tensão de seus ombros dá uma aliviada.

— Vai servir — respondo de maneira recatada, meu sorriso ainda aumentando à medida que me levanto e a encaro.

— Vai? — Pepper se aproxima dando um passo com certa insegurança.

Algo em seu movimento hesitante e a preocupação genuína em sua voz me impulsionam para a frente, e eu rio enquanto a envolvo em um abraço.

— Está perfeito — digo, apertando-a firme. — Obrigada.

Pepper fica rígida em meus braços, e estou prestes a me afastar, preocupada que a tenha deixado desconfortável ao tocá-la tão de repente. Mas ela me surpreende ao me dar um aperto rápido, em seguida ela pigarreia ao mesmo tempo que se afasta.

— Bem... então, um problema a menos na nossa lista interminável.

— Estou surpresa que você não use isso para as coisas da fazenda — falo, enfiando minha cabeça de volta no galpão.

Pepper passa por mim.

— Na verdade, nunca vimos necessidade de usá-lo. — Ela junta as pás e sai pela porta em direção ao celeiro. — Um fazendeiro aqui perto deu a Lou depois que ele decidiu se aposentar e se mudar para mais perto dos filhos alguns anos atrás, e ela nunca foi de recusar o que era de graça. É uma construção bonita, mas um tanto mal vedada. Lou tinha receio de que insetos entrassem atrás de quaisquer sementes ou tubérculos que tentássemos guardar lá, e ela já tinha as ferramentas organizadas do jeito que ela gostava no celeiro. Está aqui, esperando para ser usado.

— Quem é Lou? — pergunto, saltitando atrás de Pepper enquanto ela entra no celeiro, o cheiro doce de terra sombreada enchendo meus pulmões. Inclino a cabeça para cima, olhando para as vigas que se cruzam lá no alto.

Pepper para de repente, e eu vou direto de encontro a ela, minha testa bate em sua escápula e seu cotovelo acerta minhas costelas.

— Ah, droga. — Dou um passo para trás, esfregando o ponto acima do meu nariz. — Precisamos colocar um sino ou algo assim em você, ou não vou sair dessa viva.

— Desculpe — Pepper diz com voz rouca e baixa.

— Você está bem? — pergunto, seu rosto pálido.

Pepper está parada, o olhar fixo à frente, intenso, mas vago, a boca entreaberta e os cantos dos lábios curvados para baixo. Depois de um momento, ela balança a cabeça, transformando a expressão em algo um pouco mais neutro.

— Lou é — *era* — minha avó. Ela começou a Thistle and Bloom — Pepper esclarece, largando as pás que carregava e esfregando as têmporas em círculos viciosos. — Ela faleceu em novembro.

Sinto minha garganta apertar à medida que as emoções me inundam. Odeio ver as pessoas tristes, e algo na maneira silenciosa e contida com que Pepper reprime sua dor me faz desejar poder arrancar tudo isso dela e engolir, deixando que me consuma em seu lugar.

— Minha avó plantou muitas dessas flores — Pepper fala num rompante, e depois se encolhe. — Quer dizer, isso é bem óbvio, eu acho. Ela praticamente lavrou a fazenda inteira, então é claro que ela plantou as flores.

Ela solta uma risada abafada que corta meu estômago.

— Desculpe — Pepper continua, passando a mão no rosto, suas bochechas brilhando vermelhas enquanto ela continua a conter a emoção que claramente quer vir à superfície. — Eu sinto muita falta dela e às vezes isso me pega do nada.

Sem pensar, dou um passo à frente, envolvendo-a em outro abraço. Isso parece derreter Pepper, ela passa os braços em volta de mim à medida que se prende no meu abraço.

Ela inspira o ar de maneira profunda, segura-o no topo da garganta até que sua força esteja pressionando nós duas. Com toda a gentileza possível, passo a mão pelos cabelos de Pepper, acompanhando-os por toda extensão até onde terminam no meio das costas, depois com os dedos faço pequenos círculos para cima e para baixo em suas costas.

Algo nela se solta, um soluço estridente que sacode seu corpo, seus braços me apertando com mais força. Tenho o pensamento bizarro e sedutor de que gostaria de poder abraçá-la para sempre. Abraçar essa mulher calada e espinhosa enquanto ela chora e enquanto está feliz. Eu quero...

— Pepper? Você está bem?

Pepper afasta-se de mim, virando-se em direção a uma nova voz, e eu me sinto dolorosamente... vazia, meus braços caem para as laterais do meu corpo com uma chicotada.

— Estou bem — Pepper diz, passando as mãos pelo rosto. — Alergia — ela diz, a voz trêmula e molhada.

A mulher revira os olhos e solta um suspiro antes de diminuir a distância e puxar Pepper para um abraço, embalando a parte de trás de sua cabeça e passando a mão pela extensão de suas costas.

— Claro que é, meu amor.

Pepper solta um som engasgado, depois se aninha mais perto da mulher, encontrando conforto em seu toque. É íntimo e lindo e não tem o direito de consumir com tanta força meu coração sensível demais.

É óbvio que essas duas são próximas, e quaisquer sentimentos confusos e *ridículos* que eu tenha evocado do nada um minuto atrás fazem eu me sentir uma completa idiota. Preciso sair daqui. Deixá-las em paz. Afastar essas emoções intensas que estão deixando marcas na minha pele.

Tento sair em silêncio em direção à porta, mas, sendo uma pateta crônica, naturalmente esbarro no que só posso descrever como as ferramentas de jardinagem mais barulhentas que o ser humano já conheceu, todas elas batem umas nas outras enquanto tropeço nelas, fazendo-me cair para trás até derrubar uma caixa de ferramentas inteira.

As duas mulheres se separam, ambas me encarando com inquietação enquanto pás, enxadas e outros objetos de metal escandalosos demais continuam a cair no chão.

Por fim, o silêncio sobrevém e infinitas ferramentas estão ao meu redor, fazendo de mim um alvo envergonhado no centro. A mulher pisca perplexa na minha direção, franzindo as sobrancelhas.

— Pepper — ela diz com voz desconfiada. — Quem é essa daí?

CAPÍTULO 9

PEPPER

— Ninguém — Opal diz antes que eu possa respirar. — Juro. Não há nada com que se preocupar.

Minhas sobrancelhas franzem.

— Que coisa realmente bizarra de se dizer.

Opal vira-se para mim, batendo as mãos diante dela, um rosa profundo subindo pelo seu pescoço e pelas bochechas. Há algo um pouco... cativante naquele rubor.

— Quer dizer... hum, eu não queria que sua namorada pensasse que algo estranho estava acontecendo.

Diksha e eu nos entreolhamos, e nos encaramos como se estivéssemos correndo para resolver uma equação matemática extremamente complexa.

Então, caímos na gargalhada.

Diksha inclina-se em minha direção, uma mão apoiada no meu ombro enquanto ela respira fundo, seu corpo inteiro tremendo. Enterro a cabeça nas mãos quando um pequeno respiro escapa.

Um som agudo, meio histérico, ecoa pelo celeiro, e olho para Opal. Ela está fingindo... rir? Eu acho? Olhos arregalados e boca aberta em um sorriso largo e assustador.

— Nós não estamos juntas — esclareço, apontando entre mim e Diksha.

— Pepper bem que queria — brinca Diksha. Dou-lhe um pequeno empurrão em sua segunda rodada de risadas incrédulas. — Sou uma mulher casada — acrescenta Diksha, exibindo seu dedo anelar como se estivesse mostrando o dedo do meio a Opal.

— Oh — diz Opal, sua boca faz o formato da palavra. Ela assente algumas vezes, o rubor ainda manchando suas bochechas e a ponta do nariz.

— Então, a questão ainda permanece: quem diabos é você? — Diksha diz, as sobrancelhas arqueadas enquanto ela dá um passo na direção de Opal. Opal recua rápido, pisando de novo em um ancinho e provocando mais barulho com as minhas ferramentas. Vejo os lábios de Diksha se contorcerem de satisfação.

Embora Diksha mal alcance meu ombro, ela tem uma tendência a se transformar em uma mãe ursa imponente sempre que alguém novo está por perto. Ela é implacável e rápida e consegue ler as pessoas como se cada motivo estivesse escrito em sua pele. E ela está sempre em alerta máximo quando se trata de mim.

É um pouco constrangedor admitir que, como uma mulher adulta, eu meio que preciso da proteção dela. Mas já confiei nas pessoas erradas vezes o suficiente e agora sigo mais o instinto dela do que o meu.

— Esta é Opal — digo, já que Opal parece estar muito nervosa para falar. — Ela... bem, acho que ela tecnicamente é dona da fazenda.

— Você encontrou o testamento? — Diksha se vira para mim com os olhos arregalados, e rugas de preocupação marcam seu rosto.

Solto o suspiro mais longo do mundo, uma tensão aguda crescendo atrás dos meus olhos e descendo pelo meu pescoço. Não contei nada a Diksha sobre a semana anterior, incapaz de me forçar a falar sobre isso, ouvi-la me dizer todas as coisas que eu tenho que fazer para consertar essa situação.

— Não exatamente.

Há uma pausa e, então, Diksha faz um gesto exasperado, girando os pulsos em grandes círculos como se ela pudesse adivinhar os detalhes do nada.

— É... — Olho para Opal. Sua boca está comprimida e a testa franzida. Algo em seu olhar culpado faz eu me sentir... Não sei exatamente como isso faz eu me sentir, mas sei que é um pouquinho amada e comovida e totalmente ridícula. — É uma longa história que, claro, envolve Trish.

Diksha não perde o ritmo, iniciando um monólogo excepcionalmente gráfico, mas inteligente, de xingamentos a Trish que começa com *perua tosca e negligente* e termina com *pilantra fútil e vazia.*

— Isso foi incrível — Opal sussurra quando Diksha faz uma pausa longa o suficiente para respirar.

Diksha olha duas vezes para ela.

— E você está do lado de Trish? — ela pergunta, indo em direção a Opal mais uma vez.

Os olhos de Opal arregalam e ela cai para trás, batendo direto na parede do celeiro, a cabeça indo para a frente com o impacto e me fazendo estremecer em solidariedade.

— Não. Quero dizer, mais ou menos. Mas de verdade não. Eu não... Eu não estou... — Opal olha para mim totalmente desesperada enquanto esfrega a parte de trás da cabeça.

Coloco uma mão no ombro de Diksha, puxando-a para trás e me inserindo entre as duas.

— Opal é parte inocente do último esquema de Trish. — Dou a Diksha um panorama geral dessa situação perversa, e o fato de ela parecer tão preocupada quanto eu não ajuda muito.

— Isso é inacreditável — comenta Diksha, ainda olhando para Opal com desconfiança.

Impotente, dou de ombros. *Inacreditável* resume tudo.

— Então, o quê? Você está deixando essa estranha ficar aqui? Você está louca? — Diksha diz, virando-se para mim.

— Na primeira noite deixamos uma regra bem clara de que ninguém vai assassinar ninguém — argumenta Opal de seu canto. — Até agora tem funcionado.

Diksha não ri, mas meu lado quinta série, sim, e os lábios de Opal se abrem em surpresa, então transformam-se num sorriso suave.

— Por favor, diga que você tem um plano, Pepper. Eu imploro.

Suspiro, esfregando a cabeça de novo, a tensão enorme de antes construindo uma ponte entre minhas têmporas.

— O plano é... O plano é...

— Inexistente? — Diksha diz rosnando.

— Não é nenhuma maravilha — admito, levantando as mãos. — Mas é o melhor que temos. Vou comprar a fazenda de Opal aos poucos. Fazer um pagamento substancial no fim da estação...

— O suficiente para que eu possa encontrar outro lugar para pintar meus sapatos — Opal entra na conversa.

Diksha pisca para ela.

— ... Pintar sapatos?

— E, depois, vou buscar um empréstimo ou algo assim. Entrar em algum tipo de consórcio — concluo. Eu mesma estou achando que isso deve ser insuficiente, e o silêncio que toma conta do celeiro confirma isso, de modo escancarado e intimidador.

— Isso é absurdo — Diksha diz por fim, esfregando os olhos com as mãos. — E você precisa contratar um advogado.

— Não tenho condições de pagar — resmungo.

Os ombros de Diksha desabam de desânimo, e um pouco de sua dureza começa a derreter pelas bordas.

— Na verdade, passei para lhe contar sobre algo que pode ajudar a fazenda — diz ela, passando a mão pelo cabelo. — Parece mais pertinente do que nunca.

Meu coração acelera. Por favor, todas as deusas de cima e de baixo, que seja algum tipo de ajuda financeira grande o bastante e viável para resolver todos os meus problemas.

— O que é?

— Você já ouviu falar do Festival de Arte Viva?

Eu desanimo.

— Não me considero uma fã de festivais, Dee. — Qualquer tipo de festival — ou evento, ou reunião, ou maldita feira de produtores rurais, para falar a verdade — geralmente acaba sendo um completo pesadelo sensorial. Há tantos *barulhos* e *cheiros* e... sei lá, tanta *gente*, que minha bateria acaba na hora e eu passo o tempo todo me segurando para evitar um colapso em público.

— Esse é diferente — diz Diksha, balançando o pulso. — É uma coisa artística-intelectual. Uma exposição nacional de flores onde floristas e produtores rurais criam peças de arte incríveis. Tal viaja para participar todo ano.

Tal é uma florista brilhante que conquistou o mercado de casamentos da Carolina do Norte Ocidental com seus arranjos inovadores e escolhas ousadas de cor e composição. Tal também é uma das minhas maiores clientes de atacado e uma espécie de tábua de salvação financeira para a fazenda.

— Certo. O que é que tem?

Diksha lança-me um sorriso esperto.

— O Grove Park Inn é o anfitrião deste ano.

Pisco surpresa.

— Ah. Isso é ótimo. Tal não vai ter que viajar para muito longe. — O Grove Park Inn é um ponto turístico de Asheville, oferece acomodações para todos os gostos, de Fitzgerald a Obama.

Diksha revira os olhos.

— O objetivo do festival é a grande competição — ela conta. — Há, tipo, um milhão de categorias pequenas para Melhor Floração ou algo assim, mas para a grande competição, os participantes criam uma peça de flores que combine com o tema, e o vencedor ganha, escute só, cem mil dólares e uma matéria na *Something Blue*, uma das maiores revistas de noivas que existem.

Eu a encaro sem expressão.

— Novamente, ainda estou tentando descobrir o que isso tem a ver com a Thistle and Bloom.

Diksha aperta meus ombros com as mãos, julgando-me com um olhar severo.

— Você precisa entrar na competição.

Eu a encaro, esperando que ela vá rir. Do final de seja lá qual for a piada que eu não esteja entendendo. Eu não sou uma artista. Não sou criativa ou inovadora. Não tenho grandes ideias nem participo de competições. Fico na minha fazenda, mantenho minhas mãos no solo quente e ajudo as flores a crescerem até que estejam prontas para serem colhidas e admiradas por pessoas com vidas muito mais emocionantes do que a minha. E é assim que eu gosto da minha vida. Pequena, segura e simples.

— O tema deste ano é Amor em Flor — prossegue Diksha, ignorando meu silêncio. — Tenho certeza de que você consegue pensar em algo inteligente para isso.

— Uau. *Amor* que rima com *flor*. Que inovador.

— Que tal acalmar os ânimos, Meryl Streep? Com um prêmio desse tamanho, poderiam chamar a competição de *Rosas são vermelhas, violetas são azuis* e ainda valeria a pena. Cem *mil* dólares? Uma matéria na *Something Blue*? Só essa exposição já lhe renderia dinheiro suficiente para manter este lugar funcionando por anos. Isso pode ser uma baita oportunidade para você.

— Nããão — digo devagar, prolongando a palavra. — Pode ser uma grande oportunidade para uma pessoa que saiba fazer alguma dessas coisas artísticas. Alguém como Tal.

Diksha estala a língua contra os dentes.

— Tal foi destaque na *Something Blue* pelo menos três vezes. Mais elogios e a cabeça delu não vai passar pela porta. Além disso, Tal gosta de ir e observar. Absorver inspiração de outros ou algo assim. Trabalhar sob um tema definido, abre aspas, *interrompe o seu fluxo criativo*, fecha aspas. Você, por outro lado, precisa disso. Com bastante urgência, para ser franca.

— Prefiro que você não seja franca — sussurro. Eu realmente não preciso de ser lembrada de como estou ferrada.

Diksha joga o quadril para o lado e cruza os braços enquanto me encara.

Tento encará-la de volta, mas acabo piscando e desviando o olhar para longe.

— Acho que eu poderia pensar em entrar numa categoria menor? Mas nunca tentei cultivar uma, hã, dália premiada, ou algo assim.

— O prêmio das categorias menores é menos de cem dólares. Não valeria a pena. Você precisa tentar o maior.

Levanto minhas mãos em derrota.

— Eu não teria a mínima ideia de onde começar.

— Eu poderia ajudar.

Diksha e eu viramos a cabeça para olhar para Opal. Ela curva os ombros para a frente e morde o lábio inferior, os olhos arregalados com uma centelha de empolgação.

— Isto é, se você quiser. Sem pressão. Eu não quero, hum, me meter onde não sou... — Ela balança a mão enquanto procura a palavra. — Chamada — ela diz, afinal, as sílabas dançando em um suspiro de derrota.

— Fale mais — Diksha ordena, encarando-a com um olhar cético.

— Por favor, não — retruco. Não tenho espaço no meu cérebro para mais nada.

Opal dá um sorriso.

— Sou uma artista — ela explica a Diksha, aquele maldito sorriso crescendo. — Trabalho com trocentos tipos diferentes de arte. Tenho certeza de que poderia descobrir como prender algumas flores em uma estrutura. Para ser franca, acho que poderia ser incrível. As possibilidades são infinitas, principalmente com flores como essas à disposição — ela diz, gesticulando em direção à porta aberta do celeiro, minhas flores se espalhando pelo horizonte. — Na verdade, fiz algumas peças de instalação bem diferentonas alguns anos atrás, que exigiram um projeto e uma estrutura robustos, então pode ser muito legal. Acho que brincar com altura chamaria bastante atenção, não? O que você acha?

Levo um momento para perceber que ela dirigiu essa pergunta a mim.

— Sobre o quê? — digo, com um toque de desespero na voz. O cérebro de Opal parece transbordar de ideias que saem por sua boca a duzentos quilômetros por hora, enquanto eu as processo em um ritmo mais lento.

— De como fazer a maldita coisa! — ela diz, abrindo bem os braços. Os raios luminosos do sol, que entram pelas portas, refletem em Opal, mas de alguma forma seu sorriso é mais radiante que essa luz solar. Faço uma careta.

— Parece um investimento absurdamente caro com zero por cento de chance de retorno financeiro enquanto eu já tenho que lhe pagar trezentos mil dólares — respondo, esfregando as têmporas.

A mulher perturbada na verdade ri.

— Você é sempre tão pessimista?

— Sim. Isso torna a decepção *muito* mais fácil de aceitar.

Opal tem a audácia de resmungar.

— Que parte mesmo vai ser cara?

— Hum, vamos ver. Você quer construir um monumento gigante que exigirá... Não sei, madeira? Rede? Pregos? Material de construção civil? Então, você quer que eu separe a maior parte da minha *produção*, minha fonte real de renda, durante a alta temporada de vendas para a produção desse dito monumento? Isso não parece caro para você?

— Tenho certeza de que poderíamos descobrir um meio de fazer isso gastando pouco — ela diz, batendo o dedo nos lábios carnudos enquanto anda devagar em círculo. Dou uma olhada de soslaio para Diksha, esperando que tenhamos a mesma opinião sobre essa ideia ridícula, mas ela está encarando Opal com um interesse constante.

Depois de um momento, Opal estala os dedos e gira de volta para me encarar.

— Por que não colhemos uma quantidade menor a cada, hã, sessão... de colheita? Ou seja lá qual for o nome certo. E usamos qualquer uma que não venda também. Dessa forma, podemos construir um estoque, certo?

A esperança é uma semente farpada no centro do meu peito, doendo enquanto cria raízes. Digo não balançando a cabeça, arrancando o pequeno broto e jogando-o fora.

— É inútil. Mesmo assim, eu não seria de grande ajuda na execução, e parece um projeto grande demais para uma pessoa só assumir.

— Você tem dois meses para trabalhar nisso — diz Diksha, como se essa não fosse uma tarefa monumental que exigiria muito mais tempo do que isso.

Opal aparentemente tem uma resposta para tudo.

— Minhas irmãs são artistas! — ela quase grita. — Tenho certeza de que eu poderia pedir a elas que viessem aqui para ajudar. Trazer o material que elas já têm também. É incrível o que você pode fazer com sucata.

— Há mais de você? — balbucio com os olhos esbugalhados.

— Mais duas — Opal diz com um aceno. — Elas são brilhantes. Você vai amá-las. Vou mandar uma mensagem para elas agora mesmo.

Meu cérebro entra em curto-circuito só de pensar na força de três mulheres tipo Opal correndo pela minha fazenda. Atravesso o espaço que nos separa a passos firmes, seguro o pulso de Opal enquanto seus polegares saem em busca de seu celular.

Queria que o toque detivesse a situação crescendo em espiral, pausasse a vontade de fugir que atingia meu corpo. Em vez disso, ele concentra todas elas, um choque dispara no local onde toco Opal, subindo pelo meu braço e pelo meu peito, irradiando para cada centímetro do meu corpo. Tiro minha mão depressa.

— Não tenho condições de pagar pelo seu trabalho, mas de qualquer maneira os ganhos acabariam indo para comprar a fazenda de você. — Posso sentir os olhos de Diksha em mim, mas ignoro o olhar.

— Você não precisa nos pagar. Adoramos fazer coisas assim. E você pode usar os ganhos como precisar. Se for para comprar a fazenda de mim, ótimo. Se você precisar investir em algo diferente para ajudar a fazenda, eu também concordo.

Minha cabeça se inclina para trás como se ela tivesse me dado um tapa. Para ser sincera, isso provavelmente seria mais fácil de processar do que o que ela disse.

— Por que você faria isso?

Opal dá de ombros.

— Porque eu pensei que seria uma ajuda?

— Mas por que você... me ajudaria? — pergunto, a voz ficando mais alta pela confusão. — Por que você não iria querer o dinheiro nas mãos o mais rápido possível?

Aquele encolher de ombros de novo, Opal inclinando a cabeça enquanto olha para mim como se eu fosse um enigma complexo que ela não consegue resolver.

— Porque é a coisa gentil a se fazer?

Eu me afasto dela, atônita, a batida do meu coração chegando forte em meus ouvidos.

Gentileza? Ela está mesmo tentando me convencer de que isso é gentileza? O conceito é tão bizarro que minha pele fica arrepiada de desconfiança. Penso em Trish, como a mulher manipula cada situação até que ela tenha espremido o último centavo de alguém e o embolsado para si mesma. Como ela fez isso comigo. Se minha própria mãe podia escolher centavos em vez de mim, como poderia fazer sentido que uma completa estranha abrisse mão de lucros imediatos para... me *ajudar*?

Ela está me enganando. Ou tentando me enganar. Ou... ou... *algo*. As pessoas não ajudam as outras sem nada em troca.

— Não — digo, por fim, minha garganta rouca como o fio de uma faca serrilhada.

— Mas...

— Não — repito, a voz aumentando de volume. — E esse assunto está encerrado.

Sigo em direção à porta do celeiro, lançando um olhar para Diksha que espero que transmita que mais tarde ligo para ela, quando estiver pronta, então, quase corro em direção às minhas flores e meus lotes e ao solo que permite que essa beleza cresça.

O único lugar que sempre parece completamente seguro.

CAPÍTULO 10

PEPPER

Mudando minha rotina de sempre, esta manhã programei meu alarme para uma hora mais cedo, e agora estou indo para o campo enquanto os raios de sol aparecem no horizonte, minhas tesouras de poda enfiadas no cinto e um grande balde de água fria a tiracolo, a cabeça doendo com aquela maldita pressão que não me deixa em paz.

Digo a mim mesma que preciso começar cedo para não ser derrubada pela previsão escaldante do dia, uma onda de calor pegajosa de início de verão flertando com minhas flores, ameaçando queimá-las até virarem pó. E eu queria que essa fosse toda a verdade. Queria que Opal não fosse parte do motivo, seu sorriso surgindo em meus pensamentos a noite toda à medida que o som de seus passos pelo chalé marcava o ritmo da minha insônia.

Mas não consigo encará-la. Não quero ouvir mais de suas palavras animadas e ver aquele rubor vibrante em suas bochechas redondas. Não quero cair na armadilha de acreditar no que quer que seja que ela esteja vendendo. Todo mundo tem um motivo escondido, e seria inteligente da minha parte lembrar disso.

CAPÍTULO 10

A névoa da manhã desliza como fumaça entre as montanhas no horizonte, o céu com um tom de azul nebuloso enquanto caminho pelas minhas fileiras até o primeiro canteiro de colheita.

Maio é meu mês preferido, a terra inchada com novos botões de flores reverenciando o sol após um longo inverno. O doce aroma celestial dos lilases faz minha cabeça girar, narcisos levantando suas trombetas em direção ao céu ao mesmo tempo que bocas-de-leão e ervilhas-de-cheiro balançam com o vento.

Mas hoje nem mesmo a explosão de cores, a suavidade do desabrochar doce das flores consegue prender minha atenção.

Vou até as peônias, colhendo flores de maneira automática e mecânica, meus pensamentos se afastando das flores à medida que trabalho e caminho entre os canteiros, ficando presa em um ciclo vicioso de planilhas financeiras e números assustadores e lembranças que não quero reviver e voltando sempre a uma garota com cabelo rosa-chiclete e um sorriso muito sincero.

Não sei por que ela me distrai tanto. Ela é uma pessoa. Só uma pessoa. Pelo meu histórico, não gosto de pessoas. Então, por que essa me deixou tão confusa assim?

Vou até o canteiro das rosas, enxugando o suor da testa antes de mergulhar no matagal espinhoso.

Por que estou perdendo meu tempo pensando nela — quero dizer, na competição? É inviável, uma fantasia bobinha com a qual não tenho nada a ver.

Com um movimento descuidado da minha mão, corto o dedo com um espinho. Tiro o braço rapidamente, a ponta afiada traça uma linha na minha pele com o movimento. Deixo a tesoura cair no processo.

Olho para o nó de espinhos pontudos nas rosas rosa-claro e quero gritar com a pressão aumentando em meu corpo. Esse turbilhão desconhecido de sentimentos e medo e confusão... e... e... É demais. Por que as coisas não podem ser simples?

Com cuidado, passo o braço numa pequena abertura, apertando os dentes com a pontada dos espinhos enquanto tento pegar a ferramenta. Cortes rosados e repletos de raiva deixam meu antebraço marcado, mas finalmente agarro a tesoura e a tiro dali.

O fogo cresce dentro de mim, e estou tentada a arrancar as roseiras, jogá-las na floresta lá atrás e deixá-las apodrecer no solo.

Embora eu costume amar todos os tipos de flores, passei a odiar rosas. Odeio a beleza descomplicada delas. O simbolismo clichê de amor que elas carregam. A proteção construída em torno delas. O perfume delicado que se torna forte e sufocante se muitas forem enfiadas em um cômodo.

Elas são um desafio, vovó Lou costumava dizer, pinçando delicadamente um caule com os dedos antes de cortar a flor. *Os espinhos são o que de fato tornam uma rosa bonita. Suas flores se tornam ainda mais doces pelo cuidado e ternura necessários para alcançá-las.*

Odeio que toda vez que olho para elas, me lembro de Lou, o que provoca a abertura de uma dor profunda e vazia no meu peito, que me consome por completo como se eu estivesse entrando em colapso.

Rosas eram suas flores preferidas, e todos que amavam Lou — praticamente qualquer pessoa que ela conhecia — as enviaram para seu velório, o salão lotado com um arco-íris delas. Depois que o velório terminou e as pessoas acabado de oferecer os pêsames, era só eu, seu caixão e um mar infinito de rosas e seus espinhos horríveis.

Fecho os olhos com força, enfiando a lembrança na menor caixa que consigo encontrar e chutando-a para um canto escuro do meu cérebro.

Eu me esforço para ficar de pé, luto contra uma onda de náusea, então sigo para um canteiro de anêmonas nos fundos da fazenda, quase correndo para escapar dos sussurros de sentimentos que tentam se infiltrar em mim. Começo a colheita novamente, o sol forte do fim da manhã batendo no meu pescoço enquanto me curvo sobre os caules.

Adoro estas flores. Delicadas. Complicadas. Pétalas claras escondem um miolo escuro. Só dão um pouquinho de mão de obra para permanecerem vivas. São flores que precisam de mim. Do meu cuidado. Do meu apoio. Da minha proteção contra a seca, a geada e o vento.

Minha visão fica turva quando olho para elas e, com a rapidez de um chicote, as emoções me atingem. Eu me jogo no chão, esfregando as mãos em minhas órbitas oculares, empurrando as lágrimas de volta. Não quero chorar. Não quero ficar triste, confusa e sentir essa solidão assustadora e avassaladora que sempre surge como um leão na minha porta, pronto para me despedaçar.

Respiro fundo duas vezes. Depois mais duas.

Por fim, reprimo os sentimentos até que eles cutucam e reviram minhas entranhas, mas não conseguem causar nenhum dano significativo. Olho para as anêmonas à minha frente, suas pétalas da cor da lua e miolos roxo-escuros, todas repletas de antecipação frágil e esperança. Um pequeno universo neste canteiro de terra.

Na verdade, elas não precisam de mim, essas flores. Elas cresceram muito antes de eu estar aqui e crescerão muito depois que eu partir. Mas é bom fingir que alguma coisa precisa de mim. Que essa coisa *quer* minha atenção. Quer o cuidado que sou capaz de dar.

Tento me recompor, ajoelhando-me para começar a cortar os caules, mas algo não está certo.

Estou me sentindo mal desde ontem, as palavras estão pesadas e difíceis de formar, um tipo de exaustão profunda que deixa cada movimento pesando uma tonelada. Mas a sensação de que algo está *errado* me atinge como um tapa. Choques de eletricidade atravessam meu cérebro, enviando uma onda como as dos espelhos distorcidos de parque de diversão pela minha visão e fazendo o mundo se distorcer e dobrar enquanto eu luto para ficar de pé. Isso me faz balançar, e eu já tive muitas enxaquecas para saber que preciso entrar antes que a tempestade que se aproxima me derrube no chão, mas mãos invisíveis se estendem do solo e prendem meus tornozelos, fazendo-me tropeçar a cada passo.

O errado já é meu conhecido, mesmo assim me faz entrar em pânico. É como o toque num interruptor, e eu passo de humana para animal, desesperada para escapar da dor que sempre chega logo atrás da aura.

O formigamento vem em seguida, o lado direito dos meus lábios parece estar inchado. As picadas de alfinete viajam da minha boca até a ponte do nariz para se amontoarem no canto de um olho — um enxame de marimbondos a procura de um ninho — antes de descer pelo meu pescoço.

Tenho cinco minutos, talvez dez, e então vou ficar inconsciente por horas, se não for por dias. A única coisa em que consigo pensar enquanto cambaleio em direção a casa são minhas flores. De todos os canteiros que não consegui cuidar. Da mesma maneira que errei com elas, erro com todo o restante.

A náusea quase me faz cair de joelhos, mas continuo avançando em direção ao chalé ao longe. Se eu parar, vou ter que aguentar a dor cortante na minha cabeça sob o calor do sol, e nada parece pior do que isso.

Por algum milagre, chego à varanda, estremecendo com o barulho da porta de tela enquanto a abro, cada rangido da escada como uma facada na têmpora enquanto subo desesperadamente os degraus para o meu quarto.

Desmorono na cama enquanto outra pontada de dor intensa percorre meu cérebro. Meus dentes rangem tanto que tenho medo de que eles se quebrem, mas pelo menos isso seria uma distração da minha cabeça.

Eu me enfio embaixo das cobertas e me preparo para as longas e dolorosas horas que virão.

CAPÍTULO 11

PEPPER

Shh. Está tudo bem. Estou aqui.

O sonho é um borrão, mas também a dor é forte, meus ossos doem quando eu tremo de dor. Nunca mais vou me sentir bem.

Eu mergulho e volto à superfície, oscilando entre a realidade e a terra dos pesadelos — um lugar de escuridão e pânico e nunca, nunca é o suficiente.

Forte.

Isso dói.

Tão forte.

Isso...

Se meu corpo inteiro não estivesse paralisado pela dor, eu gritaria com o conforto repentino que se apoderou de mim.

Eu estou aqui.

E ela está. Com o cheiro lá de fora, a tinta e o café, Opal, cativante e carinhosa, me conforta. Acalma minhas dores fortes e calafrios intensos

a mão fria na minha testa,
palavras quentes ao pé do meu ouvido,
coxas macias, pernas enroladas, um braço bem apertado
em volta da minha cintura

A escuridão da terra dos pesadelos se dissipa com um brilho suave da luz do sol que surge no horizonte.

E eu durmo.

CAPÍTULO 12

OPAL

É outra noite agitada para mim, mas, pela primeira vez, não estou incomodada. Eu tinha um propósito naquelas horas de insônia. Um motivo para ficar acordada: Pepper e o que quer que tenha feito seus gemidos agudos atravessarem o chalé por volta da meia-noite.

Fiquei parada ansiosa do lado de fora do quarto dela por quase uma hora, ouvindo seus recorrentes gemidos de dor atrás da porta, mas foi no instante em que a ouvi começar a chorar — soluços minúsculos e abafados que tinham a mesma proporção de frustração e medo — que abri a porta e me ajoelhei ao lado de sua cama.

O que está acontecendo? Você está bem?

Ela agarrou minha mão em vez de responder, apertando-a com força.

Minha cabeça, ela disse por fim com os dentes cerrados. *Enxaqueca. Acontece, às vezes.*

O que eu posso fazer?

Ela segurou minha mão com mais força ainda, um pequeno puxão em sua direção.

Agora, o braço de Pepper está em volta da minha cintura, sua testa e bochecha descansam no meu ombro, a cada inspiração ela solta uma expiração profunda e graciosa no meu pescoço que envia pequenas faíscas elétricas à minha pele. Comecei a noite sentada em cima da cama, com as costas apoiadas na cabeceira, mas em algum momento devo ter cochilado, me aconchegado na amada colcha de retalhos com Pepper.

Ela está relaxada e entregue, minha mão está em suas costas e mantenho Pepper próxima, agarrada a mim. Um tipo estranho e corrosivo de pânico cresce em meu peito ao saber que a qualquer momento ela vai acordar. Afastar-se. Contrair todos aqueles músculos relaxados enquanto olha para mim. O conforto delicado com o qual me iludi nas horas nebulosas da noite, em que as emoções pareciam íntegras e acessíveis, desaparecerá como a fumaça de uma vela apagada.

Pepper se mexe ainda dormindo, aconchegando-se mais perto de mim no processo, sua bochecha aninhada no meu peito, meu pulso acelera, batendo em um ritmo intenso. Ela solta um pequeno suspiro, e é como se eu conseguisse ver a curva delicada do som emitido viajar por seus lábios entreabertos.

Ela é tão quente e tão linda e, por mais que eu queira resistir ao impulso, eu a abraço mais forte, a aperto como se pudesse mantê-la ali por horas, essa nova bolha de conforto é meu lugar favorito no mundo.

Mas, como nunca consigo fazer nada direito, os movimentos a balançam demais, e sua respiração muda, tornando-se mais superficial. Ela fica tensa e em estado de alerta ao acordar e sentir que estou ao seu lado.

Seu braço passa para o lado, sua cabeça se afasta enquanto ela olha para mim com aqueles grandes olhos castanhos.

A bolha estourou.

— Como você está se sentindo? — pergunto, mantendo a voz baixa. — Eu estava tão preocupada com você.

Pepper me encara, analisando-me como se estivesse pronta para a luta. Ela está sempre pronta para lutar.

Ela respira fundo, e consigo perceber que está reunindo a energia para me dizer que está bem. Como não há nada de errado. Mas os cantos de seus olhos estão enrugados, sua expressão é de tensão enquanto tenta esconder uma careta. Depois de outro momento pesado em que ela fica olhando para mim — um olhar perscrutador e quase desesperado —, seus olhos se afastam, e ela baixa a guarda.

— Meio que uma bosta, para ser sincera. — Ela diz com um suspiro de derrota, como se tivesse acabado de descer o portão de uma fortaleza e eu estivesse prestes a fazer um cerco.

Preciso usar todo meu autocontrole para conter uma risada em meio ao melodrama.

— Não estou surpresa. A noite passada pareceu difícil. Você disse que era uma enxaqueca?

Pepper assente para mim de maneira objetiva, então se afasta mais, sentando-se e afundando as mãos nos olhos. Suas pernas batem nas minhas no processo.

— Desculpe, sou muito estabanada — ela diz, olhando para o colchão.

— Não me importo nem um pouco. — Eu também me sento. — Tem alguma coisa que eu possa pegar para você?

— Não. — A palavra sai depressa, automática, aquela recusa de ajuda sempre posicionada como uma mola de tensão na ponta da língua.

Sei que deveria ir embora, mas hesito. Um eu delicado e atencioso colocaria as pernas para fora da cama, diria a Pepper que estaria por perto se ela precisasse e a deixaria em paz, sossegada e sozinha. Mas sou uma criatura egoísta — uma criatura carente — e o desejo suave e sutil por mais dessa proximidade se expande pelo meu peito.

— Obrigada por, hã... — Pepper dá um aceno de mão para mim, um vermelho intenso está subindo por seu pescoço e suas bochechas enquanto ela continua olhando para o edredom. — Desculpe por ter acordado você.

Digo que não balançando a cabeça, abaixando-me para ficar em sua linha de visão.

— Por favor, não se desculpe — digo, encontrando por fim seu olhar. Ela parece cética. — Estou falando sério. De qualquer forma, passo a maioria das noites em claro, então já estava acordada. Eu... Bem, como eu disse, estava preocupada de verdade com você.

Seu rubor se intensifica e eu observo a maneira como seu olhar vaga pelo quarto, tentando encontrar um lugar seguro para pousar.

— Você tem enxaquecas assim com frequência?

Pepper solta uma risada sem graça, revirando o pescoço.

— Eu costumava ter muito quando era adolescente. A certa altura, tinha quase toda semana. Estava me sentindo muito melhor nos últimos cinco anos mais ou menos, tendo apenas algumas por ano, mas elas voltaram a ser frequentes desde... tenho tido muito mais nos últimos meses.

O tremor silencioso, quase imperceptível, na voz de Pepper me despedaça. Ela tem tantas emoções represadas ali, ameaçando destruí-la. Quero puxá-la para um abraço forte o suficiente para que se sinta segura para abrir as comportas e deixar tudo sair.

— De qualquer maneira — ela diz, a voz de volta a um timbre suave e distante —, tenho que ir trabalhar.

— Um dia de folga não vai matar você — digo no que espero ser um tom de persuasão quando, na verdade, quero mandá-la deitar-se e descansar até que possa olhar para a janela sem estremecer. Mas eu nunca dei ordens a ninguém, e começar com Pepper não parece uma atitude sensata.

— Financeiramente, pode matar — ela murmura, colocando-se de pé para se sentar na beirada da cama. Ela perde o equilíbrio por um instante, uma mão trêmula vai em direção a sua têmpora, a outra agarra os lençóis.

Corro para o lado dela, segurando seus ombros em minhas mãos. Endireito sua leve curvatura antes de empurrá-la com delicadeza nos travesseiros.

— Diga-me o que fazer — peço, puxando o cobertor até seu queixo. — Posso cuidar das flores hoje.

Os olhos de Pepper arregalam como se eu tivesse acabado de pedir códigos nucleares.

— Nem pensar.

— Sempre charmosa — digo, apertando os lábios apesar do sorriso surgindo nos cantos. — Mas eu não vou deixar você sair deste quarto, então você pode muito bem me dizer o que precisa ser feito.

Pepper nega balançando a cabeça, um leve brilho de suor em sua testa, apesar do ranger de seus dentes. Ela tenta se levantar de novo, mas a pressão de meus dedos no meio de seu peito a mantém deitada.

— Você pode ser mais alta que eu uns vinte centímetros, mas, nessas condições, acho que eu venceria essa briga fácil.

Pepper solta um suspiro de raiva, parecendo extraordinariamente incomodada com minha oferta de ajuda. Eu nem tento segurar meu sorriso dessa vez.

— Confie em mim, Pepper — digo, estendendo a mão e apertando a dela rapidamente. Ela olha para onde eu a toco, sobrancelhas franzidas. Depois de um instante, solta um suspiro profundo e trêmulo, afastando a mão e se reposicionando para se sentar.

— É importante colher as flores antes do calor da tarde — ela explica, ainda olhando para nossas mãos. — Tudo que é cortado depois das onze murcha mais rápido do que o normal. À noite, tipo seis ou sete, é um pouco melhor, mas a quantidade de horas que você tem para trabalhar diminui.

— Evitar muito calor. Certo.

— E não se esqueça de levar baldes de água com você para colocar os caules assim que forem cortados, caso contrário você vai só perder seu tempo. As flores vão murchar e morrer antes de serem entregues aos nossos floristas.

— As flores são umas vadiazinhas sedentas. Saquei.

— Não chame as flores de vadias — Pepper diz, a testa ainda franzida, mas um sorriso fraco está tentando aparecer.

— Respeite a constituição delicada das flores e seja cautelosa ao falar palavrões. Entendido.

— Se for necessário, ligue para Tal e Diksha. Veja se podem vir aqui. — Pepper pega seu celular, abre a agenda de contatos e me mostra os números na tela. — Tal é florista e grande cliente, então vai saber dizer o que está pronto para ser colhido. Diksha já ajudou muito por aqui também.

— Chamar reforços. Considere feito.

O olhar de Pepper encontra o meu, olhos castanhos penetrantes e questionadores analisam rápido meu rosto, catalogando cada centímetro.

— Por que você está fazendo isso? — ela diz, por fim, cautelosa e lenta.

— Fazendo o quê?

— S-sendo... prestativa.

Solto uma risada confusa.

— Porque é uma boa ação? Porque você passou a noite chorando de dor por causa de uma enxaqueca e é uma tremenda falta de noção deixar você sair por aquela porta na manhã seguinte para fazer um trabalho braçal debaixo de sol? Apesar do que você diz, não estou tentando deixar sua vida mais difícil.

— Mas isso é...

— O quê?

— Altruísta. — Pepper cospe a palavra como se fosse um xingamento.

Rio com um pouco mais de convicção desta vez, um pequeno sorriso surgindo em meus lábios.

— Oh, meu Deus, que bichinha desconfiada, não é mesmo? No fim das contas, se ajudo você, estou me ajudando também, certo? Tudo o que você faz reverte para a compra da fazenda. E, de certa forma, eu me sinto meio culpada por isso.

Pepper me encara como se ela não conseguisse processar essa lógica com exatidão. Como se ninguém nunca tivesse oferecido ajuda para ela.

— Pepper — digo, arregalando os olhos e me inclinando em sua direção até que ficamos quase cara a cara. Há uma pequena pausa em sua respiração, tão silenciosa que me pergunto se é coisa da minha cabeça.

— Sim? — ela sussurra de volta.

— Pense nisso amanhã. Por enquanto, descanse essa cabeça. — Eu diminuo a distância entre nós, tocando de leve em seu nariz com o dedo indicador. Até parece que acabo de arremessá-la no chão de tão pesado que ela cai para trás, piscando para mim com uma expressão atordoada.

Aproveito a calmaria momentânea em seus protestos e saio da cama, lançando-lhe um largo sorriso antes de sair do quarto e fechar a porta atrás de mim.

✿ ✿ ✿

O carro de Diksha surge pela entrada de cascalho trinta minutos depois, duas outras pessoas também descem do veículo assim que ela desliga o motor.

— Como ela está? — Diksha pergunta em saudação, olhando para o segundo andar do chalé como se quisesse passar por mim e ir direto para a cabeceira da cama de Pepper. Percebo então o quanto Diksha se preocupa com Pepper, como toda sua postura agressiva é um mecanismo de defesa para proteger a amiga.

— Depois que ameacei amarrá-la na cama se ela não parasse de tentar escapar para cuidar das flores, ela concordou relutantemente em descansar. O quarto é bom, escuro e silencioso.

Diksha assente, os olhos ainda fixos na janela de Pepper.

— Ótimo.

Uma das pessoas que está com Diksha pigarreia, tirando-a do transe.

— Merda, desculpe. Opal, essa é minhe parceire, Tal. — Tal me dá um pequeno aceno e um sorriso forçado. — E esse é nosso amigo, Alfie. Achamos que mais gente para ajudar não faria mal, porque já está quase no fim da manhã.

Faço o sinal de paz e amor como forma de cumprimentá-los.

— Trouxe comida também — diz Alfie, seu sotaque britânico iluminando cada palavra. Ele dá um sorriso grande para mim enquanto levanta uma cesta de vime transbordando de iguarias que acabaram de sair do forno. — Alguns dos favoritos de Pepper.

— Ele é dono de um dos melhores cafés de Asheville — conta Diksha, pegando um biscoito ridículo de tão grande de cima do monte e dando uma mordida.

Alfie revira os olhos em falsa modéstia, dispensando as palavras dela. Ele pega um bolinho de limão com sementes de papoula da montanha de doces e me entrega. Não sei se estou de TPM ou apenas emocionalmente abalada por ver Pepper sofrendo tanto, mas o gesto, acompanhado do sorriso, me deixa com os olhos marejados.

— Muito obrigada por virem tão depressa para ajudar.

— Nenhum pedido é demais quando se trata de Pepper — justifica Alfie.

— Deveríamos começar logo — diz Tal, prendendo o cabelo preto em um rabo de cavalo elegante na altura dos ombros, enquanto sai em direção ao celeiro, com Diksha logo atrás. Alfie corre para dentro de casa para deixar os quitutes e então nós dois apertamos o passo para alcançar Tal e Diksha.

— Alfie e eu podemos ficar responsáveis pelas bocas-de-leão — sugere Tal, indicando um canteiro de flores que desabrocha em formato de cone atingindo os caules, as pétalas em forma de sino sorrindo para o sol. — Vocês duas cuidam dos lilases?

Diksha lança um olhar incrédulo para Tal, arrancando-lhe um suspiro.

— Só nós sabemos o que fazer. Seria perda de tempo deixá-los por conta própria — acrescenta Tal, gesticulando para mim e Alfie.

— Tudo bem — concorda Diksha com os lábios apertados, caminhando em direção às árvores altas de lilases.

— Adoro quando você fala de mim como se eu fosse uma criança — diz Alfie com uma piscadela instigante, seguindo Tal até o canteiro designado.

Sentindo que mais atrapalho do que ajudo, sigo Diksha até as flores roxas-claras. O cheiro é celestial, rico, intenso e inegavelmente doce. Pressiono o rosto no cacho das pequenas cabeças de flores que curvam os galhos embaixo do seu peso magnífico.

— Certifique-se de que o caule tenha pelo menos metade dos brotos abertos — instrui Diksha sem rodeios, segurando um cacho e tirando a tesoura do bolso. — E corte bem para baixo. Você não quer que nenhuma das cabeças das flores toque a água no balde.

Eu a observo enquanto ela aperta um ponto a cerca de quinze centímetros da base das flores, cortando em um ângulo agudo. Ela coloca o caule em um balde de água, indo com rapidez e eficiência para o próximo galho.

Não parece ser tão complicado quanto engenharia aeroespacial, então dou uma chance, pegando um galho e me preparando para podá-lo.

— Não — Diksha me detém, seu tom áspero no momento em que ela agarra meu pulso. — Está muito baixo. Você não terá crescimento nenhum nesta safra se cortar assim.

Ela balança a cabeça em sinal de negação, depois tira minhas mãos do caminho, corta o caule e o coloca no balde.

— Para ser sincera, posso fazer isso sozinha — ela diz, passando ao meu redor enquanto continua a colheita. — Você pode voltar para o chalé. Nós cuidamos daqui.

— Por que você me detesta tanto? — deixo escapar. Um medo enorme e intenso me atinge com o olhar que Diksha lança em minha direção.

— Como?

Quero sair dali. Quero engolir minhas palavras, voltar correndo para o chalé. Evitar todo e qualquer tipo de confronto porque, no fim, essa atitude não é sempre mais fácil do que ter conversas difíceis?

Mas esse deveria ser o novo eu ou algo assim, então, fico parada, engolindo em seco antes de falar de novo.

— Por que você me detesta tanto?

Diksha me encara, sua boca é uma linha apertada, olhos atentos e questionadores. Depois de um momento, ela solta um suspiro, voltando-se para os lilases.

— Não confio em ninguém para tratar de Pepper como ela merece — ela diz, por fim. — Ela não tem um histórico maravilhoso de pessoas que a tratam bem, e não posso dizer que essa pequena situação em que você a envolveu com Trish lhe dá algum ponto positivo.

— Não estou querendo machucar Pepper — asseguro, as palavras saem muito mais defensivas do que era minha intenção. Mas é verdade. Eu meio que... *gosto* daquela mulher. — Não estou querendo machucar ninguém. Tudo que eu queria fazer era... era...

— O quê? — Diksha pergunta de maneira atravessada.

— Começar de novo — respondo, abaixando a cabeça. — Minha vida era uma bagunça antes disso e eu... — Aceno com a mão, tentando encontrar as palavras certas. — Eu não sei. Sinto que bagunço a maioria das coisas. Ou deixo as pessoas ao meu redor bagunçarem as coisas, porque tenho muito medo de me defender. Mas, então, pela primeira vez na vida, tive dinheiro de verdade e esse sonho de pintar sapatos...

— Sapatos? Quem é você, Mamãe Gansa?

— ... e pensei que esse seria meu novo começo. Mas aparentemente nem isso eu consigo fazer direito. — Um nó de frustração reprimida se desfaz em minha garganta, palavras e lágrimas jorram de mim. Que constrangedor. — Estou dando meu máximo. Estou sempre tentando dar meu máximo e realmente não sei o que devo fazer, e estou cansada de criar ainda mais problemas para as pessoas aonde quer que eu vá, mas eu... *ops*.

Diksha me puxa para perto dela com tanta força que todo o ar sai dos meus pulmões, uma quantidade maior daquelas lágrimas bobas continua caindo. Por um instante, tenho medo de que ela esteja tentando me fazer ficar quieta, mas na verdade ela está... me *abraçando*. É tão bom ser tocada, sou absorvida por ela.

— Você está bem — ela sussurra, uma mão desenhando círculos maternais para cima e para baixo em minhas costas, a outra embalando a parte de trás do meu pescoço, seu queixo descansando no topo da minha cabeça. — Juro, você está bem.

— Espere, por que você está sendo legal comigo agora? — balbucio no ombro de Diksha, atordoada pelo choque com seu humor.

Mas estou tão confortável nesse abraço apertado que não tenho certeza se me importo com a resposta.

— Posso ter receio de você ferrar com minha melhor amiga e mesmo assim oferecer conforto a alguém que precisa. Sou uma mulher de muitas facetas — ela diz, com um leve sorriso na voz.

— Eu não vou ferrar com a Pepper — volto a assegurar, um pouquinho de resistência aparece de novo na minha voz.

Diksha solta um longo suspiro, dando-me mais um aperto e depois me empurrando a um braço de distância.

— Acredito em você — confessa ela, por fim, os olhos encontrando os meus. — Agora, chega de drama. Vamos colher algumas malditas flores ou seja lá o quê.

— Quem está agindo como Mamãe Gansa agora? — digo com um sorriso enquanto enxugo as bochechas molhadas de lágrimas com as mãos.

Diksha revira os olhos e faz uma grande encenação ao pegar sua tesoura e cortar outro galho de lilases, mas não deixo de notar a sombra de um sorriso no canto de sua boca.

Trabalhamos em um silêncio cordial pelas próximas horas, enchendo baldes e baldes de flores.

Diksha me mostra o refrigerador específico dentro do celeiro que impede que as flores podadas murchem muito rápido, explicando o sistema de organização de Pepper — flores agrupadas primeiro por cor, depois por tipo. A sensação é de estar no meio de uma roda de cores.

— Elas são tão lindas — digo, aproximando o nariz de uma peônia rosa-claro e sentindo o aroma levemente doce.

— E Pepper sabe tudo de todas elas — garante Diksha, assentindo. — Quando elas gostam de florescer. Qual nível de pH do solo elas preferem. Quantidade de sol. Água. Ela mantém tudo guardado naquele cérebro dela como uma enciclopédia.

Sorrio.

— Eu amo isso. Nem todo mundo consegue trabalhar com algo especialmente interessante como esse.

— Ela faria qualquer coisa por este lugar.

— Verdade verdadeira, querida — diz Alfie, entrando no refrigerador, braços cheios de narcisos, Tal logo atrás. — Você acharia que ela brotou do solo, como suas flores, de tão grande que é a conexão dela com isso aqui.

— Efeito vovó Lou — observa Diksha com delicadeza, uma tristeza amistosa paira no local.

— Vai ser o primeiro aniversário dela sem Lou — diz Tal no canto enquanto avalia um buquê de flores azul-claras.

— O aniversário dela está chegando? — pergunto.

— No fim do mês. Vinte e nove de maio — diz Alfie. — Ela é de Gêmeos. Tente não a julgar de maneira tão pesada por isso.

Diksha dá um tapa no ombro dele.

— Este vai ter que ser o melhor Reclamação de Amigas que já fizemos até agora.

— Reclamação... de Amigas?

Alfie ri.

— É uma espécie de tradição nossa. Pepper sempre odiou comemorar o aniversário dela, então, obviamente, fazemos disso um auê, mas ela se recusa a reconhecer nossos esforços. Foi, o quê, provavelmente quatro anos atrás que ela mudou o nome para Reclamação de Amigas? — Alfie olha para Diksha, que concorda.

— Sim, quase isso. Nenhum de nós comemora o Dia de Ação de Graças porque, bem, foda-se o Dia de Ação de Graças, mas sempre tentamos fazer algo no aniversário dela, em vez disso, Pepper separou o dia para todos nós pedirmos um monte de comida de restaurantes locais, bebermos muito vinho barato e reclamarmos das injustiças atrozes da política americana.

— Que clichê — digo com uma risadinha. Alfie sorri para mim novamente.

— Você vai se juntar a nós este ano, certo? — ele pergunta, passando um braço em volta dos meus ombros. — Vou trazer meu namorado novo, e seria maravilhoso se ele não fosse a única carne fresca entre os abutres. — Ele lança um olhar intenso para Diksha.

— Não vou dizer nada a ele que não diria a você — comenta Diksha com os punhos cerrados apoiados nos quadris.

— É isso que me assusta, querida — diz Alfie, Tal dando uma risada forçada lá do canto.

— Eu adoraria ir — falo, me transformando no próprio emoji com estrelinhas nos olhos 🤩 imaginando sair com esse grupo levemente intimidador, mas sem dúvida cativante. — Posso... Espere, deixa pra lá.

— Pode o quê, amor? — Alfie pergunta.

Deixo sua pergunta para lá.

— Eu estava prestes a ser muito mal-educada e perguntar se minhas irmãs podem ir também. Acho que elas estavam planejando me visitar nesse fim de semana do aniversário, mas vou remarcar com elas para...

— Quanto mais gente, melhor — Alfie comemora. — Contanto que tragam presentes ou histórias interessantes.

— Tenho certeza de que Pepper não gostaria que minhas irmãs invadissem seu aniversário.

— Pelo contrário, ela amaria qualquer um que desviasse a atenção dela.

— Infelizmente, isso é bem verdade — Diksha reconhece.

— Está resolvido, então — Alfie diz, guiando-nos para fora do refrigerador e para a luz do sol brilhante. — Com certeza, vai ser uma noite memorável.

CAPÍTULO 13

OPAL

Passei o restante do dia montando meu pequeno galpão de arte. Diksha e Tal me mostraram o depósito nos fundos da fazenda, dizendo que qualquer coisa ali podia ser modificada para tornar o espaço mais utilizável.

Pepper é como a vovó Lou, nunca se desfaz de nada, Diksha havia dito, os olhos explorando o caos organizado de ferramentas e suprimentos cobertos de pó.

As duas acreditam que tudo tem um propósito, só leva tempo para descobrir qual é, Tal acrescentou.

Encontrei uma mesa arranhada na parte de trás que conseguimos enfiar no galpão, e vou usá-la como um lugar para pintar. Já pendurei algumas luzes de trabalho em ganchos nas paredes, e Tal me mostrou a maneira mais fácil de fazer algumas prateleiras simples usando as tábuas desgastadas que estavam esquecidas no canto. Nada disso pode ser descrito como harmonioso esteticamente, mas sem dúvida dá conta do recado.

A inspiração cravou suas garras em meu cérebro logo depois que eu arrumei as coisas. Não me lembro de me despedir de todo mundo, meus pensamentos completamente voltados para a estampa delicada que estava se desenrolando em minha mente. Fiz alguns esboços no papel — os movimentos e linhas se desembaraçando até que senti que já podia colocar a mão na massa —, então, voltei correndo para o chalé, carregando o saco gigante de sapatos para meu estúdio e começando a trabalhar em um par de mules.

Agora, tenho quatro pares de sapatos de couro na minha frente, cada um com uma estampa exclusiva que imita padronagens clássicas de porcelana azul e branca.

Costumo fazer minhas peças de arte em uma espécie de transe, meu cérebro fica um tanto alheio ao que está fora do meu foco enquanto minhas mãos trabalham, perseguindo o brilho de uma ideia quando o restante do mundo derrete lá fora. À medida que meus olhos traçam um caminho delicado na parte de cima de um sapato, que leva até os degraus de uma casa de aparência fofa, percebo que pintei o chalé de Pepper. Meu chalé? Nosso? De qualquer forma, a aconchegante estrutura em A é imortalizada em um azul brilhante, a varanda curvada pelo tempo é um ponto central para o *design*.

Analiso o restante dos sapatos finalizados, reconhecendo outras áreas da Thistle and Bloom que aparentemente se fixaram na minha memória mesmo estando aqui há pouco tempo.

Alongando o pescoço e os ombros rígidos, olho para o celular, tendo que piscar algumas vezes ao perceber como está tarde, o breu da meia-noite emoldura as pequenas janelas, o amarelo reluzente das luzes de trabalho refletindo nelas como estrelas ampliadas. Solto um grunhido quando uma série de mensagens de Laney e Miles aparecem na tela.

Laney

Oi

Nossa,

outra mensagem sem resposta

Legal

Sabe, você costumava fingir ser muito de boa ou a merda que for

Mas aí você ganha um pouco de dinheiro e o resto do mundo que se foda, certo?

Não percebe como isso é chato e clichê?

Faz tipo semanas que você nem se dá ao trabalho de procurar saber como eu estou

E, me desculpe, mas é indelicado pra caralho dar um perdido na sua melhor amiga desse jeito

Estou passando por muita merda com o Miles e precisava muito dos seus conselhos

Mas você só tem tempo para si mesma, então não sei por que estou surpresa... fodam-se os meus sentimentos, certo?

Não contei a Laney, ou a ninguém fora da minha família, que eu estava me mudando para cá, e tenho cerca de cinquenta mensagens de texto que ela me enviou na semana passada e não respondi, elas variam de sinceras a completamente desaforadas. Eu até recebi uma ligação de minha mãe dizendo que Laney estava ligando para o telefone fixo de casa, perguntando onde eu estava. Minha mãe, com sua franqueza nada sutil, só Deus sabe, disse a Laney que eu tinha me mudado, o que pelo jeito resultou em uma declaração bem histérica de quão arrasada ela estava.

Eu a tenho ignorado. Ou melhor... esquecido que ela existe? O que é uma coisa declaradamente ruim de se fazer com alguém, e a culpa borbulha em meu estômago toda vez que fico pensando na verdade por trás disso. Mas vir para cá, para esta fazenda, as flores e os problemas com Pepper, foi uma desintoxicação de Laney.

Meu cérebro sempre operou segundo a filosofia longe dos olhos, longe do coração, algo que um conselheiro certa vez me disse fazer parte da neurodivergência. Se eu não deixar as verduras na parte da frente da geladeira, esqueço que as comprei, vou me lembrar delas somente quando estiverem apodrecidas e fedorentas. Se eu não deixar minhas canetas expostas na mesa, vou esquecer que tenho uma cor específica e acabar comprando mais três. Aparentemente, o mesmo se aplica a pessoas com quem me importei e que na verdade nunca me trataram bem.

Meus dedos pairam sobre o teclado do celular, tentando decidir como responder. Mas tudo isso faz eu me sentir tão... tão *cansada*. É exaustivo ser sempre lembrada de como falhei com uma amiga a quem dei tudo o que pude.

Em vez disso, passo para as mensagens de Miles. É como se ele estivesse escrevendo um livro didático de como ser um pegador de mulheres da pior espécie.

Miles

E aiiii

tenho pensado em você, rs

quer curtir?

Essa última me faz rir de soluçar, juro.

você está sabendo que não moro mais em Charlotte, né?

Vejo os pontinhos da digitação em tempo real aparecendo e sumindo da tela. Pobre Miles, ele provavelmente vai ter algum estiramento de tanto pensar.

mudou?? Quando

algumas semanas atrás

pra onde?

Certo. Não vou correr o risco de ele passar a informação a Laney e ela aparecer aqui do nada para dizer na minha cara que merda de amiga eu sou.

o bosque de cerca de quarenta hectares

vei vc se mudou para a califórnia??

Guardo meu telefone no bolso, sentindo um arrepio. Não acredito que deixei um tipo desses penetrar meu corpo.

Com cuidado, coloco os pares de sapatos que estão prontos para secar numa prateleira, faço uma limpeza meia-boca antes de apagar as luzes e voltar para o chalé. Paro na cozinha, com os ouvidos atentos a qualquer barulho de Pepper. Tiro os sapatos e subo a escada na ponta dos pés, prendendo a respiração enquanto pressiono meu ouvido na porta dela. Uma onda de alívio como o recuo de uma maré toma conta de mim com a paz do silêncio. Ótimo. Ela merece descansar bastante depois do que passou.

Descendo os degraus de volta na surdina — xingando cada passo que provoca um rangido ao longo do caminho —, pego um pouco de água e olho ao redor da sala de estar. Estou cansada, mas sei que não é o tipo de cansaço que vai me deixar dormir de verdade. É um cérebro desgastado de uma tarde criativa, mas com os membros zumbindo ainda acelerados pelo estímulo em alta frequência. Olho para o sofá aconchegante, imaginando como seria bom desabar em cima dele. Eu me permito relaxar um pouco e deixar que este lugar pareça o lar que eu esperava que fosse.

Ah, que se foda, é só um sofá. Com um pulo cuidadoso, eu me jogo em cima das almofadas e me enfio embaixo dos cobertores.

Paraíso. Paraíso puro e estofado.

Talvez eu consiga dormir afinal, um peso suave está puxando minhas pálpebras para baixo.

Mas um rangido na escada me faz levantar num segundo, a culpa me atingindo como se eu tivesse acabado de ser pega com a mão dentro da calça.

A sombra amassada de Pepper aparece no vão do arco, olheiras em volta dos olhos, apesar de ela ter ficado na cama a maior parte do dia.

— Oi — cumprimento com delicadeza, meu olhar explorando toda sua extensão, da cabeça aos pés.

— O-oi — diz ela, franzindo as sobrancelhas enquanto olha para mim como se não conseguisse me identificar. — O que você está fazendo acordada?

— Insônia — respondo, dispensando com um aceno a preocupação em sua voz. — Como você está se sentindo? — Eu me afasto do sofá e fico na frente dela.

— Muito melhor. — O sorriso de Pepper é tímido, como se ela estivesse fugindo do trabalho por meses para ficar à toa na praia em vez de ter ficado só um dia sem trabalhar por causa de uma enxaqueca. Ela para de olhar para mim, aquele cenho franzido retornando ao seu rosto lindo enquanto ela encara o chão. Ela limpa a garganta algumas vezes.

— Diksha me mandou uma mensagem e me contou tudo o que você fez hoje e eu, hã... eu queria dizer obrigada por, hã... você sabe... — Ela dá um tapa no ar à sua frente como se estivesse impaciente para que as palavras certas aparecessem. Depois de respirar fundo, ela levanta o queixo, encarando-me com aqueles olhos da cor de biscoito de gengibre. — Por cuidar de mim. E das flores. Principalmente das flores. Isso significa... significa muito. Eu agradeço.

Inclino a cabeça enquanto olho para Pepper, desejando mais do que tudo poder entender essa mulher, ver o emaranhado de pensamentos que sempre para na ponta de sua língua. Ela fala como se não estivesse acostumada a receber ajuda. Eu me pergunto o que alguém teria que fazer para ganhar sua confiança.

— Não há de quê — digo, por fim, quebrando o clima pesado que se instalou na sala. — Foi até bem divertido. Minhas costas vão me odiar por uma semana por ficar curvada tanto tempo, mas eu me diverti muito. Estou feliz que você esteja se sentindo melhor.

— Vamos sair para comer alguma coisa? — Pepper fala num rompante, a voz alta e vibrante na quietude silenciosa da noite. Ela leva a mão à base da garganta de repente como se não conseguisse acreditar que o som saiu dela.

Pisco algumas vezes de perplexidade.

— Agora?

Pepper assente, o movimento brusco.

— Se estiver a fim. Estou morrendo de fome e há um tempo sem ir ao supermercado. Mas sei que está tarde e você provavelmente está cansada e nós teríamos que ir a algum lugar meia-boca porque, de novo, tem o horário e todo esse lance de ser madrugada, mas se você quiser, tenho certeza de que poderíamos encontrar um lugar, mas sem pressão alguma, na verdade, eu não preciso comer, acho que só vou enfiar os doces do Alfie pra dentro e ir deitar e...

— Eu adoraria — digo, inclinando-me na direção dela. — Vamos nessa.

✿ ✿ ✿

Entramos no estacionamento da Waffle House, um cara com um uniforme de chefe de cozinha e boné de beisebol virado para trás sentado num bloco de contenção fuma um cigarro do lado de fora. Pepper estaciona em uma vaga e desliga o motor, provocando um olhar aborrecido do cara.

Depois de um momento, ele fecha os olhos, dá uma última tragada (impressionantemente longa), então joga a bituca para longe e se levanta, voltando com passos marrentos para o restaurante e para trás do balcão.

— Olhe isso — digo, batendo no painel enquanto observamos pelas janelas ele vestindo um avental e colocando as mãos no balcão, a cabeça baixa como se preferisse estar em qualquer lugar do mundo que não nesta Waffle House à uma da manhã. — É assim que você sabe que vai ser bom. Se o cozinheiro do local não estiver fumando no estacionamento cinco minutos antes de fazer o pedido, é melhor você ir para outro lugar.

Pepper ri de soluçar.

— Você não deve verbalizar a realidade. Estraga a magia da coisa.

Entramos e nos sentamos a uma mesa perto do balcão, os assentos de couro sintético rachados com pedaços do enchimento saindo. Temos cerca de trinta segundos para nos acomodar e pegar um cardápio antes de nossa garçonete aparecer.

— O que vão querer, meus amores? — pergunta uma mulher mais velha com uma voz rouca enquanto se encosta na frente da nossa mesa, no seu crachá desbotado está escrito MAUDE com letras grandes e tortas. Seu cabelo está amarrado como um ninho de pássaros no topo da cabeça e o rímel borrado contorna seus olhos enquanto um perfume nem um pouco sutil de maconha nos envolve. Ela não está nem aí e eu a adoro por isso.

— Suas unhas estão maravilhosas — digo, paralisada pelo esmalte rosa-choque com um *strass* em cada dedo.

— Não está no cardápio, meu bem — Maude diz com um meio-sorriso atrevido antes de voltar seu rosto para a expressão aborrecida padrão.

— Um All-Star — Pepper pede, seus olhos examinando rápido o cardápio. — Com bacon, torrada de centeio e *hash browns* com cebola sauté, queijo americano derretido e cogumelos grelhados?

— Para beber? — Maude pergunta, sem se dar ao trabalho de anotar nada.

— Chá, por favor. — Pepper dá um sorriso leve e radiante a Maude enquanto enfia o cardápio atrás do porta-guardanapos, seus cabelos castanhos esparramando-se pelos ombros. Ela passa os dedos compridos em volta dos fios, brincando com eles por um instante antes de afastá-los.

Há algo tão sereno na simplicidade de seu sorriso — os cantos tortos criando colchetes profundos em suas bochechas, o pedacinho minúsculo que falta no canto de seu dente da frente. Ela está irradiando uma espécie de suavidade sólida — uma certa autoconfiança em cada movimento, mas consciente de cada impacto que ele terá — que até mesmo vê-la colocar uma mecha de cabelo atrás da orelha parece ser um testemunho da arte em movimento.

— E você? — A voz de Maude interrompe meus pensamentos e me tira do meu (nada assustador, tenho certeza) olhar fixo. O tom indica que ela já perguntou meu pedido mais de uma vez.

E, na ansiedade clássica para fazer um pedido no restaurante, entro em pânico e esqueço todos os pratos de que gosto.

— Eu vou querer... — Meus olhos percorrem o cardápio, uma confusão generalizada enquanto procuro uma resposta. Maude suspira e isso não ajuda nem um pouco meu estado de esgotamento.

— Filé-mignon — digo apressada, a imagem de um bife acinzentado é a primeira coisa em que consigo prestar atenção. — E, hã... ovos. Eu acho.

Tanto Maude como Pepper me encaram com expressões semelhantes de incredulidade.

— Você quer isso mesmo? — Maude questiona, lançando-me um olhar cético.

Não.

— Sim, por favor.

— Como você quer o preparo? — ela pergunta.

— O melhor possível — balbucio, empurrando o cardápio para o lado.

— E os ovos?

— Mexidos. Bacon no lugar da salsicha, se puder.

Maude estala a língua para indicar que entendeu enquanto se afasta, gritando nosso pedido para o cara do estacionamento que está esquentando a grelha.

— É sério que você pediu um bife na Waffle House à uma da manhã? — Pepper pergunta, seu rosto está completamente horrorizado.

— Claro — respondo, seca. — O melhor bife da cidade.

Permanecemos sentadas mergulhadas em um silêncio constrangedor, às vezes trocando olhares sem querer, mas logo os desviamos.

— Seu pescoço está doendo?

A pergunta me pega desprevenida, e só quando Pepper aponta em direção ao meu ombro direito é que percebo que estava massageando um nó nessa região.

— Só um pouco duro — respondo. — Foi o que ela disse[3] — acrescento. Porque, aparentemente, tenho 12 anos de idade.

Pepper solta uma risadinha de porco, seus olhos enrugam quando ela sorri. Minha própria boca reflete o sorriso.

— Você acabou de despertar algumas das minhas piores lembranças do ensino fundamental.

Bato as mãos no peito.

— Ai, Pepper. Direto na jugular. Não sei se tem uma ofensa capaz de magoar mais fundo.

— É a sua cara falar como se estivéssemos em 2009.

— Essa piada é um clássico atemporal e você sabe disso.

— Você precisa buscar ajuda urgentemente se é isso que considera

3. Piada empregada de forma recorrente por Michael Scott, vivido por Steve Carrell, na série *The Office*. "*That was she said*" era emendado pelo personagem logo após ele ou outra pessoa proferir uma frase passível de receber uma conotação sexual. (N. da T.)

um clássico — Pepper diz, arqueando uma daquelas sobrancelhas perfeitamente delineadas para mim.

— Vou levar para a terapia. A qual vou começar a frequentar assim que conseguir pagar um plano de saúde bonitinho.

Pepper ri de novo.

— Um plano intimidador de cinco anos.

Estalo a língua, discordando.

— Vamos ser realistas. Na economia atual? Dez anos, no mínimo.

O sorriso de Pepper aumenta antes de ela soltar um grunhido e segurar a cabeça abaixada com as mãos.

— Esse lance todo de *vida* é muito difícil para você também, então?

Uma risada escapa de mim tão violenta que soa como um grunhido de porco, fazendo nós duas pularmos de susto. Nossos olhos se encontram por um momento, os de Pepper arregalam de surpresa, e então caímos na gargalhada.

— Devo entender isso como um sim? — ela pergunta, com as bochechas vermelhas e brilhantes e os olhos vidrados. Ela é tão fofa, e rir com ela é tão bom que meu coração infla como um balão, prestes a me levar às nuvens. Tenho uma vontade irracional de pedir a ela que segure minha mão.

— Eu devo ser a adulta mais desastrada do planeta — confesso, inclinando-me na direção de Pepper. — Tipo, de verdade. Eu não consigo lidar com nada. Não tenho certeza se já paguei os impostos direito ou quais impostos são, estou sempre com fome e nunca tenho comida, não sei caçar ou colher, e perco meu celular pelo menos nove vezes por dia.

— Quantos anos você tem? — Pepper pergunta, puxando seu cabelo cor de chocolate quente para cima e prendendo-o em um rabo de cavalo. Traço com os olhos as linhas de seu pescoço comprido.

— Vinte e quatro.

— Gostaria de poder dizer que melhora, mas só piora.

— Fantástico.

— Bem, se quando fizer 26 anos você acordar e não tiver uma fazenda de flores à beira do colapso financeiro com uma mulher qualquer de cabelo cor-de-rosa com um saco gigante de sapatos anunciando toda animada seu aviso repentino de despejo, você estará numa situação mais organizada do que eu.

Rio mais uma vez.

— Ah, por favor. Não vou despejar você. Não quando torturá-la morando na mesma casa que você é muito mais recompensador. Faz só duas semanas e já sei que horas são pelos seus vários suspiros de decepção.

Pepper revira os olhos, mas um leve sorriso surge nos cantos de sua boca.

— Aqui está, amores — Maude diz, colocando nossos pratos na mesa com zero delicadeza. — Precisam de mais alguma coisa? — ela pergunta, já indo embora.

— O que mais alguém poderia pedir? — digo, enfiando meu garfo no "bife" fino e segurando-o perto do meu rosto com um sorriso pateta. Um caldo ininterrupto de gordura escorre no prato.

Pepper faz uma careta.

— Essa situação seria muito mais engraçada se não tivéssemos que dividir um banheiro.

Outra risada escandalosa. Droga, Pepper tem umas tiradas engraçadas. É bastante injusto que ela seja ao mesmo tempo gostosa e engraçada.

— Alfie torceria meu pescoço se descobrisse que troquei seus biscoitos e bolinhos por um *waffle* encharcado — Pepper comenta, despejando uma porção generosa de calda de bordo em seu prato antes de comer.

Franzo a testa para ela, batendo os dois punhos na mesa com força.

— Os *waffles* da Waffle House têm o nível perfeito de maciez. Respeite o nome.

Pepper pisca surpresa para mim por um momento como se estivesse preocupada por ter me ofendido de verdade. Minha cara feia se desfaz e eu lhe dou uma piscadela brincalhona. Uma eletricidade arrebatadora zumbe entre nós — tem alguma coisa a ver com o fato de ser tarde da noite, a comida ser ruim e as risadinhas de festa do pijama que fazem meu coração bater forte no peito.

— Obrigada de novo pela ajuda de hoje — Pepper diz, tomando um gole de chá. — Você me fez um grande favor. Prometo que não vou despejar meus problemas em você desse jeito de novo.

— Não foi nada — asseguro, a boca cheia de *hash browns*. Pepper me lança um olhar incrédulo. Engulo a comida. — Sério, ajudarei sempre que você precisar. Foi muito divertido.

— *Divertido?* — Pepper pronuncia a palavra como se fosse um palavrão.

— Foi legal ter uma ideia do que você faz durante o dia. E eu gostei de passar um tempo com Diksha. Ela é muito legal.

— *Legal?* Acho que ninguém nunca descreveu Diksha como legal antes.

— Bem, gostei muito dela — digo, roubando um pedaço da torrada de Pepper. Ela me deixa sair impune disso. — Amei todos eles. Então, já vou avisando, vou chegar abalando seu grupo de amigos e irritá-los até que eles gostem de mim.

Pepper inclina a cabeça, a testa franzida enquanto olha para mim. Analisando-me.

— Por quê? — ela diz, por fim.

— Porque ser desagradável é minha marca registrada.

— Não, quero dizer, por que eles? Eu ficaria surpresa se alguém como você não tivesse um milhão de amigos.

Algo na pergunta abre uma pequena rachadura no meu peito, pressionando uma dor chata e silenciosa que sempre está lá.

— Bem, hum. Não tenho certeza se realmente tenho amigos. Além das minhas irmãs, eu acho. E eu, hã... — Limpo a garganta. — Me sinto sozinha pra caralho? Tipo, o tempo todo?

Lanço um olhar para Pepper, então olho de volta para a mesa. Esse tipo de sinceridade é simples, gratuito e doloroso de compartilhar, mas não consigo segurar.

— Na maior parte do tempo parece que não há um lugar onde eu me encaixe. Ou um lugar onde eu não tenha que trabalhar em dobro para ser o suficiente para as pessoas ao meu redor. Isso... eu... eu não estou falando coisa com coisa — digo, soltando um suspiro entre os lábios semicerrados, desistindo de explicar. Faço uma careta boba. — Ignore-me.

Ela acalma minha inquietação com aquele olhar atento, os olhos analisando meu rosto enquanto um silêncio constrangedor cresce entre nós.

— É praticamente impossível ignorar você — Pepper diz, por fim, as palavras delicadas como uma canção de ninar. — Só o cabelo cor-de-rosa já garante isso. — Ela estica o braço sobre a mesa e passa a mão sutilmente em uma das mechas menores. — Vou avisar a todos que você se infiltrou no grupo.

O calor sobe pelas minhas bochechas e inunda meu corpo, um grande sorriso de palhaço que se estende de orelha a orelha surge em meu rosto. Pepper também sorri, breve e deslumbrante, antes de desviar os olhos e se concentrar em sua comida.

Meu sorriso ridículo fica congelado do mesmo jeito que estava antes até o fim da refeição.

E o trajeto para casa.

E as horas seguintes deitada na cama, encarando o teto com aquele calor ainda me pressionando, cada célula do meu corpo viva e vibrante. E uma coisa se torna bastante óbvia:

Com certeza estou muito fodida.

CAPÍTULO 14

OPAL

A comemoração do aniversário de Pepper, aquele lance de Reclamação de Amigas, é hoje à noite e eu estou meio que com piriri de tanto nervosismo. Bem, não, tipo, com diarreia *de verdade*, mas, tipo, *correndo o risco* de ter uma dor de barriga porque há uma chance bem grande de eu ter uma queda por Pepper e uma necessidade gigantesca de fazer parte do grupo de amigos dela.

Analiso o presente de aniversário de Pepper, então o comparo com a pequena foto apoiada no canto da minha mesa no galpão, uma que eu encontrei alguns dias atrás, presa na parede do depósito, enquanto procurava materiais para usar em uma prensa de flores. A foto se tornou um ponto fixo para meus olhos pousarem mesmo estando lá há pouco tempo, um poço infinito de inspiração.

Pepper adolescente, seu sorriso maroto, hesitante, mas corajoso, pequenos vincos nos cantos dos olhos, seus braços compridos e desengonçados jogados em volta dos ombros da vovó Lou, suas bochechas apertadas em um abraço. Nem mesmo Norman Rockwell em pessoa poderia ter evocado uma cena que incorporasse a alegria com tamanha maestria.

Não foi tão difícil reproduzir a essência da foto na minha pintura, mas saber que ela vai ser de Pepper me faz sentir como se nunca pudesse ser um presente bom o bastante.

Tombo a cabeça de um lado para o outro, analisando como os diferentes ângulos mudam o retrato em aquarela. Não uso aquarela com tanta frequência e tenho que lutar contra a vontade de amassar o maldito desenho até virar uma pasta e jogá-lo no lixo.

— Está tudo bem — sussurro a mim mesma, arrastando a ponta do meu dedo indicador no fundo, dando à mistura úmida de cores uma última mancha de amor. — Você tem permissão para brincar. Você tem permissão para tentar.

Eu costumava sentir esse nó pesado de culpa por mudar de uma técnica para outra — como se eu não fosse uma artista de verdade porque não consigo escolher um nicho. Mas há tanta beleza a ser criada, seja em argila, tinta ou carvão, que parece impossível me concentrar em uma apenas. Por muito tempo, fiquei conformada com minha inconstância, mas ainda há um zumbido suave no fundo da minha mente que gosta de me dizer que sou uma impostora toda vez que mudo de um tipo de arte para outro, interrompendo e distorcendo a dedicação necessária para ser uma "artista de verdade".

Eu costumo pintar minhas paisagens e naturezas-mortas com tinta acrílica ou nanquim, fiel à nitidez dos contornos. A Mãe Natureza já fez um trabalho de tirar o fôlego com suas obras de arte, o que espero é conseguir capturá-las o mais próximo possível do original. Mas retratos são diferentes. O corpo humano implora por aquarela. As linhas suaves. Os fluxos e refluxos. Os caprichos da água e do pigmento se espalhando pelo papel em uma perseguição às mudanças constantes e sutis das pessoas.

É difícil fazer justiça aos rostos em particular. A expressão de alguém em um momento nunca é uma emoção só. Existem camadas, arestas e sentimentos ocultos, todos se fundindo em um único instante. A aquarela capta essa nuance dolorosa.

Pego meu pincel, girando-o na água, tentando localizar o ponto que posso ajustar para deixar tudo perfeito. Desisti da perfeição em qualquer outro aspecto da minha vida há muito tempo. Isso simplesmente não é possível com um cérebro como o meu. Mas minha arte é diferente; é a melhor versão de mim, aquela pela qual eu gostaria que as pessoas me conhecessem.

Com um leve toque em um pigmento ligeiramente acobreado, encosto a ponta do pincel nas extremidades do cabelo de Pepper, esperando dar um pouco mais de volume.

Então, tudo desmorona.

A cor se espalha, sangrando do cabelo de Pepper para o suéter bordô que ela estava usando, a água traçando um caminho por toda a cena até atingir a vovó Lou, pequenos fios avançando em direção ao seu rosto.

Tudo o que posso fazer é olhar enquanto a pintura se dissolve em uma bagunça diante dos meus olhos.

Só quando o cobre alcança o cabelo branco perfeito de Lou que finalmente consigo reunir minhas forças para mexer meus membros, pegando um papel-toalha e secando a superfície aquosa.

Olho para o estrago completo, meu coração desabando, as bordas irregulares me cortando ao meio. Cada detalhe está arruinado. Ainda é possível reconhecer os rostos, a maior parte das feições está imaculada, mas o restante é uma mistura marrom.

— Merda! — As lágrimas são quentes e rápidas quando surgem, algumas caem na maldita pintura, danificando-a ainda mais.

Eu me afasto da mesa com um grito de raiva, andando de um lado para o outro enquanto passo as mãos pelo cabelo.

Merda, merda, *merda*. Já passei por isso tantas vezes, é realmente uma idiotice isso continuar acontecendo. Estar tão perto de algo bom. Algo ótimo. Então, mexer e remexer no que já está excelente até não poder mais, matando algo magnífico antes que ele atinja seu potencial máximo.

Encosto as costas na parede, deslizando em direção ao chão. Minha blusa agarra nas lascas da madeira e escuto o barulho suave do tecido rasgando ao meu redor.

Era só o que faltava.

Fico ali sentada por um momento, a frustração incandescente se dispersando de mim até eu ficar esgotada, cada célula drenada da capacidade de me importar.

Uma explosão descontrolada de risos sai da minha garganta enquanto as lágrimas continuam a cair. Isso é típico. Tão típico. Tudo o que eu queria era criar algo legal para Pepper — um ramo de oliveira, alguma coisa, *qualquer coisa* que a fizesse me ver como alguém que não é um desastre total —, mas tudo o que consigo é outro fracasso.

Meu telefone vibra; e eu o tiro do bolso de trás, usando a outra mão para enxugar as lágrimas.

É uma mensagem de Ophelia.

> Estaremos aí daqui a mais ou menos uma hora!!!!

Seguido por:

> estamos tão animadas para ver você
> que não paramos de gritar

Isso, pelo menos, arranca um sorriso de mim. Posso ser um fracasso crônico, mas pelo menos minhas irmãs sempre vão me amar.

Olho o relógio e suspiro. A festa começa em duas horas, e não tenho tempo suficiente para fazer uma nova pintura para Pepper nem para pensar em algo mais ou menos decente para dar a ela. Estou precisando desesperadamente de um banho e gosto de separar pelo menos cinquenta minutos para ficar estressada com o que vestir para depois acabar colocando um *short* e meu moletom conforto.

Eu me forço a ficar de pé, vou até minha mesa, pego um pincel grosso e o mergulho na água.

Não consigo olhar diretamente para a pintura, o monstro do fracasso exposto nela, ameaçando me morder se eu olhar perto demais. Passo o pincel molhado ao redor do perímetro do papel, depois o giro pelo meu pigmento dourado, tocando nas bordas do retrato destruído.

Se vou dar algo arruinado a Pepper, pelo menos terá um pouco de brilho.

Ainda não olho para ele enquanto coloco o pincel de lado e limpo minha paleta, apagando as luzes e caminhando de volta para casa. Vou deixá-lo secando e pegá-lo quando a festa começar.

A caminhonete de Diksha está estacionada na entrada de cascalho, e a ouço rir enquanto entro na cozinha. O tom baixo da voz de Pepper viaja da sala de estar, e eu subo as escadas para o meu quarto em uma corrida na velocidade da luz, ainda me sentindo muito abalada para vê-la. Depois de trancar a porta, olho para o espelho. Minha máscara de cílios escorreu pelas bochechas, manchas de tinta na minha testa e mandíbula parecem hematomas que não melhoraram por completo, olhos lacrimejantes e vermelhos nos cantos.

Pelo menos, meu exterior reflete o interior.

Chegando mais perto do espelho, olho para meu cabelo. O rosa--chiclete desbotou para um tom acinzentado, a raiz castanho-dourada um tanto quanto crescida. Sou praticamente a paleta de sombras Stone Cold Fox da Colourpop.

Uma ideia, a que sempre faz eu me sentir bem, revigorada e animada, me atinge com força, e pela primeira vez em horas, sinto uma pequena onda de alívio. Pelo menos, há uma coisa que posso controlar.

Engatinho pelo chão do meu quarto bagunçado, pegando minha mochila de guloseimas embaixo da cama. Eu a abro, pegando as várias embalagens de tinta neon semipermanente até encontrar uma que eu goste. Com um grito triunfante, tiro minha camiseta, visto outra, branca, velha e coberta de manchas de tinta, e corro pelo corredor até o banheiro.

Abro a caixa, ignorando completamente o folheto de instruções. Já sei como funciona.

Com o cuidado de uma química, misturo o pó descolorante na minha fiel vasilha de plástico, mexendo e raspando até que fique com a consistência a que estou acostumada. Vejo um sorriso arteiro em mim pelo reflexo do espelho, começo a pintar, aplicando a mistura da raiz às pontas até que cada fio esteja coberto.

Quero arrancar a idiotice que existe dentro da minha cabeça, mas meu cabelo é um bom ponto de partida. Ajustando o *timer*, dou início ao jogo da espera, a expectativa crescendo enquanto me sento no vaso sanitário fechado e acesso as redes sociais pelo celular, as pernas inquietas.

Sempre tenho à mão um estoque decente de tintas de cabelo, a necessidade repentina de mudança não tem paciência para esperar as idas à Sally Beauty Supply.

Adoro o cheiro dos produtos químicos — forte e vibrante —, um novo começo em um frasco. Adoro mudar meu cabelo, usando-o como tela quando as outras não cooperam. Em quase todos os aspectos da minha vida, não me sinto completamente eu mesma. Nos relacionamentos, nas amizades, na vida *on-line* ou nos empregos. É como se houvesse um papel que eu deveria desempenhar, apesar de ninguém ter se preocupado em me passar as instruções, e ficam decepcionados quando apareço como outra pessoa.

Meu cabelo e suas mudanças de cor são meu pequeno ato de rebeldia. A coisa que faço apenas para mim.

Quando meu *timer* apita, ligo o chuveiro, esfregando bem o cabelo. Vejo o cor-de-rosa sujo e desbotado rodando pelo ralo, sendo substituído por um louro platinado gelado. Mal posso esperar para ver o resultado. Descolado. Distante. Duro e impenetrável. Fios claros e elegantes mostrando meu novo eu. Ou melhor, o eu que eu queria ser.

Saindo do chuveiro, esfrego uma toalha na cabeça, pego a escova e ligo o secador de cabelo na tomada, curvando-me com a cabeça para baixo e começando a trabalhar. O espelho está embaçado, mas não importa. Eu conseguiria pentear meu cabelo de olhos fechados, torturo os fios com bastante frequência.

Quando está seco, passo os dedos por ele. Parece... bem, para ser sincera, parece um pouco crocante. Mas tudo bem. Nada com que eu não consiga lidar. Limpo o espelho, sorrindo à medida que meu rosto aparece.

Minhas bochechas estão bastante coradas por causa do calor e da empolgação, olhos limpos e sem maquiagem.

E meu cabelo...

Eu me atiro no espelho, uma mão batendo no vidro, a outra enrolando meu cabelo.

Não.

Não, não, não, não.

Não.

Não.

Por favor, Deus, não.

Meu cabelo. Meu *cabelo.*

Eles... ficaram...

Brancos. Pra. Cacete.

Eu pareço um dente-de-leão com metade da penugem arrancada. Um minúsculo uivo de agonia escapa de mim, e ouço as escadas rangerem lá embaixo.

— Opal? Você está bem? — Pepper grita.

Solto um grito de novo em resposta, então limpo a garganta.

— Ótima — grito de volta. Ouço outro degrau ranger.

— Tem certeza? Você continua, hã, gritando...

Em vez de responder, abro a porta e corro pelo corredor até meu quarto.

Começo a andar de um lado para o outro, a toalha apertada em volta de mim, pegadas molhadas marcando meu caminho caótico. O que eu faço, o que eu *faço*? Não posso simplesmente ir a essa festa parecendo Gene Wilder em *O Jovem Frankenstein.*

O barulho de pés subindo as escadas tem um som grave o bastante para ser a trilha sonora de um filme de terror.

Pepper grita mais alto que o barulho:

— Ei, Opal? Eu acho que...

A porta se abre, provavelmente pela força do grito que vem a seguir.

— Opal! — minhas irmãs gritam em uníssono.

A empolgação delas dura pouco, as feições mudam de sorrisos enormes para expressões alarmadas enquanto assimilam meu cabelo, minhas lágrimas, minha toalha e meu estado deplorável.

O gritinho agudo de Ophelia corta o silêncio.

— Minha nossa, você tem certeza de que está bem? — Pepper pergunta. Ouço o rangido de um dos degraus de baixo enquanto ela sobe.

— Me deixe em paz, Pepper! — Endireitando meus ombros nus com uma dignidade inexistente, marcho em direção às minhas irmãs, agarrando cada uma pelo pulso e puxando-as para dentro, batendo a porta atrás delas. — E, hã, feliz aniversário — acrescento com um grito. Consigo sentir a irritação de Pepper daqui.

— O que foi que aconteceu, caramba? — Olivia pergunta, apertando minhas bochechas e virando minha cabeça da esquerda para a direita.

— Cabelo desse jeito só surge a partir de uma crise emocional crítica — Ophelia sussurra, olhando para Olivia. — Uma vibe meio Albert Einstein.

Eu me afasto de seu aperto e desabo contra a parede, soltando um pequeno grunhido enquanto escorrego em direção ao chão.

— É, bem, é óbvio que sou um gênio.

Tudo o que Olivia consegue dizer é um gracioso:

— Oh, Opal.

— Por favor, saiam daqui, obrigada — digo, balançando a mão enquanto enterro meu rosto nos joelhos.

— Oh, Opal — Olivia repete, vindo me envolver em um grande abraço.

— Cinquenta pratas que tem a ver com garotas — Ophelia diz, sentando-se na beirada da minha cama.

— Cale a boca, Ophelia — Olivia e eu dizemos em uníssono.

Ophelia nos mostra o dedo do meio de maneira preguiçosa, depois desaba nos meus travesseiros e começa a rolar a tela de seu celular.

Olivia continua me confortando, acariciando meus braços com movimentos de vai e vem. Depois de um momento, ela pigarreia.

— Mas, hã, é isso?

A risada de Ophelia abafa meu grunhido de indignação.

— Sim — respondo, desvencilhando-me dela e indo até meu armário, buscando qualquer coisa para colocar sobre essa monstruosidade em cima da minha cabeça. — E as garotas são *vocês duas*. Então, com todo carinho, vão se foder.

Faço uma busca durante alguns minutos, o pânico começando a aumentar, pois não consigo encontrar um chapéu.

— Ou me ajudem a descobrir como esconder essa situação — digo, apontando para meu cabelo.

Minhas irmãs — seres humanos maravilhosos e terríveis que são — riem da minha desgraça, mas ajudam na minha busca, fazendo-me um bilhão de perguntas no processo.

CAPÍTULO 15

OPAL

Apesar de o verão estar no auge e da umidade a níveis infernais, estou com um gorro na cabeça tampando parte das orelhas enquanto zanzo pouco à vontade pelos cantos da festa. O fato de o gorro ter SUA VADIA com um "S" do *Shrek* bordado nele não conta muito a meu favor, mas neste momento não posso me dar ao luxo de ser seletiva.

Minhas irmãs finalmente me arrastaram para fora do quarto, jurando por suas vidas que os tufos de cabelo escapando do gorro não pareciam *tão horríveis* na luz baixa. No segundo em que descemos as escadas, Alfie se materializou ao nosso lado, apresentando-se, envolvendo cada uma das minhas irmãs em um grande abraço, anunciando que o homem alto e lindo ao lado dele era seu novo namorado, Evens, e então levou minhas irmãs para o meio do grupo amontoado na sala de estar.

— Como você e Alfie se conheceram? — pergunto a Evens, que ficou comigo, observando com um leve sorriso enquanto Alfie faz todo mundo rir do outro lado da sala.

O sorriso dele aumenta, sua pele negra ao redor dos olhos e da ponte do nariz forma vincos enquanto ele olha para mim.

— Sou dançarino contemporâneo — ele diz, voltando a olhar para Alfie por um momento, como se não conseguisse tirar os olhos dele. — Alfie estava em uma das minhas apresentações e, quando acabou, entrou escondido pelos fundos do teatro e foi até os camarins. Ele veio até mim, estendeu a mão e disse: "Olá, sou Alfie. E você é a coisa mais linda que eu já vi. Acho que deveríamos nos conhecer".

Meu coração de *marshmallow* derrete em um caos pegajoso com a adoração óbvia na voz de Evens.

— Bem sutil da parte dele, hein?

Evens solta uma risada, profunda e escandalosa.

— Ele é o epítome da sutileza, já deu pra ver, né?

Com um *timing* perfeito, a voz de Alfie viaja pela sala, seguida por outra onda de risadas.

— O que você respondeu?

Ele volta a fitar Alfie, encontrando seu olhar. Com um sorriso que é tanto arteiro quanto inocente, Alfie se aproxima de nós.

— Eu disse que ele claramente tinha bom gosto e que também não era muito desagradável olhar para ele, e que eu achava que, talvez, quem sabe, gostaria de conhecê-lo também.

— Você está falando de mim — Alfie diz, passando o braço em volta da cintura de Evens e plantando um beijo na curva de seu ombro. — Eu percebi.

— Como você percebeu?

— Porque você parece todo apaixonado e abobalhado — Alfie diz com um encolher de ombros entediado.

Evens ri, curvando-se para dar um selinho em Alfie.

— Uau — exclamo, olhando para os sorrisos brilhantes dos dois enquanto pisco para conter algumas gotinhas de lágrimas. — Vocês estão tão a fim um do outro que é quase nojento.

— Eu sei! — Alfie comemora, colocando a mão no meu ombro. — Não é maravilhoso?

— Posso lhe servir uma bebida, Opal? — Evens oferece, dando um giro rápido em sua própria taça cheia de vinho. Observo o líquido vermelho-escuro espirrando pelas laterais.

Abro a boca, quase aceitando. Droga, parece bom.

Mas em vez disso fico calada e então balanço a cabeça para negar, pegando uma lata de água com gás do *cooler* aberto próximo à parede perto de nós. Abro-a e bebo metade dela numa golada, deixando a efervescência borbulhar na minha cabeça e garganta.

— Vou ficar na água com gás mesmo, obrigada.

— Vai com calma, juventude transviada, vamos ter que recolher você do chão se continuar nesse ritmo — Alfie adverte com um sorriso. — Vamos, meu bem — ele acrescenta, puxando o braço de Evens. — Estou quase convencendo Diksha a lhe contar da vez em que ela quase me atropelou com a caminhonete.

— Não duvido que você tenha feito por merecer — comenta Evens, assentindo brevemente para mim enquanto eles se dirigem para o meio do grupo. Eu fico observando do meu lugar seguro, tomando mais da minha bebida e desejando que, de fato, fosse vinho.

Vinho seria de grande ajuda neste momento.

O vinho deixaria meu cabelo menos horroroso, minhas tentativas de iniciar uma conversa menos esquisitas. Ele me deixaria mais engraçada, bonita, interessante e corajosa o suficiente para ir até onde Pepper está, sentada no sofá, com um sorriso estampado no rosto enquanto Alfie entretém ela e os outros com outra história agradável.

Mas, à medida que bebo o restante da minha água com gás e pego outra, sei que o vinho seria uma péssima escolha... e estou tentando diminuir essas coisas.

Como a maioria dos rótulos na minha vida, não tenho certeza se o termo *alcoólatra* se encaixa, mas minha relação com a bebida certamente é confusa. Seja lá o que eu tenha — autismo ou TDAH ou uma fusão das duas coisas —, transitar pelo mundo muitas vezes parece um ataque sensorial e amenizar o impacto com um monte de drinques é uma tentação fascinante.

Não sou exatamente fissurada em álcool — nem gosto do sabor e posso passar meses sem pensar nisso. Uma taça de vinho de vez em quando numa noite de cinema com minhas irmãs; não costuma passar disso. Mas um drinque em uma festa como essa — com muitas vozes, pessoas, energia e essa necessidade frenética em meu corpo de agir da maneira certa, me conectar com as pessoas e fazê-las gostarem de mim — em geral se transforma em três drinques. Depois em cinco. E, quando me dou conta, já é de manhã e eu me odeio mais do que nunca.

É como se uma criatura amorfa e pegajosa fosse colocada em cima do meu cérebro depois do primeiro gole, crescendo e se aninhando entre os lóbulos e diminuindo os estímulos ao meu redor, tornando o mundo um pouco menos nítido e as pessoas um pouco menos assustadoras. Como se eu não pudesse me machucar se eu embebedar essa fera bacanal o suficiente.

— Você está muito emo de 2011, amuada no canto com seu gorro puxado para baixo desse jeito — Ophelia diz, encostada na parede ao meu lado, Olivia pairando na nossa frente com uma nova bebida.

— Bem, pois é... Cheguei ao auge dos meus tempos de Tumblr, o que posso dizer?

— Algo um pouco menos triste, talvez? — Olivia diz encolhendo os ombros.

— Qual é, Opie. Participe da festa! — Ophelia puxa meu braço, mas eu continuo paralisada.

— Estou morrendo de vergonha do meu cabelo — dou um gritinho, o constrangimento deturpando minha voz. — Eu me sinto muito desconfortável.

— Ninguém vai notar seu cabelo — garante Olivia, envolvendo minha cintura com o braço.

— Ou, se notarem, vai virar uma história muito engraçada.

Olivia dá um soco em Ophelia por mim.

— Você já ficou tão tomada pela devastação irracional de ser a pessoa mais feia da sala? E é tão assustador que faz você sentir que vai chorar?

— Sim.

— O tempo todo.

Olho para minhas irmãs com desconfiança. São duas das pessoas mais bonitas que já vi.

— É sério — afirma Ophelia, me recriminando com um olhar. — Todo mundo tem aqueles momentos avassaladores de insegurança. Somos todos humanos. — Ela dá um cutucão em Olivia para tirá-la do caminho, segurando minhas bochechas com as mãos. — Mas você, minha doce irmã, é uma das gatas mais legais, engraçadas e gostosas que já puseram os pés no planeta. Então, quero que você pare com essa atitude de vitimização e seja a vadia malvada que você é, está bem?

Rio contra a minha vontade, então assinto.

— Ótimo. Agora, vamos.

Elas me levam para o meio da sala, juntando-se com facilidade à conversa de Diksha e Alfie enquanto eu subo no braço do sofá, sentada como um gremlin. Sorrio e rio ao mesmo tempo, perdendo metade do que todos estão dizendo enquanto continuo a mexer no meu gorro, os olhos desviando de tempos em tempos para pousar em Pepper. Ela não olha na minha direção nenhuma vez.

Com um suspiro, eu me forço a observar minhas irmãs, o modo suave como interagem com esses perfeitos desconhecidos que elas tão rapidamente transformaram em amigos, o fluxo natural de suas conversas. Tudo parece estranho para mim. Em se tratando de festas, eu me sinto como um filhote de golden retriever desesperado por atenção, meu cérebro pulando de ideia em ideia, vozes muito altas, comentários que não têm conexão entre si.

Depois de um tempo, Diksha se levanta, batendo palmas.

— Hora do bolo! — ela anuncia, marchando para a cozinha. Reaparece alguns instantes depois, braços esticados embaixo de uma bandeja carregando um... um...

— Meu Deus, o que é *isso*? — Ophelia pergunta de seu lugar no sofá.

— É um bolo em formato de pé — Diksha diz com uma gargalhada, apoiando a... bem... a coisa para todos nós vermos.

Lanço um olhar para Pepper para uma explicação um pouco mais detalhada, mas ela está com a cabeça enterrada nas mãos.

— Sinta-se à vontade para elaborar — digo a Diksha.

— Pepper tem um lance com pés — esclarece Alfie.

— ... Tipo um lance de comê-los? — Olivia pergunta.

Diksha ri ainda mais.

— Não — Pepper solta um grunhido, passando as mãos nos cabelos. — Eu literalmente nem sei como esse boato começou...

— Eu sei — diz Alfie, radiante.

Pepper lança a ele um olhar que é ao mesmo tempo fulminante e provocador.

— Um tempo atrás Pepper estava enchendo nosso saco querendo ideias de como ficar rica rapidamente — conta Alfie, inclinando a cabeça de maneira conspiratória para Ophelia e Olivia. — Tentei convencê-la a vender fotos de pés na internet.

— Ela acabou fazendo uma pesquisa um pouco completa demais — interrompe Diksha. — Eu a encontrei em estado de choque no sofá alguns dias depois, com muitas abas de sites questionáveis abertas em seu computador e alguns vírus de lambuja.

— E hoje sou oficialmente a "podólatra" — conclui Pepper, contorcendo o rosto na careta mais exagerada que já vi. É tão fofo que solto uma risadinha. O olhar de Pepper se volta para mim, e aquela enorme careta dá lugar a um quase sorriso.

— Onde encontra um bolo como este? — pergunta Evens, observando-o de vários ângulos com uma mistura de horror e admiração artística.

O nível de detalhes é excepcional, de certa forma fazendo um pé decepado parecer... bem... até que bonito. As unhas dos pés estão pintadas de verde-água, alguns delicados anéis de dedo e uma tornozeleira enfeitam a estrutura.

— Tem uma padaria incrível na Filadélfia, na verdade — diz Diksha, pegando pratinhos para servir. — Chama-se Bernadette's Bakery e é especializada em produtos eróticos. A dona, acho que o nome dela é Lizzie, começou a vender bolos personalizados quando o negócio decolou *on-line*. Ela geralmente faz vaginas e coisas assim, mas liguei e ela ficou superanimada para colocar o *pé* na massa — tu dum tss — para confeccionar outras partes do corpo para a festa da nossa querida Pepper.

— Você nunca, jamais, sob nenhuma circunstância, deveria ter feito isso — Pepper resmunga, as pontas das orelhas rosa-choque.

— Não precisa me agradecer! — diz Diksha.

— Ah, fique tranquila que não vou agradecer.

— Tudo bem, aniversariante, você ganha a primeira fatia. O que vai ser?

— Qualquer coisa, menos os dedos — diz Pepper, torcendo o nariz.

— Nesse ponto eu concordo — comenta Tal, Ophelia assentindo ao lado delas.

— Eu fico com os dedos — digo. Os olhos de todos se voltam para mim, horrorizados. — Eu… é que parece que tem mais cobertura…

— Não fique com vergonha de declarar suas taras, Opal. Não estamos aqui para julgar — Alfie assegura, me entregando a fatia irregular que Diksha cortou. Gaguejo em protesto, mas uma risada rouca me corta, chamando minha atenção.

Pepper está olhando para mim, sorriso largo e bochechas rosadas, uma das mãos segurando a nuca enquanto continua a rir.

E, droga, esse olhar me desmonta, meu coração desce até os joelhos, depois salta para a garganta. Com um olhar desafiador, eu a encaro, sendo levada pela morbidez e cravando meu garfo no bolo, trazendo o dedão do pé à minha boca. Faço uma pausa, lábios entreabertos, olhando para ela por mais um segundo, então coloco tudo na boca e lambo os lábios.

Como eu esperava, Pepper ri de novo, aquele sorriso crescendo.

E percebo que farei o papel da boba que for para fazê-la rir.

CAPÍTULO 16

PEPPER

Estamos empanturrados de bolo, esparramados pela sala de estar, Tal e Diksha aninhadas uma na outra na namoradeira de veludo, Olivia e Ophelia curvadas na mesa de centro, seus pés esticados em direção ao fogo crepitante que Tal acendeu à medida que a noite fria da montanha envolvia o chalé. Alfie e Evens sentados de pernas cruzadas, um de frente para o outro, perto da caixa de som bluetooth, discutindo calmamente sobre qual música tocar em seguida. A voz de Alfie fica um pouco mais alta, um olhar severo e sério em seu rosto enquanto ele aponta para Evens, que solta uma gargalhada gostosa antes de se inclinar e dar um beijo em Alfie.

E Opal...

Bem, parece que não consigo tirar os olhos de Opal.

Neste exato momento, ela está sentada no braço do lado oposto do sofá, costas curvadas e joelhos puxados até o queixo enquanto sua atenção passeia pela sala.

Houve um movimento infinito no chalé a noite toda, mas meu cérebro é capaz de registrar apenas ela. O repuxar do canto da boca naquele sorriso hesitante dela, o padrão de som que ela faz ao batucar a lata de refrigerante pressionada com firmeza no peito enquanto observa a festa de um canto, a maneira como ela puxa de tempos em tempos seu gorro bizarro para baixo das orelhas e morde o lábio inferior enquanto ouve outras pessoas falando. O balanço de seus quadris curvilíneos quando ela se mexe.

O que é tudo bem ridículo porque ainda não tenho nem certeza se gosto da maldita mulher. Deve ser o vinho subindo para minha cabeça.

É engraçado; Opal sempre parece um fio desencapado quando está comigo, essa corrente elétrica de energia incontrolável. Mas dentro do grupo ela é... quieta. Reservada. Tentando afundar-se em si mesma.

Isso faz eu querer perguntar a ela por quê.

De novo, ridículo.

— Muito bem. — A voz de Alfie atravessa a sala. — Já que Evens está determinado a seguir com as más escolhas musicais, vamos nos conhecer um pouco melhor, certo? — ele diz, rastejando em direção ao meio da sala.

— Então, dá para ver que Opal é bi, mas e vocês duas? — Alfie pergunta, olhando para Ophelia e Olivia. — Vocês são... — Ele balança um pulso mole na altura do ombro, fazendo as irmãs rirem.

Opal revira os olhos, seus lábios franzindo nos cantos.

— Que besteira.

— Diga que estou errado — Alfie desafia com uma fungada.

— É sorte de principiante, na melhor das hipóteses — Opal diz, estreitando os olhos quando seu sorriso leva a melhor. — Como você consegue *saber*? Você mal me conhece.

— Tenho um olhar apurado para lésbicas — Alfie diz cheio de indignação afetada.

— Ele viu seu adesivo da bandeira bi no para-choque ao entrar — Evens revela, dando um tapa no ombro de Alfie.

— Seu trapaceiro mentiroso — Opal fica boquiaberta, apontando o dedo para Alfie. Seu sorriso cresce, e a hesitação das últimas horas desaparece aos poucos. Ela se abre como uma flor mostrando suas pétalas para o sol.

Ah. Aí está o lado seu de que senti falta.

Espere... de onde saiu *isso*, caralho?

É a vez de Alfie revirar os olhos.

— Ok. Sim. Mas a quantidade alarmante de amassados no seu carro, a calça *jeans* dobrada e o fato de você me cumprimentar com um sinal de amor e paz toda vez que a vejo são indícios claros de sua inclinação.

— Eu argumentaria que bissexualidade é não fazer distinção entre lados aparentemente opostos — Ophelia diz, balançando a cabeça de um lado para o outro. — Mas, sim, nós três somos o trio bi da família Devlin. Não admira sermos citadas como atração turística em nossa cidade natal.

— Uma estátua está sendo erguida em nossa homenagem — Olivia acrescenta. — Nós três saindo de um armário.

Opal ri.

— A artista está nos retratando em nosso momento mais icônico no ensino médio, quando todas nós tínhamos o corte de cabelo de Timothée Chalamet.

— Ficou melhor em mim — as irmãs dizem em uníssono. Eu engasgo com um gole de vinho.

— Alguma de vocês está saindo com alguém? — Alfie pergunta. Só ele consegue fazer a intromissão parecer cativante.

— Nem a pau — Olivia dispara, torcendo a boca.

— Não tenho tempo — Ophelia diz.

— Opal? — Alfie se estica, cutucando uma das panturrilhas de Opal de maneira amigável.

Ela negou, balançando a cabeça.

— Com certeza não. Desisti desse sonho impossível.

— Que seria...? — Diksha a provoca.

— Encontrar alguém que não seja um babaca, eu acho? — O rosto de Opal se contrai. — Meus últimos relacionamentos me levam a acreditar que namorei alguns dos piores homens do mundo, mas Miles, meu último ex, pode levar a medalha de ouro. — Ela solta uma risada rouca, o som ao mesmo tempo duro e suave, como uma violeta crescendo pelas rachaduras na calçada.

Nunca namorei um homem. Nunca namorei ninguém, para ser sincera. Acho que gosto de homens. Ou, pelo menos, acho alguns deles atraentes. *Sei* que gosto de mulheres — suas curvas e ângulos e pele macia e sorrisos lindos...

Eu costumava ficar estressada para encontrar um rótulo em que eu me encaixasse. Lésbica. Bissexual. Pan. Demi... já filtrei todos eles muitas vezes, nenhum nunca pareceu certo.

Basta dizer queer e seguir com a vida, Diksha acabou me falando certa madrugada, depois do que sem dúvida deve ter sido minha sexta crise de identidade sexual na casa dos vinte anos.

Mas o que isso significa?, eu lamentara, colocando mais vinho de caixa no meu copo plástico. Meu cérebro adora ordem, rótulos e estruturas concisas para entender as coisas, e não saber onde me encaixo parece insuportável.

Significa que você é você, e só você decide de quem gosta e quando gosta de alguém, Tal dissera de sua cadeira no canto. *A denominação para os seus sentimentos não é da conta de ninguém, a não ser sua.*

— Miles traiu Opal com sua "melhor amiga", Laney — conta Ophelia, fazendo aspas no ar.

— Que detalhe totalmente apropriado e nem um pouco pessoal da vida da sua irmã para contar para a sala toda — repreende Olivia, dando um tapa no ombro de Ophelia.

— Qual é o problema? Foi Opal mesma quem disse que ele era o pior de todos! Eu estava oferecendo provas.

— Suas teorias da conspiração não são sinônimo de prova, Ophelia — comenta Opal, apertando os dedos em sua lata de água com gás.

— Oh, Opie, querida — diz Olivia, confirmando que a declaração de Ophelia foi certeira.

— Hora dos presentes! — intervém Evens, desviando a conversa das vozes crescentes das irmãs Devlin.

— Ótima ideia — diz Tal, com pouquíssima paciência para dramas de qualquer tipo, o que torna o casamento com Diksha uma anomalia.

— Tome, abra o nosso primeiro — diz Diksha, pulando do sofá, pegando uma sacola de presente no canto e colocando-a no meu colo.

Eu pego o volume disforme de dentro e arranco o papel de seda que o envolve. Solto uma risada enquanto desenrolo uma camiseta rosa-claro. Meus olhos a analisam por cima enquanto meu sorriso aumenta, então a viro para todos os outros verem.

PERGUNTE-ME SOBRE O LANCE QUE EU CURTO está escrito na frente em uma fonte feita de videiras retorcidas e flores vibrantes.

— Meu Deus, é perfeita — digo, estendendo a mão para envolver Diksha em um abraço. — Muito obrigada.

— Tal mandou fazer sob medida — conta Diksha, acenando para elu enquanto Tal sorri de seu assento.

— Estamos prestes a vê-la vestindo isso todos os dias pelos próximos oito meses — diz Alfie. Ele não está mesmo errado. — O próximo é o nosso — ele acrescenta, entregando-me um maço de cilindros cuidadosamente embrulhados.

Rasgo o papel de embrulho lilás, revelando três grandes velas votivas — com as estampas de Phoebe Bridgers, Taylor Swift e Fleabag me encarando em gloriosa santidade.

— A santíssima trindade do emo-ismo dos anos 2020 — diz Alfie, oferecendo sua própria versão de uma reverência piedosa.

— Já me sinto abençoada — comento soltando o ar, coloco as velas no meio da mesa de centro. Por hábito, meus olhos vão para o pufe de couro da vovó Lou, esperando ver seu sorriso feliz e curioso, desejando fazer uma série de perguntas sobre as três pessoas nas velas serem minhas amigas pessoais.

Mas a vovó Lou não está lá. A cadeira está vazia em seu canto escuro, um vazio é gravado em mim com o lembrete.

— Ok, então, desculpe antecipadamente se isso não é sua vibe — diz Ophelia, me tirando do pensamento sombrio e colocando um saco de presente pesado no meu colo. — Mas decidimos arriscar.

— Achamos que, sendo dona de uma fazenda de flores, você provavelmente gosta de ter vasos de plantas pela casa — acrescenta Olivia enquanto pego o papel de seda. — Espero que você não se importe em colocá-las em vasos, hum, reveladores.

— Vocês não precisavam me dar nada, de verdade — digo.

— Sim, elas precisavam — reforça Diksha com firmeza. — Presentes são obrigatórios, Pep. É a lei.

— Eu a conheço há apenas algumas horas e prefiro andar sobre cacos de vidro do que ir contra suas regras — observa Ophelia com admiração, apontando o polegar para Diksha.

— Não dê corda a ela — imploro, puxando um vaso de cerâmica, mais largo do que alto. Viro-o e solto um suspiro semelhante ao de uma aluna do ensino fundamental enquanto observo a bunda voluptuosa esculpida na lateral e alguns centímetros de coxas grandes na base. O topo do vaso é ligeiramente fino para uma cintura. Uma grande risadinha brota de mim, minhas bochechas ficam quentes. Tenho o impulso bizarro de olhar para Opal.

O que seria *estranho* e *inapropriado*, então me concentro em desembrulhar a segunda peça de cerâmica do saco de presente. De alguma forma, é ainda melhor do que a primeira, um grande par de peitos assimétricos na frente e no meio.

— Absolutamente incrível — digo, meu rosto em chamas e ainda mais risadas saindo de mim. — Nada a acrescentar.

Não consigo mais lutar contra o desejo e arrisco um olhar para Opal por trás dos meus cílios. Ela está olhando para os vasos, sua boca ligeiramente entreaberta e a testa franzida, então ela lança um olhar acusador para suas irmãs.

— Temos uma confissão a fazer — anuncia Ophelia, lançando a Opal um olhar malicioso. — Nossa querida irmã aqui não nos disse que era uma festa de aniversário até que estávamos a cinco minutos de sair de casa. Então, não tivemos tempo de sair e comprar nada.

— No entanto, nós achamos que toda casa precisa de algumas obras de arte de Opal Devlin — diz Olivia, encarando-me com um sorriso radiante.

Minha garganta fica seca, e estou preocupada de sentir mais calor em meu rosto e começar a brilhar como um holofote.

— Foi você que fez? — pergunto, olhando de novo para Opal. Não sei por que imagino suas mãos, cobertas de argila, movendo e moldando as curvas do vaso. Inclinando-se para perto enquanto ela estuda seu trabalho íntimo de vários ângulos. Dedos percorrendo o...

Chega, para. Eu me recuso a ficar excitada e perturbada com pensamentos sobre vasos de cerâmica.

Opal respira fundo, inclinando a cabeça para o teto.

— Durante a escola, sim. Eles são... bem, eu melhorei desde então.

— Bobagem, Opie — Ophelia diz, apertando o joelho da irmã. — Estes são alguns dos seus melhores trabalhos.

— Eu não acho que esse seja o elogio que você pensa que é — Opal murmura, dando um olhar mortal para Ophelia.

— Eles são maravilhosos — sussurro, olhos fixos em Opal.

Ela olha para mim, sobrancelhas franzidas sobre aqueles grandes olhos azuis, um rubor suave subindo por suas bochechas redondas. Ela coça o nariz, então puxa o gorro enquanto eu continuo a encará-la.

E, então, eu acho que meio que... sinto um curto-circuito. Lanço-me para a frente no sofá, vasos caindo do meu colo e em cima das almofadas conforme me aproximo. Atiro meus braços em volta do pescoço dela, puxando-a para um abraço que é muito agressivo. Muito brutal.

Um abraço com um significado muito expressivo.

Sinto Opal se assustar, e me afasto de imediato, balbuciando algo que soa vagamente como *Obrigada*.

Há uma pausa estranha na sala; e, então, em perfeita harmonia, Olivia e Ophelia gritam:

— De nada.

Não me passa batido a troca de olhares que as duas compartilham.

— A louça! — exclamo, levantando-me num pulo e pegando tudo que está ao meu alcance. Vou tropeçando até a cozinha, pratos tilintando enquanto os coloco na pia.

— Que sutileza — Diksha diz logo atrás de mim. Eu me viro.

— Como disse? — rebato, encarando o chão e colocando meu cabelo atrás da orelha.

— Eu disse, *que sutileeeezaaa*. — Ela prolonga as vogais, abaixando-se para ter certeza de que vejo cada faísca de humor em seu olhar.

O constrangimento percorre cada centímetro do meu corpo.

— Não sei do que você está falando — resmungo, virando-me para a pia e abrindo a torneira.

Diksha solta um suspiro melancólico.

— Claro que não, querida. — Ela pega alguns pratos, raspando restos de comida na lata de lixo.

Tento me concentrar em lavar a louça, mas não consigo me livrar da imagem, da fantasia, de Opal criando aqueles recipientes. Suas mãos traçando as curvas, tocando cada centímetro. Beliscando os mamilos em pontas afiadas, arrastando as pontas dos polegares pela parte inferior dos seios. E, então, não é mais argila. São as mãos de Opal na pele, deslizando para baixo, meu corpo tremendo sob o toque. Depois, é sua boca, seguindo o caminho, religando circuitos. Como seria ter aquelas lindas mãos me tocando?

— Então, você vai fazer aquilo? — Diksha pergunta, empurrando-me para o lado para colocar mais pratos na pia cheia de espuma.

Eu estremeço, perguntando-me como diabos ela sabia que meu cérebro descontrolado tinha se agarrado a Opal e tomado um rumo bizarro para a obscenidade.

— A competição de flores — ela acrescenta, girando a mão de uma forma que me diz que preciso acompanhar.

Meus ombros desabam de alívio; e eu afasto todos os pensamentos sobre Opal e a fantasia do corpo dela contra o meu e seu calor e qual seria a sensação de tê-lo pressionado em mim se nós duas estivéssemos...

— Hum, não. — Balanço a cabeça com determinação para dar ênfase.

— Me dê uma boa razão para não participar. — Diksha coloca as mãos nos quadris, arqueando uma sobrancelha.

— Porque eu nem sei por onde começar? Eu cultivo flores, eu não... faço *arte* com elas. Não é minha praia.

— Oh, que pena que você não tem ninguém por perto que seria perfeita para ajudá-la — ela diz, olhando-me fixo.

Lanço-lhe mais algumas piscadas confusas.

Diksha me encara com um olhar ameno antes de desviá-lo dramaticamente para a sala de estar, uma gargalhada familiar ecoando.

— Opal? — Por algum motivo, dizer seu nome faz minhas mãos tremerem e minha voz falhar. — Tá, até parece. Desastre garantido.

— Desastre maior do que viver em uma propriedade que os tribunais da Carolina do Norte aparentemente decidiram que pertence à sua mãe, que por sua vez a vendeu para um duende de cabelo cor-de-rosa que quer transformá-la em uma fábrica de calçados?

— Acho que aconteceu alguma coisa com o cabelo dela — digo, esticando o pescoço para ver além do canto. Ela geralmente exibe o rosa com muito orgulho.

— Foco, Pepper, sem tesão — repreende Diksha, estalando os dedos na minha cara.

Engasgo com o ar.

— Não estou com tesão! — solto. Alto demais. Tipo, seria um milagre se meus vizinhos a alguns hectares de distância não tiverem me ouvido.

É a vez de Diksha piscar de perplexidade.

— Ilusão não combina com você, amor.

— Ok, a festa acabou — digo, empurrando Diksha em direção à porta enquanto ela ri.

— Obrigada por virem — declaro da maneira mais entusiasmada possível, interrompendo o burburinho da conversa na sala de estar. — E, hum, tchau!

Há uma pausa de dois segundos, então meus amigos começam a se mexer. Eles estão acostumados com a mudança rápida que acontece em meus encerramentos abruptos de eventos sociais.

— Tchau, querida. Vejo você em breve — diz Alfie, beijando-me na bochecha.

— Feliz aniversário — acrescenta Evens, dando um rápido aperto em meu ombro.

— Precisa de ajuda com a louça? — Tal pergunta, examinando as xícaras ainda espalhadas pela sala de estar.

— Só preciso que você tire essa daqui — digo, apontando meu polegar para Diksha, que está se despedindo de Opal de maneira demorada demais para o meu gosto. As duas riem. Isso não pode ser bom.

— Rá. Como se eu tivesse mais controle sobre ela do que você — retruca Tal, a voz baixa e um brilho nos olhos enquanto observa Diksha vir em nossa direção.

— Gastei um desejo de aniversário inteiro exatamente nisso — digo, fazendo cara feia para o sorriso malicioso de Diksha.

— Tchau, Pep — ela se despede, por fim — *até que enfim* —, chegando à porta. — Amanhã encho seu saco.

— Prefiro que não encha.

— Isso é fofo, mas eu realmente não dou a mínima — afirma ela, beliscando minha bochecha antes de sair, Tal seguindo logo atrás.

— Obrigada por nos receber! — Olivia diz, ela e Ophelia aparecendo na minha frente. — Desculpe por invadir seu aniversário, mas nos divertimos muito.

— Vocês não vão voltar dirigindo para Charlotte, vão?

— Vamos ficar em um hotel mais perto do centro de Asheville — explica Ophelia. — Por algum motivo, Opal não quis agarrar com unhas e dentes a oportunidade de dividir seu colchão de casal com nós duas.

— As mais novas são sempre as mais egoístas — observa Olivia com um suspiro triste.

— O mínimo que ela poderia fazer é caminhar conosco amanhã — acrescenta Ophelia. — Mas, não, a princesa delicada é boa demais para tais esforços físicos.

— Ela disse, abre aspas: *Eu preferiria enfiar meu pé em um moedor de carne a me submeter a uma caminhada.* Fecha aspas. — Olivia ri, e meus olhos buscam Opal, mas ela não está mais na sala de estar. Tenho que controlar a vontade de ir procurá-la.

Ophelia e Olivia me dão um abraço rápido, então mergulham na noite escura.

Fecho a porta, pressionando a testa nela com um suspiro de alívio.

Mas a energia ainda ressoa pela casa como uma corda de harpa dedilhada, suave e sutil, mas ainda assim vibrante. É tudo muito... Opal.

Eu me viro, meio que esperando que ela esteja me encarando com aqueles olhos grandes, irritantes e desorientados.

Mas ela não está.

Dou outra olhada na sala de estar, depois na cozinha.

Ela se foi.

E eu sou uma idiota.

Mas ainda assim não estou com tesão.

Com um suspiro, pego uma braçada de copos, então entro na cozinha, assumindo meu lugar em frente à pia. Deixo a água quente correr, espremendo o detergente e observando as bolhas se formarem.

Preciso me controlar. Pego a esponja e começo a trabalhar, tentando em vão desligar meu cérebro com os movimentos automáticos de limpeza enquanto olho pela janela, meu reflexo perplexo ficando difuso nas bordas, misturado com a extensão de terra lá fora. Minha conversa com Diksha assombra meus pensamentos.

Desejo sexual? Será que é isso? É possível mesmo desejar alguém de quem você não tem certeza se gosta?

Desejo sexual seria um inconveniente horrível agora com a situação de vida ridícula em que nos encontramos. E não posso deixar de me perguntar se Diksha tem razão (fora seus comentários depravados sobre desejos que definitivamente não estou sentindo). Opal *seria* uma boa pessoa para recrutar para me ajudar com a competição.

Eu tenho... Bem, eu não chamaria isso de espionar, de fato, mas espiei seu galpão algumas vezes. O pequeno espaço se transformou em uma galáxia de cores; caos controlado com sapatos apoiados em prateleiras, telas meio preenchidas de tinta no cavalete ou encostadas na parede. É... é muita coisa. Mas até meu olho destreinado consegue reconhecer que é bom.

Eu poderia perguntar a ela. Apesar de sua natureza dispersa, é bem óbvio que Opal aproveitaria a oportunidade de ajudar qualquer um com qualquer coisa. Mas não parece uma boa ideia. Nossas vidas já estão muito mais interligadas do que eu jamais quis estar com outra pessoa. Entrar em uma competição com a ressuscitação financeira da minha fazenda em jogo não parece a melhor jogada para estabelecer distância da mulher.

Mas parte de mim se sente meio que... Deus, que sentimento *é* esse? Um tipo bizarro de energia forte e fervilhante com a ideia de trabalhar nisso com ela. Um tipo de... vertigem.

Algo ridículo, considerando a péssima ideia que é.

— Oi.

A voz de Opal atravessa a cozinha, dando-me um baita susto. Solto um gritinho embaraçoso, as mãos se levantando e bolhas voando por todo lugar.

Eu me viro, olhando para a pequena ameaça parada no batente da porta.

Seus lábios estão franzidos, um meio-sorriso repuxando os cantos da boca — a aparência totalmente comovente.

— Assustei você, Pepper? — ela pergunta, o sorriso prevalecendo.

— Sim — respondo com sinceridade, meu coração dando cambalhotas no peito. — Por que você está usando esse gorro? — questiono, desesperada para mudar de assunto.

Ela se apoia no batente, a cabeça inclinada para trás enquanto solta um grunhido. Ela abre e fecha a boca algumas vezes, balança a cabeça e então levanta a mão, puxando o gorro.

Respiro fundo, atônita.

— Puxa vida. Isso é, hã, uma mudança.

Opal gira o pescoço, o olhar fixo em mim. Mas é como receber um olhar reprovador de um pato-de-crista, aqueles fios brancos saindo em tufos e em ângulos estranhos da cabeça. Mordo meu lábio inferior com força para conter uma risada.

— Ah, vá se foder, Pepper — ela resmunga, um sorriso crescendo em seu próprio rosto. Não há como segurar minha gargalhada quando uma risadinha delicada lhe escapa. — Foi um acidente — ela conta, passando as mãos pelos cabelos.

— Olha, eu espero mesmo que tenha sido. — Minhas gargalhadas são tão fortes que se transformam em grasnidos de ganso desagradáveis. Opal, por sua vez, perde o ar de tanto rir disso.

— Deus, parecemos um curral — ela fala, envolvendo a cintura com os braços enquanto continua a rir.

— A gente deveria ir rolar no feno — brinco. Sem pensar. É óbvio. Porque, *de tantas coisas que eu poderia ter dito, isso foi* o *que saiu da minha boca.*

Opal para de rir, seus olhos arregalam. Nossos olhares se encontram por um segundo, antes que ela pisque e os desvie, um rubor subindo por seu pescoço.

— Como fazem, tipo, é... os animais de fazenda — tento explicar debilmente. Outro momento de doloroso silêncio.

— Eu... — Opal tosse, então pigarreia, olhando para o chão. — Eu tenho um presente para você — ela sussurra. Inclino-me para a frente, não querendo perder uma palavra. — Só que é meio bobo, não é engraçado, e acho que errei totalmente a vibe que os presentes de hoje à noite deveriam ter... Difícil acreditar que não é a primeira vez que isso acontece comigo, certo? — Sua risada é aguda e alta, como se doesse produzir o som. Nada parecido com o tilintar brincalhão de sempre.

— Enfim. — Ela estica os braços, desvia os olhos, um pequeno retângulo marrom preso com firmeza em suas mãos.

Olho para ela por um momento, uma estranha máscara de preocupação em suas feições. Depois de um tempo, seu olhar se volta para mim, sério e vulnerável, fazendo meu pulso disparar.

Ela é fofa do jeito mais inconveniente. Bochechas redondas e rosadas que parecem devastadoramente macias. Lábios carnudos e com os cantos curvados como se estivessem constantemente desesperados para sorrir. Até seu cabelo bizarro carrega um efeito, algo um pouco selvagem, um pouco feral. Assim como ela.

E seus olhos. Bem, seus olhos são *excepcionalmente* inconvenientes porque não consigo parar de sentir que vou me afogar naquele azul-claro oceânico.

O que é uma ideia tremendamente idiota de se ter.

Ela oferece o presente de novo, dessa vez olhando-me nos olhos. Com a mão trêmula, pego o retângulo. É mais ou menos do tamanho da minha palma e, virando-o, um pequeno soluço se forma em minha garganta, fazendo meus olhos arderem.

Do outro lado, uma tela, preenchida com a pintura em aquarela mais linda que já vi. Um momento que nunca esquecerei.

Não guardo muitas lembranças — meu cérebro autista deixou muitos buracos no meu rolo de filme mental —, mas nunca poderia esquecer aquele dia.

Era minha primeira véspera de Natal com a vovó Lou — seu aniversário de 68 anos. Ela costumava brincar que nascer na véspera de

Natal era a prova de que ela era o maior presente que o Papai Noel poderia ter criado para o mundo. Depois daqueles primeiros meses morando com ela, eu tive certeza de que era verdade.

Foi o primeiro feriado que passei onde o foco estava em ter momentos de qualidade e confortáveis. Não foi na casa de um dos namorados aleatórios da mamãe, sentada na beirada do sofá enquanto um ou outro gritava a plenos pulmões de um presente que não chegou ou foi esquecido completamente. Não foi a mamãe cortando as etiquetas de um vestido do Walmart na loja, me vestindo no estacionamento com a roupa roubada que coçava, enquanto me contava sobre qual parentesco perdido há muito tempo nós estávamos fingindo ter com quem quer que fosse seu último alvo.

Naquele Natal, éramos eu, Lou e nosso pinheiro robusto de uma fazenda à beira da estrada, uma lareira crepitante na sala de estar e uma neve constante caindo pela janela. Fizemos três variedades diferentes de chocolate quente, o açúcar alimentando nossas danças pela sala de estar enquanto seu toca-discos reproduzia as canções de Natal de Ella Fitzgerald.

Eu estava aninhada perto de Lou no sofá quando ela tirou a foto, pegando uma velha Kodak da tigela de quinquilharias na mesa de centro, cegando nós duas com o *flash*.

E Opal de alguma forma capturou a magia disso com perfeição. Nossos rostos pressionados um no outro, bochechas rosadas, cabelos emaranhados. O fundo é iluminado com um redemoinho translúcido de ouro e cobre, nossos sorrisos brilhando na mesma intensidade.

— O que achou? — A voz de Opal é baixa. Hesitante. Ela me atravessa e meus olhos se afastam da pintura para olhar para ela.

— Você... você pintou a vovó Lou — digo, engolindo em seco, minha garganta rouca.

— E você — Opal sussurra, com um passo à frente e dando batidinhas de leve com o dedo na minha versão adolescente. — Eu amo tanto seu sorriso nessa foto.

O cheiro suave e sutil dos seus cachos ao meu redor — tinta, papel e algo ensolarado. Minha mão mergulha no bolso, puxando o raminho de camomila de lá enquanto meus dedos o giram sem parar.

Os olhos de Opal se afastam do meu rosto e vão para minha mão.

— Você brinca com elas quando está nervosa? — ela pergunta, indicando as flores com a cabeça enquanto me observa.

— Sim.

— Você está nervosa agora? — Ela se aproxima com um passo à frente. Parece impossível que eu possa *senti-la* sem realmente tocá-la. Tanto calor e energia circulando a região de minha cintura. Puxando-me um passo para mais perto também.

Minhas palavras saem ao mesmo tempo que uma risada sem graça.

— Sim, e eu não sei por quê.

Opa. Sinceridade demais. Posso dizer pela maneira como os olhos de Opal arregalam, suas sobrancelhas se arqueando.

— Mas também estou feliz — balbucio. — Estou sentindo muitas coisas, eu acho.

Um confortável silêncio paira sobre nós enquanto olhamos para as pétalas brancas delicadas conforme giram em um borrão, o retrato apertado em meu peito.

— Eu brinco com elas quando estou sentindo algo... *grande*. Ou difícil de entender. Pequenos brinquedos antiestresse da natureza.

Opal ri disso, seus olhos enrugados nos cantos enquanto olha para mim.

E, porque eu aparentemente estou decidida a passar vergonha esta noite, vejo meu corpo avançando em sua direção mais uma vez, cobrindo os poucos centímetros que restam entre nós e segurando-a confortavelmente em mim. Ela para, e eu estou gritando comigo mesma de vergonha. Mas, em meio segundo, ela está me abraçando de volta, pressionando aquele narizinho fofo no ponto onde meu ombro encontra o pescoço. Inspirando-me.

Suas mãos se movem devagar, de maneira preguiçosa. Uma roçando minha coluna, a outra percorrendo minhas costelas até as costas, sua palma aberta entre minhas escápulas.

O desejo me corta com uma dor de tirar o fôlego. Repentino e avassalador. Uma necessidade de aproximação. De mais. De que aquele seu cheiro inebriante se impregne da minha pele.

E esse desejo toma conta.

Uma mão se enrola em volta do volume do seu quadril, os dedos da outra se enroscam em seu cabelo, inclinando seu rosto para que seus lábios fiquem a centímetros dos meus. Diminuo a força com que estou apertando-a para arrastar meu toque por sua bochecha, descendo pela garganta.

Ela inspira fundo, roubando todo o ar dos meus pulmões, olhos fixos na minha boca. Sinto seu pulso acelerar sob meus dedos. Então, ela lambe os lábios.

E eu pulo no precipício.

Pressiono minha boca na dela. Ela retribui o gesto. Pequenas faíscas atravessam meu peito e descem pelos meus membros, fazendo-me ofegar. Opal engole o som.

Somos desajeitadas — lábios atrapalhados, dentes se chocando e mãos agarrando roupas —, pressionando cada vez mais perto até que não haja espaço entre nós. Por fim, encontramos um ritmo, beijos ardentes e desesperados. Traço minha língua pelo contorno de seus lábios e ela geme enquanto se abre para mim e é loucura e caos e eu me torno insaciável.

Opal fica na ponta dos pés — mais perto, mais forte —, a língua se enroscando na minha em uma batalha sem palavras para conquistar esse prazer que floresce à nossa volta. Suas mãos viajam por todo o meu corpo. Pelos meus quadris, subindo pela minha caixa torácica, pelas laterais dos meus seios até que ambas embalem o ângulo do meu maxilar. O toque do seu nariz contra o meu enquanto ela mexe a cabeça, beijando-me mais fundo. Mais violenta. Mais adorável.

O mundo para de girar. Sou eu quem orbita o sol.

Opal prende os dentes em meu lábio, e o efeito é forte e vibrante — uma mordida efervescente que dispara para o meu estômago e borbulha pelas minhas veias como champanhe. Meus joelhos começam a tremer, e dou um passo à frente, empurrando-a comigo até que ela esteja encostada na parede e eu prensada em suas curvas suaves.

A pressão dolorosa do batente da porta em meus dedos — minha mão emaranhada nos cabelos de Opal — faz a realidade colidir comigo.

Espere.

Ah, não.

Estou beijando Opal.

Com certeza beijar Opal não é algo que eu deveria fazer. Não consigo pensar ao certo em *motivos* pelos quais não deveria beijar Opal quando beijá-la tornou-se rapidamente uma das minhas coisas preferidas no mundo todo, mas fatos são fatos, e eu pulo para longe dela.

Nós nos encaramos, peitos arfando. Os olhos de Opal são círculos perfeitos, pupilas dilatadas, seus lábios inchados e vermelhos, e eu me esforço muito para conter a onda de excitação que surge em mim ao vê-la destruída assim.

— Você me beijou! — Sua voz estala como um chicote.

— Não, não beijei.

— Tenho certeza de que você me beijou, sim.

Eu a encaro boquiaberta como um peixe por um instante, então balanço a cabeça em negação de maneira enfática, minha pulsação serrando meu peito em um ritmo irregular e doloroso. Não consigo respirar fundo e começo a me sentir tonta, tudo fica confuso, a pressão da boca de Opal na minha ainda é tão fresca que meus lábios formigam com a lembrança.

Opal começa a dizer mais alguma coisa, mas eu a interrompo.

— Desculpe. Tenho que ir. — Eu me viro, procurando desesperadamente por uma saída. A porta dos fundos está de bom tamanho.

— Aonde você vai? — O tom de Opal é alto, derramando incredulidade.

— Correr — respondo, abrindo mão dos sapatos e empurrando a porta de tela, descendo com rapidez os degraus.

— Você corre?

— Sou uma estrela do atletismo — grito por cima do ombro, disparando para a noite escura como breu.

A grama está fria e úmida sob meus pés descalços enquanto continuo a correr pela fazenda. Talvez se eu correr para longe o suficiente e rápido o bastante, possa me lançar em uma dimensão diferente. Em uma que eu não faça papel de idiota.

Sei que isso é ilusão. Cada versão de mim em um universo alternativo provavelmente também é uma grande idiota.

Meu dedão do pé prende em alguma coisa, e o mundo vira. Caio da pequena colina até que uma pequena macieira me apara, tirando o ar dos meus pulmões. Saio rolando de costas, a cabeça girando enquanto tento recuperar o fôlego, flutuando entre as estrelas.

Puta merda.

Puta que pariu.

Eu beijei Opal. Minha locadora/colega de quarto que é um

pesadelo em forma de duende. Isso não é bom. Isso nunca deveria ter acontecido. E com certeza nunca pode acontecer de novo.

Nunca.

Jamais.

Sério. Nunca.

... O problema é que eu meio que quero que aconteça.

CAPÍTULO 17

PEPPER

Descobri a cura para, hum, pensamentos indecentes sobre a, hã... colega de quarto de alguém: planilhas.

Páginas e mais páginas de planilhas.

Umas com muitas colunas, fórmulas e gráficos de pizza confusos que pintam um quadro encantador de quão ferrada financeiramente você está.

Acontece que é muito difícil pensar em qualquer coisa na área sexual quando você percebe que seu sustento está indo ladeira abaixo.

Diksha tinha enviado um livro de exercícios com informações que imprimi, que agora está esparramado pela minha mesa da cozinha. Muitas linhas ameaçadoras e números vermelhos. Li o e-mail de Diksha pela vigésima sétima vez. A última frase chamou minha atenção:

... A competição não vai resolver todos os seus problemas, mas com certeza fará uma boa diferença. Pare de ser tão teimosa e peça a ela, Pepper.

Fecho meu *laptop* com força, coloco as mãos sobre ele e depois bato minha cabeça em cima delas algumas vezes. Nada do que Diksha enviou é novidade, mas está tudo organizado de uma forma que realmente deixa claro a bagunça que esse lugar está.

Passamos anos sem manter um equilíbrio. Vovó Lou, por mais santa e altruísta que fosse, ao que tudo indica não tinha noção de como nossas despesas operacionais eram altas e estava comprando tubérculos e sementes em excesso em vez de cultivar os nossos próprios de safras anteriores.

Pequenos produtores ajudam outros pequenos produtores, ela me dissera alguns anos atrás quando sugeri que investíssemos em uma estufa e cultivássemos nossas próprias mudas durante os meses de inverno em vez de comprar de um produtor na montanha. *Não há razão para não ajudar outra pessoa enquanto estamos ajudando a nós mesmas.*

Bem, pelo jeito, estávamos realmente nos fodendo, Lou.

A raiva queima em brasa por um momento, depois se apaga. Não posso ficar brava com a mulher por tentar fazer o bem da maneira que ela era capaz. Era a natureza dela, e eu preferiria mil vezes ter mais dívidas a desejar que a mulher que me salvou tivesse que mudar alguma coisa.

Mas preciso ter um plano.

Eu já tinha começado a implementar alguns métodos mais enxutos na fazenda no início da temporada e garantido novos clientes no atacado, floristas e hotéis locais, mesmo antes de saber da gravidade da situação, com medo de que, se não tomasse cuidado, perderia o lugar em um mês. O problema é que, como quase tudo na agricultura, leva-se anos para colher os frutos de seu trabalho.

E não disponho de anos.

Não com Opal sendo dona do maldito lugar.

Beleza. Está tudo bem. Tudo o que preciso fazer é pedir a gata alternativa de cabelo branco que me ajude a ganhar o concurso de flores e aceite um terço do que ela pagou pelo lugar como um ato de boa-fé para sair da minha fazenda, então pagar a ela o restante pelo resto da minha vida miserável. Tudo isso ignorando alguns... *desejos* muito bizarros e sem precedentes pela mulher.

Fácil.

Uma batida no batente da porta tira meu foco, e minha cabeça se levanta para vê-la parada ali. Meu olhar fica preso naquela sua boca carnuda, o pulso acelerado enquanto ela lambe os lábios devagar.

Puta merda.

Opal limpa a garganta.

— Aí está você. Estava começando a pensar que você estava me evitando.

— É isso mesmo, sim — digo com a voz rouca. Porque é verdade.

Depois das... travessuras da noite anterior, minha cabeça está confusa. A única maneira de pensar direito por um segundo era evitá-la. Comecei cedo esta manhã, pulando o almoço e só me arrastando de volta para cá quando estava prestes a desmaiar de fome (e também confirmando que o carro dela não estava na entrada da garagem).

O rubor invade suas bochechas.

— Bem... agradeço a sinceridade... acho.

— Não ouvi você entrar — digo, esfregando os olhos. Meu cérebro parece áspero, cheio de areia por causa de toda a concentração das últimas horas.

— Entrei de fininho pela frente — ela conta com um sorriso meigo, inclinando a cabeça em direção ao outro lado da casa. — Jantei com minhas irmãs no centro.

Assinto porque, para falar a verdade, não tenho certeza do que fazer mais. Tenho essa vontade bizarra de fazer mil perguntas a ela.

Para onde ela foi? O que ela pediu? Ela gostou? Se divertiu? Gostaria de voltar? Talvez comigo?

Tudo sem sentido e ridículo.

Há uma longa pausa, e uma descarga de adrenalina inunda meu corpo enquanto olho para ela, lembranças da noite anterior tentando sair das caixas em que as enfiei.

Com alguns passos hesitantes, ela se move até a mesa, puxando uma cadeira e sentando-se ao meu lado. Ela pega um dos papéis.

— O que é tudo isso?

— Um caos colossal.

Seus olhos examinam um dos gráficos de pizza, franzindo a testa enquanto ela concorda. Minha vontade é esconder, juntar todos os papéis horríveis no meu peito e fingir que não é real. É assim que as pessoas enganam você. Elas descobrem seus maiores problemas e tiram proveito deles em vantagem própria. Mas não tenho energia para isso. Opal é minha única chance de atenuar esse desastre; eu poderia muito bem deixá-la olhar o que quiser.

— Imagino que os negócios não estejam... *florescendo* — ela diz, apertando os lábios para impedir um sorriso. Há uma pausa. — Entendeu?

— Por favor, não me faça expulsá-la daqui.

Ela ri disso. Ficamos em um silêncio angustiante por um instante, até que ela limpa a garganta.

— Estive pensando...

— Não vai sair nada de bom disso — resmungo.

Opal revira os olhos e mostra a língua para mim. O movimento prende toda a minha atenção.

— Pessoalmente acredito que você vai gostar da minha ideia — ela diz fazendo um movimento exagerado com o cabelo.

Dou de ombros, lançando meu olhar para o chão. Lá vem. Ela deve ter encontrado uma solução. Ela não é apenas a dona do único lugar que já pude chamar de lar, mas também sabe como pode me ajudar. E, tragicamente, a maldita mulher parece realmente querer ajudar as pessoas. A única coisa que eu odeio mais do que pedir ajuda é aceitá-la. Parece que estou prestes a fazer as duas coisas.

Mas vou me humilhar e fazer o que puder para manter esta fazenda. Pela vovó Lou.

Respiro fundo, tentando desembaraçar as palavras na ponta da minha língua. Diga. Fale logo. Vou fazer o que disser. Aí vem. A qualquer momento agora...

— Eu sei o que você vai dizer — finalmente balbucio, bem quando Opal inspira profundamente. Encontro coragem para olhar para ela.

Um vermelho-vivo toma conta de seu rosto e pescoço.

— Sabe? — ela sussurra.

Assinto, lambendo os lábios enquanto meu olhar viaja por seu rosto.

— Poderia dar muito errado. Eu nem deveria tocar no assunto, mas talvez esteja óbvio como estou desesperada. Há uma chance muito real de que seja um desastre total.

A boca de Opal abre e fecha algumas vezes, ela cerra os olhos na minha direção.

— "Por que temeis, homens de pouca fé?" — ela diz, por fim, uma risada estranha e autodepreciativa pontuando as palavras. — Sei umas coisinhas.

Minhas sobrancelhas se franzem.

— Com todo respeito, nem todas as habilidades são transferíveis. — Pelo que vi de seu estúdio, ela trabalha sobretudo com tinta e nanquim, algumas esculturas aqui e ali. Criar algo a partir de flores são outros quinhentos. — Você pode se sentir perdida, e eu não quero pressioná-la a nada.

O rosto de Opal se contorce, e ela se afasta da mesa, as pernas da cadeira rangendo enquanto ela planta as duas mãos nos quadris.

— Bem, com todo respeito, acho difícil que seu clitóris seja o primeiro que vi na vida.

Fico boquiaberta de incredulidade.

— Hum... o quê?

O rosto de Opal está repleto de raiva enquanto ela se inclina na minha direção.

— É isso que você está insinuando, não é? Que eu não seria boa de cama? Só porque meu último relacionamento foi com um homem não significa que eu não saiba o que estou fazendo.

Eu recuo, meus olhos arregalados e frenéticos. Acho que há uma chance bem real de eu ter interpretado as coisas completamente errado.

— Eu estava prestes a implorar que você me ajudasse a entrar na competição de flores — eu boto para fora. — Mas eu, hã, sinto muito por ter beijado você ontem à noite. — Estou tão perdida no rumo que essa conversa tomou e não tenho ideia de onde ir a partir daqui.

Opal fica boquiaberta.

— Você *sente muito*?

— Sim. Quero dizer... Sim, sinto muito. Desculpe por tê-la beijado sem, hã, pedir.

Opal fica em silêncio, encarando-me com aqueles grandes olhos azuis.

Solto um suspiro profundo pela boca, fazendo meus lábios tremerem enquanto examino o teto em busca de palavras.

— Desculpe por, hã, me jogar em você. Eu não tenho o costume habitual de... do nada... — Aceno com a mão à nossa volta.

— Enfiar sua língua na garganta de uma garota? — Opal sugere.

Meus olhos saltam para fora da cabeça como um personagem de desenho animado.

— Bem... merda.

Este é sem dúvida meu pesadelo acordada.

Eu também me levanto, dando uma volta constrangedora ao redor do cômodo antes de me plantar na frente dela. Sua raiva é substituída por um olhar cético, um brilho aguçado em seu olhar desconfiado.

— Parece que minha técnica deixou a desejar — digo, torcendo a barra da minha camiseta. — Acho que preciso me desculpar por isso também.

O que é bastante devastador, visto que a técnica de Opal me provocou um friozinho na barriga a noite toda enquanto os sussurros de seus lábios na minha boca invadiam todos os sonhos que eu conseguia ter.

— Então, acho que sinto muito por quase tudo — digo. — Por beijar você do nada sem perguntar primeiro e também aparentemente babar em você e quero que saiba que isso não significou nada e não quero deixá-la desconfortável porque estou ciente de tudo o que...

— Pepper? — Opal dá um passo à frente, apertando o dedo indicador de uma das mãos em meus lábios e usando a outra mão para agarrar a minha.

Meus olhos se fixam no local em que a estou tocando, incapaz de processar completamente o que está acontecendo.

Opal lentamente afasta o dedo da minha boca, a mão deslizando pelo meu corpo. Ela estende a mão, arrancando delicadamente o raminho de flores que está no bolso da minha calça *jeans*. Seus dedos encostam na pele nua acima da minha cintura, e nós duas respiramos fundo. Com o corpo formigando, ela pressiona as flores na minha palma, fechando nossos dedos ao redor dela.

— Pepper — ela repete. Ela também está olhando para nossas mãos.

Lambo os lábios.

— S-sim?

— Você gostou de me beijar? — ela pergunta. Baixinho. Tão baixinho que poderia ser uma fantasia minha.

Mexo minha cabeça com um movimento brusco, os olhos por fim se afastando de nossas mãos para seu rosto. É minha imaginação ou ela ficou um milímetro mais perto?

— Sim — sussurro. Então, com a mesma suavidade pergunto: — Você gostou de me beijar?

Um sorriso enorme aparece no rosto de Opal, e percebo o quanto estou cansada de falar. Eu a quero. Quero aprender a doçura daquele sorriso. Fazer dele uma lembrança única.

Dou um passo à frente, diminuindo o espaço entre nós, nossas mãos unidas estão apertadas em nossos peitos, minha mão livre disparando para agarrar seu passador de cinto, puxando-a para mais perto, quadris rentes aos meus. Ainda com um sorriso no rosto e lentidão suficiente para que ela pudesse se afastar, pressiono meus lábios nos dela.

E Opal derrete.

Seu braço serpenteia ao meu redor, a mão enroscando em meu cabelo, sua língua deslizando para fora, lambendo meus lábios, eletrocutando meu sangue. Sinto o arfar de seu peito à medida que ela respira, as curvas de seus seios redondos e macios pressionados contra mim.

Se nosso primeiro beijo me deixou chocada, este reconecta todo o meu organismo. Ela oscila entre tímida e frenética — angulando o beijo para que ele fique mais profundo, esfregando a língua na minha, arrastando seus dedos do meu cabelo para baixo do meu pescoço, me puxando contra ela como se já não tivéssemos obliterado o pretexto do espaço.

Este beijo percorre meu corpo como uma febre, cálido e perigoso, me fazendo tremer.

Por fim, damos uma pausa para respirar, nos desembaraçamos e nos afastamos uma da outra. As bochechas de Opal estão coradas. Tenho certeza de que as minhas não estão diferentes disso.

— O que está acontecendo — eu sussurro, completamente atordoada.

Opal balança a cabeça em negação, o peito arfando enquanto me encara com um olhar intenso. Ela passa os dedos sobre os lábios, e eu sinto um formigamento reverberando nos meus enquanto observo o gesto.

Ela limpa a garganta, respira fundo.

— Era isso que eu estava tentando dizer — ela diz. — Minha ideia.

Pisco de perplexidade para ela.

— Eu sei que as coisas estão meio... tensas... entre nós — ela prossegue.

Solto um suspiro. *Quem me dera* que isso fosse tão simples quanto tensão. Isso não é tensão. Tensão é um ponto sensível, um ponto específico de estresse que pode ser desfeito. Trabalhado. Isso é um tornado, e estou sendo atropelada pelo espectro de sentimentos que viver com Opal está me fazendo passar.

— Mas talvez elas, hã, não tenham que ser? — ela conclui, franzindo o cenho enquanto diz isso.

Mais piscadas de perplexidade. Nunca fingi ser especificamente boa de papo.

Opal bufa, endireitando os ombros.

— Escute, nossa situação atual não é ideal. Nós realmente não nos damos bem em termos de personalidade, mas, para ser bem direta, eu me sinto muito atraída por você e acho que talvez você sinta atração por mim e acho que deveríamos... — Ela acena com a mão entre nós. Há um longo momento de silêncio enquanto balanço no vazio agarrada a seu pensamento inacabado. — Pelo amor de Deus, me dê uma ajudinha aqui, Pepper.

— Deveríamos o quê? — digo com voz rouca.

Ela solta um grunhido, levantando os braços.

— Mandar ver!

Minha mente, meu corpo inteiro, dá um branco. Posso ver as palavras suspensas no ar, mas não consigo processar o que ela quer dizer, então continuo olhando boquiaberta para ela.

— Este silêncio é, talvez, a pior coisa que já experimentei. Incluindo a vez em que um estranho no ônibus lambeu meu pescoço — Opal diz depois de um minuto, os olhos frenéticos e o rubor ainda intenso.

Balanço a cabeça em sinal de negação, tentando dissipar a névoa rosada da luxúria.

— Você quer dizer... fazer sexo? — sussurro.

Opal assente.

— Uma com a outra? — Eu não reconheço minha própria voz. Soa grave, ofegante e carregada de desejo.

— Eu não comecei esta conversa só para lhe dizer que posso me masturbar, Pepper — diz Opal, jogando a cabeça para trás. — Sim, sexo uma com a outra.

— Isso envolveria... — Meus olhos estão presos em seu pescoço exposto. A pele macia e delicada. Sinto uma vontade alarmante de cravar meus dentes nele.

Opal suspira, fechando os olhos.

— Pode envolver o que você quiser. Nós duas queremos. Um acordo mútuo e benéfico para extravasar e nos divertir.

Ela volta a me encarar; e seu rosto é tão sincero e aberto e repleto de um apetite que reflete o meu. Não tenho certeza se vou sobreviver a isso.

— E quanto aos... *sentimentos*? — A última palavra sai como um xingamento. Não sei como Opal consegue achar graça de qualquer coisa quando tanto calor inunda meu corpo que estou com medo de meu cérebro derreter, mas ela ri.

— Quanto menos, melhor — afirma ela, mordendo o lábio inferior e amarrando os cabelos brancos como a neve. — Não estou interessada em um relacionamento ou algo assim e sei que você mal me aguenta...

Uma câmara boba do meu coração aperta, e eu quero interrompê-la. Rir do absurdo dessa declaração. Aguentá-la? Não consigo parar de pensar na maldita mulher. E isso me assusta pra caramba.

Mas o que ela está oferecendo... bem, talvez seja exatamente o que preciso para parar de ficar obcecada. Ela está certa, somos completamente opostas. Quaisquer... *sentimentos* são puramente motivados pelo desejo sexual, e apenas pelo desejo sexual.

E qual é a melhor cura para um desejo sexual completamente platônico do que...

— Só sexo? — pergunto, por fim. Os olhos de Opal estão tão fixos em mim que minha pele formiga.

— É melhor tirar proveito dessa situação em que nos encontramos — ela diz, um sorriso diabólico aparecendo naqueles lábios carnudos. — Orgasmos frequentes sem envolvimento de emoções não parecem o pior dos acordos, certo?

Certo. Sim. Com certeza. Um orgasmo seria ótimo neste exato momento.

Opal ri de novo, e percebo que disse tudo isso em voz alta. Meu rosto frita de vergonha.

— Calma, gatinha, antes deveríamos estabelecer algumas regras básicas — sugere ela, afastando-se de mim. Ela não está me tocando, mas cada célula do meu corpo está em alerta, desesperada e dolorida pela pressão dela que já sei que é tão boa.

— Decisão inteligente — concordo com a voz rouca, grave. Olhando para sua boca. Estabelecer regras agora seria uma boa ideia. — Você começa.

— Hum. — Ela morde o lábio de novo, e eu respiro fundo. — Bem, nós já decidimos: nada de sentimento.

— Certo. Sim. Um valor fundamental. Odeio sentimentos. Não preciso deles.

Opal sorri, fitando-me atrás de seus cílios longos, os olhos brilhando.

— O que mais?

— Hum... — Repasso mentalmente o fluxo constante de comédias românticas a que vovó Lou assistia ao longo do dia. — Não dormir na mesma cama? Manter nossos quartos separados?

Nunca dividi uma cama com alguém depois de adulta, então, não sei se de fato essa é uma boa, mas parece o tipo de regra que uma mulher como Sandra Bullock ou Meg Ryan inventaria em um filme com uma situação como essa. É melhor seguir o conselho das especialistas.

— Com certeza. Íntimo demais. — Opal pula na ponta dos pés como se fosse uma tenista. — Talvez nada de encontros e coisas assim?

Bufo.

— Em meio a essa crise econômica? Lógico que não.

Opal ri.

— Vamos evitar, tipo, beijar na boca?

Os olhos de Opal arregalam.

— Calma aí, não vamos nos empolgar, *Uma Linda Mulher*. Você é muito boa nesse lance todo de beijar. — Ela dá mais um passo em minha direção, passando os nós dos dedos no meu braço, entrelaçando nossos dedos enquanto sua mão desliza na minha. — Não estou especificamente interessada em evitar qualquer forma de beijo.

Engulo em seco, desejando com todas as minhas forças poder reprimir o sorriso ridículo, constrangedor e cheio de alegria que afasta minhas bochechas.

— Não precisa ficar tão convencida por causa disso — acrescenta Opal, observando meu sorriso. Ela revira os olhos, mas sorri de volta, levantando minha mão para roçar os lábios no dorso dela.

Meu coração dá uma cambalhota no peito.

— Você vai me ajudar com a competição de flores? — grito. Porque, claramente, sou excelente em conversas sensuais.

Opal pisca algumas vezes.

— Isso se transformou em uma situação de *quid pro quo* muito mais rápido do que eu esperava.

Droga.

— Sinto muito. Não quis dizer isso de uma forma transacional. Eu só... bem. Eu... preciso da sua ajuda. — As palavras pairam no ar, repulsivas e nuas, como pedaços de carne ensanguentados escorrendo de ganchos em um açougue. Mas é verdade. Eu preciso dela. — Gostaria que trabalhássemos juntas. Que vencêssemos a bagaça. Sei que você já tinha oferecido antes, mas não quero que se sinta pressionada a fazer isso, mas também estou meio desesperada, se formos continuar com esse lance de apenas sexo, meio que queria falar disso primeiro para não ficar nada mal resolvido...

— Claro que vou ajudá-la.

Solto um suspiro profundo, os ombros ficando aliviados.

— Obrigada.

— Essa coisa toda vai ser à parte dessa coisa aqui — ela diz, gesticulando entre nós. Ela se estica, coloca meu cabelo comprido atrás das minhas orelhas e depois arrasta a mão para segurar minha bochecha. Ela é tão carinhosa e gentil que solto um grunhido constrangedor.

— Então, quando é que nós, é... hã... vamos começar a coisa toda do, hã, sexo...? — A última palavra sai como um rangido, e eu fico com vergonha.

Opal aperta os lábios, mas não há como esconder seu sorriso escandaloso.

— Se você não estiver ocupada, quem sabe... agora?

CAPÍTULO 18

PEPPER

A ideia vaga e nebulosa de fazer sexo com Opal parecia muito boa. Provavelmente uma das melhores que já tive.

Mas todos os passos que levam à concretização dessa ideia — eu nos guiando escada acima, pairando do lado de fora da porta do meu quarto, o conhecimento de que ela vai me ver nua e vulnerável e, porra, será que já mencionei *nua* — liberam uma onda de nervosismo que percorre todo o meu corpo, expectativa e preocupação crescendo em meu coração torcido como um pano velho molhado.

Orgasmos livres de emoção, orgasmos livres de emoção. As palavras de Opal rodam em minha mente como um mantra. É só isso. Um acordo simples que nós duas (espero) aproveitaremos... Se eu conseguir deixar de lado minha própria espiral de pensamentos por tempo suficiente para isso.

— Onde você estava? — Opal sussurra, puxando-me de volta para a terra.

Olho para ela — aquela boca pecaminosamente carnuda, aquelas bochechas rosadas, pálpebras pesadas e encapuzadas — e ainda mais pânico se mistura com a dor aguda de desejo me pressionando.

— Estou nervosa — admito, a voz baixa.

Uma sobrancelha se arqueia, puxando o canto de sua boca no mesmo instante, um olhar que só posso descrever como faminto.

Ela dá um passo em minha direção.

Eu tropeço para trás.

Ela se move de novo.

Eu também.

E, então, minhas costas estão encostadas na parede e Opal está bem ali, o calor de seu corpo e o cheiro de tinta em sua pele me envolvendo com intensidade.

Esqueço como respirar.

— Pepper — ela ronrona, inclinando-se, fechando o milímetro restante de espaço entre nossos seios, nossas coxas.

— S-sim?

— Abra a porta. Me convide para entrar... — Ela pressiona os lábios no ponto de pulsação no meu pescoço, as batidas do meu coração gaguejando, então acelerando em um frenesi. Ela deve sentir isso porque ri, acaricia o local com o nariz antes de se afastar para olhar nos meus olhos. — ... e me deixe arrancar o nervosismo de você na base da foda.

Como o riscar de um fósforo, meu corpo não é nada além de chamas e calor. Com o olhar fixo nela, estendo a mão ao meu lado, a palma deslizando na maçaneta uma vez... duas vezes...

A porta se abre com força. Pego Opal com as duas mãos, uma em seu quadril, a outra enrolada atrás de seu pescoço, puxando-a em minha direção em um movimento desesperado e desajeitado que nos faz tropeçar no quarto e cair na cama.

Sempre adorei seguir instruções.

Opal geme e então ri, rolando para cima de mim, pressionando-me no colchão enquanto devora minha boca, as mãos agarrando meus cabelos.

Estou tão entregue que não sei se as roupas que estou rasgando são dela ou minhas, mas o que sei é que preciso de mais. Preciso de mais de sua boca doce em mim. Mais vibrações de seus gemidos enquanto agarro sua bunda avantajada. Mais de sua pele quente que finalmente está tocando a minha. Ela se afasta para tirar a camiseta por cima da cabeça e tirar os *shorts*, restando apenas um sutiã verde-claro e uma calcinha boxer azul.

— Deite-se e levante os quadris para mim — ela pede próximo ao meu pescoço, mordiscando o local. O barulho que escapa da minha garganta nem é humano.

Faço o que ela ordena.

— Perfeito — ela sussurra, descendo pelo meu corpo, seus lábios macios em todos os lugares ao mesmo tempo. É intenso. Intenso demais. Não é o suficiente. Minhas mãos agarram o lençol.

Ela abre os botões da minha calça *jeans*, puxando-a para baixo das minhas coxas e jogando-a no chão com o que só pode ser descrito como determinação exuberante.

Ela afasta meus joelhos, seu olhar me rastreando. Nossos olhos se encontram por um momento, então ela engancha os dedos nas bordas da minha calcinha e a arranca pelas minhas pernas.

— Caralho. — Sua voz, que costuma ser suave e leve, soa rouca e grave, e a maneira como está olhando para mim faz meu centro pulsar de desejo, minhas coxas tentando se fechar.

Ela me mantém aberta, rindo antes de morder o lábio. Não tenho ideia do que poderia ser engraçado agora, visto que estou prestes a morrer de todas as sensações que correm por mim. Ela mal me tocou, e estou prestes a explodir como uma bomba.

Nós nem começamos direito e, mesmo assim, nunca imaginei que sexo pudesse ser desse jeito.

Uma nova pontada de ansiedade se torce em meu peito quando sua boca encontra a parte interna do meu joelho, arrastando-se coxa acima.

É avassalador e assustador e só aumenta conforme sua boca se aproxima do meu centro. Ela se ajusta, de joelhos, costas arqueadas e a bunda redonda e alta enquanto se aproxima. Ela avança, pressionando...

Dou um pulo, agarrando seus antebraços e me afastando no último segundo. Seus olhos estão enormes quando ela me encara, confusa, lábios entreabertos, e então ela se inclina para a frente, plantando o rosto na cama.

— Nunca fiz isso antes — deixo escapar, uma onda de constrangimento esquentando minha pele.

Opal vira a cabeça, a bochecha ainda pressionada no lençol, para olhar para mim.

— Sexo oral?

Concordo com a cabeça, tentando engolir com minha garganta seca.

Opal se senta e dá de ombros, lançando-me um sorriso malicioso.

— Não tenha problema. Podemos tentar se você quiser. Ou fazer algo diferente. Não me importo.

Ela lambe os lábios e uma necessidade enorme inunda meu organismo, meu corpo inteiro estremece. Opal capta a resposta, seu sorriso aumentando enquanto ela ronda meu corpo, pressionando-me de volta para o colchão com delicadeza enquanto seus seios roçam minha pele, fazendo-me contorcer.

Não acredito que já pensei que ela era tímida. Essa mulher é uma força da natureza.

— O que você quer que eu faça com você, Pepper? — ela sussurra em meu ouvido antes de morder o lóbulo da orelha. — Você *quer* que eu beije você aqui? — ela pergunta, seu toque suave como asas de borboleta enquanto desliza um dos dedos pela minha fenda.

Eu gemo, pressionando minha cabeça no colchão.

Caralho. Quero isso. Quero muito isso. Mas quero *fazer* isso também. Quero conhecer a sensação de Opal na minha língua, suas coxas nas minhas bochechas. Guardar o gosto do seu desejo.

Mas o único som que consigo emitir é um gargarejo inarticulado.

— Eu poderia estimulá-la com meus dedos — ela sugere, fazendo cócegas até meu joelho e depois voltando. — Encontrar aquele ponto bem fundo dentro de você que a faz ver estrelas.

Suas unhas apertam a pele do osso do meu quadril, a sensação é como um choque, arrancando outro suspiro da minha garganta, minha visão ficando turva.

Opal cantarola em resposta, e sinto seu sorriso encostando no meu pescoço.

— Ou me concentrar no seu clitóris? Encontrar um ritmo que a deixe louquinha? — Seu toque contorna a lateral do meu corpo, deslizando pelas minhas costelas antes de chegar aos seios, traçando círculos provocantes. — Talvez tenha um brinquedo que prefira que eu use para comer você? — ela diz, a voz doce e inocente enquanto os movimentos circulares ficam mais apertados, meu mamilo doendo por seu toque, meu coração batendo de modo irregular no peito.

Ela para de repente, colocando as duas mãos ao lado da minha cabeça e me encarando com aquele sorriso bonito de uma maneira cruel.

— Ou será que eu deveria apenas esfregar sua boceta linda na minha até nós duas gozarmos?

Meu corpo é um fio de alta tensão e cada sílaba que sai daquela boca maravilhosa choca meu organismo.

Ela me beija mais uma vez, suas mãos em todos os lugares. Tudo o que consigo fazer é agarrar sua cintura e segurar com força.

— Preciso que você me diga o que quer — insiste Opal, com um tom feroz de desespero em sua voz enquanto ela sobe para respirar. Seus quadris cutucam distraidamente minha coxa enquanto ela me beija de novo. — Por favor, Pepper.

— Eu... — As palavras são duras demais a cada sensação me inundando.

— Diga. Diga o que você quer. — Ela abaixa a cabeça, puxando meu mamilo para dentro de sua boca, girando a língua ao redor do bico.

— Não sei o que quero — eu finalmente suspiro enquanto ela abocanha com força meu seio. — Nunca fiz nada disso antes.

Opal fica imóvel, então inclina o rosto para olhar para mim, meu mamilo se desprendendo de sua boca com um estalo irritantemente alto. Se eu não estivesse sendo consumida por tesão e nervosismo, riria.

— O que você disse? — É difícil ler as feições de Opal.

Aperto o maxilar, escorregando para sair de baixo dela, puxando minhas pernas até o peito enquanto me encosto na cabeceira da cama.

Ah, que merda. Merda merda merda. Por que fui abrir minha boca? Por que estraguei o momento? Muitas pessoas fazem sexo sem dizer uma palavra a outra. Por que eu dei tanto *peso* a isso? Sem dúvida, agora ela está pensando que eu vou ser ruim de cama, o que é uma preocupação justa, mas também, dê uma chance à garota.

Não é que eu não *quisesse* fazer sexo. Mas ser inerentemente desconfiada de todo ser humano que já conheci, somado ao fato de ter vivido com minha avó durante a maior parte da minha vida adulta em uma fazenda de flores nas Montanhas Apalaches, não tem sido uma configuração propícia para a prática sexual exceto pela minha própria mão.

Ou talvez ela pense que sou velha demais para ser virgem — o que é, tipo, dane-se quem pensa assim porque a virgindade é uma construção social e eu não deveria transar com uma pessoa desse e desse jeito, enfim, blá-blá-blá, mas também estou prestes a perder a cabeça com a tensão que ela provocou em meu corpo, então, não quero mesmo que ela pare. Ou talvez ela esteja pensando que eu, tipo, *me importo* com a virgindade ou algo assim e *não me importo*, mas... AH, PARE COM ISSO.

O rosto de Opal se transmuta em um sorriso delicado, e ela se inclina para a frente, dando um beijo meigo em cada um dos meus joelhos. Ela se senta e se aproxima, nossos narizes quase se tocando.

— Quase consigo ouvir você pensando — ela fala, encostando a testa na minha. — Relaxa.

Solto um suspiro profundo, um pouco da tensão saindo dos meus ombros, mas um pequeno tremor ainda vibrando meu corpo todo.

— Antes de mais nada — Opal diz, levantando a mão para segurar o ângulo do meu maxilar, esfregando seus lábios nos meus. — Eu não me importo nem um pouco. Quero deixar isso totalmente, cem por cento, claro. Você poderia me dizer que esteve com mil pessoas ou nenhuma e, desde que tenha sido consensual, para mim não importa nem um pouco. Acredita em mim?

Engulo em seco, então concordo com a cabeça.

— Ótimo — Opal diz, dando-me um beijo carinhoso na ponta do meu nariz. — Agora, o importante: você diz que não sabe o que quer. Bem, estou à sua total disposição para descobrir. Da. Maneira. Que. Você. Precisar. — Ela separa cada palavra com outro beijo. Na minha bochecha. No meu pescoço. Na minha têmpora.

— Opal — digo, minha voz falhando.

— Hmm? — ela entoa contra minha garganta antes de mordiscá-la.

Agarro seu rosto com as duas mãos, esse desespero em mim é algo selvagem e incontrolável. Eu devoro sua boca, beijando-a até ficar tonta, então encontro as únicas palavras que sou capaz de dizer:

— A essa altura, eu não me importo nem um pouco com como você vai fazer, apenas, por favor. Por favor. *Por favor.* Me faça gozar.

Os lábios de Opal se abrem e meu coração para de bater.
Então, ela sorri.
— Como quiser.

CAPÍTULO 19

PEPPER

Opal é lenta. Cuidadosa. Olhos penetrantes e vibrantes enquanto ela analisa meu corpo. É um olhar que eu reconheço, o mesmo foco determinado que a vi dar à sua arte, capturando momentos seus no galpão quando não sabia que eu estava observando.

— Só me avise se eu fizer algo que você não gosta e eu paro — ela murmura, escorregando para baixo da cama, as mãos se arrastando sobre mim enquanto ela se mexe. Tenho dificuldade em imaginar qualquer toque de Opal que eu não gostaria.

Ela se senta na ponta do colchão de joelhos. Em um *flash* de movimento, agarra meus tornozelos, puxando-me para baixo da cama até que eu esteja deitada, minha cabeça girando. Encontro uma molécula de força para me apoiar nos cotovelos, minha respiração selvagem e frenética com o calor em seu olhar. Ela continua me tocando como se não pudesse parar e separa minhas pernas, acomodando-se entre as coxas.

Fios de seu cabelo branco ridículo fazem cócegas na minha pele, e cada terminação nervosa é tão sensível que uma risada borbulha através de mim, meu corpo inteiro tremendo. A fricção no interno das minhas coxas roçando contra seus braços arranca ainda mais risadas desesperadas de mim. Se eu não rir, vou chorar com a onda de sensações.

Opal grunhe e agarra os dentes no ponto onde minha coxa encontra meu sexo. Minha voz falha com o choque.

— Você não deveria estar rindo, Pepper — ela diz, os olhos brilhando enquanto ela olha para mim por toda a extensão do meu corpo.

Rio de novo.

— Sinto muito — arquejo.

Seu sorriso é lento. Perigoso. Divino. A voz tão baixa que mal ouço o que vem a seguir:

— Você deveria estar gritando.

Ela enterra a boca inteira em mim, e eu sinto o arrastar demorado de sua língua da minha entrada para o clitóris, onde ela permanece, girando devagar.

Meu corpo estremece com tanta força que meus quadris se levantam da cama. Jogo meu braço sobre o rosto, mordendo com força meu antebraço para abafar o som arranhando minha garganta.

Num piscar de olhos, a mão de Opal está agarrando meu pulso, puxando meu braço para longe.

— Não — ela diz, a boca vermelha e reluzente. — Quero ouvir isso, porra.

Tudo o que consigo fazer é concordar.

Ela olha para mim por meio segundo, então lambe os lábios e volta à posição.

Pensamentos e sensações se enroscam em mim em um nó incoerente, palavras e gritos saindo de mim enquanto ela trabalha tão bem comigo. Ela mete as mãos por baixo de mim, segurando minha bunda e me puxando para mais perto de sua boca, movendo meus quadris em um ritmo glorioso enquanto desliza a língua para dentro e para fora de mim.

Não há como meu corpo sobreviver a esse tipo de tortura, cada célula ganhando volume. *Volume. Volume.* Para o pico alto da necessidade em que quero me jogar.

Mas Opal não me empurra para o limite.

Ela se afasta e eu grito, lágrimas de verdade brotando dos meus olhos. Pisco para barrá-las.

Ela solta uma risada rouca quando seu olhar se encontra com o meu. Tenho certeza de que pareço irritada.

— Você recebe tão bem — ela sussurra, beijando minha barriga. Minhas coxas. — Tão maravilhosamente bem.

— Opal, *por favor* — ofego, a voz é um grito débil.

Ela cantarola de satisfação.

— Não tenho dúvida de que você vai ficar com uma cara linda quando gozar.

Choramingo, fechando os olhos com força. Ela tem misericórdia de mim, e eu volto a sentir sua língua, passeando em um círculo ao redor do meu clitóris. Sinto com tamanha intensidade que meu corpo está além do que é reconhecido. Não estou no controle dele. É Opal quem está. E ela vai me fazer esperar.

Forço meus olhos a abrirem, observando-a, querendo memorizar cada movimento. A maneira como sua língua trabalha em mim, o bater de seus cílios na sua bochecha enquanto me saboreia, o ritmo quase frenético de seu braço enquanto ela empurra os dedos para dentro e para fora de mim, sua outra mão ziguezagueando o próprio corpo e mergulhando dentro de sua calcinha.

Tudo isso se reflete por todo meu corpo até que cada sensação é levada ao limiar, equilibrada entre prazer e dor e sinto que vou ser completamente consumida neste inferno delicioso, dentes cerrados e todos os músculos tensos.

Então, seus olhos se abrem rápido, olhando-me observá-la. Suas mãos se movem para minhas coxas, dedos cravando em minha pele enquanto me abre mais, fixando sua boca diretamente sobre meu clitóris e me deixando transtornada enquanto me chupa.

Ela me dá exatamente o que preciso.

E isso acaba comigo.

Grito enquanto gozo, o som agudo e primitivo, e mal registro a risada silenciosa de satisfação de Opal enquanto ela me faz passar por isso, acompanhando-me até que eu fique tão sensível que chega a doer.

Ela se afasta, rastejando na cama e me puxando para perto de si, nossos corpos escorregadios de suor enquanto nos enroscamos. Sua boca na minha. Mais lágrimas pequenas brotam nos cantos de meus olhos, mas eu as impeço de caírem. Não consigo imaginar nada tão constrangedor quanto chorar depois de gozar, mas foi tudo tão intenso que mal consigo me controlar.

Podem ter se passado segundos, podem ter se passado horas, mas finalmente retorno do êxtase. Opal não me deixa em momento algum.

Eu me sinto tão confortável que, por um momento, me pergunto se ela de fato me matou e se este é o paraíso.

Algo pungente e aterrorizante cutuca meu peito, e meu corpo inteiro estremece. Reprimo essa sensação perigosa e a afasto para bem longe.

Nada de sentimentos. Nada de sentimentos. Nada de sentimentos.

A ação com certeza vai evitar os sentimentos.

Em um movimento tão decidido e seguro que não consigo acreditar que sou eu quem o está executando, eu me afasto, empurrando Opal para baixo de mim, beijando-a tão violentamente que me pergunto se nossos lábios ficarão machucados. Ela retribui o beijo.

Permaneço ali por apenas um momento, mas quando suas mãos sussurram em minha pele e seguram meu queixo, um toque que parece inevitavelmente carinhoso, mais dessas sensações pungentes cutucam minhas costelas.

Eu me sento, puxando-a para o meio da cama, então me movo para ficar ajoelhada entre seus quadris.

— O que você está fazendo? — ela pergunta, bochechas coradas e olhos vidrados.

— Retribuindo o favor.

CAPÍTULO 20

OPAL

Estou morta. Ou sonhando. Ou se trata de uma projeção astral minha em um universo alternativo onde a linda e rabugenta Pepper está nua e fora de controle e se oferecendo para me comer.

Morta é o mais provável.

Eu me viro contra Pepper enquanto ela paira sobre mim, beijando-a forte e intensamente, entrelaçando meus dedos naqueles cabelos longos cor de chocolate. Engulo o suspiro que ela solta em meus lábios. As mãos de Pepper envolvem meus pulsos, dando-lhes um leve aperto para avisá-los que serão presos ao colchão.

Minha pele explode em calor enquanto meu estômago se contrai com a emoção que dispara em mim. Sempre preferi assumir o controle durante o sexo; é a única coisa em que tenho certeza de que sou realmente boa. Eu sempre me senti tão mal em todos os outros aspectos de um relacionamento, uma boa transa é o mínimo que posso oferecer. Além disso, *gosto* de fazer meu parceiro gozar. Vivo por essa adrenalina de descobrir o que os leva ao limite, como mantê-los lá, sendo a razão pela qual eles finalmente desmoronam. Fica mais fácil encontrar alívio sabendo que eles gostaram.

Mas, enquanto Pepper me pressiona para baixo, mordendo meu lábio e lambendo a região, eu me pergunto se talvez abrir mão do controle tenha algum atrativo, afinal.

Eu nunca tinha transado desse jeito antes, devagar e sem pressa — como se cada toque fosse tão importante quanto o grande final. Os beijos de Pepper por si sós estão me virando do avesso, a maneira faminta, mas cuidadosa, como ela explora, como ela é meiga e delicada em um segundo, profunda e devassa no outro. Ela me falou que nunca fez isso antes, e eu me pergunto se isso engloba os beijos. Parece que ela está tentando todas as variações possíveis de beijo — descobrindo o que oferece a melhor sensação. Espero que seja verdade.

Ela passa dos meus lábios para a borda do maxilar, em seguida para meu pescoço, e eu me sinto quase inebriada com o perfume suave de camomila em sua pele. O prazer aumenta aos poucos, contornando de maneira lânguida pelas minhas veias e envolvendo os ossos até que eu me sinta levitando com ele.

Pepper passeia pelo meu corpo. As mãos deslizando sobre as curvas suaves da minha barriga, emoldurando o volume dos meus quadris.

— Cacete, você está encharcada — ela sussurra enquanto olha entre minhas pernas, passando os nós dos dedos por seus lábios. Um rápido *flash* de constrangimento pulsa em mim.

— Hã... Pepper? — Minha voz soa distante até mesmo para meus próprios ouvidos, como se o ruído não pudesse viajar como deveria pelo meu cérebro enlouquecido pelo tesão. Eu me contorço conforme a ansiedade aumenta, mas isso não adianta para desviar o foco de Pepper do meio das minhas coxas.

— Sim? — Pepper responde, por fim, olhando para mim.

— Acho que tem algo que eu deveria contar a você primeiro.

— Estou ouvindo — ela murmura, enganchando os dedos no elástico da minha calcinha boxer.

— Acho que deveria avisar você que não estou com a depilação em dia. — A última palavra sai como um rangido, pontuando o momento exato em que Pepper arrasta a calcinha pelas minhas pernas.

Por instinto, cubro com as duas mãos minha vulva sem depilação, fechando os olhos com força, envergonhada.

Eu costumava me arrastar para a depilação com devoção religiosa, certificando-me de que cada pelo fosse arrancado. Era a única maneira de Miles fazer sexo oral em mim, e ele fazer sexo oral em mim era a única maneira de eu conseguir gozar com ele.

Não faço isso desde que terminamos. Gosto de dizer a mim mesma que é em protesto, para recuperar meus pelos corporais. Quando, na verdade, é apenas por falta de necessidade.

O silêncio no quarto aumenta, e eu abro um olho para encontrar Pepper me encarando.

— E daí? — Pepper diz, a cabeça inclinada para o lado e as sobrancelhas franzidas em confusão. Ela arrasta as unhas pelos meus antebraços, depois pelos nós dos meus dedos antes de deslizar pelas minhas coxas.

— Eu... hã... bem, não é, hã, tão bonito?

— Por que eu me importaria com a forma como você cuida dos pelos? — Pepper olha para mim com tamanha perplexidade que quase rio. Ou choro. A porra da mulher me faz mesmo soletrar as coisas para ela.

— Eu... eu não sei. Você está depilada, então presumo que seja o que você prefere.

Pepper traça distraidamente círculos ao redor dos ossos do meu tornozelo enquanto me analisa.

— Raspo os pelos do corpo por causa do lance de processamento sensorial. Não gosto da sensação deles tocando minhas roupas; e isso é o suficiente para me fazer ter um *meltdown*. Por que deveria ser da minha conta o que você faz com os seus?

Puta merda, ela está me encarando como se quisesse uma resposta.

— As pessoas sempre se importam — afirmo, com uma pontada de frustração na voz. Os ecos de tantos pequenos comentários grosseiros preenchem o quarto.

Pepper consegue tirar uma das mãos da minha boceta, mas a outra imediatamente a substitui.

— Por "pessoas" você quer dizer Miles?

Dou de ombros.

— Não só ele, mas, sim, ele era bem explícito sobre querer que eu fosse tão lisa lá embaixo quanto uma Barbie. Não achariam... isso... sei lá. Isso me fez sentir que as pessoas não me achariam *sexy* ou desejável se eu não estivesse depilada.

Pepper senta-se sobre os calcanhares, o rosto contraído imerso em pensamentos. Ela coloca o cabelo atrás das orelhas e então me fita por entre os cílios com um olhar de pura vulnerabilidade.

— Você me achou menos *sexy* quando descobriu que eu nunca tinha dormido com ninguém?

— Por Deus. Não, Pepper. Claro que não.

— Eu fiz algo que fez você pensar que não a acho desejável?

— Não! A questão é que...

— Porque eu a achei bem desejável durante todo o tempo em que sua cabeça esteve entre minhas pernas. Foi meio que o motivo de todos aqueles gritos descontrolados.

Não consigo evitar, rio feito uma louca.

— Pepper, aqueles gritos descontrolados tiveram muito a ver com o que eu estava fazendo *com você*. Você pode não se sentir da mesma forma fazendo isso comigo quando vir... tudo.

Pepper solta um suspiro forte pelo nariz.

— Você não quer que eu faça isso?

— Eu quero! Eu só...

— Então, do jeito que eu vejo, temos três opções. — Ela as enumera nos dedos. — Ou me diz que não quer que eu foda você com a minha boca. Ou você vai se depilar o mais rápido que for humanamente possível, depois volta para esta cama. Ou você supera isso, tira as mãos daí e me deixa prová-la. O que vai ser?

Meu queixo desaba. E, sem pensar duas vezes, minhas mãos deslizam para os lados.

— Boa menina — Pepper diz, um sorriso diabólico repuxando os cantos da boca. Seus olhos desviam-se vagarosamente do meu rosto, examinando meu corpo.

Pepper lambe os lábios enquanto delicadamente afasta meus joelhos, olhando para o meu centro, olhos repletos de calor, chamas e desejo.

— Meu bem — ela diz com tranquilidade, o olhar mirando para cima para se fixar no meu. — Você não poderia ser mais bonita.

Seu toque é gentil, quase tímido, o olhar detido com foco enquanto observa sua mão. Ela observa os próprios movimentos ao me tocar. Começa em meus quadris, traçando o vinco ao longo da minha coxa, então entre minhas pernas.

Estou tão excitada, meu corpo inteiro dá espasmos, um tremor percorrendo-o. Pepper pisca rapidamente, então encontra meus olhos. Minha respiração é tão curta e acelerada que tenho medo de desmaiar.

Mas, então, um sorriso lento, delicioso e encantador aparece na boca severa de Pepper. E tenho medo de morrer.

Abro a boca, pronta para implorar por alívio, mas tudo o que sai é um gemido débil.

E aquele sorriso brilha.

Ainda gentil, mas cem vezes mais segura, Pepper resvala os dedos pela minha fenda, separando minhas dobras. Estou tão molhada — dolorida e pronta — que seus dedos escorregam, deslizando pela minha abertura. Um suspiro agudo é arrancado do meio do meu peito, minha cabeça rolando para trás. Pepper cantarola de satisfação.

— Está tudo bem? — ela sussurra, circulando ao meu redor. Meus músculos se contraem, desesperados para que ela me preencha, me foda.

— Por favor — eu lamento.

Pepper não provoca, não espera. Ela me dá o que preciso.

Dois dedos enfiados para dentro, sua própria respiração gagueja. Ficamos paradas por um momento, talvez um pouco mais, nossas respirações irregulares e meu batimento cardíaco acelerado são os únicos ruídos.

E é tudo muito intenso. Intenso demais. Estou respirando, mas o oxigênio não está mais funcionando, minha cabeça flutuando e meus músculos tensos enquanto Pepper olha para mim com aqueles grandes olhos castanhos e aqueles lábios vermelhos entreabertos e aquele rubor de sua pele, e é tudo tão dolorosamente intenso e cru e real e eu…

Eu aperto em volta dos dedos dela, e é como o estalo de um chicote, estimulando Pepper a agir. Seus dedos bombeiam para dentro e para fora de mim em um ritmo seguro, trabalhando dentro de mim até que eu esteja rangendo os dentes, gemendo.

Ela acrescenta mais um dedo, usando a outra mão para me abrir, esfregando meu clitóris com o polegar. Uma sensação dispara por todo o meu corpo, tão vibrante que é quase dolorosa.

Eu me esfrego nela, implorando por mais, minhas próprias mãos puxando meu cabelo porque não aguento mais.

Esse tipo de desejo é pungente. Ele tem dentes e exige ficar satisfeito. Paparicado. E assim que penso que nunca mais vou voltar disso, nunca me recuperar, Pepper remove a mão que me abre.

E a substitui pela boca, a língua projetando-se para fora e lambendo meu clitóris.

Pepper não tem ritmo, técnica ou qualquer sutileza. Ela é um pouco descuidada e selvagem e de alguma maneira é melhor por isso. Ela me devora como se estivesse morrendo de fome e eu sou a coisa mais doce que ela já provou.

Espero que fique viciada.

Minhas mãos deixam meu cabelo e viajam para os dela, acariciando, agarrando, puxando. Preciso dela. Preciso tocá-la enquanto ela me fode com a língua, senti-la ali, uma âncora na loucura que ela está provocando.

Pepper afasta a boca, os dedos ainda se movendo para dentro e para fora enquanto ela olha para mim, a expressão transtornada, os lábios inchados e brilhantes.

— Me ensina a fazer você gozar. — Ela pede como se isso de repente fosse a coisa mais importante do mundo, como se seu único propósito fosse me dar prazer até que eu estivesse me contorcendo sob ela, implorando por tudo. Algo no jeito como ela olha para mim, tão desesperada e ansiosa para agradar, quase me faz cair no precipício.

— Não pare o que está fazendo — consigo dizer gemendo. Algo que, diante do quão transtornada estou, é um verdadeiro milagre. — Você é perfeita pra caralho.

Tenho outro vislumbre daquele sorriso antes que sua boca seja pressionada em mim, lábios e língua trabalhando em conjunto com seus dedos.

Solto um gemido que é tanto de alívio quanto de agonia à medida que cambaleio naquele precipício, cada nervo à flor da pele, cada toque disparando vibrações de prazer em toda parte.

Pepper enrola os dedos e minha cabeça pende para o lado. Meus olhos pousam no espelho no canto, inclinado para que o sol poente atinja a extremidade superior, enviando um brilho dourado pelo quarto, por cima de Pepper. Observo seu reflexo, o cabelo castanho caindo em suas costas e em minhas coxas, o corpo comprido enrolado entre minhas pernas, olhos fechados enquanto ela trabalha em mim, sua própria mão entre suas pernas, cada músculo está tenso enquanto ela me empurra cada vez mais perto do clímax.

E aquele seu olhar, de reverência divina, devastação deliciosa, enquanto ela se dá prazer ao mesmo tempo que me satisfaz, vira meu mundo de cabeça para baixo.

— Estou gozando — suspiro, como se fosse novidade para alguém ali no quarto. — Porra. Estou gozando. Estou...

Por favor.

É bem aí.

Assim mesmo.

Não pare.

E ela não para. Ela ri de maneira triunfante enquanto solto espasmos na sua boca, meus dedos dos pés se curvando e as costas arqueando.

Ela me acompanha até o último tremor, até que eu imploro com um suspiro para que ela tenha misericórdia de mim e dos meus nervos no limite.

Ela ri disso também.

Pepper desaba ao meu lado nos travesseiros, e nossos peitos arfam e trabalham em um ritmo desarticulado enquanto olhamos para o teto, nossas respirações irregulares são o único som no quarto.

Um desconforto faz minhas laterais comicharem, ameaçando se encaixar entre mim e o corpo quente e relaxado de Pepper. E essa é a última coisa que eu quero. Quero dizer algo, fazer algo, que confirme que essa foi uma boa ideia. Uma ideia brilhante. Uma ideia que deveríamos pôr em prática um milhão de vezes nas próximas semanas.

Mas estou com medo de que se eu disser alguma coisa — mover até mesmo um músculo —, eu estoure essa bolha. Vou acordar deste sonho e Pepper desaparecerá e isso...

Bem, isso simplesmente não pode acontecer.

Porque o sexo foi tão bom. É óbvio. Não, tipo, razão emocional. Ou o que seja.

Mas uma onda deslocada de pânico se infiltra em mim com a ideia de que isso não vai acontecer de novo, só porque a respiração de Pepper começou a se estabilizar e eu não a sinto mais como uma massa desossada ao meu lado, mas meio tensa e como se talvez estivesse percebendo que isso foi um erro e...

— Você ainda quer participar da competição?

Viro a cabeça, piscando de surpresa para Pepper. Suas sobrancelhas estão franzidas em questionamento enquanto ela continua olhando para o teto, perdida em alguma outra fase completamente diferente da realidade.

— A clareza depois de gozar está fazendo você repensar?

O olhar de Pepper se volta para mim, analisando meu rosto.

— Desculpe, tenho a sensação de que foi uma pergunta totalmente inapropriada para depois de...

— Fodermos uma à outra como se não houvesse amanhã?

O rosto de Pepper se contrai.

— Que poético.

Eu rio, um som profundo e gutural, uma risada que pode afastar todos os outros sentimentos estranhos que tentam subir pela minha garganta. Então, eu me inclino e beijo Pepper. Suave e devagar.

— Vou participar da competição com você — sussurro contra seus lábios. De uma forma que é totalmente desprovida de sentimento e intimidade. É óbvio.

Eu me afasto, então me sento, dobrando os joelhos até o peito enquanto procuro minhas roupas, sentindo-me estranhamente recatada depois do que acabou de acontecer, outra onda de pânico invadindo meu peito. Mas não vai me fazer bem ficar deitada na cama com Pepper, colecionando aqueles sorrisos dela enquanto o sol emoldura sua cabeça como uma maldita auréola.

Pepper também se senta, concordando.

— Ótimo.

— Ótimo.

— E isso foi...

— Ótimo. — Uma longa pausa enquanto crio coragem para olhar para ela. — E para você?

O rosto de Pepper me destrói. Sorriso sincero e hesitante. Bochechas resplandecentes. Cabelos desgrenhados onde os segurei.

— Ótimo com certeza — ela sussurra. De forma suave, doce e bastante devastadora. — Mal posso esperar pela próxima vez.

E eu assinto.

Saio da cama.

Pego minhas roupas.

E deixo o quarto correndo.

Deixando cada quase *sentimento* que ameaçava me consumir naquele momento na cama ao lado dela.

CAPÍTULO 21

OPAL

— O fim de semana passou rápido demais. — Olivia faz beicinho antes de enfiar o último pedaço de biscoito na boca. — Estou tentada a me mudar para cá. — Ela acena com o braço em direção à rua principal de West Asheville, onde eu a encontrei com Ophelia para um *brunch* antes de elas voltarem para casa esta tarde.

— Você *deveria* — digo, inclinando-me para a frente. — Seu trabalho não a mantém presa a Charlotte. — Olivia é jornalista e pode trabalhar em praticamente qualquer lugar.

— Não consigo me bancar. Nem todas nós ganhamos na loteria.

— Não dá para ter a vida de Elton John, mas vou comprar uma casa grande onde todas nós possamos morar. — Balanço as sobrancelhas para minhas irmãs.

— Opal, você já ouviu falar de economia e gestão de dinheiro? Só para saber.

Mostro a língua a Ophelia.

— Você deveria ser mais legal comigo, posso ser sua última esperança de ter uma propriedade nesta vida.

— Pode ser? Eu desisti da ideia de ter uma casa quando tinha 10 anos de idade — ela retruca. — Você, minha querida, é minha *única* esperança. E essa é uma ideia bem assustadora.

— Então, está resolvido. Vocês duas vão se mudar para cá e vou comprar uma mansão nas montanhas para nós e passaremos os dias ouvindo *folklore*[4] e deitadas em campos de grama alta lendo poemas de June Jordan.

— Parece bem *gay*. Eu topo — comenta Ophelia.

— Acho que você está esquecendo o pequeno problema de já ter investido a maior parte do seu prêmio em uma fazenda de flores administrada por uma mulher ridiculamente linda com uma queda por macacões largos que vai levar anos para comprá-la de você. Mas, sim, vamos ser ninfas da floresta sem salário fixo.

— Estraga-prazeres — resmungo, amassando meu guardanapo e o jogando em Olivia. Odeio que ela esteja certa. Estou tão perdida como sempre e em um buraco tão fundo que estou tendo problemas para encontrar a luz. Mas mesmo nesse desastre confuso, eu me sinto... contente.

Sei que deveria querer ter um plano e uma *checklist* e saber exatamente quando e como vou de fato ter um novo começo. Mas acho meio difícil me importar. *Gosto* de viver na fazenda. Gosto do meu quarto minúsculo e do meu galpão ainda menor. Gosto da minha colega de quarto rabugenta e do grupo de amigos dela do qual estou tentando forçar a barra para fazer parte. Pela primeira vez, não tenho aquela comichão incômoda no fundo da minha mente de que há outra coisa que eu deveria fazer, outro lugar em que eu deveria estar, ser uma pessoa diferente vivendo uma vida melhor.

---

4. Álbum de Taylor Swift. (N. da T.)

Esta que tenho é uma bagunça, mas me deixa feliz.

Ou faz de mim uma idiota.

Acho que o tempo dirá.

— E, para manter a tradição, é melhor pegarmos a estrada — Olivia diz, olhando seu relógio com o cenho franzido de forma exagerada.

Meu lábio dá uma leve tremida enquanto sorrio para elas.

— Obrigada por virem. Sinto muita falta de vocês duas.

— Deixe de ser sentimental, Opie — Ophelia diz, piscando rapidamente enquanto olha para o teto. Eu a chuto embaixo da mesa.

Nós estendemos as despedidas por mais cinco minutos antes de Olivia entrar totalmente no modo irmã mais velha, empurrando Ophelia para o banco do passageiro e acelerando o motor. Aceno enquanto se afastam.

Arrasto os pés até meu próprio carro. Olho fixo através do para-brisa com o motor em ponto morto, dividida pelos desejos conflitantes de ir para casa o mais rápido possível ou ficar de bobeira por aqui o restante do dia. Não vejo Pepper desde que saí da cama dela na noite anterior e me sinto quase febril com a expectativa de nossos caminhos se cruzarem.

Não dormi nada, olhando para o teto, ouvidos atentos ao menor ruído no chalé, um nó desesperado de esperança de que talvez Pepper também não conseguisse dormir. Que talvez ela estivesse acordada pensando em mim. No que tínhamos feito.

A vadia, pelo jeito, dormiu como uma pedra.

Ela acordou com o nascer do sol, como de costume, e eu a observei da minha janela enquanto enchia sua van com baldes de flores para vender no mercado de produtores onde tinha um estande todo domingo.

Fiquei tentada a encontrá-la no gramado, caminhar pela grama orvalhada com o sol dourado posicionado atrás de mim *à la* Matthew Macfadyen se exibindo de maneira safada em *Orgulho e Preconceito*

(2005). Mas o medo de que eu a incomodasse, interrompendo seu fluxo de trabalho ao me intrometer e provavelmente dizer algo idiota, me manteve presa na minha cama até que a poeira da entrada da garagem abaixasse depois de ela ter saído.

O que é tão ridículo e melodramático e muito a Opal de antes, e não a Opal nova e melhorada.

Porque eu posso fazer isso. Posso fazer sexo sem emoções. Só porque nunca consegui separar com sucesso sentimentos do ato de ficar com alguém não significa que eu não consiga agora. Posso ter um acordo sem compromisso e me divertir muito e ignorar aquele vazio irregular e dolorido em meu peito toda vez que preciso me sentir próxima de alguém. Isso se chama amadurecimento, droga.

Preciso superar isso. Não posso evitar Pepper para sempre — nós temos muito trabalho pela frente com a competição, e ajudá-la a vencer me deixa um passo mais perto de ela comprar a fazenda de mim. E, então, vou poder ter meu novo começo de verdade. Além disso, evitá-la atrapalha toda a parada de nós duas fazendo sexo, o que estou muito, *muito* ansiosa para acontecer.

Com um suspiro, ligo o carro e sigo meu caminho pelas montanhas de volta para casa.

✿ ✿ ✿

— Foi um erro — Pepper diz, aparecendo na porta de meu galpão do nada algumas horas depois. Pulo com tanta força que derrubo um frasco de tinta, escorrendo-o todo em uma bolsa de couro na qual eu estava trabalhando.

Solto um grunhido, jogando-a de lado. Vou tentar consertá-la mais tarde, mas minha fonte criativa está tão seca que não posso me dar ao trabalho de lidar com isso agora. Na verdade, tive uma ótima resposta ao postar os primeiros anúncios na minha loja no Etsy, mas algo no fato de as pessoas realmente *quererem* meu trabalho faz meu cérebro encolher no segundo em que me sento e tento criar. São momentos como esse em que uma bebida cai bem; algo para abafar aquela voz estrondosa da dúvida e me encher bastante da falsa confiança de que posso fazer algo inteligente e importante.

— Um erro gigantesco — Pepper repete, agora andando de um lado para o outro pela extensão do galpão.

Não é a maneira mais legal de ser recebida pela mulher com quem você recentemente concordou em ter relações casuais, admito.

Ela enfia as mãos nos bolsos enquanto se movimenta, ramos de flores brancas girando como piões entre seus dedos ativos quando ela os puxa. Meu corpo inteiro queima enquanto o vento empurra o cheiro de camomila em minha direção.

— É bom ver você também, Pepper. Como está o surto? — pergunto, secando o resto da tinta que caiu na minha mesa.

Ela me olha torto.

— Ótimo, obrigada. Adoro entrar em parafuso aos domingos.

Bufo.

— Ouça. Se isso tem a ver com a noite passada, vamos conversar. Entrar em sintonia.

Pepper para no meio do caminho, inclinando a cabeça enquanto olha para mim.

— Ontem à noite?

Ela continua a me encarar, aquele olhar vazio me paralisando como uma flecha que atravessa meu peito. Incrível. Extraordinário. Adoro o fato de eu ter passado as últimas vinte horas pensando em nada mais do que a nossa transa alucinante e ela já tê-la esquecido.

Aponto um dedo em direção ao segundo andar do chalé, e ela segue o gesto.

— Nós duas fazendo sexo? — ela diz, virando-se para mim. — O que há para conversar? Estabelecemos nossas regras e o primeiro teste foi um sucesso. Não estamos em sintonia quanto a isso?

Certo. Claro. Pepper não estava pensando nisso porque ela não está presa em nós de sentimentos conflitantes como eu. Porque concordamos em não ter nenhum.

— Não, sim. Claro que estamos em sintonia — murmuro, cravando a ponta da minha sandália no chão áspero.

— Estou falando da competição. Enviei hoje nossa inscrição para participar. E no segundo em que o fiz, percebi que seria um completo desastre.

— E por que isso de novo? — pergunto, incapaz de conter meu sorriso. Eu não sabia que o pessimismo poderia ser tão cativante.

— Oh, vejamos. Até onde sei, nenhuma de nós fez algo assim antes, minha produção não será grande o bastante para dar conta de tudo, e não tenho absolutamente nenhuma ideia do que faríamos, mesmo se *de fato* tivéssemos recursos suficientes para fazer isso. Minha corda já está bastante esticada, eu não deveria procurar mais sarna para me coçar.

— Posso ajudar você a colher as flores — ofereço com humildade.

— Não se trata apenas de colhê-las — ela explica, passando as mãos pelos cabelos compridos. — A questão é ter flores suficientes na hora certa para mantê-las frescas para o dia do evento e ainda atender aos pedidos. Meus lotes são escalonados para tentar reduzir o desperdício. — Ela abaixa a cabeça, respirando fundo. — O que acontece é que não estou pronta para assumir algo assim. Não tenho certeza se estou preparada para administrar esta maldita fazenda.

Seus lábios se torcem de ansiedade enquanto ela continua a se mexer, e meu coração se parte ao vê-la tão desesperada. Eu daria qualquer coisa para estalar os dedos e acabar com essa preocupação.

— Quer sair comigo? — pergunto, as palavras escapando antes que eu conseguisse pensar melhor.

Minha pergunta a faz parar, sua cabeça virando para mim.

— O que quer dizer?

Prendo meu cabelo. Alguns fios se soltam. Amo tanto minha vida.

— Não sei. Tipo... ir a algum lugar? À cidade, talvez? Ou só... fazer qualquer coisa? Meu cérebro está irrequieto e preciso mudar de ares.

— Irrequieto?

Dispenso o questionamento com um aceno.

— Quer sair ou não?

— Opal, estou aos poucos sendo soterrada por uma avalanche de uma lista de tarefas e problemas para resolver. Você estava me ouvindo?

Saio do meu banco e vou até ela. Seus olhos arregalam como os de uma coruja quando entro em seu espaço pessoal. Ela faz um movimento como se quisesse dar um passo para trás, mas eu a agarro antes que ela consiga fazê-lo.

E a envolvo em um grande abraço.

— É claro que eu estava ouvindo você — respondo, braços apertados em volta de sua cintura, minha bochecha pousando no centro de seu esterno. — E o que eu ouvi é que você precisa sair para desanuviar a cabeça. Então, vamos nessa. Podemos reunir ideias para a exposição se isso ajudar.

A respiração de Pepper fica curta e intensa por um momento. Eu a abraço mais forte. Aninho-me mais perto.

Ela suspira e cada músculo derrete conforme a tensão diminui. Pouco a pouco, ela envolve os meus ombros com os braços. Retribuindo o abraço.

— Ok — ela sussurra, o queixo apoiado no topo da minha cabeça.
Meu sorriso aperta a frente do macacão dela.
— Ótimo. Eu dirijo.

CAPÍTULO 22

PEPPER

É uma pena eu deixar Opal dirigir, já que, pelo andar da carruagem, essa ida até a cidade será a causa da minha morte.

Essa mulher é viciada em adrenalina ou não tem noção de quão rápido está nos conduzindo montanha abaixo na lata velha que chama de carro. Ela está tão perto dos guarda-corpos que eu ficaria surpresa se sua velocidade não estivesse arrancando os olhos de gato. Ela faz uma curva fechada na rodovia e meu estômago fica para trás, caindo em queda-livre no vale lá embaixo.

Eu diria alguma coisa — gritaria para ela diminuir a velocidade —, mas minha cabeça está grudada no encosto de cabeça em razão da aceleração que ela está gerando, e abrir minha boca não é particularmente viável neste momento.

Eu nem tenho certeza do motivo de ter concordado com isso.

Não gosto de ir a lugar nenhum — tudo que preciso está ali na segurança do meu doce lar —, mas há uma terrível... *atração* no centro do meu peito sempre que Opal fala comigo, e isso me puxa em direção a ela.

Claramente, um erro fatal.

— Oooh, olhe! Uma loja de antiguidades! Vamos dar uma olhada.

Opal faz a curva mais fechada da história automotiva, atravessando três faixas de trânsito para derrapar na entrada de cascalho da Aunt Gertie's Goods & Antiques. É um milagre que ela não tenha batido direto na porta da frente. Juro, Opal salta para fora do carro antes mesmo que ele pare por completo.

— Não demore, Pepper. Estamos em uma missão.

Testando a primeira lei de Newton, ela corre para dentro da loja antes que eu consiga piscar.

— Porra louca — murmuro, tirando meu cinto de segurança e desenrolando meus membros enrijecidos pelo medo da pequena armadilha mortal.

Eu meio que esperava que a loja estivesse em ruínas quando entro, com Opal rodopiando por ali como o diabo da Tasmânia, mas há uma paz silenciosa no lugar, uma música *bluegrass* instrumental tocando em alto-falantes distantes e algumas pessoas mais velhas por perto olhando as vitrines de joias.

Demoro alguns minutos, mas finalmente a encontro, ajoelhada enquanto vasculha em silêncio uma caixa de ferramentas velhas em um canto isolado da loja. Ao seu lado, há uma pequena pilha de pregos de ferros-velhos, um alicate com as pontas bem curvadas e algumas ferramentas de marcenaria alinhadas próximas a ele.

— Opal?

Seu rosto se ergue, um largo sorriso distanciando as bochechas redondas.

— Oi! Encontrou alguma coisa boa?

— Hã... o que estamos procurando exatamente? — pergunto, olhando para a parede de martelos atrás dela.

— Nada em particular — ela responde, a atenção voltada para a caixa.

— O que é tudo isso? — gesticulo para os bagulhos aleatórios que ela separou.

Ela franze a testa enquanto olha para os objetos, depois para mim.

— São ferramentas, Pepper.

— Eu sei disso — digo. — O que você vai fazer com elas?

Opal dá de ombros, sorri mais uma vez.

— Ainda não sei. Mas elas são bonitas demais para serem abandonadas, isso é certo.

É a minha vez de franzir a testa, tentando encontrar algo bonito no metal de aparência afiada.

— Achei que você tinha dito que estávamos em uma missão.

— Estamos — Opal insiste, guardando afinal a caixa que estava examinando e pegando outra.

— Uma missão não precisa de um propósito? — questiono, abrindo os braços.

— O propósito desta missão é fazer meu cérebro de massinha de modelar parar de ser tão apático e, em vez disso, se iluminar com criatividade e infinitas ideias incríveis para pintura em sapatos e também para fazer arte com flores. — Ela diz tudo isso como se fosse perfeitamente óbvio.

— E levar esses pregos de ferro vai fazer isso por você?

— Levar um bom ferro sempre faz isso por mim — ela diz, os olhos disparando para encontrar os meus enquanto me lança um sorriso indecente.

Fico irritada por rir de uma piada tão de quinta série. Mas eu rio. Rio tanto que meus olhos começam a lacrimejar, as laterais doendo por causa disso. Ainda estou rindo enquanto me sento no chão empoeirado ao lado desse demônio bizarro, encostando meus ombros trêmulos na prateleira atrás de mim.

— Droga. Essa foi mesmo de arrasar. Estou orgulhosa de mim mesma.

— Confie em mim, não quero encorajá-la aqui — engasgo entre risos, tentando me recompor.

Opal morde o lábio enquanto olha para mim, aquela boca pecaminosamente carnuda se erguendo nas laterais.

— Ainda assim está funcionando.

Aquele seu meio-sorriso drena todo o riso de mim, e eu não quero nada mais do que pressionar meus lábios nos dela na vã esperança de que um pouco de sua luz me inunde.

Mas antes que o pensamento fique ainda mais absurdo, ela se vira, descendo pelo corredor até uma fileira de caixas de sapatos transbordando de papéis.

Como sou idiota, vou atrás dela.

Ela folheia uma caixa de cartões-postais, os olhos disparando como relâmpagos enquanto examina desenhos desgastados e rabiscos manuscritos.

— Sempre espero encontrar uma declaração de amor em um desses — explica ela, mudando para uma nova caixa de sapatos. — Algo doloroso e esperançoso e um pouquinho desesperado para expressar o quanto o destinatário significa para o remetente.

Algo cálido brilha em mim, fazendo minha pele formigar e o peito dilatar. Percebo, depois de um momento, que é um anseio. Pelo que, eu não sei.

Seja o que for, é ridículo e inútil. Não tenho nada pelo que ansiar. Afasto o sentimento, amarro tudo em uma bola no meu estômago e depois chuto para fora. Sou granito. Mármore. Uma estátua. Sólida e insensível, sem emoções me envolvendo. Exatamente como eu deveria estar para continuar segura e inteira.

— Ou encontrar um que seja superobsceno. Alguém realmente colocando todo o seu coração e boceta em um retângulo dez por quinze de papel-cartão.

— Encantador — digo, aquele sentimento cálido e assustador apagado. Infelizmente, substituído por algo como alegria com os devaneios ridículos dessa mulher — igualmente brilhante e perturbadora.

— Falando francamente, é tipo fazer sexo sem camisinha pelo correio. Colocar tudo para fora sem um envelope para proteger seus pensamentos mais libertinos.

— Você é muito esquisita — deixo escapar. Percebo que isso provavelmente é um pouco duro, mas também é verdadeiro.

Opal sorri.

— Demorou tanto para perceber, Pep? Um pouco lenta para assimilar, ao que parece.

— Não. Sei disso desde que você apareceu como um monstro de cabelo cor-de-rosa e me disse que queria pintar sapatos para ganhar dinheiro. Acho que só agora estou reparando que meio que gosto disso. — Minha mão dispara para a garganta como se eu pudesse apertá-la e deter aquelas palavras desastrosas que saíram de mim.

Franca demais. Assustadora demais. Perigosa demais. Quando você compartilha fraquezas assim com as pessoas, elas só tiram vantagem delas. E algo em Opal me leva a não fazer outra coisa senão revelar minhas fraquezas.

Opal me estuda, seu rosto aberto e curioso. Eu me viro, contorcendo-me sob a intensidade de seu foco. Com o canto do olho, vejo ela se inclinar para mais perto.

— Talvez seja a coisa mais legal que você já me disse — ela sussurra.

Bufo.

— Diga que sou uma babaca sem me dizer que sou uma babaca.

Opal ri, então fica em silêncio.

Eu a ouço respirar fundo e me preparo para ela dizer mais alguma coisa, cutucar e provocar minha confissão até que eu fique machucada, encontrando todas as maneiras com que ela pode me destruir com isso.

Mas, em vez disso, ela estende o braço para mim, abrindo a mão como uma flor desabrochando suas pétalas para o sol.

Olho para sua mão. As manchas de tinta, calos, unhas lascadas e cutículas roídas.

Por um momento, aquela mão parece uma segunda chance. Uma tábua de salvação.

Então, pisco.

E a mão dela é só a mão dela e sou uma idiota.

Bato minha palma na dela em uma tentativa fraca de um "bate aqui!", então sigo pelo corredor.

Depois de um momento, Opal me segue, descobrindo uma caixa de fotos antigas para vasculhar.

Felizmente, ela deixa o silêncio persistir até que a tensão do momento anterior evapore, nos esfriando.

— Você já se perguntou se vai acabar em uma dessas caixas? — falo, observando-a tirar uma foto granulada em preto e branco de uma mulher de rosto solene parada em seu jardim da frente, estudando-a de perto. Eu costumava amar o silêncio mais do que o oxigênio, mas por alguma razão desequilibrada, gosto do barulho quando vem de Opal. — Uma foto sua espremida em uma caixa de sapatos com centenas de outras, sendo folheada por pessoas aleatórias?

Opal inclina a cabeça, colocando a foto de volta na pilha e arrastando a ponta do polegar sobre as bordas suavizadas das outras.

— Não sei. Eu meio que espero que sim.

— Sério? — Franzo os lábios, aproximando do meu rosto uma foto desbotada de duas crianças pequenas de mãos dadas e fazendo caretas para a câmera. — Não parece triste? Todas essas lembranças abandonadas para estranhos olharem para elas boquiabertos.

Opal franze o nariz.

— Não. Espero que fotos minhas acabem espalhadas em caixas velhas por todo lugar. E espero que eu pareça ridiculamente feliz em todas elas. Espero que elas façam as pessoas pararem de vasculhar e olharem com mais atenção. Para se perguntarem o que eu tinha para estar tão feliz.

— *De fato*, o que você tem para estar tão feliz? — pergunto, olhando para aquele seu sorriso magnético que sempre me atrai. É sol brilhante, calor irradiando dos cantos irregulares.

Ela balança a cabeça e dá de ombros.

— Nada em particular, eu acho. Feliz pelo bem da felicidade.

O ar sai de mim, e eu me sinto tonta, meu estômago se revirando enquanto continuo a olhar para o sorriso dela. Preciso mesmo que ela pare de dizer coisas tão incríveis com essa boca carnuda e linda se eu quiser me abster de beijá-la em público. Não temos uma regra explícita contra isso, mas o mar agitado de emoções no meu peito me leva a acreditar que seria tão ruim quanto quebrar as outras.

Opal está alheia, folheando mais fotos, tirando algumas e adicionando-as à sua crescente pilha de lixo.

— Venha, Pepper — ela diz, indo para o corredor seguinte. — Há um hectare inteiro de velharias para explorar.

CAPÍTULO 23

OPAL

— Você é o pior pesadelo de Marie Kondo[5] — Pepper me diz depois de finalmente organizarmos *à la* Tetris todas as coisas que comprei em meu carro minúsculo.

— *Au contraire*, Pepper — discordo com o sotaque francês mais constrangedor do mundo. — Aquela vadia — sem ofensa — adora uma bagunça. Eu seria o sonho dela se tornando realidade.

Entramos no carro e ligo o motor. Como minhas pernas são muito curtas, meu assento está sempre bem para a frente, mas tivemos que mexer também no assento do passageiro para acomodar meus tesouros, e as pernas longas de Pepper estão dobradas em seu peito, as canelas pressionando o porta-luvas.

— Não se esqueça do cinto de segurança — digo, dando marcha a ré no carro. Não consigo ver pela janela traseira, então, por alguns segundos estou contando com dedos cruzados e uma oração.

— Sinto que preciso de uma armadura de corpo inteiro quando se trata de sua direção — ela murmura, passando o cinto pelo peito.

5. Empresária e escritora japonesa, especialista em organização pessoal. (N. da T.)

Estalo a língua em meus dentes.

— Que dramática. Sou uma motorista excelente.

— Vi minha vida passar diante dos meus olhos pelo menos seis vezes no trajeto para cá.

— É? Alguma lembrança boa a se destacar?

— Extrair meu apêndice quando eu tinha 7 anos realmente deixou uma cicatriz, eu acho.

— Nossa, Pepper, eu levantei tão bem a bola para você cortar e você desperdiçou desse jeito.

— Como é?

— Essa era uma ótima deixa para um suave e *sexy a noite passada deixou uma bela impressão*, que então fluiria tão casualmente para você me pedindo para abalar seu mundo mais uma vez esta noite, mas em vez disso você me vem com *apendicite*? Precisamos trabalhar suas habilidades de flerte.

Arrisco um olhar para Pepper enquanto ela se contorce em seu assento, manchas vermelhas subindo pelo pescoço e pelas bochechas até as pontas das orelhas.

— Não conte com isso. Não tenho sequer uma célula suave ou *sexy* no meu corpo, acredite em mim.

— A noite passada certamente deixou uma impressão diferente. Viu? Viu como foi fácil? Tente você agora.

— Mude de assunto, por favor.

— Você gostaria que eu mudasse para a arte de falar sacanagem? Isso seria satisfatório?

— O que você vai fazer com todas essas coisas, afinal? — ela quer saber, ignorando-me enquanto seu rosto brilha ruborizado. Ela franze a testa para a boneca de um olho só empoleirada em meu colo. Acaricio o cabelo da boneca.

— Vou olhar para esses tesouros e sorrir ao lembrar o quanto me diverti brincando com você — respondo com sinceridade, saindo da rodovia para uma das longas estradas de terra que contornam em direção ao chalé.

Pepper bufa.

— Você é incorrigível.

— Ooh, quase isso — arrulho. — Mas flertar tende mais para elogios e menos para insultos.

— Não do jeito que eu faço.

Piso no freio e Pepper dá um solavanco para a frente, batendo as mãos no painel.

— Que diabos aconteceu? — ela grita.

Estaciono o carro, então passo o tronco sobre a divisória, agarrando suas bochechas com as duas mãos e dando um beijo intenso em seus lábios entreabertos. Ela demora um momento, mas amolece, inclinando-se para o meu toque. Beijando-me de volta.

Continuo a sorver seus lábios até que sua respiração fica curta, as mãos se abrindo e fechando onde estão pousadas sobre as coxas. Com uma risadinha, afasto minha boca, descansando a testa na dela.

— Por que isso? — ela pergunta, olhos fechados e respiração ainda irregular.

— Pela sua primeira frase de flerte decente — digo, arrastando meus lábios nos dela de novo. — Estou muito impressionada. Quem aprende rápido é recompensado.

Pepper ri, abrindo os olhos só para que eu possa vê-la revirá-los.

— Você é terrível — ela diz, afastando-se e pressionando sua bochecha na janela embaçada.

— Um completo *monstro* — concordo com um sorriso, colocando o carro em movimento e continuando pela via.

Poucos minutos depois, viro na entrada de cascalho, seguindo o fim do caminho até chegarmos ao chalé atarracado, com a luz dourada do entardecer brilhando em algumas janelas.

A noite se instalou firmemente, fria e escura como tinta, milhares de estrelas visíveis nesta parte das montanhas. Desligo o motor, o som das cigarras zumbindo na escuridão.

O momento passa constrangedoramente de confortável a estranho enquanto continuamos sentadas ali, ambas de repente tímidas enquanto as possibilidades do que pode acontecer lá dentro movimentam o dedo indicador nos chamando para entrar. Estou prestes a dizer algo para quebrar a tensão crescente, mas Pepper rouba todas as palavras da minha boca, estendendo a mão e pegando na minha, entrelaçando nossos dedos.

O gesto é tão delicado e agradável que minha garganta se contrai e algo afiado cutuca meus olhos.

— Esta noite foi muito divertida — ela sussurra, os olhos fixos em nossas mãos. — Obrigada por me tirar da fazenda para desanuviar a cabeça. Eu precisava disso.

— O prazer é meu — murmuro, inclinando-me sobre o console central e roçando meus lábios em sua bochecha, seu queixo. Ela se vira, buscando um beijo, a boca segura e forte enquanto ela se inclina para mim. Continuamos nos beijando, nos contorcendo até que nossos corpos estão se pressionando, os dedos emaranhados nos cabelos uma da outra. Faço uma prece silenciosa para que nenhum tufo dos meus se solte em suas mãos.

Pepper me beija de um jeito que eu nunca soube que precisava ser beijada. Ela é um pouco desajeitada, muito entusiasmada, lábios sedosos e língua quente enquanto explora minha boca.

Ela beija como se precisasse de mim.

Isso reconecta meus circuitos, cada nervo faiscando com seu toque, cada ponto de pulso batendo em um ritmo de desejo.

E eu retribuo o beijo como se precisasse dela.

— Vamos entrar? — pergunto, mordiscando seu lábio. — A noite não precisa acabar.

Sinto seu sorriso se esticar contra o meu.

— Sim. Ok — ela sussurra. — Posso me dar ao luxo de parar de me estressar por mais algumas horas. Mas, quando amanhecer, será com força total. Já vou avisando.

Eu rio, mas algo dói em meu peito. Olho em seus olhos da cor de biscoito de gengibre, colocando uma mecha de seu cabelo atrás da orelha.

— Certo. Por que se preocupar hoje quando você pode deixar para amanhã?

— Talvez eu possa evitar a preocupação completamente se esquecermos a ideia da competição — ela sussurra, franzindo o nariz.

Eu me afasto.

— O quê?

Pepper dá de ombros.

— Sei lá. Tenho pensado sobre isso e, embora em teoria seja uma boa ideia, talvez eu tenha sido muito precipitada ao decidir participar.

— Precipitada? Você demorou séculos para tomar uma decisão. Nunca vi alguém menos precipitado.

As sobrancelhas de Pepper franzem, mas ela gesticula de modo irreverente para mim.

— Não acho que você entenda o enorme comprometimento que isso será. Recursos, produto, tempo, investimento em materiais...

— Eu entendo, Pepper. Vai ser pesado. É por isso que me ofereci para ajudá-la.

— Por que você está ficando tão brava? — ela diz, as bochechas coradas. Não a cor suave e rosada do desejo de antes. É vermelho-escura. Furiosa.

— Você sendo tão indecisa — grito, jogando minhas mãos para o alto. — É frustrante.

— Por que você se importa? — ela grita de volta. — Nada disso realmente afeta você a longo prazo, não é? Você vai receber seu dinheiro ou vai me chutar para o meio-fio. O investimento não é seu, então, quem é você para questionar minhas decisões?

O constrangimento me corta como uma faca. Abro e fecho a boca algumas vezes, tentando encontrar algo — qualquer coisa — para dizer. Mas ela está certa. Para mim não há necessariamente nenhum risco envolvido. Não deveria me incomodar nem um pouco se Pepper ficasse indo e voltando na decisão pelo resto da vida. Mas essa coisa — nós trabalhando juntas, tentando juntas — é algo que posso *oferecer* a ela. Minha arte é uma das poucas coisas em que sou boa. Perturbei e desestabilizei sua vida inteira com minha decisão impulsiva de comprar este lugar; o mínimo que posso fazer é tentar ajudá-la. Mas ela está tirando essa chance de mim.

— Do que você tem tanto medo, Pepper? — pergunto, cruzando os braços, meus olhos fixos nos dela.

Suas sobrancelhas se levantam.

— O que você quer dizer?

— Com a fazenda. E a competição. Tudo. Você tem medo de tentar. Quero entender por quê.

— Você não me conhece — ela acusa, o rosto se contorcendo de raiva. Ela mantém o olhar fixo no meu por mais um momento, então abaixa os olhos.

— Como é?

— Você não me conhece — ela repete, o rosto impassível e o olhar congelado no para-brisa. — E o que eu faço não é da sua conta. Você não pode passar algumas semanas comigo e fingir que se importa. Como se quisesse me consertar. Não estou quebrada.

Um punho de culpa comprime meu intestino, e eu queria poder retirar cada palavra, apagar os últimos minutos.

— Eu nunca disse que você estava quebrada. Não foi isso que quis dizer. Eu...

— Por que você não se concentra em seus sapatos, suas bolsas e sua montanha de porcaria antiga e para de tentar me psicanalisar, hein? Nós não significamos nada uma para a outra, então, não vamos fingir.

Pepper solta o cinto de segurança, sai do carro e entra em casa. O estrondo da porta quando ela a bate ecoa ao meu redor.

E eu fico sentada em meu carro de merda com minhas coisas de merda e minha boca mais de merda ainda, o arrependimento me consumindo de dentro para fora.

CAPÍTULO 24

OPAL

Dá para perceber que no momento não estou muito bem da cabeça porque, em vez de fazer contato visual comigo mesma no espelho do banheiro esta manhã, pego uma tesoura.

E dou continuidade à aniquilação de quaisquer resquícios de dignidade que me restam.

Solto um grunhido de arrependimento quando o último tufo de cabelo quebradiço cai.

Ok. Está tudo bem. Está tudo ótimo. Posso ser uma pessoa que usa franja. Só porque os últimos dez anos de experiência com elas terminaram em uma espiral louca de autoaversão não significa que desta vez será um problema.

Com uma respiração trêmula, avalio o estrago.

Está... está uma grande merda. Não posso dizer que é necessariamente pior do que o "Cabelo-Branco", mas o fato de ambos existirem ao mesmo tempo tem um efeito bastante horripilante.

Eu queria uma franja no estilo *shaggy*, mas ficou muito curta, e os fios queimados estão retos e espetados para a frente como se estivessem presos na estática de um balão.

Certo. De novo, está tudo bem. Posso consertar isso. Talvez uma mudança de cor ajude... sei lá, a completar esse visual desastroso? Vou ao meu quarto, vasculhando minhas embalagens de tinta.

Como aprendo com meus erros, muito bem, obrigada, pego uma embalagem de tinta *temporária* da Lime Crime, que aparentemente não vai danificar mais ainda meu cabelo. Uma pequena misericórdia. Leio as instruções, então aplico no cabelo, colocando o *timer* para meia hora. Desabo na beirada da minha cama, olhando para a parede, entrando no pior lugar mental do mundo: um tempo sozinha com meus pensamentos.

A culpa me remói, corroendo meu coração mole e minha cabeça dura. Eu me odeio por ter sido tão má com Pepper na noite anterior. Para ser sincera, quem sou eu para chamar alguém de indeciso? Levo pelo menos nove horas para escolher algo para assistir na Netflix.

Eu só... quero que essa coisa com Pepper dê certo. Quero me juntar a ela nessa competição e lhe mostrar que consigo. Quero morar com ela sem levá-la a uma morte prematura. Quero ser sua...

Quero ser amiga dela.

Mas, como em tudo na minha vida, exagerei. Agarrei-me a uma ideia como um guaxinim vasculhando o lixo e fiquei irritada quando até a menor coisa a desafiava. E agora estou sentada aqui com uma franja fodida e os olhos inchados de chorar de frustração a noite toda, odiando tudo.

Gostaria de poder me perder em uma distração (além do meu cabelo), mas meu cérebro está girando e rodando e pulando de pensamento em pensamento, deixando-me atordoada e enjoada à medida que não consigo acompanhar. Tentei desenhar ontem à noite e pintar esta manhã, mas minhas mãos não funcionam, não traduzem em arte nenhum dos sentimentos que me consomem por inteiro, minha mente vagando por toda parte.

O toque áspero do *timer* corta minha dissociação, e eu olho para o meu telefone por mais um minuto antes de reunir energia para desligá-lo. Com um suspiro, caminho de volta para o banheiro e enxáguo o cabelo.

Depois de secá-lo, dou outra olhada.

Não está muito melhor. Estava esperando uma vibe Sailor Neptune, mas acabei uma mistura de Cosmo, de *Os Padrinhos Mágicos*, e Greta, a Gremlin.

Uma gracinha.

Com um suspiro derrotado, apago as luzes do banheiro e volto para o quarto. Da porta, olho por um tempo para minha cama bagunçada, tentada a cair de cara no colchão, puxar meus lençóis sobre a cabeça e ficar ali deitada em meu fedor rançoso de vitimismo até a nuvem se dissipar. Ou até que a próxima nuvem a substitua.

Na verdade, o que eu prefiro fazer é dirigir até o mercado, comprar um vinho na caixa e beber direto do gargalo enquanto fico deitada na cama até meus pensamentos ficarem confusos e agradáveis e minha língua, pesada e inutilizável. A ideia é uma comichão deliciosa, uma necessidade vibrante que atravessa minha pele para raspar o osso. É a confusão que faz ranger os dentes, avassaladora, de querer ao mesmo tempo estimulação e dormência, qualquer fonte de esquecimento que torne mais fácil existir na minha cabeça. A necessidade de fugir dos meus próprios pensamentos insuportáveis, silenciar cada sentimento que tenta borbulhar em mim. Porque é tudo tão intenso e real, e a dormência é muito mais fácil de lidar.

O apetite por ela dói, disparando pânico por todo meu corpo. E me medicar com nicotina, maconha e álcool é a maneira mais fácil de saciá-lo.

Eu costumava me entregar a isso sem pensar duas vezes — tomando tanto, o suficiente, que eu sentia alcançar um ponto de partida bem humano, a normalidade das outras pessoas. Mas o problema com uma solução rápida como bebidas ou cigarros é a velocidade com que a dormência passa. O gosto ruim na boca pela própria decepção, a vergonha dolorosa de que você não consegue se controlar como todos ao seu redor conseguem. O ciclo vicioso da autossabotagem.

Na maior parte do tempo, empurro toda essa necessidade azucrinante e a comichão para as minhas mãos. Para a minha arte. Os pensamentos acelerados do meu corpo passam para a ponta do pincel ou para meus dedos moldando argila. Pequenos pedaços de mim e todo esse caos no meu cérebro vivem em cada peça que criei. A arte é o vício que me permito ter.

Mas, agora, a arte não está vindo. Estou bloqueada e frustrada e quero arrancar meu (pavoroso) cabelo.

Devagar, deslizo minhas chaves pela parte de cima da cômoda, brincando com elas, ouvindo seu tilintar enquanto giro o anel do chaveiro em volta de meu dedo.

Talvez não seja o fim do mundo dar um pulo no mercado. Vou pegar alguma besteira. Talvez até um pedaço de um queijo chique. Um molho e alguns pretzels.

E uma garrafa de vinho... não mais do que duas.

Vou dosar tudo. Completamente aceitável.

Agarro minhas chaves com firmeza, a parte de metal dos dentes cravada na minha palma, pronta para me virar e descer as escadas, direto para o meu carro antes que o constrangimento possa me deter.

Mas assim que me movo para dar um passo, as nuvens de fora da janela se deslocam, um raio retangular de sol corta o vidro, refletindo direto no espelho.

O quarto está mergulhado em ouro, a luz polida escorrendo pelas paredes.

E algo nisso faz meus tornozelos travarem no lugar e levantarem meu queixo para a luz. Para a janela. É brilhante e cintilante e revira algo no meu peito, desaloja uma pedra e libera a enchente para fora.

Às vezes, eu me odeio. Odeio minha mansidão e minha ousadia. Odeio meu medo e minha audácia de tentar. Às vezes, o ódio crava suas raízes tão fundo, que parece que ele *sou* eu.

Odeio esse ódio. Sou de uma solidariedade infinita para com todos no mundo, exceto para comigo mesma. Por que não tenho permissão para errar? Por que minha compaixão se estende a estranhos, mas para na minha própria porta da frente?

Algumas lágrimas bobas caem pelo meu rosto. E é tudo tão ridículo porque... por qual razão estou chorando? Por que estou sentindo tanto e tudo de uma vez? Tudo o que sei é que a vida é difícil e solitária e os sentimentos são fortes e grandes e de alguma maneira devemos passar todos os dias da nossa vida enfrentando-os.

Com a luz do sol invadindo meu quarto, decido, pelo menos por um momento, me livrar dessa autoaversão, remover suas garras da minha garganta.

Vou até a janela, abrindo-a o máximo que dá. O calor do dia me envolve, atraindo-me para fora com sua sensibilidade.

Levanto o rosto para o sol, banhando-me na luz que penetra pelas minhas pálpebras fechadas, deixando o calor tocar minhas bochechas. Depois de algumas respirações profundas, inspirando e expirando, sorrio, abrindo os olhos.

Demoro alguns instantes piscando e me adaptando à claridade, mas por fim vejo Pepper a distância, os membros compridos estendidos enquanto ela puxa um saco de terra em direção a um canteiro de flores.

E meus pés não são mais meus; eles me carregam escada abaixo em uma enxurrada de pisadas fortes e rangidos, pelo gramado, até que estou correndo descalça em sua direção. Quando chego até ela, estou sem fôlego, arfando enquanto ela me encara com uma expressão assustada.

Provavelmente, é melhor eu não conseguir respirar; na minha pressa para alcançá-la, não planejei o que queria dizer.

— O que você fez com seu cabelo? — ela pergunta, por fim, os olhos arregalados e fixos na minha testa.

— Fala sério, Pepper, pensei que a essa altura você já estaria acostumada com a variação de cores — ofego.

— Quer dizer... estou. Mais ou menos. Mas isso é...

— Superfofo e acessível?

— Eu ia dizer uma escolha ousada. — Ela dá um passo para mais perto de mim. — Parece uma costela-de-adão.

— Que gentil da sua parte. Obrigada — digo com uma careta, afofando os fios na altura do queixo.

— O que motivou essa... decisão? — ela pergunta, estendendo a mão e seguindo uma mecha verde até o fim.

— Não importa. — Seguro seu pulso. Agarro sua mão entre as minhas, trazendo-a para o meio do meu peito.

Seus lábios se abrem enquanto ela olha para nossas mãos. Aperto a palma da mão dela, esperando que ela olhe para mim. Seria muito mais fácil se ela olhasse para mim.

— Sinto muito — digo, minha voz rouca. — Sinto muito por tê-la magoado.

Seus olhos sobem devagar para encontrar os meus, arregalando-os ainda mais. Corro o risco de cair em seu olhar, afogando-me naqueles olhos castanho-claros. Eu estava errada; na verdade é muito mais difícil com ela olhando para mim.

— Não tenho uma desculpa, uma explicação ou mesmo um adjetivo — continuo. — Só sinto muito. E espero que você possa me perdoar. Porque não gosto que você fique brava comigo, e não gosto de deixar você ainda mais brava comigo. — Engulo em seco, a ponta do meu polegar traçando os nós dos dedos dela. Limpo a garganta. — Então, hum, podemos conversar?

Pepper me encara, o rosto se transformando em algo ilegível. E ela desliza sua mão da minha.

Ela pigarreia, a boca em uma linha fina e as sobrancelhas franzidas. Ela está brava. E tem todo o direito de estar. Mas isso não impede que essa reação quebre meu coração em um milhão de pedaços mesmo assim.

Ela respira fundo. Depois, outra vez.

— Ninguém nunca me disse isso antes — ela sussurra. Eu a observo engolir em seco. — Que se arrepende por ter me magoado.

— Isso parece... errado.

Pepper nega com a cabeça como se estivesse tentando se livrar de um nervosismo.

— Obrigada — ela diz após um momento, a voz rouca. — Eu... isso significa muito.

— Posso... você me deixaria ajudá-la? Ou pelo menos ajudá-la a descobrir o que fazer? — Gesticulo de maneira vaga para as flores à nossa volta.

Pepper enfia a mão no bolso da calça *jeans* manchada de grama, puxando um raminho de flores.

— Ok — ela sussurra, girando a planta entre os dedos. — Talvez você possa começar me ajudando aqui? — Ela acena para o terreno ao nosso lado, flores azuis, rosa e roxas balançando ao sol.

— Claro. Todo jardim precisa ser aparado, certo? — falo em resposta. — Diga-me por onde começar.

Os lábios de Pepper se abrem enquanto ela olha para mim, então estendem em um sorriso.

— Ok.

Ela me entrega uma tesoura, explicando que eu deveria manter o caule longo e cortar em ângulo, removendo quaisquer folhas que fiquem abaixo da água antes de depositá-las em um dos baldes na grama.

Embora pareça bastante autoexplicativo e basicamente a mesma coisa que fiz naquele dia com Diksha, minhas mãos ainda tremem enquanto ela me observa fazer meus primeiros cortes. Quando a fito, de olhos arregalados e desesperada por aprovação, ela sorri como se eu tivesse descoberto um tesouro enterrado.

— Perfeito — ela diz, pegando sua própria tesoura e indo trabalhar ao meu lado.

Nós fazemos os cortes em silêncio por um tempo, o sol acariciando meu pescoço e ombros. É bom no começo, mas então começo a suar, os músculos das costas dão cãibra por causa da minha posição ajoelhada na terra.

Apesar das pontadas de desconforto, me sinto... feliz. Bem. Minhas mãos estão confortavelmente ocupadas enquanto brincam na terra, minha mente está calma e meu coração...

Meu coração não é um participante nesse momento porque sentimentos não são levados em conta na colheita de flores na paz do silêncio com Pepper.

— Acho mesmo que podemos participar da competição — digo a Pepper enquanto enchemos outro balde com bocas-de-leão. — Não a estou enganando quando digo que quero ajudar.

Pepper me olha de relance.

— Eu acredito em você — ela afirma, uma rajada de vento levantando alguns fios soltos de seu cabelo. — É muito intenso para mim.

A vida em geral é meio que assim. Levo uma quantidade absurda de tempo para entender uma nova ideia, uma mudança na rotina. Eu nem sinto que é indecisão, quando se trata disso. Tem mais a ver com o fato de eu não me sentir física e mentalmente capaz de começar algo novo.

Encaro Pepper, observando o jeito como o sol cria um halo ao redor dela.

— Talvez seja assim que eu possa ajudar — sugiro, largando minha tesoura e enxugando um pouco de suor da minha testa. — Não tenho problema em mergulhar de cabeça em algo sem pensar duas vezes. É a parte de perseverar e ir até o fim que acaba comigo.

Pepper bufa.

— Meu oposto polar.

— Talvez possamos usar isso a nosso favor — digo, com os calcanhares saltitando atrás dos meus joelhos apoiados no solo. — Eu desbravo o caminho com energia, e você cria o refinamento para terminarmos.

Ela me olha da cabeça aos pés, e minha pele esquenta sob seu olhar.

— Que se dane — ela diz, jogando as mãos para cima e sorrindo para mim. — É melhor seguir adiante. Já peço desculpas antecipadamente por ser tão neurótica ao longo do projeto.

— Digo o mesmo a você — respondo, rindo.

— Ainda me preocupo em como obteremos uma produção grande o bastante para fazer qualquer coisa que valha a pena — Pepper comenta, mordiscando o lábio inferior.

— Eu estava pensando sobre isso ontem à noite, na verdade. E se passarmos essas semanas que antecedem o evento secando algumas flores? Verifiquei as regras e o regulamento, e flores secas são permitidas, desde que flores frescas constituam a maior parte do arranjo.

— Na verdade, essa não é uma ideia ruim.

— Seu choque faz maravilhas pelo meu ego.

Ela ignora meu sarcasmo, os olhos vidrados enquanto contempla o campo, imersa em pensamentos.

— Pode funcionar — ela diz depois de alguns minutos, voltando à realidade. Há uma energia zumbindo em sua pele, um novo carregamento de fé que nunca vi nela antes.

— *Vai* funcionar — digo, estendendo a mão e cutucando seu nariz com meu dedo coberto de terra. Isso arranca uma risadinha dela.

— O que vamos fazer? — ela pergunta, voltando à poda.

— O tema é Amor em Flor, certo? Isso é bem vago e clichê.

Nós duas colhemos flores em contemplação silenciosa por alguns minutos.

— Poderíamos fazer uma flor de flores? — Pepper dispara.

— Parece um pouco... óbvio.

Pepper balança a cabeça em sinal de negação.

— Ai, eu sei. Tenho dificuldade em não levar as coisas ao pé da letra.

— Que tal um casal se abraçando? Corpos entrelaçados enquanto se beijam? Poderíamos até criar uma cama de rosas ou algo assim.

Ela ri como uma garotinha ouvindo a palavra *pênis* no parquinho.

— Muito ousado para o pessoal da *Something Blue*, imagino. Poderíamos fazer... hã... um grande coração? — Pepper faz a formato no ar com os dedos.

— Ok. Bem. Podemos continuar pensando.

Ela arranca algumas folhas de grama e as joga em mim.

— Poderíamos recriar vários trajes icônicos de Taylor Swift. Nada expressa tão bem o amor como Taylor Swift.

— Muitas das músicas dela não são sobre corações partidos?

— Não me dê a chance de falar desse assunto que eu não paro mais e você vai se arrepender, Pepper — aviso, aproximando-me com um olhar ameaçador. Seus olhos se arregalam. Depois de um momento, dou uma piscadela para ela.

Mudo de posição para ficar mais abaixo na fileira, mas no processo bato o dedão em uma pedra escondida, soltando um pequeno grito de dor.

— Você está bem? — Pepper pergunta, correndo para o meu lado. Seus olhos arregalam quando percebe meus pés descalços. — Onde estão seus sapatos? — ela me repreende, os olhos fixos em mim com uma expressão severa.

— Desculpe, mamãe — respondo, esfregando a junta.

Sua cara feia fica ainda pior.

— Você sempre deve usar sapatos fechados enquanto estiver trabalhando com jardinagem — ela explica, os olhos me examinando como se estivesse tentando farejar qualquer outro ferimento que eu tenha sofrido colhendo flores.

— Vou sobreviver — digo a ela, rindo do exagero de sua preocupação.

Depois de analisar outra vez, ela se levanta.

— Espere aqui.

Antes que eu possa responder, ela está marchando decidida em direção a casa, os quadris balançando. Tenho que admitir: admiro (cobiço) a visão.

O órgão no meu peito que não deve ser nomeado comprime de pura alegria por passar um tempo com Pepper sob o sol da manhã.

O que é ridículo.

E perigoso.

E não é *nada*.

Mas enquanto olho para os rostos felizes das flores ao meu lado, um impulso bobo de Pollyanna me faz colher uma das flores e segurá-la perto do meu peito.

Arranco uma pétala.

Bem-me-quer.

Que otária eu sou.

Arranco outra pétala.

Mal-me-quer...

Uma completa otária.

Bem-me-quer...

Arranco mais três...

Mal-me-quer...

— O que você está fazendo?

— Nada! — grito, escondendo as mãos atrás das costas como uma criança pega assaltando o pote de biscoitos, Pepper pairando sobre mim.

Ela me olha com ceticismo. Faço uma careta do meu lugar no canteiro, rosto vermelho beterraba e cabelo verde colado no suor em minhas têmporas.

— O que tem aí? — digo, apontando com a cabeça para suas mãos cheias.

Uma pequena explosão de cor se espalha pelas maçãs pronunciadas do rosto de Pepper. Em vez de responder, ela coloca um chapéu azul-marinho na minha cabeça e deposita um par de Crocs amarelos na minha frente.

— O que é isso? — pergunto, inclinando a cabeça até que eu possa vê-la sob a grande aba.

— Um chapéu. — Ela volta para o trecho em que estava trabalhando.

— Por que me deu isso?

— Você... suas bochechas estão ficando vermelhas — ela resmunga, pegando a tesoura e recomeçando a poda das flores. Meu coração incha.

— E essas coisas lindas? — ironizo, segurando os Crocs pelos calcanhares e balançando-os.

— Como eu disse, você não pode trabalhar aqui sem algum tipo de proteção para os pés.

Noto seu par cor-de-rosa.

— Eles estão limpos — ela acrescenta, os olhos fixos nas flores. — Nunca usei. Eles me enviaram um tamanho menor. Então, você pode, hã, ficar com eles. Eu acho. Se eles servirem em você. Ou algo assim.

Eu os calço. São pelo menos dois números maiores.

— Eles são perfeitos — digo, batendo os dedões dos pés.

Pepper olha para eles, a cor se intensificando em suas bochechas, então desvia rápido o olhar de volta para as flores.

— Você usa isso durante o sexo? — pergunto, provocando-a para ver mais emoção inundar seu lindo rosto.

A essa altura ela está completamente escarlate.

— Só se estiver com o cinto de utilidades preso à cintura.

Começo a rir, observando a contração ressoante no canto dos lábios de Pepper.

— Você é muito engraçada — digo, focando de novo na minha área de flores.

A cabeça de Pepper se vira para mim.

— Você acha?

Eu a encaro.

— Bem, sim.

— Eu, hã... fico feliz. Que você pense assim. — Ela se vira para as flores, respirando fundo enquanto um sorriso floresce em seus lábios. A essa altura, não consigo dizer se ela ainda está corando ou se está apenas queimada de sol, mas aquelas bochechas estão brilhando. O efeito é ligeiramente devastador, destruindo meu coração com a onda de emoções.

Olho de volta para a flor apertada em minha mão.

Há uma pétala restante.

CAPÍTULO 25

PEPPER

As últimas duas semanas na verdade correram... *bem*. Eu sei, estou chocada também.

Opal e eu desenvolvemos uma espécie de rotina. Ela acorda cedo todas as manhãs, encontrando-me na cozinha com o café já pronto dentro das canecas, ideias jorrando daqueles lábios carnudos e a energia a mil.

Ouço em contemplação silenciosa Opal disparar uma infinidade de ideias extravagantes para o nosso projeto, nossas mãos se movimentando em sincronia enquanto colhemos flores.

Às vezes — quando sinto que meu peito não vai ceder e minha voz não vai tremer —, falo sobre Lou. Conto a Opal de suas habilidades de jardinagem, como Lou parecia estar tão em contato com o solo e esta terra, ela conseguia imaginar a colheita de uma estação inteira até março. Falo de como ela amava tulipas rosa, mas nunca se importou com as brancas em particular. Como ela doou tanto — suas flores, seu tempo, sua gentileza — a outras fazendas da região.

Dividimos a produção, cerca de um quarto das flores indo para a pilha de Opal para serem penduradas para secar ou prensadas bem finas com um ferro, algumas com caules mais resistentes sendo colocadas de lado no refrigerador das flores para continuar preservadas, o restante designado para meus floristas do atacado.

Com o incentivo de Opal, comecei até a montar meus próprios buquês, fazendo entregas semanais para vários mercados e lojas da cidade, e a fonte de renda extra (embora insignificante) é boa. A competição é em três semanas, e ainda não decidimos nosso projeto.

— Simplesmente não entendo por que você rejeitou tão rápido. — Opal faz beicinho, seu humor tão sombrio quanto as espessas nuvens cinzentas lá no alto.

— Não acho que alguém vá entender — rebato. Estamos insistindo nisso há quinze minutos sem parar.

— Você acha mesmo que as pessoas não entenderiam uma representação em tamanho real da porra do Jeff Goldblum?

— Qual é a relação entre ele e o amor?

— O cara é um símbolo sexual!

Enterro a cabeça nas mãos.

— Não vai rolar, Opal.

Ela estala a língua nos dentes, murmurando alguma coisa relacionada ao fato de grandes artistas não serem reconhecidos em sua época.

— Eu ainda gosto da ideia da Mãe Natureza — digo-lhe depois de alguns minutos. Opal havia esboçado uma cabeça gigante que construiríamos com tela de arame e cobriríamos com musgo, pintando as feições. Então, teríamos as flores desabrochando do topo de sua cabeça como cabelo.

— Não tem nada de ousado aí — diz Opal.

— Pelo menos é alguma coisa.

Depois que terminamos de podar, sacudo uma manta de proteção das fileiras de flores, Opal agarrando a ponta oposta como fez no canteiro anterior enquanto a colocamos com delicadeza sobre as plantas como um cobertor branco.

— Não quero dar uma de idiota, mas as flores não precisam de água? — Opal questiona, inclinando a cabeça para o céu, as nuvens inchadas e cinzentas com a pressão da tempestade iminente.

— A manta de proteção ainda deixa entrar um pouco da chuva — respondo, ajustando-a para que o meio fique apoiado nas estacas de madeira espalhadas pela fileira e não esmague as pontas delicadas da dedaleira. — É com o vento que estou preocupada. As montanhas podem canalizar algumas rajadas fortes.

— Certo, e um pedaço frágil de plástico é a defesa perfeita contra ventos fortes — ironiza ela, dando uma olhada duvidosa para a configuração enquanto prendo os cantos com estacas finas de metal.

Fico de pé, esfregando as mãos nas coxas.

— É o melhor que temos. Enfim, é provável que eu esteja sendo cautelosa demais. Flores já sobreviviam às tempestades de verão bem antes de eu nascer.

— Você? Cautelosa demais? *Nunca.*

Reviro os olhos, virando-me antes que ela perceba meu sorriso. Eu nos conduzo em direção a uma fileira de ranúnculos rosa-claro no lote seis.

— Por que nunca fizemos uma colheita aqui? — Opal pergunta, parando em frente ao lote quatro.

Meu coração machucado afunda no estômago, bombeando um fluxo pesado de tristeza pelos meus membros enquanto olho para o pedaço de terra caótico.

O luto é uma fera estranha. Ela pode ficar adormecida por semanas. Meses. Você pode seguir o fluxo da vida e realmente se convencer de que está curada e bem e que realmente sobreviverá à dor da perda.

E, então, como o toque num interruptor, ela levanta a cabeça e estala as mandíbulas, faminta e pronta para devorá-la inteira.

Olho fixo para os emaranhados de caules e folhas, o lote abarrotado com flores prontas para serem colhidas, até que minha visão fica turva. As lembranças são lindas, mas suas bordas são irregulares e afiadas, cortando-me repetidamente enquanto percorrem minha mente. Minha vontade é me desintegrar naquele pedaço de terra.

— Pepper? — A voz em geral estrondosa de Opal soa agora branda, delicada, assim como o toque que ela deixa pousar em meu braço. — Você está bem?

Por fim, desvio os olhos, fitando Opal enquanto o pânico aumenta em meu peito. Eu odeio a dor. Odeio as lembranças. Odeio o gancho repentino de um lembrete abrindo meu peito. Procuro por palavras, mas elas são impactantes e afiadas, muitas obstruindo minha garganta enquanto continuo a encará-la.

— Às vezes, isso simplesmente me atinge — sussurro, a voz rouca e dura.

Então, algo muda naqueles olhos azul-claros, a expressão se transformando de pergunta para compreensão.

— Oh, Pepper — ela diz, estendendo a mão, puxando-me para perto.

Não sou de chorar — juro que não sou —, mas algo na suavidade de Opal me transforma em uma pessoa assim. Deixo que ela me abrace enquanto lágrimas silenciosas caem dos meus olhos. Ela não diz nada, apenas se aproxima ainda mais, sua bochecha em cima dos batimentos do meu coração, a mão desenhando círculos reconfortantes em minhas costas.

Quando finalmente sinto que posso respirar sem desmoronar em pedaços, me desprendo de Opal, virando-me para o terreno. Com o coração batendo forte e as mãos trêmulas, saio da grama e entro na folhagem, as pontas dos dedos tocando a vida palpitante deste lugar.

Alguns passos me levam ao meio e afasto os ramos exuberantes de uma hortênsia para ver a pequena pedra marcando o local de descanso final de Lou. Como se soubesse o quanto eu precisava dela, Opal aparece ao meu lado, pegando minha mão, deixando-me apoiar nela.

— Este foi o lugar em que a vovó Lou me ensinou a cultivar coisas. Como nutri-las — sussurro. — Acho que é o lugar onde de fato nos conectamos pela primeira vez.

Não sei por que estou contando isso a Opal, mas parece algo que outra pessoa além de mim deveria saber.

Essas lindas mudinhas são o que fazem todo o trabalho duro valer a pena, ela disse tantos anos atrás, usando uma picareta para desalojar uma pedra, com um sorriso radiante.

Olhei com os olhos arregalados para aquela mulher que eu conhecia há apenas algumas semanas. Não entrava na minha cabeça como uma pessoa que conseguia quebrar a terra dura com golpes firmes também podia parecer doce e atenciosa. Mas essa era vovó Lou, força embrulhada em delicadeza.

Nós damos a elas um lar. Seu lugar de descanso, ela continuara, enxugando o suor da testa com o antebraço antes de se ajoelhar. Lou pegou uma das mudas de lírio-do-vale de seu vaso, desembaraçando cuidadosamente o emaranhado de raízes. Com algo semelhante à reverência, ela a colocou no buraco que havia cavado. *Nós as deixamos espalhar suas raízes. Estabelecer uma base que as torne fortes e gloriosas. Oferecemos a elas água e carinho quando precisam, mas, na maioria das vezes, damos espaço para crescerem.*

E, então, as cortamos?, eu havia perguntado, observando Lou dar tapinhas no solo ao redor da base do delicado caule verde. Era difícil acreditar que algo tão frágil pudesse sobreviver.

Vovó Lou me dera um sorriso radiante. *Essa é uma forma um pouco mais mórbida do que o modo como encaro a coisa, mas você está certa.* Ela rira, o som alto e reverberante que fez minha boca adolescente perpetuamente mal-humorada levantar suas extremidades. *Prefiro pensar que o que fazemos é colher sua beleza. Compartilhando-a com os outros. Espalhando sua magia e alegria. Então, fazemos o que podemos para vê-las mais uma vez na próxima temporada.*

— Quando ela morreu — digo a Opal, ainda encostada nela —, parecia o lugar certo para ela descansar.

— É lindo — Opal sussurra, apertando minha mão.

Eu bufo.

— Está uma enorme bagunça. Mas acho que ela gostaria disso. — Minha visão fica turva enquanto mais lágrimas pinicam meus olhos. — Fui um pouco rebelde e plantei uma de cada aqui. Mas não consegui decidir o que seria melhor.

— Pelo que você me contou dela, parece perfeito.

— Ela me salvou, de muitas maneiras — digo, sentindo-me exausta de tantos sentimentos. Eu me afasto, envolvendo minha cintura com os braços enquanto cuidadosamente saio do canteiro e volto para a grama.

Opal lança-me um olhar levemente questionador, mas não insiste para saber mais.

— Não tive a menor chance de ser outra coisa senão uma floricultora depois que vovó Lou me passou os ensinamentos — explico, caminhando de volta para o celeiro, Opal acompanhando minhas passadas, a água em nossos baldes de flores chacoalhando com o ritmo.

— Essas flores estão enroladas em meus ossos. São parte de mim... A parte bonita, pelo menos — digo com uma risada autodepreciativa. Opal, sempre tão pronta para rir, não produz nenhum som. Eu lanço um olhar de soslaio para ela.

Ela para, encarando-me diretamente. Meu coração ricocheteia para o estômago, depois sobe para minha garganta com aquele olhar.

Ela pousa um dos baldes, tirando uma anêmona roxa pálida da água. Dá um passo à frente e, por um momento, penso — torço — que ela vai me beijar. Não nos tocamos assim desde aquele beijo no carro, o espaço entre nós fica cada vez maior a cada dia que passa. Não é por falta de vontade da minha parte, mas tudo isso é tão novo, tão estranho, estou seguindo sua liderança, dançando em torno do magnetismo que sinto me puxando em direção a ela.

E estou assustada. Aterrorizada pra caralho. Porque concordar em não envolver sentimentos aparentemente não os impede de tentar criar raízes. Eu não deveria ter permissão para gostar dela; mesmo que não fosse contra nossas regras. Não há maneira no mundo de algo bom surgir disso. Trish infundiu tanta podridão no meu DNA, não há jeito de eu gostar de algo sem destruí-lo. A menos que esse algo me destrua primeiro. É o ritmo da vida. Quebre ou seja quebrado.

Opal para a um braço de distância, dentes apertando seu lábio, o ar mais carregado do que as nuvens da tempestade que se aproxima.

Em um movimento lento, ela estende a mão, colocando a flor em minha trança perto da orelha, afastando mechas de cabelo da minha têmpora e arrastando as pontas dos dedos pelo meu maxilar. Seu toque permanece na pulsação acelerada do meu pescoço enquanto ela me encara.

— Cada pedaço seu é lindo — ela sussurra, e então pega o balde e vai embora.

CAPÍTULO 26

PEPPER

— De jeito nenhum — digo, franzindo a testa para Opal por sobre a borda de meu uísque quente antes de tomar um gole. Um barulho de trovão ressoa pelo chalé para enfatizar meu ponto. Está chovendo há horas, impedindo nossa colheita noturna. No entanto, não posso dizer que me importo. Tem sido bem… agradável, passar a noite em frente à lareira com Opal.

— Ok, talvez você não esteja entendendo — ela diz, inclinando-se para a frente no sofá para apoiar sua caneca de chá na mesa de centro. — Deixe-me explicar de novo. Será feito de lírios, certo? E nós os faremos formando letras que penduraremos na parede, está entendendo?

Reviro os olhos quando um relâmpago ilumina a sala.

— E as letras formarão… — Ela faz uma pausa dramática. — *Fuck You*. Brilhante, né?

Giro meu pulso, com a palma para cima, enquanto a encaro.

— Essa é a referência mais obscura e nada a ver com a cultura *pop* que você poderia ter inventado.

— A música icônica de Lily Allen, "Fuck You", é tudo menos obscura! — Opal grita, as bochechas ficando rosadas. Um uivo de vento bate nas janelas.

— Não e ponto-final — exclamo. Ela está dando nós em meu cérebro com todas as suas ideias bizarras. Cutuco o fogo, mas ele já está reduzido a algumas brasas, pronto para se apagar por completo a qualquer segundo.

Ela fica de mau humor por um momento, olhando feio para fora da janela açoitada pela chuva. Fecho os olhos para o barulho da tempestade, aproveitando o puro silêncio.

— Podemos pelo menos revisitar a ideia do Orlando Bloom?

— Adeus. — Eu me levanto, marchando para a cozinha e enxaguando minha caneca.

— Escute, sua boba rabugenta, sinto que você está sufocando meu brilhantismo criativo neste momento — ela diz, me seguindo de perto.

— Sugerir celebridades com qualquer coisa remotamente relacionada a flores em seus nomes não é brilhantismo criativo — rebato, pegando sua caneca vazia e enxaguando-a também. — Neste momento, não parece que chegaremos a uma ideia vencedora.

— Homens de pouca fé — ela diz, encostando-se no balcão e me observando lavar a louça. — Vou fazer você ver a luz qualquer dia desses.

— É mais provável que você tente me levar para o lado sombrio.

— Se for preciso — ela diz com uma fungada.

Olho de relance para ela, e a baixinha perigosa está sorrindo para mim com mais do que um pouco de travessura naqueles grandes olhos azuis. Engulo em seco, fixando meu olhar de volta nas bolhas de sabão enquanto coloco as canecas limpas no balcão. Como alguém tão fofa pode ser tão assustadora também?

— Não desperdice sua energia — resmungo, passando um pano de prato pela louça para secá-la.

Ouço o estalo dos lábios de Opal quando ela começa a discutir, mas um estrondo violento vindo do alto sacode a estrutura da casa, interrompendo-a.

Nossos olhos se encontram por um momento de terror, e então ela sai correndo da sala, pés batendo forte nos degraus da escada.

— Ah, droga — ela grita, minhas próprias pernas queimando enquanto corro atrás dela.

Quase colido com Opal quando entro em seu quarto, seu corpo baixinho parado na porta. Sigo seu olhar até uma fissura no teto, um gotejamento constante de água caindo no edredom com um *plop* audível a cada segundo ou algo assim.

— Isso é um *vazamento*? — Opal grita como se o teto não estivesse obviamente vazando.

A casa de madeira range e geme ao nosso redor como se seus ossos não pudessem se acomodar no lugar, o uivo do vento enviando um arrepio pela minha espinha. Outro estrondo de trovão é seguido pelo baque surdo dos galhos do grande carvalho sendo soprados contra o chalé.

Eu deveria ter podado aquela árvore meses atrás.

— Hum, Opal? — digo, um nó de tensão se enrolando na base do meu pescoço.

Opal me ignora, adentrando o quarto.

— Eu *não* vou tolerar isso — ela diz, como se dar um sermão no teto fosse consertá-lo magicamente. Ela pega um dos muitos moletons espalhados pelo chão e se esforça para ficar de pé na cama. Ela se equilibra no colchão macio, ficando na ponta dos pés para enfiar o moletom entre as ripas.

Outro gemido.

— Opal. Eu acho que...

— Alguma coisa pode dar *certo*?

Gemido. Rangido. Baque.

— Você precisa...

— Pare de me dizer o que preciso fazer, Pepper! — Opal diz, colocando uma mão no quadril enquanto a outra está esticada para o teto, olhando feio para mim o tempo todo. — O telhado está vazando! Eu...

No gemido seguinte, desisto de tentar argumentar delicadamente com a teimosa de cabeça quente e decido que a força bruta é o caminho a seguir.

Dou dois passos para a frente e estendo o braço, uma das mãos segurando o quadril de Opal, a outra agarrando a frente de sua blusa, puxando-a para mim com toda a força. Opal se inclina para a frente, perdendo o equilíbrio e caindo em cima de mim, nós duas quicando como bolas de borracha no chão. Assim que aterrissamos firmemente, Opal se levanta, o cabelo desgrenhado e o rosto irritado enquanto olha para mim.

— Mas que mer... — A indignação de Opal é engolida por um estrondo de trovão, depois o ranger de madeira estilhaçando e o barulho de telhas desabando pelo novo buraco no telhado. A chuva parece cair por ele sem parar.

Opal gira o corpo lentamente, aqueles olhos de oceano infinito são a última coisa a se afastar de mim, para encarar a avalanche de destroços que agora cobre sua cama.

Ela fica em silêncio. Um silêncio profundo e assustador, que fica ainda mais aterrorizante pelo uivo do vento e pela chuva torrencial.

E, então, Opal inclina a cabeça para trás e grita.

— Nããããããããão — ela berra. — Oh, mas que merda. *Que. Merda.* — Opal se desvencilha de mim e se levanta, e eu culpo o frio instantâneo no meu peito pelo furacão no quarto, não pela perda do calor de Opal.

— Por que nada pode dar certo? — Opal grita novamente. Ela se joga na montanha de destroços, chutando e cavando como se fosse desenterrar sua cama.

— Opal, está tudo bem. Vai ficar tudo bem — falo com ternura, tentando acalmá-la. Nunca fui muito boa nisso. — Não chore.

— Eu *vou* chorar com certeza — Opal diz, virando-se para mim. — Vou chorar e gritar e ficar chateada porque tudo está terrível e não há realmente mais nada para eu fazer que *não seja* chorar.

— Vamos dar um jeito — grito por cima de outro estrondo de trovão, caminhando cautelosamente em direção a Opal. Algo em vê-la chorar faz meu peito se abrir como o teto momentos antes. — Chorar não vai resolver nada. Nós podemos...

— Não! — Opal grita, deixando de lado os destroços para bater o pé dramaticamente. A chuva ainda está caindo e seu cabelo está grudado na cabeça como algas marinhas. — Pare de falar agora. Só desta vez, vou ser a mal-humorada. Vou ser a pessimista. E você vai ouvir.

Não digo nada, fitando Opal com um olhar arregalado.

— Minha cama — meu lugar seguro e favorito no mundo inteiro — agora está enterrada sob a chuva e um telhado desabado. A primeira coisa que eu já tive está caindo aos pedaços, e estou morando com uma mulher que não quer nada comigo e não vê a hora de me tirar da vida dela porque sou um fardo! Então, Pepper, eu vou chorar. Eu vou...

Sem pensar, estendo a mão, agarrando a cintura de Opal, puxando-a para perto. Então mais perto ainda. Aperto Opal em meu peito até que parte da dor diminua. Não consigo consertar o buraco no teto. Não consigo desenterrar a cama de Opal. Não consigo fazer nada além de deixar Opal chorar.

Opal fica tensa por um momento, então cai sobre mim, chorando em meu peito, descansando sua testa no ângulo da minha clavícula, a chuva ainda caindo torrencialmente, encharcando nós duas. Deixo que ela trema, chore e soluce até que fique quieta, ainda me abraçando apertado.

Depois de alguns minutos, eu me movo, mantendo-a aninhada contra mim, mas nos inclinando em direção à porta.

— Venha. — Arrasto as pontas dos meus dedos pelo braço de Opal até que nossos dedos se entrelaçam.

— Para onde? — Opal pergunta com uma fungada, olhos vermelhos e inchados enquanto ela desvia seu olhar para encontrar o meu.

Eu a conduzo para fora do cômodo, fechando a porta de seu quarto, depois atravesso o corredor e empurro a minha.

— Para cá. — Viro seu corpo encharcado, empurrando-a gentilmente para o colchão para que ela fique deitada, puxando um cobertor sobre ela. Fecho a porta com o pé, o baque retumbando em meu peito.

— O que você está...

— Sei que esta não é a sua cama, mas você pode usá-la. Fique com ela. O que você precisar. Você pode chorar aqui o quanto quiser. Quero que você saiba — entenda — que vai ficar tudo bem. Eu garanto.

Opal me encara com grandes olhos lacrimejantes e um olhar lamentável de maneira muito encantadora, que sinto meus lábios se contorcerem em um quase sorriso. O silêncio se alonga entre nós, passando de um momento tranquilo de gentileza para um constrangimento agudo.

Limpo a garganta, alisando meu rabo de cavalo molhado e olhando para a porta.

— Vou, hã... deixar você sozinha.

Eu me viro em direção à porta, mas um aperto repentino em volta de meu pulso me mantém presa no lugar. Meus olhos disparam de volta para a cama, de volta para Opal, cujo rosto passou do desespero para algo mais suave. Algo fascinante. E um pouquinho assustador.

Opal puxa meu pulso, e meus músculos e ossos ficam moles como gelatina, movendo-se para onde Opal me puxa. É assim que acabo na cama, enrolada no formato da metade de um coração com Opal aninhada em meu peito, nós duas ainda encharcadas, um pequeno tremor percorrendo seu corpo.

Sei que deveria me levantar e pegar toalhas. Ir verificar a tempestade no outro quarto. Tomar um banho. Mas estou tão contente, tão deliciosamente emocionada por estar segurando Opal em mim, que, simplesmente, não quero mais me mover.

— Quando a chuva chega — sussurro contra seu pescoço, minha mão se movendo para colocar seu cabelo atrás das orelhas —, anêmonas — algumas das flores mais lindas e delicadas que existem — se enrolam para dentro e para baixo para proteger suas pétalas da tempestade.

Opal não diz nada em resposta, aconchegando-se ainda mais em mim enquanto a chuva continua caindo. Enquanto ela solta um suspiro trêmulo, as luzes piscam e depois se apagam.

Ficamos paradas por um momento, sem respirar, então ela se vira, os olhos brilhando no escuro. Não consigo distinguir seu rosto, mas sinto um pequeno arrepio de medo percorrer sua espinha.

— Bem... droga.

— Isso resume tudo — digo, saindo para longe dela para testar meu abajur algumas vezes. Sem sorte.

Abro a gaveta da minha mesa de cabeceira, vasculhando na escuridão total até que minha mão se fecha em torno da pequena lanterna que mantenho guardada lá. Eu a puxo, apertando o interruptor algumas vezes. Nada acontece.

A fazenda fica longe o suficiente de Asheville e de outras áreas mais densamente povoadas para que a energia acabe regularmente e fique apagada por longos períodos, e vovó Lou sempre tinha lanternas a mão, mas aparentemente nenhuma de nós tinha o hábito de trocar as pilhas.

— Ugh, já volto — digo, lutando contra um calafrio enquanto a água fria da chuva grudada na minha pele penetra meus ossos.

— Você não pode me deixar! — Opal grita de modo abafado.

— Você tem medo do escuro? — pergunto, apertando os olhos para o caroço em forma de Opal no meio do meu colchão.

— Não há muitos filmes de terror que se passam sob o sol, Pepper — diz ela com uma voz estridente.

Seguro uma risadinha.

— Só vou sair por um minuto. Para pegar algumas lanternas na cozinha.

Opal choraminga, mas eu ignoro, saindo cuidadosamente do quarto. O som da tempestade é alto por trás da porta de Opal, e não consigo processar todo o dano que será causado até a manhã chegar. Pego uma toalha no armário de roupa de cama, pressionando-a ao longo da fresta do quarto dela como se fosse fazer muita diferença.

Com passos cautelosos, desço as escadas. O fogo está completamente apagado agora, sussurros de seu calor evaporando rápido na noite fria. Na cozinha, vasculho por alguns minutos embaixo da pia antes de encontrar duas lanternas que realmente funcionam.

De volta ao andar de cima, pego algumas toalhas limpas no armário de roupa de cama e volto para meu quarto. Sou recebida pelo som dos dentes de Opal batendo.

— Estou com tanto frio — ela fala, sentando-se enquanto eu acendo minha lanterna e lhe entrego uma toalha.

— Eu também — digo, torcendo meu cabelo com dedos congelados, enquanto uma forte rajada de vento bate nas janelas mal vedadas do meu quarto.

— Vamos... nos aconchegar debaixo dos cobertores para nos aquecer? — Opal sugere com os lábios azuis. — Isso não é uma cantada, mas eu li que tirar a roupa na verdade permite que você conserve o calor do corpo.

Eu rio, mas assinto, arrepios percorrendo minha pele enquanto removo minha camiseta e *jeans*. Opal sorri antes de fazer o mesmo. Nós mergulhamos sob as cobertas, dedos congelados fazendo cócegas na pele quente enquanto nos aproximamos.

Puxo a colcha de retalhos mais para cima em volta das bochechas de Opal, aconchegando-a. Ela solta um suspiro satisfeito contra minha garganta, aninhando-se perto.

Brinco com as pontas desfiadas da colcha, os pequenos rasgos no tecido como janelas para velhas lembranças — eu adolescente aninhada em dias de neve, com 20 anos, bebendo algo quente e reconfortante com um livro na mão, explorando mundos emocionalmente complexos que nunca pensei que seriam meus, com 21 anos sendo acordada pela vovó Lou segurando uma taça de champanhe enquanto cantava "Parabéns pra você".

Nós nos enterramos mais nas cobertas, e agora afundo no meu eu adulto perdido e confuso e de alguma forma confortável neste momento, apesar de tudo. Tantas lembranças felizes tecidas nesta colcha, outro puxão no tecido.

— Sinto muito pelo seu quarto — sussurro, meu braço apertando firmemente toda a circunferência da cintura de Opal, nossos corpos pressionados juntos.

Ela solta um pequeno murmúrio, seu braço passando em volta de mim também.

Opal está tão perto e tão quente e tão macia e eu sinto minha garganta trabalhando, palavras vulneráveis borbulhando, querendo ser ditas, para serem amparadas por seus ouvidos.

— Eu nunca deveria ter morado aqui — sussurro.

— O que você quer dizer? — ela fala, mexendo-se para que eu sinta a pergunta contra a minha garganta.

Engulo em seco.

— Esta fazenda. Eu nem sabia que existia até minha mãe me abandonar aqui quando eu tinha 17 anos. Graças a Deus, vovó Lou era uma pessoa decente de fato. — Mordo o lábio, imaginando o que poderia ter sido. — Minha vida poderia ter sido tão diferente se ela fosse outra babaca como minha mãe.

Opal se afasta, e sinto seus olhos em mim no quarto escuro.

— Sua mãe *abandonou* você?

Solto uma risada desdenhosa, apertando os olhos com força.

— Isso nem é o pior — murmuro, as palavras como uma lâmina contra meu coração.

— É difícil imaginar algo que possa ser muito pior do que isso.

Engulo em seco, tentando impedir que as palavras saiam de mim. Isso não é seguro. Não é inteligente. Mas continuo falando mesmo assim.

— Minha mãe tinha uma porta giratória de namorados — conto friamente, ignorando a pontada que a lembrança provoca em meu peito. — E, tipo, não de uma forma vadia vergonhosa, ou algo assim. Mas eles eram caras que ela estava enganando ou caras a quem ela se juntava para enganar outra pessoa. Minha mãe nunca interagiu com outro humano a menos que ela achasse que poderia conseguir algo deles.

Incluindo eu.

— A maioria dos caras era canalha na melhor das hipóteses... mas tinha um. Robert. — Respiro fundo à medida que seu rosto gentil surge na minha lembrança.

— Cometi o erro de me apegar a ele. Ele era tão... — Penso em Robert, como ele me perguntava sobre meu dia, sempre comprava o cereal de que eu gostava.

Uma risada de raiva escapa da minha garganta.

— Ele era *legal*. Foi o primeiro adulto a ser incondicionalmente legal comigo. Eu me agarrei a ele como um patinho à sua mãe. Robert não era super-rico nem nada assim, mas tinha mais dinheiro do que qualquer pessoa que já conheci. Quer dizer, o fato de ele ter uma lava-louças funcionando, um triturador de lixo e um sistema de refrigeração central significava que ele pertencia ao um por cento para alguém como eu.

Opal está quieta, respirando com firmeza, silenciosamente me encorajando a continuar.

— Eu tinha 15 anos quando minha mãe o conheceu. E eles estavam namorando sério. Ela também havia tido namorados "sérios" no passado, mas todos esses relacionamentos não demoraram a fracassar de forma abrupta e sem volta. Ela jurou de pés juntos que as coisas eram diferentes com Robert. Que ela estava se estabilizando. Nada mais de golpes. Nada mais de troca de escola e mudança de estado e viver fugindo.

"Eu queria tanto acreditar nela, então acreditei. Alimentei a ilusão de que a vida não seria um borrão indistinto de colegas em novas escolas com os quais eu nunca tinha tempo de me conectar, um novo conjunto de rostos, nomes e lugares que eu teria que memorizar, tendo de lidar com a minha falta de habilidade para conversa fiada e etiqueta social a todo momento.

"Eles ficaram noivos bem rápido. Acho que Robert se importava comigo. Ele conversava comigo. Tentava me conhecer. Me incentivar com a escola. E quando comecei a realmente ir bem nas aulas depois de conseguir ter um pouco de estabilidade em casa, ele abriu uma pequena poupança para minha faculdade. Não era nada grande, mas era o suficiente para eu pelo menos estudar numa faculdade comunitária. E, como idiota que sou, alimentei esperanças. Tive a ambição de conseguir terminar um curso técnico de dois anos e talvez depois fazer uma graduação de quatro anos."

Opal ainda está em seu silêncio momentâneo.

— O que você teria estudado?

Bufo, afastando as grandes esperanças do passado que tentam se prender ao meu cérebro.

— Não tinha ideia. Mas esse era o fascínio de tudo. Pela primeira vez, eu teria uma chance real de aprender. De explorar as coisas. De me concentrar no que o mundo tem a oferecer e não no que minha mãe poderia tirar dele...

Respiro fundo, lutando contra os demônios da ideia do que poderia ter sido enquanto eles brigam a cotoveladas por espaço.

— No fim das contas, minha mãe deixou Robert. Acho que ela estava dizendo a verdade; até onde sei, ela não o enganou, nem roubou dele, nem nada. E ele me escreveu, dizendo que não tinha planos de fechar a poupança. Que o dinheiro era meu para investir na faculdade. Ele... acho que ele acreditava de verdade em mim. Não é engraçado?

Opal não ri. Mas tudo bem, faz sentido. Não sei como alguém poderia acreditar em mim, que eu poderia ir além da barreira que minha mãe colocou um milímetro acima do solo.

— Bem, depois que minha mãe me largou aqui e deixou bem óbvio que não voltaria, comecei a procurar escolas na região. Eu estava pronta para me inscrever e ainda tinha as informações da conta que Robert tinha me dado. Mas, quando liguei, me disseram que a conta estava zerada. Negativa, na verdade. Como a conta estava em meu nome, minha mãe falsificou uma carta e fingiu ser eu ao telefone. Ela disse que o dinheiro iria para o exame de seleção, as taxas de inscrição, as coisas do dormitório, toda essa besteira.

"Ela tinha usado tudo. Até o último centavo.

"Eu fiquei... Não tenho certeza se *devastada* é uma palavra forte o bastante para descrever. Eu tinha me esforçado para chegar àquele momento, suportado o máximo que podia para finalmente alcançar meu futuro. E ela tinha torrado tudo. Vovó Lou tentou arranjar dinheiro para que eu ainda fosse, até se ofereceu para fazer um empréstimo, mas, naquele momento, eu estava com tanta raiva e tão perdida que nem parecia um futuro que eu poderia ter. Não me pertencia. Então, recusei a oferta. Fiquei aqui.

"Às vezes, penso naquela vida imaginária. Aquela versão de mim em que aquela coisa deu certo. Eu me pergunto o que ela estudou. O que ela sabe. Que tipo de roupa ela usa. Em que cidade ela mora. Seu lugar favorito para tomar café. É tão bobo, mas estou torcendo por ela. Pelo eu que nunca existiu. Tenho certeza de que ela se sairá melhor do que o eu que sou.

"Eu não falo mais com minha mãe. Não consigo. Tentei por um tempo — alguns anos depois que ela me abandonou, ela me contatava aqui e ali —, mas no fim me dei conta de que alimentar seus jogos era como automutilação psicológica, me preparando para sofrer repetidamente."

Opal fica em silêncio, e eu me contorço com a feiura da minha verdade, a maneira como ela paira sobre mim, grande e sombria.

— Então... sim. Essa é minha história triste. Bem patética, eu sei. Mas é a que eu tenho.

Opal me abraça mais apertado, e sinto algo quente contra minha garganta — lágrimas ou sua respiração ou talvez os dois.

É uma sensação boa.

Mas também parece opressiva.

E pela primeira vez desde aquela primeira noite juntas, coloco o controle no banco do passageiro, buscando seus lábios. Precisando que eles toquem os meus.

Opal me satisfaz por um momento, sua boca macia e seu gosto doce — como ameixas, pecado e palavras não escritas de uma poça de tinta — inundam minha mente.

Mas ela se afasta. E um fantasma furioso de desejo toma conta da minha voz.

— Não estamos indo muito bem com nosso plano de sexo — digo, tentando não ser muito vulnerável enquanto me aninho nela.

— Como assim? — ela sussurra, a mão passando da minha caixa torácica pela depressão da minha cintura até a curva do meu quadril.

— Bem, já faz mais de duas semanas desde que concordamos com isso, e só transamos uma vez. E agora estamos quebrando uma das três regras e dividindo uma cama. — Eu rio, mas ela não se junta a mim, e eu me afasto para ver sua expressão, na esperança de ler qualquer deixa que eu esteja perdendo.

Opal olha para mim, então morde o lábio, escorregando para longe enquanto rola de costas.

— Eu tenho ficado, hã... nervosa. Para iniciar qualquer coisa, quero dizer.

— Por quê? — pergunto. Também fiquei apavorada em tomar qualquer iniciativa, mas não sei o que estou fazendo — como devo reagir —, se uma única noite despertou em mim uma confusão de emoções no peito.

Opal engole em seco, abre a boca, depois a fecha, balançando a cabeça em sinal de desaprovação.

— Porque estou preocupada que signifique quebrar uma regra diferente. E eu não deveria fazer isso. *Não podemos* fazer isso — ela finalmente diz para o teto.

Fico em silêncio enquanto suas palavras afundam na minha pele. Quero provocar o silêncio, cutucá-lo como um hematoma. Ver o quanto eu poderia fazer doer.

— Oh — sussurro, por fim.

— Sim — Opal responde. — Não posso seguir por esse caminho. Só resultaria em problemas.

Problemas. Certo. Eu seria um grande problema. Eu quase me esqueci de que só valho a pena manter por perto enquanto for útil aos outros.

E, de uma forma doentia e perversa, sou grata por ela ter espremido meu coração até restar só o bagaço. As pessoas geralmente só fingem gostar de você com a intenção de magoar. Eu não sou especial, e isso também não é. Pela primeira vez, alguém está fazendo a cortesia de me avisar do golpe que está por vir.

Mudo meu corpo de posição, afasto-me do calor dela.

— Bem... não podemos ter nada.

Opal gira de novo, virando as costas para mim.

— Não — ela sussurra para a parede. Suas palavras se tornam armas, pequenas adagas afiadas me apunhalando, a mortificação despejando sal nas feridas. — Não podemos ter isso.

— Essa é a última coisa que eu iria querer — digo, olhando pela janela ao lado da minha cama e pedindo a uma estrela totalmente o oposto. Mas estou desesperada para dar a última palavra, para tirar qualquer vantagem que eu possa encontrar neste navio que está afundando. — Seria um desastre.

CAPÍTULO 27

OPAL

— Bem... — digo, olhando para o pântano que antes era uma vibrante fazenda de flores. — Merda.

Pepper engole em seco, mas não diz nada.

A umidade espessa nos pressiona como uma parede, o sol reapareceu e está brilhando nas poças do tamanho de lagos que salpicam a terra. Embora nem todos os canteiros estejam destruídos, muitos estão, galhos quebrados e árvores derrubadas esmagando as plantas, as mantas de proteção arrancadas e enroladas em volta do estrago. Mesmo as flores que não foram arruinadas ainda acabaram duramente atingidas pelo vento, caules quebrados e pétalas arrancadas espalhadas pela área.

— O que vamos fazer? — pergunto, um nó de estresse crescendo na minha barriga.

Pepper solta um suspiro lento pelos lábios, e eu olho para ela, chocada com sua calma. Ela continua olhando para a frente, olheiras profundas.

— Não faço a mínima ideia.

Depois de mais um minuto de silêncio desesperador, avançamos delicadamente pela grama, as botas de chuva de cano alto que Pepper me emprestou enfiadas na lama. Carregamos os destroços para longe, empilhando-os na parte de trás do celeiro.

— Não há muito mais que possamos fazer além de esperar — Pepper diz quando levamos o último galho embora, limpando as mãos no *jeans*. —Felizmente, a fazenda foi projetada em uma encosta, então, muita água deve escoar montanha abaixo, mas só o tempo dirá quanto vai demorar para o solo secar por completo.

Ela engole em seco, olhos fundos enquanto contempla o campo.

— Mas um excesso de chuva como esse introduz um mundo de problemas. Fungos. Falta de oxigênio. Escoamento drenando todos os nutrientes da terra... Mesmo se de alguma forma tudo isso não acontecer, nossas flores pelas próximas duas a três semanas estão perdidas. Vai demorar um pouco até que haja alguma coisa possível de ser vendida.

— Muito menos usar para a competição — sussurro. Pepper assente, devagar e desligada.

— Não tenho certeza se há alguma maneira de sair dessa — ela declara, num tom de voz sem emoção.

Abro a boca, tentando pensar em algo encorajador, mas ela se vira antes que qualquer palavra saia, ombros caídos e mãos enfiadas nos bolsos enquanto se afasta.

✿ ✿ ✿

Cerca de uma hora depois, o empreiteiro aparece para avaliar os danos em meu quarto.

— Vocês foram atingidas com força — diz Bruce, um homem grande e corpulento com um bigode espetacular, enquanto tira algumas fotos do buraco enorme no meu teto. — Estive em alguns outros lugares esta manhã, mas este é um dos piores.

— Sorte minha — digo, batendo a cabeça na porta.

— Vocês são apenas uma fazenda de cultivo? — ele pergunta. Agradeço que ele pense que tenho alguma noção do jargão agrícola. — Ou vocês têm gado?

— Especializada em flores — digo, gesticulando para algumas das telhas persistentes que ainda estão penduradas na parte intacta do teto.

— Hum. Como elas ficaram?

— Tão bem quanto um peixe no deserto.

Bruce estala a língua e balança a cabeça em negação.

Aquela chuva levou embora meu propósito, e me sinto vazia diante da verdade disso. Adeus, competição. Nenhuma razão para trabalhar com Pepper. Nada de sugerir ideias absurdas só para ver se consigo fazê-la rir.

— É uma pena. Uma das fazendas na estrada em que passei antes também tinha uma grande safra de flores. Sua dona disse que perdeu a maior parte. Por sorte, ela tem algumas mudas crescendo em estufas para ajudá-la a superar o prejuízo.

— Sorte dela. — Bato a cabeça mais algumas vezes no batente da porta antes de ajudar Bruce a pendurar uma lona sobre a cratera no telhado.

— Recomendo que vocês comprem algumas dessas — ele diz, anotando algumas coisas antes de guardar as ferramentas de medição. — Estufas, quero dizer.

Bruce quer falar sobre o que eu preciso? Vamos começar com esperança. Uma oração. Alguns neurônios a mais, já que estou sendo gananciosa.

— Você provavelmente tem razão — concordo com os lábios dormentes. Qual é o sentido disso tudo? Eu vim aqui e virei a vida de Pepper do avesso como uma tempestade, e ela deixou bem claro ontem à noite que não está interessada em abrir a porta para algo a mais.

Seria um desastre, ela sussurrou. Porque ela sabe. Ela sabe que eu sou uma bagunça e não está interessada em limpar. Eu queria ainda ter uma chance de mostrar a ela que sirvo para alguma coisa, mesmo que uma coisa só. Apesar de ela não estar interessada em meus sentimentos, ainda quero fazer a coisa certa por Pepper, continuar trabalhando com ela, construir algo juntas. Eu quero...

— Espere. Bruce!

Bruce para no lugar, uma mão para no meio do movimento de alisar aquele lindo bigode.

— Você provavelmente tem razão — repito, inclinando os dedos dos pés para baixo e levantando os calcanhares em seguida, o cérebro acelerando com uma ideia.

Seus olhos arregalam.

— Senhora?

Eu avanço, segurando suas mãos gigantes nas minhas.

— Você, meu amigo, pode ser um gênio.

CAPÍTULO 28

PEPPER

Já faz cerca de uma semana desde a tempestade, mas meu humor está sombrio como sempre. Eu me sinto tão... perdida. Sem direção. Como se meu cordão tivesse se rompido e eu estivesse flutuando pelo espaço sem nada em que me agarrar.

Deve ser por isso que concordei de bom grado em passar o dia com Diksha resolvendo coisas.

Mas quando chegamos à nossa quinta parada — o *shopping* entre todos os lugares —, recuso-me terminantemente a sair do carro.

— Você precisa atualizar seu guarda-roupa — diz Diksha com os dentes cerrados enquanto usa toda sua força para me tirar do banco do passageiro. — Você não pode continuar usando os mesmos quatro pares de macacão pelo resto da vida e dar a questão por encerrada.

— É exatamente isso que posso fazer. Sou adulta, caramba — retruco, apoiando meu pé na moldura da porta e resistindo a ela. — Todas as minhas roupas estão na textura sensorial perfeita. Não estou nem perto de estável o suficiente para introduzir tecidos novos.

— Então está bem! — Diksha solta meu braço, e eu caio para trás, a cabeça pousando no banco do motorista, o freio de mão cravando na minha coluna. Ela dá a volta no carro, abrindo a porta do seu lado e olhando para mim. — Vista-se como o Chucky pelo resto da vida. Veja se sua namorada gosta.

— Neste momento Opal está com o cabelo verde e bem quebradiço, então duvido muito que ela tenha algo a dizer sobre eu usar macacão e camisetas macias. — Levo um momento para processar o sorriso malicioso de Diksha. — E ela não é minha namorada!

— Excelente reparação — diz Diksha, colocando as mãos abaixo das minhas escápulas e me empurrando para ficar sentada. Eu me afundo como uma boneca de pano no assento.

— Ela *não é* — murmuro, prendendo meu cinto de segurança com um clique. — Eu mal diria que somos amigas. Não conversamos muito desde que a tempestade destruiu todas as minhas esperanças, sonhos e perspectivas.

— Sabe o que eu amo em você, Pepper? Sua percepção discreta e nada dramática da sua vida. É um dom. — Ela dá marcha a ré no carro, conduzindo o veículo pelo estacionamento lotado.

Cruzo os braços, olhando pela janela enquanto Diksha me leva para casa.

— Não conversar com ela é algo recíproco ou você está evitando Opal como se estivesse evitando seus sentimentos por ela?

— O que você sabe dos meus sentimentos? — rebato. No entanto, odeio que ela tenha acertado em cheio na primeira parte. Tenho evitado Opal o máximo possível. A queda livre da empolgação para a decepção com a competição doeu demais para isso ser razoável e seguro. Nada sobre Opal ou suas grandes ideias ou suas piadas ridículas ou a maneira como ela faz meu coração disparar é razoável e seguro.

— Eu sei que toda vez que conversamos ou trocamos mensagens nas últimas semanas, você sempre encontrou um motivo para mencioná-la e continuar falando nela.

— Por irritação, em grande parte — esclareço com uma fungada arrogante.

— Certo. Tagarelar sobre como a arte dela é linda e que você fica bisbilhotando sem dúvida diz muito sobre o quanto você está irritada com ela e não desesperadamente apaixonada.

— Eu não fico bisbilhotando! Eu... dou uma olhada aqui e ali.

— Aham. Eu também sei que você escolheu deliberadamente passar um tempo com ela fora do trabalho na fazenda, algo que você evita com todas as pessoas em sua vida. Até mesmo com sua melhor amiga, *cof, cof.*

— E eu tenho escolha se fui forçada a morar com ela? O que eu deveria fazer? Me esconder debaixo da cama?

— Você está ficando muito na defensiva para uma pessoa que diz que não tem sentimentos fortes.

— Porque sou uma defensora da verdade diante de suas mentiras deslavadas!

— Relaxa, Elle Woods, não é um julgamento. Estou apenas levantando alguns pontos.

— Especulação, Meritíssimo.

Diksha revira os olhos.

— Eu também sei que aquela garota olha para você como se arrastasse um caminhão por você. E você olha para ela do mesmo jeito.

— Dá para me dizer o que esse olhar significa? — peço, girando a cabeça para fuzilar Diksha com os olhos. Ela ri.

— Significa aaaaaamo você — ela cantarola, tirando uma das mãos do volante e apertando minha bochecha entre os dedos.

Eu me afasto, ficando em silêncio e fechando a cara pelo restante da viagem.

— Eu sei que todo mundo tem direito a uma fase emo — diz Diksha, estacionando o carro. — Mas eu queria que você tivesse tido o prazer de experimentar a sua quando o My Chemical Romance estava em turnê. Aí, você pelo menos teria uma válvula de escape para o mau humor.

— Sempre me sinto tão valorizada por nossas conversas, obrigada — falo, com um tom seco, colocando minha bolsa no ombro e abrindo a porta do carro.

Diksha agarra meu pulso e dá um beijo estalado nas costas da minha mão.

Com um suspiro, entro no carro e faço o mesmo com a dela.

— Eu odeio você.

— Eu também amo você, querida — ela grita enquanto fecho a porta e caminho em direção a casa, o barulho do cascalho ecoando ao meu redor enquanto ela desce o caminho da garagem.

Eu provavelmente deveria ir verificar as plantas, ver como os vários canteiros estão drenando, mas estou... A carga sensorial é tamanha — tão intensa — que preciso de um minuto para me recompor.

Abro a porta do chalé, pronta para ir direto para o sofá.

E no mesmo instante levo um susto com Opal, que está parada a três centímetros da porta.

— Tenho uma surpresa para você — ela diz, alheia ao leve ataque cardíaco que me provocou.

— Essa saudação não foi surpresa suficiente? — pergunto, com a mão no peito.

Seus olhos estão arregalados, ardendo de energia, enquanto ela balança a cabeça, negando.

— Preciso vendá-la.

— *O quê?*

Ela avança na minha direção, sacando uma bandana do bolso de trás.

— *Não* vai rolar — digo, esquivando-me de seus braços estendidos.

Os ombros de Opal desabam, um zumbido de nervosismo irradiando dela.

— Você pode pelo menos cobrir os olhos com a mão? — ela sugere, mordendo o lábio.

— Opal, que diabos está acontecendo?

— Por favor — ela sussurra, balançando a perna.

Não é justo como esse olhar dela me desarma; como, após uma semana sem nos falarmos, sua energia radiante acende algo em meu coração.

Com um suspiro, fecho os olhos e os cubro com a mão. Ouço seu grito abafado.

— Venha comigo — ela diz, entrelaçando seus dedos nos meus, puxando-me para fora de casa. Ela me guia pelos degraus da varanda... não acho que ela tenha percebido minha leve espiadinha para ter certeza de que não vou cair. Não vou arriscar um tornozelo quebrado em minhas tentativas de agradá-la.

Tapo com firmeza os olhos com a mão e a deixo me guiar pela grama, a terra ainda encharcada enquanto se recupera da tempestade.

— Estou com medo de que você odeie — ela comenta. — E eu provavelmente deveria ter perguntado primeiro, e dúvidas sobre essa decisão têm me assombrado nas últimas horas, mas tive todo o trabalho de fazer Diksha levar você para sair e passar o dia fora para que eu pudesse prepará-los e...

— Espere, o quê? — Minha mão se afasta, os olhos se abrindo rápido, cravados nela. — Diksha me disse que tinha coisas a resolver e queria companhia.

Opal solta um gritinho, mergulhando para a frente e cobrindo meus olhos de novo.

Com um rosnado, eu a empurro para trás, usando minha própria mão para fazer o que ela quer.

— Desculpe, mas eu precisava que você saísse daqui para a surpresa funcionar. Eu a subornei prometendo criar um logotipo novo para sua empresa de contabilidade e outro para a floricultura de Tal, junto com bolsas de couro combinando para tirar você de casa pela força bruta, caso fosse necessário.

Aquela maldita traidora.

— Por que você queria tanto que eu saísse daqui?

Não gosto que zoem comigo dessa forma. Ainda assim, acompanho-a por onde sua mão me guia, a palma quente nas minhas costas.

— Pela surpresa — ela responde como se isso devesse ser óbvio e minhas perguntas fossem ridículas. — Ok. Chegamos.

Paramos de andar. Pela memória muscular, posso dizer que andamos além do celeiro, uma área que costuma estar vazia, o sol ali em geral é forte e direto demais para muitas das flores que cultivo. Opal deve estar tapando o sol, o brilho vermelho atrás das minhas pálpebras substituído por um azul-escuro. Sinto seu calor enquanto ela se curva na minha direção, inclinando meu corpo um pouco.

Ela se afasta, e eu tenho que controlar o impulso de puxá-la de volta para mim.

— Abra os olhos.

Com um suspiro, deslizo a palma da mão para longe do rosto, piscando para o sol forte. Um reflexo brilhante e intenso faz meus olhos lacrimejarem, e eu os aperto para as duas grandes estruturas diante de mim. Meus olhos passam por elas repetidas vezes, mas meu cérebro não consegue processar o que estou de fato vendo.

— O-o que é isso? — pergunto, virando-me para Opal. Ela não tira os olhos de mim.

— Para alguém que passa noventa por cento de seu período de trabalho cultivando coisas, eu achava de verdade que você seria capaz de identificar uma estufa. — Ela muda o peso do corpo, a perna balançando de novo.

— Não. Quero dizer, o que elas estão fazendo aqui? — Giro em direção às estruturas, depois me volto para ela mais uma vez, piscando rápido de perplexidade.

— É um presente. — A última palavra é pronunciada de forma suave. Ofegante. Nervosa.

— Um presente para quem?

Ela solta uma risada rouca, dá um passo para mais perto, uma mão esfregando a nuca.

— Para você — ela diz, encolhendo os ombros. — Ou, eu acho, para nós. Para cultivar mais flores. Juntas.

Fico em silêncio, tentando entendê-la. Entender isso. O que tudo isso significa.

— Só se você quiser, quero dizer — balbucia Opal, afastando-se. — Acontece que o negócio do Bruce, o empreiteiro, também faz estufas e arcos de estufa. E começamos a conversar sobre isso e pensei... droga, sei lá. Pensei que isso poderia ajudar.

Meu queixo permanece caído enquanto continuo a encará-la. Devagar, viro-me para as grandes e belas estufas localizadas atrás do celeiro, seus telhados pontiagudos alcançando o céu.

— Como você conseguiu bancar isso? — sussurro, dando um passo em direção a elas.

— Bem... embora eu tenha empatado a maior parte do meu dinheiro neste lugar, ganhar na loteria me deu uma renda a mais. Além disso, Bruce viu alguns dos meus sapatos e eu lhe disse que faria três pares para sua esposa, cada par com a imagem de um de seus cachorros, se ele me desse um pequeno desconto. Eu não poderia deixar passar essa oportunidade que era boa pra cachorro.

— Não sei o que isso significa — digo, minha garganta apertando com a onda de gratidão e desejo que inunda meu corpo, algo como esperança fluindo por minhas veias, produzindo uma dor sutil, suave e luminosa e de alguma forma deliciosa na intensidade.

— Tem mais uma coisinha — diz Opal, estalando os dedos. — Entre.

Ela lidera o caminho para a estufa mais próxima, e levo alguns instantes para processar que ela já está cheia de flores desabrochando. Engulo um suspiro, indo em transe para o meio do espaço.

Seis fileiras de bancos de paletes preenchem a estrutura, estendendo-se por cerca de três metros. Eles estão cobertos de plantas — dálias, papoulas e ásteres —, as flores alegres inclinando seus rostos para a luz que brilha pelo telhado de vidro.

— Opal — sussurro, girando, precisando ver seu rosto no meio de tanta beleza. Tantas palavras brigam na ponta da minha língua. Palavras bonitas. Palavras felizes. Palavras de gratidão. Mas tudo o que sai é: — Como?

O sorriso de Opal é lento, hesitante. A coisa mais bela desta fazenda.

— Eu me lembrei de você me contando que vovó Lou deu muitas flores a fazendas vizinhas. Então, eu apelei a eles. Aqueles que já estavam cultivando flores em estufas ficaram mais do que felizes em retribuir o favor e dar mais um pouco. Tal também conversou com uns de seus contatos para conseguir algumas das variedades mais difíceis de encontrar.

Eu me sinto zonza com a pressão crescente atrás dos meus olhos, e um pequeno soluço escapa da minha garganta. Balanço a cabeça, tentando encontrar uma brecha de clareza no turbilhão de emoções.

— Você odiou? — Opal pergunta, a preocupação desfigurando seu rosto. — Estou com medo de que você tenha odiado. Foi uma ideia horrível? Sinto muito. Pensei que seria uma surpresa divertida. Eu vou...

Diminuo a distância entre nós em dois passos largos, uma mão estendida para embalar o queixo de Opal, a outra afundando em seus cabelos e inclinando sua cabeça para que eu possa pressionar minha boca na dela, engolindo o restante de suas palavras e suas bobagens e sua gentileza avassaladora.

E Opal retribui meu beijo, atirando seus braços em volta do meu pescoço, pressionando o corpo contra toda a extensão do meu.

O beijo não é delicado. É frenético e quente, como se eu não conseguisse me aproximar o bastante e rápido o suficiente. Como se eu fosse morrer se meus lábios parassem de tocar a maciez intolerável dos de Opal. Mas há também algo de pacífico nesse ato, como se cada célula do meu corpo pudesse finalmente suspirar de alívio ao toque de sua boca na minha. A retribuição de seu beijo.

Por fim, ganho um pouco mais de controle, levando todo o tempo do mundo para saborear e sentir seu calor, tentando lhe expressar como eu nunca poderia odiar nada que ela me oferecesse.

— Você comprou isso? — consigo dizer, por fim, afastando meus lábios apenas o bastante para sussurrar as palavras contra sua têmpora.

Opal dá de ombros.

— Eu... sim.

— Você comprou uma estufa *inteira*?

— Na verdade, tem outra   ela murmura.

Rio do absurdo disso.

— Opal. Meu Deus.

Ela dá de ombros mais uma vez.

— Eu queria ajudar você.

— Por quê? Por que você faria isso por mim?

E, para meu desânimo, Opal solta um suspiro de frustração, desvencilhando-se de mim e recuando até suas pernas tocarem numa das mesas, as folhas dos vasos de plantas tremendo.

Ela me encara com incredulidade.

— Porque eu *gosto* de você, Pepper — ela declara, atirando os braços para o ar. — Gosto mesmo de você. E, droga, só quero fazer você sorrir.

Suas palavras são fortes e assustadoras e fazem meus músculos e articulações travarem com o choque. Mesmo nas melhores circunstâncias, sou lenta para processar grandes momentos. Ou pequenos. Ou a maioria dos momentos, na verdade.

Mas este em especial?

Não tenho certeza se algum dia vou me recuperar. Estou meio que entrando em pânico com a espiral de alegria em meu peito.

Eu queria ser capaz de encarar esses sentimentos sem hesitação. Deixá-los inundar meu sangue e tomar conta dos meus nervos, mas só por um tempinho. Em vez disso, eles são lentos. Consumidores. Arrastam-me para baixo até que eu seja engolida, qualquer esperança de ressurgir perdida.

— Você poderia dizer alguma coisa? — Opal sussurra, encarando-me com um olhar desesperado. — Por favor?

Só consigo balançar a cabeça, os lábios se separando como se não fossem lamentavelmente incapazes de dizer tudo o que quero. Tudo que preciso dizer.

O rosto de Opal desmorona, e meu coração despenca junto. Não posso deixar isso acontecer.

Fecho o espaço entre nós, mãos segurando suas bochechas, nossos olhos se encontrando, fixos uns nos outros. Ainda não consigo pronunciar as palavras, minha garganta aperta, respirações curtas e intensas.

Seja lá o que for isso em mim, é resplandecente, assustador e incandescente, e preciso de algo — qualquer coisa — para apagar o fogo.

Faço a única coisa que posso.

Beijo Opal de uma forma que espero que diga tudo o que minhas palavras não conseguem.

Ela responde na hora, agarrando minha camisa com as mãos, puxando-me para a frente com força inesperada, meu corpo pousando rente ao dela, o calor da estufa nos envolvendo.

O beijo é quente e desorientador, meu mundo se dobrando do avesso com os lábios macios de Opal como ponto central.

Adorei cada beijo que Opal me deu, mas nenhum deles jamais me fez perder as estribeiras assim, transmitindo um arrepio pela minha espinha enquanto minha pele é chamuscada com o calor que irradia do centro do meu corpo. Isso embaralha meus pensamentos, deixando-me desesperada, faminta e imprudente. Quero mais, menos, mais intenso, mais suave. Quero mãos e lábios e línguas e dentes.

Quero qualquer coisa que Opal me ofereça.

— Deixa eu tocar você aqui? — Opal sussurra contra meu queixo, sua mão detendo-se no zíper do meu *jeans*.

Eu deveria dizer não, parar esse trem desgovernado. Essa é uma péssima ideia. Uma das piores da história da humanidade. Porque eu talvez esteja meio que sentindo uma avalanche de... bem, *sentimentos*, e nós concordamos em não aceitar nenhuma dessas besteiras. Se um beijo consegue fazer eu perder o controle desse jeito, é provável que os dedos de Opal tenham o poder de me arruinar para o resto da vida agora mesmo.

— E a regra com a qual você estava preocupada? — arfo. Sua rejeição da outra noite ainda é uma ferida em carne viva. Sou uma idiota por jogar sal nela.

Jogo assim mesmo.

— Que se fodam as regras — Opal retruca, as mãos quentes e pesadas em meus quadris. Ela morde meu lábio. — Podemos renegociá-las amanhã. Posso. Tocar. Você? — Cada palavra é pontuada por um beijo voraz.

— *Sim.*

Minha voz é crua, carente, meus quadris enfatizando a palavra com um salto descontrolado contra a mão de Opal.

Opal não precisa de mais do que isso, dedos rápidos e eficientes enquanto puxa o zíper da minha calça, empurrando o *jeans* para baixo dos quadris e arrastando a mão pela faixa exposta de pele abaixo da minha camiseta antes de mergulhar sob o elástico da calcinha.

Um gemido estrangulado escapa de mim pelo calor do contato, do arrastar suave dos dedos de Opal, da tortura pura e deliciosa daquele primeiro movimento circular e provocador.

— Caralho — Opal solta, dentes cerrados, como se pudesse sentir até mesmo um oitavo do prazer que está crescendo entre meus quadris. Não é possível. É pungente, insistente e viciante. Nenhuma outra sensação jamais chegou ao nível dessa. Mas, quando meu olhar se fixa no dela — aqueles olhos azuis infinitos carregados de calor, desejo e carência —, quase consigo acreditar que Opal também está gostando disso.

— Senti falta disso — ela diz, os dentes roçando minha clavícula. Inclino minha cabeça para trás para oferecer mais a ela. — Senti *sua* falta. Isso é loucura? Estou louca.

Tudo o que consigo fazer é gemer.

— É? — ela sussurra, afastando o rosto para me encarar com um sorriso malicioso. Então, ela está me beijando de novo, lábios na minha pele, a mão livre nos meus seios, apalpando-me com as mãos em concha e tocando em círculos meu mamilo até que eu esteja pressionada contra ela, um gemido escapando dos meus lábios.

— Se solta, amor — ela sussurra contra minha garganta, então morde o local.

A mulher é cruel, lançando-me nessa espiral sozinha. Não vou ser arrebatada por esse furacão sem levá-la comigo.

Enfio a mão entre nossos corpos apertados, nossa pele escorregadia, meus dedos deslizando abaixo do cós de seus *shorts*.

Gememos em uníssono enquanto sinto a umidade já se acumulando naquele ponto delicioso entre suas coxas. Opal acelera seus dedos, estrelas manchando minha visão, e eu revido, mergulhando dois dedos nela, movendo-os do jeito que ela pareceu gostar da última vez.

Ela parece gostar dessa vez também, seus joelhos dobrando enquanto ela se empurra contra mim com espasmos. Tropeço para trás, minhas coxas batendo na borda da mesa atrás de mim. O fato de eu sequer me incomodar em verificar os vasos de flores que caem do outro lado é prova cabal de quão arrebatada estou.

Opal é cruel com o prazer, construindo meu tesão a cada beijo, mordida e carícia de seus dedos, até que estou gritando e fora de mim, o barulho ricocheteando no vidro embaçado da estufa.

Ela coleta meus gemidos desesperados como munição, usando-os para me deixar indefesa. É inútil. Eu me rendo de bom grado, ofegando enquanto a primeira onda de um orgasmo pulsa por todo meu corpo.

Com uma risada implacável, ela puxa a mão para trás, interrompendo o prazer. Engulo um uivo de frustração tão forte que sinto gosto de sangue na língua.

— Você não está jogando limpo — gemo em seus lábios, ofegante e desesperada enquanto meus quadris se contorcem, tentando recuperar seu toque.

— Nem você — ela diz entre os dentes cerrados, a cabeça caindo para a frente enquanto pressiono contra seu ponto G. — Eu não consigo tirar você da minha cabeça.

Estou com sobrecarga sensorial. O doce perfume dela. A umidade em meus dedos. A pressão de sua mão contra meu clitóris hipersensível enquanto ela me dá o que eu preciso.

E, de alguma forma, ainda não é o suficiente.

Engancho meu tornozelo atrás do dela, puxando-a para mais perto. Sinto as costas da mão de Opal contra a minha enquanto nos acariciamos, cada movimento pequeno e apertado, cada sensação ampliada e aguda.

Meus músculos se contraem de desejo enquanto me apresso para alcançar o clímax. Seguro decidida os cabelos curtos e verdes de Opal, inclinando sua cabeça para pressionar um beijo intenso e lascivo naqueles lábios obscenos de tão carnudos. Nossas línguas se enroscam, Opal engole meus gemidos enquanto eu me aproximo mais e mais, cada célula do meu corpo pronta para explodir com a sensação. Afasto-me somente para deixar o ar entrar em meu peito comprimido demais, sentindo que vou desmaiar com as sensações.

E Opal olha para mim.

Ela olha para mim como se precisasse de mim. Como se ela fizesse qualquer coisa para provar outro gostinho meu. A crueldade daquele olhar me faz perder o controle, meu corpo chegando ao clímax de maneira descontrolada.

Opal me acompanha logo atrás, apertando meus dedos, sua erupção ecoando através de mim.

Permanecemos unidas durante os espasmos secundários, minha cabeça caindo para trás, Opal pressionando sua testa contra meu peito arfante. Não quero nunca mais sair daqui.

Mas uma pontada incômoda e insistente de ansiedade dispara pela minha mente consciente. O que acabamos de fazer? Qual é o significado disso? Porque coisas que foram *ditas* não podem ser *retiradas*. Ou, se forem retiradas, meu coração será destruído.

Trato de me mexer enquanto meu pulso acelera, e Opal se afasta, mãos gentis e delicadas enquanto ela as retira do meio das minhas pernas, traçando a curva do meu tronco, até meu pescoço. Ela dá um pequeno puxão em meus lóbulos das orelhas, chamando minha atenção para ela.

Olho para seu rosto precioso e parece que meu coração vai explodir de cada emoção que o atinge. Ela pressiona um beijo suave em meus lábios, então se afasta, ajustando suas roupas.

Faço o mesmo, a visão turva e a garganta apertada.

O impulso repentino de fugir é atraente demais para ignorar, e eu me viro, indo direto para a porta. Minha pulsação lateja forte nas têmporas, o mundo girando. Se eu correr, ela não vai poder me magoar. Não vai poder me rejeitar. Não vai poder usar todos esses sentimentos dolorosos que tenho por ela para me devastar. Não vai poder...

— Bela tentativa — Opal diz, pegando meu braço, girando-me para ela. Ela envolve meus pulsos com as mãos, movendo-me até que minhas costas estejam pressionadas contra o vidro suado da estufa. — Não vou deixar você fugir — ela declara, afrouxando o aperto, os dedos deslizando pelas minhas palmas para se entrelaçarem nos meus.

O suspiro que solto é tão forte, que meu corpo muda de posição para desabar com a liberação. Opal me segura no lugar, me segura firme contra si.

E eu deixo que ela o faça.

Deixo que ela me segure, me abrace, o coração ainda acelerado e a mente girando e a esperança — a terrível, maravilhosa, perigosa esperança — agitando-se dentro de mim.

E, então, faço algo que jurei que nunca faria. Deixo as sensações fluírem sem que se diluam com a ameaça de mágoa. Algumas lágrimas escorrem dos cantos dos meus olhos. Opal não as vê, sua bochecha pressionada em meu coração disparado no peito.

E, neste momento pelo menos, permito a mim mesma confiar que ela quer mesmo ficar ali.

— Isso foi foda pra caralho — ela diz depois de um tempo. Podem ser segundos, podem ser horas. O tempo parece irrelevante agora. Ela se afasta o suficiente para sorrir para mim.

Com dedos trêmulos, coloco uma de suas mechas bagunçadas atrás da orelha. O cabelo pula de volta, teimando em ficar onde estava.

— Não sabia que você também era uma poetisa.

Opal ri, bochechas vermelhas e sorriso largo. Ela revira os olhos, pega minha mão e nos conduz para fora. O sol de verão parece um alívio depois do calor da estufa.

— Estou prestes a comparar sua vulva a flores, me dê um minuto para a névoa se dissipar — ela diz com uma piscadela atrevida.

— Certifique-se de acrescentar algumas metáforas com a lua. Eu odiaria que você desbancasse demais para o clichê.

— Ora, isso é óbvio. Todas as grandes poetisas sáficas fazem isso. — Opal ri da própria piada.

E eu rio também, inebriada e zonza do sol e do calor e do sexo e... de Opal.

Opal é a origem de tudo isso.

Mas a risada é interrompida, os olhos de Opal arregalam, sua boca formando um O perfeito. Sobressalto-me quando ela agarra meus ombros.

— Peraí, Pepper!

— Que foi? — digo, pressionando a mão sobre o coração. O coitado do músculo não vai aguentar mais emoções.

— A competição! Nossa apresentação!

— O que é que tem? — pergunto, uma pontada de ansiedade percorrendo meu pescoço à menção dela. Como estamos atrasadas. Mas o sorriso travesso de Opal me convence de que qualquer tarefa é possível.

— Tenho uma ideia genial.

CAPÍTULO 29

PEPPER

Estamos construindo a base da nossa peça da competição desde a semana anterior. Opal merece todos os elogios; a mulher tem mesmo um talento abrangente que engloba vários tipos de arte.

— Se eu fosse uma super-heroína, gostaria que meu poder fosse mãos com pistolas de pregos embutidas para que eu não precisasse levantar essa coisa pesada — ela diz no fim de um dia especificamente atarefado, levando até o chão a ferramenta elétrica antes de desmoronar no chão do celeiro.

Estamos acordando ainda mais cedo, dedicando-nos um pouco à apresentação antes de usar as horas de sol para colher flores, depois voltamos para a construção da peça até tarde da noite, desabando estateladas na cama, doloridas e exaustas.

Os reparos no quarto de Opal terminaram há alguns dias. Ela ainda passa todas as noites na minha cama.

— E eu gostaria de ter dedos de agulha — comento, chupando a ponta do polegar que acabei de espetar. De novo.

Uma guirlanda de peônias secas está ao meu redor. Quando nós duas descobrimos que eu não tinha um certo, hã, olho artístico quando se tratava de construir instalações, Opal, de forma gentil, me designou para confeccionar a guirlanda. Acontece que não sou particularmente boa nesse trabalho também.

Seguindo as regras da competição, tudo tem que ser feito à mão, mas podemos confeccionar o quanto for necessário antes do evento. Decidimos usar o máximo possível de flores secas, priorizando coisas que serão fáceis de transportar. Será uma corrida desenfreada para juntar todas as flores frescas necessárias no dia da competição, mas é bom pelo menos ter algumas coisas prontas.

— O que ainda temos para fazer? — pergunto, jogando minha agulha e linha de pesca para o lado quando furo meu dedo mais uma vez.

A competição é no sábado, mas vamos para o Grove Park Inn amanhã à tarde para começar a montagem. Parece que meus nervos foram ligados a um interruptor de luz, alguém os acendendo a cada conjunto de horas e enviando choques de ansiedade pelo meu corpo. O fato de Diksha, como o monstro adorável e intrometido que é, ter acionado alguns de seus contatos para atrair um pouco de atenção para nós com o *Asheville Citizen-Times* e o *Mountain Xpress* não ajuda em nada. Mais uma vez, ainda bem que temos Opal no time, porque eu fiquei calada em todas as entrevistas, os jornalistas querendo nos dar destaque, já que somos as únicas competidoras locais inscritas este ano. Opal lida com as perguntas deles com maestria, fazendo-os rir e criando uma corrente sutil de empolgação pela qual é difícil não se deixar levar.

Opal solta um grunhido.

— Por que está me fazendo perguntas tão terríveis? Você quer a verdade terrível, seu monstro terrível?

Rio da careta adorável que ela me lança. Não tenho certeza do momento exato em que invertemos os papéis, mas o mau humor de Opal faz parecer que o sol está irradiando por minhas veias.

— Vamos lá, minha pessimistinha — digo, levantando-me e pegando ao meu lado o lençol que usamos como pano de proteção extra. Estendo a mão para Opal.

— Estou tão cansada que não consigo me mexer — ela choraminga, os olhos revirando para trás da cabeça. — Me passe aquela pá, vou me enterrar aqui.

Com um sorriso, eu me abaixo, pressionando um beijo em sua têmpora antes de mordiscar o lóbulo de sua orelha.

— Eu farei valer a pena se você me acompanhar — sussurro contra sua pele.

Opal se anima, lançando-me um olhar travesso.

— É melhor esse tom significar uma promessa de massagem e nada mais. Estou cansada demais para ser de qualquer outra utilidade esta noite.

Rio de novo. Como se o simples fato de Opal respirar não me colocasse de joelhos todos os dias.

Eu a puxo para ficar de pé, então a levo para fora do celeiro. A noite caiu sobre as montanhas, a lua cheia brilhando. Nos conduzo em direção a casa, parando em um trecho plano de terra e estendendo o lençol. Ele ondula e se acomoda na grama.

Segurando os ombros de Opal, eu a guio para baixo, empurrando-a gentilmente para que ela se deite de barriga para cima. Jogo-me ao seu lado, nossos corpos pressionados, a vasta extensão de estrelas brilhando acima de nós. Ela respira fundo enquanto olha para cima.

— É lindo — ela sussurra. — Eu amo aqui.

Viro o pescoço para olhar para ela, e ela faz o mesmo, e o brilho de seus olhos é tão esplendoroso que envergonha as estrelas. Ela estende devagar a mão para mim, traçando as pontas dos dedos ao longo da minha bochecha. Viro a cabeça para que meus lábios pressionem a palma de sua mão.

Permanecemos ali por alguns instantes inestimáveis, o toque de Opal quente e seguro em meu rosto, meu coração acolhido em suas mãos, minha respiração presa na garganta. Opal ao luar é diferente de tudo que já vi antes. Macia e resplandecente, o cabelo verde-claro leve como gaze quando o vento o levanta.

Ela dá um bocejo, olhos pesados enquanto me fita.

— Pobre, Opal. Tão sobrecarregada e cansada — arrulho, traçando seus lábios com as pontas dos dedos. Ela franze o rosto em uma cara feia sem entusiasmo.

— Não zombe de mim. *Estou* sobrecarregada e cansada, considerando que me mudei para cá para ficar sentada dentro de casa e pintar sapatos o dia todo.

Lanço um olhar de pena para ela, deixando cada pensamento acalorado que corre pela minha cabeça brincar em meu sorriso crescente.

— Um descanso faria bem a você.

Opal me lança um olhar questionador, sua expressão passeando por meu rosto, os olhos arregalando para o que quer que ela veja ali.

— Parece muito bom — ela diz lentamente, como se estivesse com medo de ansiar pelo que estou oferecendo.

Eu me aconchego mais perto.

— Encoste as costas no chão — sussurro, incentivando-a com meu queixo. Ela faz o que digo, olhos semicerrados e cálidos. Eu me sento, apertando os olhos para o canteiro de flores ao nosso lado.

— Dizem que lavanda reduz o estresse — digo a ela, arrancando um dos caules das plantas próximos a nós. Inclino-me sobre ela, arrastando a cabeça da flor por seu ombro nu e subindo por seu pescoço. Apesar da noite quente, um arrepio a percorre. — Tem um efeito calmante substancial.

— Não tenho certeza se calma é o que estou sentindo agora — observa Opal, sua voz ofegante e suave enquanto continuo a deslizar o caule em sua bochecha, meus seios perto de sua boca. Ela se aproxima mais.

— Bem, isso não é bom — digo, tentando conter meu sorriso no chiado de respiração que ela solta quando me afasto de maneira abrupta e tiro a lavanda suave de sua pele.

Monto em seus quadris, minhas mãos descansando em suas costelas abaixo da curva dos seios.

— Talvez uma massagem com aromaterapia seja melhor? — sugiro, a voz derramando inocência.

Opal me encara de baixo, boquiaberta.

Pressionando meu peso nos quadris, sento-me por completo, esmagando o ramo entre minhas palmas, esfregando meus dedos uns contra os outros enquanto o trituro devagar. Posso sentir a respiração de Opal — curta e exagerada —, enquanto sua barriga se expande e se contrai em minhas coxas, uma ânsia crescendo bem fundo dentro de mim.

— Relaxe — sussurro, colocando uma mão no centro de seu peito, seu coração acelerado sob minha mão. Opal inclina a cabeça para olhar para mim, olhos vidrados e lábios entreabertos. Depois de um momento, cada músculo libera sua tensão crescente, sua cabeça ainda ligeiramente inclinada para mim.

— Ótimo — digo, deixando as folhas esmagadas caírem da minha outra mão, o doce almíscar de lavanda incrustado em minha pele. — Agora, respire.

Deslizo os dedos por seus cabelos, massageando com círculos suaves seu couro cabeludo e têmporas. Um pequeno sopro de ar escapa dos lábios de Opal e dança por meus pulsos, seus olhos semicerrados enquanto continuo a trabalhar. Depois de alguns momentos, dou um puxão suave nos fios, um suspiro arrancado de Opal. O som abafado ecoa ao nosso redor.

Prossigo descendo pelo pescoço até os ombros, massageando os músculos tensos e arrancando dela mais suspiros de conforto. Opal fica tão bonita assim, o rosto suave e entregue. Traço círculos delicados pela pele exposta de seus braços, descendo até as palmas das mãos, fazendo cócegas no meu caminho de volta para cima. Ela sorri e ri, arrepios acompanhando meu toque.

— Está tão gostoso — ela sussurra em uma expiração, olhos totalmente fechados agora.

Sentindo-me ousada, deixo meus dedos brincarem, deslizando sob as alças de sua blusa, massageando a junção macia onde seu peito encontra os ombros. Ela geme em aprovação. As pontas dos meus dedos deslizam mais para baixo, um toque leve como uma pena bem onde as ondulações de seus seios começam, então, desvio para o lado, traçando suas curvas sem tocá-las. Um arrepio a percorre.

Desloco meus dedos de volta para cima, os nós roçando a pele sensível de Opal, e seus olhos piscam e se abrem, fixando-se em mim com uma cintilação. Encorajada, repito o circuito até sentir sua respiração ficando mais rápida e forte abaixo de mim, seu peito se movendo em um ritmo irregular.

Com um sorriso e uma piscadela, mudo de posição, ajoelhando-me entre suas pernas, arrastando as unhas pela pele quente e macia de suas coxas afastadas. Empurro a costura de seus *shorts* folgados feitos de algodão e também da calcinha para o lado e me inclino mais perto, mas a mão de Opal dispara, descansando em minha bochecha.

Ergo a vista, vendo seus olhos arregalados e sobrancelhas franzidas.

— Qual é o problema? — pergunto, acariciando sua mão.

As pupilas de Opal estão dilatadas, as narinas inflando com sua respiração rápida enquanto a cor toma suas bochechas por completo.

— Eu... porra. Eu, hã... quero, de verdade...

Depois de uma pausa, agarro sua coxa com um pouco mais de pressão.

— Mas...? — eu a incito.

Opal franze o cenho.

— Estou com calor e suada — ela diz, a voz um rangido alto. — E eu não quero que você fique com nojo.

Comprimo os lábios, tentando não sorrir diante do absurdo da ideia. Deixo meu olhar fixo no dela por mais um segundo antes de iniciar uma exploração lenta e vagarosa por seu rosto, memorizando as inclinações de suas bochechas, as linhas de sua garganta, as curvas de seus ombros.

Gasto tempo nas curvas de seus seios, de modo que consigo ver seu coração batendo no peito. Com o pouco autocontrole que me resta, meus olhos descem por seu torso até os quadris, então olho entre suas coxas e lambo os lábios.

— Opal?

— Sim? — ela diz, a voz hesitante. Tremendo de dar dó.

Volto a levantar os olhos para seu rosto.

— Você é perfeita pra caralho.

Então, inclino-me para a frente e a beijo para mostrar o quanto estou sendo sincera a respeito disso.

Gasto muito tempo esta noite, sem pressa, provocadora e gentil com Opal.

Não consigo esperar, ela sussurra quando o prazer aumenta, mas eu me afasto, tocando com suavidade a ponta da minha língua nela em um toque quase imperceptível. Uma tortura deliciosa.

Consegue, sim, digo contra sua pele. Suas mãos agarram meus cabelos enquanto um gemido escapa de sua garganta, mas minha doce garota resiste.

Eu me toco enquanto continuo a trabalhá-la, dizendo-lhe quão linda ela é. Quão fofa, charmosa e escandalosamente maravilhosa, sorrindo como uma tremenda pateta de tanta alegria.

Quando me dedico de vez, fazendo Opal tombar sobre a borda do precipício, ela ri enquanto goza, sua risada unindo as bordas delicadas e esgarçadas de minhas feridas abertas.

Rastejo de volta para cima de seu corpo, beijando-a em reverência até chegar aos seus lábios. Ela pressiona sua boca na minha, me puxando para cima dela, me aconchegando nela. Seus beijos são preguiçosos e lentos enquanto nós duas retornamos à terra. Por fim, rolo para o meu lado, aconchegando Opal próximo a mim, e não demora muito para que sua respiração se acalme, pesada de sono enquanto as cigarras cantam à nossa volta.

E, bem aqui, agora mesmo — sob este céu imenso, cercada por flores e envolta nos braços da garota por quem estou me apaixonando —, sei que não há lugar mais especial no mundo.

CAPÍTULO 30

OPAL

O Grove Park Inn aparece diante de nós como o último chefão de uma fase de videogame: amplo e imponente, seu telhado vermelho brilhando no sol da tarde. Engulo o nó de nervosismo na minha garganta.

— Pronta? — sussurro para Pepper, olhos fixos no prédio gigante.

— Não.

Fico encarando-o por mais um minuto, a ansiedade subindo por meus braços. Todas as equipes competidoras ganharam um quarto de cortesia no Grove Park Inn para a noite anterior à competição, e é uma pena que não vou conseguir aproveitar as camas chiques em razão da minha inevitável espiral de pânico em volta do dia de amanhã.

— Pronta? — sussurro mais uma vez.

— Sim — ela responde, a voz embargada. Ela nos conduz para dentro.

Eu me sinto uma baita de uma fodona classuda olhando ao redor deste lugar. O saguão — se é que você pode chamá-lo dessa forma; *salão nobre* é mais apropriado — é enorme. O teto abobadado é sustentado por pilares grossos de madeira trabalhada, e conjuntos de sofás e poltronas de couro marrom criam um ar de aconchego, o espaço coberto em cada extremidade com lareiras de granito, de pelo menos três metros de largura.

Depois de parar na recepção para pegar as chaves do quarto e algumas instruções de onde os materiais dos competidores foram armazenados, seguimos para nosso quarto.

Pegamos o elevador e Pepper estende a mão, entrelaçando nossos dedos, enfiando, em seguida, nossas mãos unidas no bolso do vestido enquanto subimos para o décimo andar. Conforme as portas se abrem, olhamos uma para a outra. E sorrimos para o absurdo de nossas acomodações luxuosas.

Descargas elétricas disparam por meu corpo enquanto corremos para nosso quarto. Eu me atrapalho com a chave, as mãos de Pepper percorrendo meu corpo, seu sorriso pressionado em meu pescoço, sua risada vibrando contra minha pele até que por fim abro a porta.

Há duas camas, mas prestamos atenção apenas em uma, rindo e tropeçando até a mais próxima da janela, enroscando-nos em cima dos lençóis.

— Não acredito que estamos mesmo fazendo isso — Pepper sussurra, pairando acima de mim. Seu sorriso é largo e vibrante, e ela está me olhando de um jeito que me faz questionar se está falando da competição ou... de nós.

— Eu acredito — afirmo, esforçando-me para beijar a cavidade na base de sua garganta. A resposta é verdadeira, não importa a que ela se referia. Aquele seu sorriso de alguma forma se amplia.

Eu saio de baixo dela, animada, me ponho de pé e então pulo no colchão luxuoso, fazendo o corpo de Pepper subir e chacoalhar, seus cabelos se espalhando como tinta na água. Ela grita de alegria, e eu pulo com toda a força que tenho.

— Pare com isso — ela diz, agarrando um dos meus tornozelos. Eu me abaixo, pousando em cima dela com um "opa", e ela ri ainda mais alto. — Você é ridícula — ela murmura contra meu pescoço.

E é verdade. Sou ridícula, hiperativa e uma tonta. Tudo por ela. Eu faria qualquer coisa para fazê-la rir.

Ela me segura firme contra o peito, o corpo convulsionando de rir enquanto suas mãos esfregam meus braços para cima e para baixo.

O toque estridente do telefone do quarto corta nossa névoa feliz.

— Não! — grito, agarrando-a com mais força. Intrometidos não são bem-vindos.

Com um gemido, Pepper me tira de cima dela, me mantendo aninhada ao seu lado enquanto pega o telefone.

— Alô? — Sua voz é suave e encorpada como uísque, e eu me aconchego mais perto de sua garganta.

Não consigo entender nenhuma palavra da voz modulada do outro lado, mas o que quer que estejam falando faz Pepper franzir os lábios.

— Ah. Certo. Já vou descer.

Ela se distancia para colocar o telefone de volta no gancho, suas bochechas coradas e os olhos com as pálpebras pesadas quando olha para mim.

— Quem era? — pergunto, envolvendo sua cintura com o braço, deslizando-a de volta para minhas garras. Sou uma ladra gananciosa e vou roubar cada momento que ela deixar.

— A recepção — ela diz, depositando um beijo suave no topo da minha cabeça. — Disseram que tem alguém precisando falar conosco no saguão. Imagino que tenha a ver com a competição.

— Eles provavelmente viram nossa proposta conceitual e estão prontos para nos coroar vencedoras agora mesmo — digo com um bocejo, esticando os braços sobre a cabeça. É meio-dia, mas nosso quarto é tão aconchegante e meus membros estão tão lânguidos de desejo, que quero ficar aqui para sempre.

Pepper se senta e sai da cama, prendendo o cabelo comprido em um rabo de cavalo.

— Que ilusão — ela contesta, revirando os olhos como sempre.

— Talvez — digo, levantando-me e arrumando minhas roupas. Ela caminha em direção à porta, mas agarro sua mão, dando um beijo suave em sua palma. — Ou talvez eu apenas acredite em nós.

CAPÍTULO 31

PEPPER

O problema de baixar a guarda mesmo que por um momento é que você fica sem armas no segundo em que precisa delas. E com Trish — sua colmeia de cabelo louro balançando enquanto ela olha para mim, lábios rosa-choque esticados em um sorriso viscoso — preciso de todas as armas que conseguir.

— O que você está fazendo aqui? — digo, parando no saguão, Opal ao meu lado.

O sorriso de Trish vacila por um momento, mas ela logo se recupera.

— Nossa, oi pra você também, fofa — diz ela, saltos altos estalando ruidosamente no chão enquanto ela diminui a distância entre nós, dando-me um abraço que faz minha pele arrepiar. Ela me segura por um segundo a mais, o cheiro de nicotina e seu perfume de baunilha me sufocando.

— O que você está fazendo aqui? — repito, meus lábios dormentes, a pressão aumentando em minha cabeça enquanto a encaro. Sinto Opal tocar minha mão, mas a ignoro, meu foco entrando no modo sobrevivência.

— Bem, querida, li notícias sobre você nos jornais e tive que ver isso com meus próprios olhos — esclarece Trish, levantando os braços e fazendo um círculo lento ao redor do majestoso salão principal. — Estou tão orgulhosa de você — continua ela, estendendo a mão e agarrando a minha. Como eu queria que ela parasse de me tocar.

— Você lê? — digo. Não estou tentando ser engraçada, mas Opal ri ao meu lado.

Um lampejo de raiva atinge o rosto coberto de maquiagem de Trish, mas ela é rápida em controlar sua expressão.

— Gosto de ficar a par dos acontecimentos na minha comunidade — diz ela, a voz carregada de doçura.

— Você não estava morando em Charlotte?

— Meu Deus, que interrogatório todo é esse, Pepper? Você não está feliz em me ver?

— Particularmente não, não mesmo — respondo, minha pulsação latejando em meus ouvidos. A cara feia que minha mãe faz dura um pouco mais dessa vez.

— Bem, eu estou feliz em ver você, meu amor. Tão feliz. Eu estava aqui para uma visitinha, sabe, e no segundo em que vi seu rosto naquele jornal, soube que era o destino. Hora de me reaproximar da minha menina.

Meus olhos se movem rapidamente ao nosso redor, verificando os cantos como se eu estivesse prestes a cair numa emboscada. Trish faz um som de desaprovação.

— Você sempre foi tão difícil de agradar — ela diz, a voz baixa e solene. — Aqui estou eu, esperando por um grande reencontro com minha preciosa filha, e você está me olhando como se eu tivesse matado alguém. Fere os sentimentos de uma pessoa, olhar dessa forma. Me dê uma chance, Pepper. Por favor.

Sei que é bobeira, sei que é imprudente, mas meu coração aperta porque, droga, não seria legal se isso fosse o que ela realmente quisesse?

— E-eu... sinto muito — digo, com voz rouca. — Estou só surpresa. Você sabe como levo um tempinho para me adaptar.

Minha mãe ri como se eu fosse a pessoa mais engraçada do mundo. Estremeço com o barulho.

— Se eu sei? E como! — ela declara olhando para Opal. Então, dá uma segunda olhada. — Ora, ora, veja só se você não é aquele docinho de coco para quem vendi a fazenda! Como vai, meu bem?

Opal lança um olhar desconfiado para minha mãe, lábios franzidos e braços cruzados.

— Estou bem, obrigada.

— Você não está amando a Thistle and Bloom? — ela pergunta, imperturbável pelo desconforto de Opal.

Os olhos de Opal se voltam para mim, depois retornam para minha mãe.

— É incrível.

Trish bate palmas de alegria.

— Viu só! Eu sabia que você amaria. Um lugar maravilhoso daquele. Pepper, preciso que você me coloque a par das *novidades*, de *tudo*. Já sei, que tal almoçarmos juntas? Não deve faltar restaurante neste lugar chique, tenho certeza. — Ela olha em volta como se estivesse tentando encontrar um lugar para se sentar. — Então, podemos sentar e fazer uma refeição agradável e você me conta tudo sobre você e a fazenda e o que está acontecendo. Por minha conta.

Meu coração traidor dá um salto de emoção. Não seria legal? Não seria tão bom que minha mãe, a pessoa que deveria me amar de maneira incondicional, finalmente quisesse passar um tempo comigo? Conhecer-me.

Eu me convenci de que meu coração é duro como pedra em relação àquela mulher, mas mesmo um pequeno indício de sua afeição o faz virar pó. Posso ter toda a bravata do mundo, mas no segundo em que ela me dá um pingo de atenção, volto a ser uma criança, ansiosa e saltitando por sua aprovação.

Sou uma idiota, mas eu quero isso. Quero me sentar com minha mãe, pedir a ela que me leve para almoçar e ouça histórias da minha vida. Eu lhe contaria sobre a fazenda, o que mudou nela, o que continua igual. Eu lhe contaria sobre Lou e meus amigos e, talvez, se eu tivesse coragem, lhe contaria inclusive sobre alguns dos meus sentimentos por Opal. Abro a boca, prestes a concordar, quando sinto um aperto forte na minha mão.

Olho para Opal, seus olhos arregalados em advertência, e recupero algumas das minhas defesas.

— Agora não é o melhor momento, mãe — digo, limpando a garganta. — Temos muita coisa para fazer para a competição.

Seus lábios franzem em um beicinho.

— É uma pena, de verdade. Não pode me dar nem uma hora? Que tal meia hora e tomarmos um café?

Balanço a cabeça em negação, alfinetadas de desconforto arrepiam os pelos de minha nuca.

— Desculpe, mas não posso mesmo.

O rosto dela desmorona; e parece tão sincero, que as palavras seguintes escapam de mim antes que eu pense melhor.

— Mas talvez depois da competição amanhã? Ou domingo?

Durante um milésimo de segundo, algo no rosto de Trish se fecha, como se ela estivesse procurando uma emoção para mostrar. Ela se contenta com impotência. Abre a boca, mas eu a interrompo, uma dúvida crescendo em minha mente.

— Onde você está hospedada? — pergunto, semicerrando os olhos. — Algum lugar aqui perto?

Os lábios de Trish se abrem, seu batom craquelando.

— Bem, é mais ou menos, querida. Estou para lá e para cá no momento.

Minha coluna se endireita como uma articulação travando no lugar, tudo fazendo sentido agora.

— Você quer dinheiro — concluo, a voz baixa e sem emoção enquanto pisco de perplexidade para minha mãe. Ela tem a decência de parecer ofendida, a mão indo ao peito.

— Oh, Deus, não! Que tipo de mãe você acha que eu sou? Não é nada disso.

— Você quer dinheiro — repito.

Trish solta uma risada falsa, seu lindo sorriso tenso e apertado.

— Senti falta do meu robozinho sem jogo de cintura. Não, veja bem, estou melhor do que nunca. Tenho um novo namorado, Randy, ele está bem ali.

Olhamos para onde ela aponta, vendo um homem de aparência sorrateira, alto e magro, com pele amarelada e uma tatuagem no pescoço, amuado no canto, olhos fundos e alertas enquanto observa os hóspedes vagando pelo saguão. Trish é sem dúvida o pior clichê do mundo.

— E ele é tão bom para mim, querida, você não acreditaria. Está construindo uma casa linda para nós, sabe? Vai ser enorme. Um castelo nas montanhas. E estou exigindo que ele acrescente uma ala inteira para você, Pep. Porque tudo gira em torno disso. Sinto sua falta, querida. Quero compensar o tempo perdido. Ter uma casa legal para você ficar comigo.

Eu a encaro, a ponta gélida de uma faca cortando meu peito.

— Mas o problema é que a construção atrasou. Agora não muito, veja bem, apenas uma semana. Talvez duas. Mas o contrato de locação do nosso apartamento acabou. Meu Deus, este apartamento. Gostaria que você tivesse visto. Cento e oitenta e cinco metros quadrados. Bem no centro de Charlotte. Janelas do chão ao teto. Morar lá fez eu me sentir como uma das Real Housewives. De qualquer forma, não renovamos o contrato, obviamente, porque achamos que poderíamos nos mudar para nossa nova mansão nas montanhas. Mas você sabe como essas coisas são, atrasos, atrasos, atrasos. Então, estamos lá e cá e com certeza agradeceríamos se você pudesse nos dar uma ajudinha. Talvez nos deixar ficar com você até que o lugar esteja pronto? Ou mesmo se você souber de um bom hotel na área. — Ela gesticula em volta para nossos belos arredores. — Eu adoraria sua indicação.

Há um momento de silêncio, meu coração escorrendo como lama até os joelhos, meus dedos agarrando a pele das cutículas.

— Você quer dinheiro.

E isso é suficiente, sua paciência se esgotando, as narinas dilatadas. Aquele olhar prende uma corrente no meio do meu peito e me puxa de volta, chicoteando-me para o passado. Cada palavra dura. Cada promessa quebrada. Cada momento de solidão dolorosa, estivesse ela ao meu lado ou não.

Ela tenta parecer calma, mas isso sempre piora a explosão.

— Pepper — ela diz entredentes. — Eu gostaria que você calasse sua boquinha boba e ouvisse o que estou tentando lhe dizer...

— Eu sei o que você está tentando me dizer. Sou péssima em ler as pessoas, mas consigo ler você, mãe. Você deixa isso tão óbvio.

Aquele sorriso falso desaparece, um vermelho profundo correndo por suas bochechas até as pontas das orelhas.

— É melhor você parar com isso, mocinha. Você está sendo extremamente desagradável agora. Se você...

— Não quero que você goste de mim, mãe — grito, jogando os braços para cima e chamando atenção de mais do que alguns pares de olhos. — Estou pouco me fodendo se alguém me acha simpática. Eu só quero que você se importe. Eu quero que você se importe o suficiente com sua única filha a ponto de ficar com uma pulga atrás da orelha antes de me pedir dinheiro depois de me abandonar em uma porta aleatória.

Ela agarra meu braço, puxando-me para o canto mais próximo, os olhos examinando o local à medida que chamo mais atenção ainda.

— Cale sua maldita boca agora, Pepper Anne. Eu não *abandonei* você — ela dispara, o rosto se aproximando do meu enquanto encolho sob seu olhar. — Você sabe que sempre dei o melhor de mim. Cometi erros? Claro. Claro. Sou apenas um ser humano. Mas não tenho direito a nenhuma bênção? Alguma margem para erro? E os erros que você cometeu? Nunca joguei na sua cara o quão pretensiosa você é. Sempre agindo como se achasse que era melhor do que os outros. Eu nunca faria você se sentir mal por causa disso.

— Tudo o que você já fez na minha vida foi fazer eu me sentir mal — retruco com uma risada abafada, lágrimas pinicando meus olhos, algumas escorrendo por meu rosto. — Você tem noção de como é infinitamente exaustivo ser filha de uma vigarista narcisista? Minha identidade inteira está emaranhada nessa teia absurda de suas mentiras e o que você quer que eu seja. Que papel eu devo desempenhar. Não sou uma peça nos seus jogos, mãe.

Ela se inclina para mim, os olhos flamejando, e eu fico claustrofóbica, como se todo o meu ser tivesse encolhido sob as pequenas alfinetadas de suas pupilas. Como se eu não passasse de um pontinho, e ela fosse me apagar.

— Algumas coisas nunca mudam, hein? Você sempre será...

Ela não pode decidir o meu destino. Em vez disso, Opal se espreme entre nós, empurrando minha mãe para mais perto da parede e eu cambaleando um passo para trás.

— É bom você parar de falar com ela desse jeito antes que eu realmente faça um escândalo — ameaça Opal. Ela é uns bons quinze centímetros mais baixa que Trish, mas é óbvio quem é a mulher mais forte.

Trish pisca algumas vezes, surpresa.

— Como disse? Quem você pensa que é?

Opal ri, e eu me encho de calor com o som áspero.

— Eu sou seu pior pesadelo se você continuar falando com Pepper desse jeito.

Trish zomba.

— Não acredita em mim? Então, vá em frente. Porque eu sei tudo a seu respeito, Trish Boden. Sei de suas identidades falsas e seus esquemas e todos os seus segredinhos sujos do passado. E tenho os meios para descobrir ainda mais coisa, se eu for tentada. Então, faça-me um favor. Me faça ganhar o dia. Continue falando com Pepper e veja o tanto que eu posso me divertir.

Eu queria poder ver o rosto de Opal, ler qualquer mentira absurda que ela vá dizer a seguir. Porque embora ela possa saber um pouco do histórico de merda da minha mãe, essa encapetada de cabelo verde não tem os recursos (ou, sejamos sinceros, a capacidade de atenção) para cavar mais fundo. Mas ela está fazendo uma performance bem convincente.

E é a coisa mais doce que alguém já fez por mim.

Felizmente, Trish já foi encostada na parede tantas vezes, sempre tentando se esquivar, que ela não desconfia da falsa bravata de Opal.

Ela solta um suspiro arrogante, abrindo caminho passando por Opal.

— E aqui estava eu, tentando ter uma conversa civilizada com minha filha, e ela atiça uma delinquente como você para cima de mim.

Vamos, Randy, vamos embora — ela grita, estalando os dedos. Randy se aproxima rápido e os dois caminham até a porta. — Vou rezar por vocês duas. Deus abençoe seus corações — Trish diz destilando veneno por cima do ombro.

— Vá se foder você também, moça — Opal grita.

Minha mãe balança a cabeça em sinal de negação e emite um som de desaprovação. Randy, como o sujeito elegante que é, nos mostra o dedo médio das duas mãos.

— Talvez você queira um segundo para se recompor — Opal acrescenta, um sorriso vingativo contornando os lábios. — Sua caipirice está aparecendo.

Opal vira-se para mim, seu sorriso desaparecendo ao ver as lágrimas escorrendo em meu rosto neste momento.

— Oh, Pepper — ela sussurra, agarrando minhas mãos. — Vamos.

Ela me leva para dentro do elevador, apertando o botão do nosso andar um milhão de vezes enquanto subimos. Ela me direciona pelo corredor embaçado por meu choro, meus músculos pesados e frouxos enquanto a tristeza revira minhas entranhas. De alguma forma, ela me coloca na cama, minha cabeça enfiada em seu peito enquanto choro. Meu coração está machucado e devastado como uma íris esmagada por um punho cerrado, mas a cada toque suave de suas mãos em minhas bochechas, costas, peito, ela afrouxa a compressão.

Ela não me diz para parar de chorar. Não me diz que vai ficar tudo bem. Opal não faz nada além de me abraçar. Porque ser abraçada é exatamente o que eu preciso.

CAPÍTULO 32

PEPPER

Acordo horas depois em um sobressalto, meu coração batendo forte enquanto a voz aguda de minha mãe ecoa na minha cabeça. Demoro muito tempo para processar que não estou brigando com ela, ouvindo suas provocações inteligentes e palavras cruéis.

Estou em um quarto de hotel com Opal envolvendo as minhas costas, lábios em meu ombro, respiração suave contra a minha pele.

Estou bem.

Bem, isso não é exatamente verdade. Estou exausta e triste e a casca de cada ferida parece reaberta.

Mas estou... alegre. Confortável. Compreendida pela mulher peculiar que está escolhendo ficar agarrada em mim. Tenho muita esperança de que talvez ela queira ficar assim. E é assustador. Estou mergulhada no meio de um mar de sentimentos, onda atrás de onda atingindo minha cabeça. Tudo o que quero é que meus pés toquem o chão.

Com cuidado, eu me afasto de seu calor e saio da cama. Olho para Opal e minha respiração fica presa na garganta. Ela é tão incrível — lençóis brancos enrolados ao seu redor, bochechas rosadas e corpo relaxado no sono — e eu não quero outra coisa senão rastejar de volta para a cama. Mas eu me viro em vez disso. Esse caminho é perigoso, esconde mágoas e decepção. É bom demais para ser confiável.

Abrindo o bolso externo de minha bolsa, pego o pequeno retângulo, arrastando a ponta do meu polegar pela borda enquanto olho para a pintura minha e da vovó Lou que Opal fez. Isso me enche de uma sensação de paz que não tenho certeza se mereço.

— Você trouxe isso com você? — A voz de Opal é suave, e eu me viro para vê-la apoiada no cotovelo, os olhos pesados de sono enquanto olha para mim.

Engulo em seco. Ela é tão linda que é quase doloroso.

— Carrego comigo para todo lugar.

— Eu não sabia.

Dou de ombros. É pequeno o suficiente para caber à perfeição no bolso da frente de meu macacão ou no bolso de trás da minha calça *jeans*. Não o tiro quando estou trabalhando — odiaria sujá-lo —, mas o peso leve dele em mim agora parece tão vital quanto respirar.

Opal se mexe, saindo da cama e se ajoelhando ao meu lado no chão. Fixo os olhos na pintura, pressionando os dedos nas bordas.

— Gostaria que você a tivesse conhecido. — Aperto os lábios, tentando lutar contra as lágrimas que escorrem constantemente pelo meu rosto.

— Eu também. — Opal me envolve com os braços, gentilmente colocando minha cabeça sob seu queixo. — Mas estou feliz por ter tido a sorte de conhecer *você*.

Meu coração sai do compasso, então bate em ritmo acelerado. Eu me viro nos braços de Opal, dando a ela um olhar cheio de uma esperança dolorosa, terrível.

— Está mesmo?

Opal sorri, enfiando os dedos pelo meu cabelo e dando um beijo na minha têmpora.

— Se já não está escancaradamente claro, eu gosto muito mesmo de você, Pepper. Tipo, pra caramba, tipo desenhando páginas e páginas de coraçõezinhos com seu nome em meu caderno. Eu pensei que ao falar isso na estufa meio que tinha deixado bem claro.

— Eu... — Minha garganta dá um nó. Quero ser corajosa. Quero ser sincera. Quero andar na ponta dos pés naquela corda bamba e me juntar a ela na vulnerabilidade. Mas o risco de a corda esticar e arrebentar, aquela queda livre antes do impacto, me faz balançar a cabeça em negação e me afastar. — As pessoas exageram o tempo todo — digo, puxando a barra da minha camiseta. — Muito do que você está sentindo pode ser apenas hormônios sexuais em boas condições. O barato do momento. É a natureza humana. Não vai durar.

Opal muda de posição, me encarando. Estende as mãos para mim, mas finjo não notar. Ela deixa as dela estendidas assim mesmo.

— Não posso prever o futuro — ela diz, inclinando a cabeça, um sorriso suave nos lábios. — Mas não acho que seja isso. Não para mim.

Balanço a cabeça com mais força. Suas palavras soam muito atraentes, muito cativantes e belas e boas demais para pertencerem a mim.

— Não diga isso. As pessoas acordam todos os dias e decidem deixar alguém para trás; decidem que você é um fardo pesado demais para carregar; quebram promessas que juraram que manteriam sem pensar duas vezes.

Opal cambaleia para a frente, olhos ferozes, mãos de certa forma gentis enquanto ela segura minhas bochechas, inclinando meu rosto até que eu tenha que olhar para ela.

— Me escute — ela sussurra, a respiração pairando em minha boca. — Você recebeu uma mão de merda no pôquer da vida, Pepper, não há como negar. E nunca serei capaz de desfazer essa dor. Nunca vou querer fazê-lo. A dor é sua para você sentir da maneira que quiser. Mas você se contentou por muito tempo com a pessoa que deveria amar você a magoando em vez disso. Mas isso acaba agora. Foda-se qualquer coisa e qualquer um que fez você ter que sobreviver em vez de viver. Você merece uma vida tão tranquila que pareça deliciosamente chata. Uma vida cheia de flores e dias ensolarados e pessoas que mostram a você o tempo todo que você é valorizada e digna. Você merece tudo isso.

Um soluço agudo sai de mim, e eu desabo nela, agarrando-a perto de mim. Opal me embala enquanto choro e é muita coisa de uma vez, mas de alguma forma exatamente certa.

Aos poucos, eu me acalmo o suficiente para respirar, e Opal me leva para a cama, deitando-se ao meu lado. Ela não me solta nem por um segundo.

— Você me assusta — murmuro, meu coração doendo enquanto tenta alcançá-la.

Opal bufa, franzindo o nariz.

— Pepper, eu sou um desastre humano de um metro e cinquenta e sete de altura com cabelo verde. Que parte minha poderia ser assustadora?

Solto um suspiro trêmulo.

— Você me faz querer ter esperança. E isso é assustador. Porque a esperança faz a gente se decepcionar. Faz a gente se magoar.

Opal coloca meu cabelo para trás, então enxuga as lágrimas do meu rosto com os polegares, fitando-me com um sorriso arrasadoramente suave.

— A esperança não magoa ninguém, Pepper — ela sussurra. — As pessoas magoam. A esperança ilumina, eleva e amplia tanto o coração que nem sabemos o que fazer com tanto espaço. E compartilhar essa esperança com alguém que cuidará dela, e cuidará dela como ela merece, só a faz crescer mais e mais.

Ela inspira fundo. Prende a respiração. Deixo que ela inunde meus lábios com um calor suave.

— Eu quero sua esperança, Pepper. Farei tudo o que estiver ao meu alcance para proteger essa esperança se você me permitir. Pode apostar tudo em mim.

Não respondo a ela com palavras. Não conseguiria nem se quisesse; a pontada de necessidade que me corta é tão aguda, que tenho que me mover. Tenho que chegar mais perto, *mais perto*, mais perto dessa mulher delicada e maravilhosa e de suas palavras aterrorizantes e coração grande demais. Eu preciso dela contra mim e ao meu redor e em mim e sobre mim.

Eu preciso dela.

E nada vai me deter.

Eu a beijo com tanta força que sua cabeça se inclina para trás, mas não importa, minha palma está lá, amparando-a, minha outra mão traçando sua barriga, passando pelos seus seios, parando na batida de seu coração, para se enrolar em torno de sua garganta, sentindo sua pulsação sob minha pele.

Opal está tão desesperada quanto eu.

Ela nos despe num frenesi, mãos seguras e necessitadas enquanto ela remove cada camada até que seja pele contra pele. Nós arfamos com o contato. Suspiramos de alívio. O desejo é rápido como um clarão, mas constante como uma brasa ardendo. Quente, brilhante e vital.

Deitadas lado a lado, eu me arqueio contra seu corpo, torcendo minhas mãos em seu cabelo e trazendo-a ainda mais para perto. Eu a seguro firme enquanto ela traça caminhos selvagens em minha pele — a curva do meu quadril, os espaços das costelas, a concha de minha orelha. Ela faz cada centímetro de mim parecer deslumbrante.

É impossível parar de beijá-la, sentir aqueles lábios macios nos meus, captar cada gemido e choramingo na minha boca. Devolvê-los a ela. Nossas pernas se entrelaçam enquanto cada uma de nós desliza uma mão entre nossos corpos, explorando a outra, espelhando movimentos e carícias até que somos um circuito fechado de prazer.

Opal me empurra para eu deitar de costas, então paira sobre mim com um sorriso tão radiante que algo em meu peito estala. Ela pousa um beijo na ponta de meu nariz. Têmpora. Pálpebras. Pescoço. Ela me beija como se eu fosse algo precioso para ela, e minha garganta fecha com tantas emoções tentando sair. Enterro o rosto em seu peito para que ela não veja, para que eu não a assuste com cada emoção em meus olhos.

Ela ri de maneira graciosa de alguma coisa, então se senta, passando uma mão gentil pela minha coxa. Eu me abro para ela, sugando uma respiração aguda enquanto a eletricidade dança pela minha pele.

— Caramba — Opal murmura, beliscando o tecido da minha calcinha molhada e esfregando-a entre os dedos. Ela a puxa para baixo, jogando-a para trás, então ronrona de satisfação enquanto me toca um pouco mais. Jogo meu braço sobre a boca e reprimo um soluço.

Ajoelhando-se entre minhas pernas, ela me abre, mantendo-me escancarada. Olho para baixo por meu corpo para vê-la me estudando com desejo faminto. Ela lambe os lábios e a intensa avidez irradiando de seu corpo tenso faz meus quadris se moverem em resposta, sequiosos por mais.

Ela ri de novo.

— Não sei o que poderia ser tão engraçado — suspiro, tentando me afastar enquanto uma forte pulsação ecoa pelo meu centro.

Ela me segura firme, sorrindo. Aquele sorriso é doce de satisfação, como uma leoa avaliando sua próxima refeição.

— Você fica tão linda quando me quer.

Ela coloca minhas pernas sobre seus ombros enquanto se deita no colchão. Agarrando meus quadris, ela me empurra para a frente, a boca quente e faminta contra meu clitóris, arrancando um grito agudo de mim. Eu pressiono ainda mais perto, agarrando seus cabelos pela raiz e puxando-a contra mim enquanto meus quadris empurram em um ritmo desarticulado.

— Isso mesmo — ela estimula, levantando a cabeça para olhar para mim, lábios molhados, cheios e vermelhos. — Mostre para mim o quanto você gosta.

Meus quadris se agitam ainda mais forte, e seu sorriso envia uma forte sacudida de prazer direto pela minha espinha.

Ela morde meu osso do quadril, sugando a pele, então beija o local. Sua marca deixa uma mancha marrom perfeita, e eu tenho o pensamento ridículo e desarmante de que quero que ela nunca desapareça. Quero me lembrar dos lábios de Opal na minha pele, sua cabeça entre minhas coxas, até o dia em que eu morrer.

Ela retorna ao meu clitóris com foco incomparável. Meus dedos dos pés se enrolam nos lençóis enquanto ela me lambe e chupa, mandíbula firme, cada músculo pronto para trabalhar.

— Estou quase lá — ofego, agarrando sua cabeça, cavalgando em sua língua. Sinto seu murmúrio de encorajamento contra mim, rouco e desesperado e tão fodidamente excitado, que me empurra para o limite, onda atrás de onda quebrando em mim, e eu grito seu nome enquanto gozo.

Ela me acompanha na segunda leva de espasmos, ao mesmo tempo doce e devassa e tão dolorosamente maravilhosa que receio que eu possa fazer algo humilhante como chorar ou pedir para ela nunca me deixar. Em vez disso, agarro seu cabelo mais uma vez, puxando-o para cima.

Opal vem de bom grado, me beijando forte e profundamente enquanto jogo meus braços em volta do seu pescoço, pressionando nossos peitos.

Depois de mais alguns beijos lânguidos, ela reajusta nossa posição, de volta em cima de mim enquanto ela encaixa seus quadris nos meus. Ficamos assim por um momento, sentindo uma à outra, observando a outra respirar. Ela é tão linda que quase dói.

Então, ela dá uma remexida hesitante com a pélvis.

E eu me acabo por completo.

Nós duas gememos, Opal prendendo meus quadris com tanta força que me pergunto se vou ficar com hematomas, pequenas marcas como pétalas de violeta ao longo da minha pele para mostrar o quanto ela me possui.

Observo seu rosto, a maneira como ela inclina a cabeça para trás, olhos fechados enquanto morde o lábio com força. A cor corre por suas bochechas, garganta abaixo, peito. Estendo a mão, segurando seus seios fartos, rolando seus mamilos entre os dedos e dando um puxão forte. Ela grita, e eu acalmo o local com as pontas de meus polegares até que ela esteja curvada para mim, então os belisco de novo. Sinto sua boceta apertar na minha e gemo.

Ela está tão escorregadia e molhada enquanto se esfrega em mim, sons brutos de carne contra carne se misturando com nossa respiração ofegante, aumentando meu desejo. Ela se move mais rápido, mais forte, pequenas estrelas dançando na minha visão enquanto a encaro.

— Aí mesmo — suspiro. — Desse jeito. Não pare.

— É tão bom... Você é tão gostosa... que eu *não consigo* parar.

Gozo forte e rápido, minha barriga se contraindo, meu corpo inteiro convulsionando contra ela.

— Isso — ela geme, acompanhando-me até o limite. Com um soluço sufocado, ela desaba sobre mim, o rosto pressionado em meu pescoço, a pele escorregadia na minha enquanto nós duas lutamos para recuperar o fôlego.

E neste momento — com seu peso segurando meu corpo na terra, minha cabeça flutuando até as nuvens, seu coração batendo no meu — acho que talvez, quem sabe, Opal esteja certa.

A esperança não precisa ser fonte de mágoa.

CAPÍTULO 33

OPAL

— Eu quero morrer — digo a Pepper por cima da borda de meu copo de café fraco enquanto examinamos nosso estande da competição.

Pepper solta um suspiro de sofrimento.

— É sério, não temos tempo para dramas hoje.

— Me desculpe, admitir a verdade do meu estado mental depois de ser acordada por um crime de ódio esta manhã agora é considerado drama?

— Dizer a você que é hora de levantar não é um crime de ódio — defende-se Pepper, lançando-me um olhar penetrante enquanto empurra um carrinho de caixas cheias de flores secas pelo espaço. Eu me espremo contra a parede.

— É sim quando são quatro e meia da manhã — reclamo.

Ela solta outro suspiro, estacionando o carrinho. Ela me encara com as mãos nos quadris, e faço beicinho, com olhar de cachorrinho pidão. Sua boca se curva nos cantos.

— Não temos tempo para isso — ela diz de novo, olhando para o relógio.

— Tudo que preciso é de um pedido rápido de desculpas. — Arrasto o dedão do pé pelo chão, olhando para ela por trás dos cílios. Ela está abrindo um largo sorriso.

Pepper caminha em minha direção, as mãos se flexionando como se estivesse antecipando me tocar, e sinto um friozinho no estômago. Gosto tanto dessa mulher que preciso dar tudo de mim para não pular nela como um coala.

Ela estende a mão como se não pudesse se conter, segurando meu rosto. Inclina-se, roçando seu nariz no meu uma vez, duas vezes, então pressionando um beijo suave em meus lábios, pequenas faíscas brilhando em minha pele.

— Desculpe por acordar você para me ajudar a montar a apresentação para a competição da qual você me fez participar basicamente usando força bruta — ela murmura contra minha boca.

— Desculpas aceitas — digo no fim de uma risadinha ofegante.

Com esse novo enriquecimento motivacional, começamos a trabalhar na montagem. Pepper move os vários materiais ao redor do espaço enquanto eu começo a construir a peça central, lutando com tela de arame e redes de pesca para pendurar as flores.

Sem ter dúvidas sobre quem é mais adequada para a tarefa, coloco Pepper a cargo de pendurar as longas guirlandas de flores no teto e nas paredes do fundo. Algumas das guirlandas são penduradas na vertical, os delicados pompons de dálias amarelas parecem estrelas no fundo rosa e roxo que lembra o início do crepúsculo.

Depois que a peça central é construída, começo a trabalhar nos detalhes mais finos — uma dedaleira para chamar a atenção, pétalas de rosas rosa-claro para adicionar nuances, umas poucas e esparsas anêmonas brancas para suavizar algumas bordas.

Pepper e eu trabalhamos em um silêncio concentrado, parando apenas para confirmar o posicionamento ou perguntar se colocamos flores suficientes em um local para ter o efeito certo. O perfume forte das flores é bom no começo, inebriante e exuberante, mas depois de algumas horas de trabalho, meus olhos estão coçando e meu cérebro parece ter inchado na cabeça por causa disso.

Mas eu não paro.

Corro contra o tempo, rastejando de quatro, me esticando na ponta dos pés para alcançar os lugares mais altos, construindo um jardim com minhas próprias mãos.

Tem que ser perfeito. *Preciso* que seja perfeito. Não para mim, mas para Pepper. Quero mostrar a ela que sirvo para alguma coisa — que posso lhe oferecer algo —, mesmo que seja tão específico e inútil quanto a arte floral. Algo mudou entre nós na noite anterior, e Pepper se abrir para mim é o maior presente que já recebi, mas não paro de pensar que continuo a falar de meus sentimentos de modo sincero e direto, dizendo-lhe o quanto me importo com ela, e não ouço o eco de volta. Pelo que sei, isso ainda pode fazer parte do nosso acordo para Pepper, que só está me deixando quebrar a regra de não ter sentimentos porque isso significa orgasmos para ela.

É assustador gostar tanto de alguém sem receber a confirmação de que não estou sozinha nesse sentimento avassalador.

Percorro a peça mais uma vez, com a testa franzida e o olhar aguçado, mergulhando em cada broto que ousa cair do lugar. Na minha quinta inspeção, volto a ajustar a parte de cima, xingando o milefólio, as anêmonas e as cenouras-bravas por não ficarem do jeito certo. Furo o dedo em um alfinete escondido segurando alguns caules no lugar e grito, uma gota de sangue brotando na ponta do dedo e pingando em uma pétala branca.

— Sou uma porra de um Muppet — grito, chupando o dedo. — Tão idiota. — Com meu dedo sem sangramento, vou ajustar o milefólio novamente (ou arrancar tudo, quem sabe?), mas a mão de Pepper agarra meu pulso.

— Opal — ela sussurra, puxando-me para que eu gire para encará-la. Não olho nos olhos dela. Não quero ver decepção, resignação ou preocupação de que não venceremos. — Opal, olhe para mim.

— Não vou olhar, obrigada.

Pepper segura suavemente meu queixo com o polegar e o indicador, inclinando meu rosto para cima, e fecho os olhos no último segundo. Ela passa a mão pela minha bochecha, minha garganta, para descansar sobre meu coração palpitante.

— Por favor.

Maldita mulher. Tenho certeza de que seu toque pode me encorajar a fazer qualquer coisa. Com um suspiro, encaro-a, preparando-me para o desânimo que tenho certeza de que estará gravado em suas belas feições. Mas não vejo nada disso lá. Seus olhos são suaves, enrugados nos cantos, a boca esticada no maior sorriso que já a vi ostentar, um brilho constante irradiando de sua pele. Então, ela me abraça.

— Você já fez o bastante — ela sussurra no meu cabelo, nos balançando para a frente e para trás.

Faço menção de me afastar, para discutir, mas ela me segura com mais força.

— Ainda tem coisas que preciso consertar — murmuro contra sua clavícula.

Sinto-a menear a cabeça e então dar um beijo na minha têmpora.

— Não, não tem. Está perfeito.

Silenciando qualquer outro argumento que eu tente sacar, ela me arrasta para fora da sala, e o ar fresco me deixa tonta.

Entrelaçando os dedos nos meus, ela nos conduz até uma mesa de refrescos, enfiando uma garrafa de água na minha mão e não me deixando parar de beber até que metade dela tenha acabado. Estou prestes a falar, mas ela é rápida demais, colocando três uvas na minha boca.

Quando finalmente as engulo, ela tenta enfiar também um biscoito em seguida, mas eu me desvio dela, rindo.

— Ok, ok! Estou ressuscitada.

— Ufa — ela diz, fingindo enxugar o suor da testa. — Quase pensei que tinha perdido você lá.

— A fome me deixa incontrolável.

— Não me diga. Estou com medo do que vai acontecer se eu não lhe der uma refeição completa nos próximos dez minutos.

— Vou fazer minha metamorfose final em um embucetadassauro rex e saquear este hotel adorável. — Levanto os pulsos cerrados diante de mim, fazendo um som estrondoso.

Pepper pisca de perplexidade algumas vezes, então joga a cabeça para trás e ri.

— Você é tão estranha — ela diz, puxando-me para outro abraço.

— Vamos nos trocar? — pergunto, respirando fundo. — A banca examinadora vai começar a avaliar daqui a uma hora mais ou menos.

Pepper assente, então me solta. Olhando ao redor em busca de alguma testemunha, pegamos braçadas de pacotes de salgadinhos da mesa e corremos como loucas para o nosso quarto.

Depois de devorar algumas batatas fritas e biscoitos, revezamo-nos para tomar um banho rápido. Para um hotel classe A, o chuveiro é pequeno demais para fazermos qualquer coisa íntima ali, mesmo que só uma pequena travessura, e não há dúvida de que mencionarei isso na minha avaliação do Google.

— Posso fazer seu cabelo? — pergunto, balançando meu modelador de cachos no ar. Estou tendo uma percepção de última hora de que incorporar ferramentas de calor no desastre capilar no topo da minha cabeça é procurar sarna pra se coçar. E é isso que chamam de *amadurecimento*.

— Hum... — Pepper olha minhas mechas verdes. — Estamos um pouco atrasadas. Eu não gostaria que você tivesse que correr.

Com um suspiro de indignação meio fingido, pulo nela, prendendo-a na cama e espalhando beijos em todos os lugares que consigo alcançar.

— Por favor? — choramingo, acariciando seu pescoço. Sinto as vibrações de sua risada contra minha bochecha.

— Tudo bem — ela diz com um suspiro, e eu grito de alegria. — Mas temos que ser rápidas.

Eu a sento, enrolando a parte de trás. Seu cabelo é grosso e sedoso entre meus dedos, e eu não consigo parar de brincar, passando minhas mãos por ele. Pepper ronrona de satisfação enquanto faço isso, colocando a cabeça para trás, inclinando-se para o meu toque. Por fim, posiciono-me diante dela, concentrando-me nas camadas ao redor do seu rosto.

Tento fazer um bom trabalho, tento de verdade, mas Pepper continua apalpando o laço do meu robe, brincando com as lapelas no meu peito, e não demora muito para que o modelador de cachos seja desligado e jogado na mesa e eu esteja montada em seu colo, as mãos bagunçando aquele cabelo lindo enquanto a beijo como se estivesse morrendo de fome e ela fosse meu primeiro gosto de comida. Nós nos beijamos como adolescentes enlouquecidas pela luxúria, rindo e nos atrapalhando enquanto rolamos pelo colchão, dedos desajeitados e rápidos enquanto corremos em direção a um objetivo compartilhado.

— Agora temos mesmo que nos apressar — Pepper diz, o cabelo esparramado para todos os lados enquanto deitamos lado a lado, ofegantes enquanto a luz do sol entra pela janela.

Sorrindo como uma idiota, salto da cama e coloco meu vestido, Pepper seguindo meu exemplo. Ela veste um macacão verde-esmeralda que faz sua pele dourada brilhar. Ela é tão bonita que acho que posso morrer.

Apesar dos protestos dela, faço uma trança rápida e frouxa em seu cabelo, prendendo flores entre os fios. Pepper se olha no espelho, então volta a olhar, com um sorriso de criança enquanto contempla o resultado.

— Argh — é tudo o que ela diz, segurando minhas bochechas e me dando um beijo profundo, transferindo aquele sorriso direto para mim.

Pegamos o elevador para descer, passando primeiro no saguão. O espaço havia sido transformado em um jardim movimentado para exibir as flores individuais. Pepper me disse antes que há prêmios para tudo, desde pequenas flores até a dália mais gigante que alguém possa cultivar. Ela explicou em termos muito mais técnicos, mas eu me distraí de tão fofa que ela fica quando está animada sobre um tópico.

Tentando não esbarrar em nada, passamos por um corredor comprido abrigando os pequenos arranjos de flores antes de irmos para o andar inferior para avaliar nossos competidores diretos antes do horário designado para estarmos em nosso estande para o julgamento.

— Opie! — As vozes das minhas irmãs ecoam pelo salão e, um momento depois, sou atingida pelas duas, cambaleando para trás enquanto elas me abraçam.

— Oi — ofego enquanto elas me apertam com mais força.

— Oi, sua superestrelinha — Ophelia diz, beliscando minhas bochechas.

— Estamos tão orgulhosas de você — declara Olivia, afastando-se para cumprimentar Pepper com um abraço semelhante.

— Você nem viu o nosso ainda — rebato.

Olivia dispensa minhas palavras com um gesto.

— Não importa. Eu sei que é incrível.

Meu rubor é vergonhosamente intenso.

— Tal e Diksha estão aqui? — pergunto, virando-me para Pepper.

Ela verifica seu telefone.

— Sim, estão aqui. Diksha disse que Tal está entretida em uma conversa sobre floricultura com alguns colegas e vão se juntar a nós quando o julgamento começar.

— Legal.

— Chega de enrolação, vamos julgar silenciosamente os outros competidores.

Bato no ombro de Ophelia.

— Quis dizer *admirar*. Nossa, desculpe. Um ato falho.

Reviro os olhos, mas as sigo até a fileira de estandes.

Os primeiros não apresentam nada especial, muito uso previsível de corações, alguns outros pareciam ter tomado o tema como mero pretexto para usarem o espaço para mostrar sua habilidade de montar um arco de flores de aparência elaborada com buquês para combinar.

— Não sei por que estávamos tão nervosas — sussurro para Pepper pelo canto da boca depois de olhar para uma exibição particularmente insossa de apenas rosas. Ela me dá uma cotovelada nas costelas.

— Você vai nos dar azar.

Pepper parece estar certa, porque a fileira seguinte de estandes é um pouco mais competitiva.

— Merda — ela murmura enquanto observamos uma cena bem detalhada.

Um homem feito de flores segura um microfone de pé feito de galhos de salgueiro-chorão. Ele veste calça rosa-choque feita de ranúnculos e um colete magenta de vários tipos de flores. A coisa toda cria uma energia vibrante que parece de alguma forma familiar. Leio a placa sobre o trabalho, que cada participante teve que redigir, e vejo que é

Harry Styles durante sua turnê *Love on Tour*. Depois de outra olhada, a semelhança é inegável.

— Não quero ser agressiva, mas eu faria amor de corpo e alma com aquele homem de flores, sem questionar — diz Ophelia, Olivia concordando.

— Eu lhe disse que momentos de celebridades representados com flores eram uma ideia brilhante — resmungo para Pepper.

— Quero que saiba que estou ignorando você — diz ela, passando para o estande seguinte.

Esse mostra um coração humano gigante centralizado em uma parede. É feito de dálias e zínias vermelho-sangue, pétalas de rosas suspensas dos ventrículos como gotas de sangue. É tão grande e imponente que quase parece estar se expandindo e contraindo, o efeito me deixando enjoada.

— Me lembra um pouco a capa do livro *Sol da meia-noite* — sussurra Olivia enquanto nos afastamos.

Passamos por outra fileira comum, os únicos destaques sendo um estande que montou toneladas de pássaros diferentes e um enxame de abelhas a partir de flores, e um segundo que soletrava *AMOR* a partir de flores suspensas que se transformavam em uma flor gigante se você olhar de um ângulo diferente.

Uma das exibições mais chamativas na fileira seguinte é a réplica do salão de baile de uma recepção de casamento. O piso é em um xadrez de mosquitinhos bem compactados e jacintos tão escuros que são quase pretos. Uma cor profunda semelhante foi usada para um piano ao fundo, enquanto um casal em trajes nupciais está bem no centro. Eles utilizaram cabeças e braços de manequim para os recém-casados, mas suas roupas também são criadas a partir de flores, o terno azul-marinho do noivo parecendo felpudo por causa dos pompons de pétalas, o vestido da noiva uma cascata de branco em uma silhueta deslumbrante.

O que é tão surpreendente é a quantidade de movimento que eles infundiram, criando a sensação de que o noivo acabou de girar a noiva para um beijo, seu vestido rodopiando em torno dos tornozelos.

Que... merda.

Mas uma cena de casamento é tão clichê e heteronormativa para o tema... certo?

A exibição final nessa fileira me lembra da cena em *Bambi* antes das coisas ficarem traumatizantes. Várias criaturas da floresta estão espalhadas por todo o cenário. Uma fila de patinhos felpudos feitos de margaridas está seguindo sua mãe, com dois coelhinhos pulando no canto de trás feitos de hortênsias. Uma família de veados pasta no centro, suas expressões tão animadas que preciso de toda a minha força de vontade para não soltar um melancólico "ai, que fofo". A cena ao redor é exuberante com flores silvestres. A Mãe Natureza em seu momento mais feliz e brilhante.

— Droga... isso é muito bom.

Pepper assente, virando-se e correndo em direção à nossa área. Diksha e Tal acenam para nós no corredor.

— Já chega disso — Pepper diz com firmeza. — Não adianta criar ainda mais dúvidas para nós mesmas, certo?

Tenho que concordar.

Alguns deles são... bem, bons pra caralho, e isso cria uma bolha intensa de ciúmes que soluça em meu peito. Tanto faz. Não consigo pensar nisso agora porque, logo depois que chegamos ao nosso lugar, três jurados aparecem, e nosso momento chega.

Os jurados circulam nossa peça — nosso santuário floral — dedicada a um dos expoentes da humanidade.

Safo.

Com grandes proporções, ela se destaca no centro da nossa exibição, segurando uma ferramenta de escrita em uma mão, um livro na outra. Seu corpo é feito de juncos flexíveis e envolto em uma túnica grega de flores rosa-claro. Seu cabelo é uma mistura de flores frescas e secas, renda de chocolate e imortela delicada, criando cachos macios e cheios.

Nós moldamos o tablete em seus braços entrelaçando caules resistentes e criando páginas de pétalas brancas, uma cascata de flores brilhantes saindo de seu livro, derramando-se no chão e se espalhando a seus pés em redemoinhos de arco-íris delicados, pétalas e flores solitárias espalhadas nas bordas do espaço, mostrando quão longe suas palavras alcançam. Ideias brotam ao redor dela na forma de flores, penduradas em sua linha de visão e flutuando acima da cabeça, prontas para serem colhidas e registradas para inspirar as pessoas por milhares de anos.

Os juízes a rodeiam como tubarões, e eu limpo a garganta, postando-me ao lado dela.

— Safo de Lesbos não só é uma das poucas poetisas da Grécia antiga, mas uma das maiores poetisas da história que se tem conhecimento — digo com a voz trêmula enquanto dou início aos nossos cinco minutos de explicação e inspiração. — Grande parte de sua obra esteve perdida por anos e, quando reencontrada, foi queimada por retratar a sensualidade e o desejo que vêm com o amor a mais de um gênero. Como muitas grandes mulheres da História, ela foi desprezada por homens que governaram, parodiando sua memória como excessivamente promíscua e lasciva... não muito diferente de como envergonhamos as mulheres contemporâneas por expressar em qualquer tipo de desejo.

Os olhos dos juízes deixam Safo, grudando em mim. Volto a pigarrear, tentando reunir coragem para continuar falando.

— Nós tiramos inspiração para essa peça — aceno para sua forma alta — do famoso afresco de Safo. Alguns historiadores argumentam que a pintura icônica provavelmente nem é Safo, mas sim uma mulher não identificada de Pompeia. Não sou especialista em arte daquela época e certamente não sou uma defensora da história revisionista ou algo assim, mas tendo a discordar deles. Eu realmente gosto da ideia de que esta mulher — que está segurando suas armas de caneta e papel tão perto, olhando para fora, perdida em pensamentos, algumas das experiências humanas mais sagradas esperando em uma gota de tinta que ela traçará na página — seja Safo. Além disso, estou evocando o direito de licença artística ou algo assim.

Isso me rende algumas risadas dos juízes. Faço uma pausa, olhando de novo para Safo, depois para Pepper, que assiste da margem do cenário. Seu sorriso é tão luminoso que faz meus olhos lacrimejarem.

— Embora muito de seu trabalho tenha se perdido no tempo, o que resta é lindo. Importante. Safo não recitou contos épicos nem gritou com deuses. — Estou alheia a todos na sala, incapaz de parar de olhar para Pepper. Seu sorriso cativante e bochechas rosadas e o jeito como ela se inclina para a frente, como se estivesse pendurada em cada palavra minha. As seguintes saem suaves, roucas. Só para ela. — Seus poemas expressavam com brandura — com tamanha intimidade quanto confissões entre amantes — a terrível e maravilhosa dor de se estar apaixonada.

CAPÍTULO 34

OPAL

— Não tem como você não vencer — assegura Ophelia, muito perto do meu ouvido. — Essas outras merdas parecem os trabalhos manuais do maternal depois que as crianças estão todas ligadonas com açúcar e recreio.

— Você tem um péssimo jeito com as palavras — Olivia diz, os lábios curvados. — Certas coisas precisam ficar restritas aos pensamentos.

Ophelia dá uma fungada arrogante.

— Ah, por favor. O X acabou com esse conceito há quase duas décadas.

— Acho que vocês duas deveriam parar de falar — digo, um dos olhos tremelicando enquanto rasgo o guardanapo em minhas mãos em pedaços. Estamos esperando há quase uma hora no grande salão de jantar para a cerimônia de premiação começar.

Pepper e eu murchamos após a apresentação, recolhemo-nos num canto e fomos parando de falar enquanto nossos amigos nos cercavam e conversavam sobre o quanto haviam amado nosso projeto. Eu conheço esse anticlímax — esse abatimento — depois de colocar tanta dedicação em uma obra de arte e enfim mostrá-la ao público. É como se a corda que prende você à terra se rompesse e você flutuasse sem rumo no espaço, sem ter ideia de onde vai pousar. Se é que você vai pousar. É assustadoramente solitário.

— Por favor, sentem-se — diz uma mulher em um terno elegante ao microfone na frente do salão —, vamos começar.

Depois que o lugar fica em silêncio, a mulher inicia seu discurso.

— Olá e bem-vindos à cerimônia de premiação do Festival da Arte Viva deste ano. Sou Karen Summers, presidente da Sociedade Americana de Flora e Fauna, fazendo sonhos florescerem desde 1952.

Há uma salva de palmas enquanto Karen sorri para o público. Estou tão nervosa que acho que posso vomitar direto no arranjo de lilases no centro de nossa mesa.

— Como vocês sabem, nossa missão na SAFEF é defender fazendeiros e floristas em todo o país, protegendo seus interesses e meios de subsistência, enquanto pesquisamos constantemente as melhores práticas em sustentabilidade ambiental. — Karen faz mais uma pausa, e, dessa vez, consigo bater palmas com as mãos trêmulas e úmidas.

Mas em vez de dar prosseguimento à maldita coisa, Karen divaga por uma história excessivamente detalhada da organização e agradece aos milhões de membros do conselho que ajudam a fazer isso acontecer, seguido por um agradecimento igualmente extenso ao Grove Park Inn pela hospedagem.

— Gostaria também de agradecer especialmente à revista *Something Blue* por mais uma vez patrocinar o grande prêmio. A exposição que vocês proporcionaram aos vencedores anteriores catapultou muitas carreiras e o suporte que dão à SAFEF mantém nosso trabalho fértil e florescente. — Um repicar de risadas de pena ergue-se pela sala.

— E agora — Karen diz, batendo as palmas —, é hora da parte divertida, anunciar os vencedores!

É alucinante (e um pouco entediante) que haja tantos prêmios para flores. Rosa de rosa mais puro. E margarida gérbera. E peônia. Cortes perenes. Cortes anuais. Zínia de cor sólida. Zínia bicolor (excelente). Dália, centro aberto, mistura escura ou flamejante, variegada ou bicolor (de novo, excelente), três flores, uma cultivar. Dália, centro aberto, mistura escura ou flamejante, variegada ou bicolor, três flores, três cultivares.

Por baixo da mesa, pesquiso no Google a maioria das palavras nessas duas últimas categorias e a busca retorna pouco ou nenhum esclarecimento.

E por meio de todos esses anúncios e rodadas de aplausos, meu enjoo aumenta, o nervosismo pulsando em minhas articulações. A cada instante, posso sentir os olhos de Pepper em mim, mas eu nunca os encontro; a pressão é muito intensa, muito assustadora. Não quero ver a esperança que plantei ali, pois o medo de perdermos murcha toda a minha.

— E agora, para o nosso maior prêmio da noite. — Um silêncio recai sobre o salão de jantar e o suor frio pinica minha nuca. — O prêmio de melhor instalação em grande escala e vencedor de cem mil dólares vai para...

Karen rompe o lacre do envelope, carregando na dramatização ao ler o nome e abrindo a boca em um sorriso de animação.

Ela se inclina para perto do microfone:

— "Me Concede Essa Dança?"

Eles projetam uma imagem da cena do casamento na tela atrás de Karen, a sala irrompe em aplausos enquanto um homem e uma mulher gritam de empolgação, levantam-se e se abraçam antes de caminharem até o palco para receber o troféu.

A decepção é *avassaladora*.

Não ouço uma palavra do discurso dos vencedores, o som do sangue correndo em meus ouvidos abafando o barulho, minha visão ficando turva enquanto as lágrimas se acumulam.

Não sou boa perdedora. Nunca fui, nunca serei. Perder é uma merda horrível — uma dolorosa caçoada de que sua tentativa não foi boa o suficiente. Cada insegurança se acumula em mim, formando uma bola pequena no início, mas ganhando tamanho e velocidade à medida que rola rapidamente até que se torna uma avalanche de dúvidas ameaçando me derrubar de joelhos.

Sinto uma das minhas irmãs colocar um braço em volta de mim, mas dou de ombros para recusar o gesto. Não quero ser consolada agora. Quero chafurdar em minha infelicidade.

Quando viro o rosto, meus olhos encontram Pepper do outro lado da mesa. E, de alguma forma, a decepção me corrói ainda mais.

Seus lábios estão separados, os cantos para baixo e as sobrancelhas franzidas conforme me encara.

Incapaz de suportar o fardo esmagador da expressão de Pepper, eu me afasto da mesa, tropeçando nos meus pés enquanto corro para a saída. Constrangimento e fracasso comprimem meus pulmões, detendo-me no corredor. Não sou apenas má perdedora, mas também uma paspalha fazendo uma saída dramática como se alguma coisa importasse. Como se eu importasse.

— Opal?

A voz de Pepper é gasolina nas chamas dos meus sentimentos confusos, cada um de seus passos enquanto ela vem em minha direção é um alarme disparando para o fato de que as coisas estão prestes a piorar muito. Eu queria que um alçapão se abrisse abaixo dos meus pés e me engolisse por inteiro. Eu baixo a cabeça, desviando o olhar enquanto Pepper para ao meu lado.

— O que está acontecendo? Por que você foi embora?

Palavras se represam na minha garganta, emoções se acumulam em um nó inchado tentando se libertar. Quero ser a pessoa que solta um suspiro profundo, vira-se calmamente para Pepper e fala sobre tudo. Gostaria de poder analisar meus sentimentos, depositá-los aos pés de Pepper, pedir-lhe que me dê uma colher de chá enquanto eu os organizo em algo razoável.

Mas essa não seria eu.

Em vez disso, com o rosto quente e manchado, solto um grunhido rude em resposta, gesticulando para o local de onde saímos, então cruzo os braços sobre o peito, encarando Pepper enquanto a mágoa e o constrangimento se transformam em raiva porque isso é mais fácil do que me sentir uma merda comigo mesma.

E eu me odeio por isso. Sou um feixe de sentimentos muito intensos, emaranhados em nós e frustrada até não poder mais por não conseguir ter uma reação normal pelo menos uma vez na vida.

Pepper inclina a cabeça para o lado enquanto olha para mim, a confusão se transformando em camadas frias de proteção.

— O que foi? — ela desembucha, um tom ríspido em sua voz que faz meu raivoso monstro de emoções assentir de satisfação.

— Porra, Pepper, nós perdemos.

— Sim, eu percebi.

Eu zombo.

— E aí? O que você espera que eu diga?

Pepper arrasta a mão sobre o topo da cabeça, alisando os cabelos rebeldes, então dá de ombros.

— Sei lá. Acho que algo um pouco mais substancial do que isso.

— Rá. Você primeiro.

— Quero dizer, é óbvio que é um resultado abaixo do ideal. Complica as coisas.

Suas palavras espremem meu coração até ele virar um bagaço amargo. Eu me pergunto se qualquer outra coisa que eu fizer, que eu tentar, resultará em algo diferente que não uma bagunça complicada.

— Que percepção incrível. Obrigada por esclarecer isso.

— Por que você está sendo tão cruel? — ela pergunta de repente, seus ombros se curvando enquanto envolve a cintura com os braços. — É sério mesmo que você está chateada assim porque eles não gostaram do seu projeto?

A fúria me atravessa.

— Nossa. Valeu mesmo, Pepper. Que fonte de conforto.

— Você não é a única decepcionada aqui! — Pepper grita, levantando as mãos. — Eu também estou arrasada. Então, qual é o sentido disso tudo? — Ela olha ao redor, como se nossa situação difícil existisse como tinta respingada nas paredes.

Estou encurralada em um canto, cada insegurança escorrendo pelos meus poros, agarrando-me pela garganta.

Qual é o sentido.

Pois é.

Enquanto meu próprio orgulho é abalado, sob o brilho dos olhos magoados de Pepper, percebo como é pior o dano que causei a ela. Eu apareci na vida de Pepper como um furacão, interrompendo sua paz, forçando seus limites e, então, falhei completamente com ela.

Eu sou a razão para aquela careta em seu rosto, responsável pelas linhas de expressão de derrota ao redor de seus olhos e boca. Eu a decepcionei como todos os outros em sua vida. Se antes ela já não conseguia admitir que gostava de mim, não há a menor chance de ela gostar de mim agora.

Qualquer significado, qualquer propósito que tínhamos, simplesmente se consumiu até virar cinzas naquele salão de jantar. O que qualquer uma de nós poderia esperar reconstruir da fuligem?

— Não há sentido — digo, encontrando por meio segundo seus olhos antes de perder a coragem e desviando a vista para longe. — Nenhum mesmo.

Com a cabeça ainda baixa e lágrimas pinicando meus olhos, passo por ela, deixando mais uma bagunça em meu rastro.

CAPÍTULO 35

PEPPER

Opal e eu não nos falamos há dois dias.

E estou um pouco em pânico com isso.

Certo, não cheguei nem perto de dizer algo remotamente útil depois que perdemos, mas processo as coisas devagar; ser inundada por minhas próprias emoções e tentar entender as dos outros em geral me deixa tão confusa que fico alheia ao real estado das coisas por estupidez. O que eu deveria ter dito a Opal é que vê-la falar sobre Safo me fez chorar de emoção, que eles estão errados por não escolherem nosso projeto, que eu acho que ela é uma vencedora apesar de tudo.

Mas as coisas descarrilaram de forma tão rápida e cruel, que fiquei na defensiva, a raiva de Opal parecendo pessoal. Como se eu não tivesse correspondido ao que ela precisava de mim. Como se eu não tivesse desempenhado meu papel.

Isso me levou de volta a cada espinafração de Trish, cada acusação aos berros de que eu tinha estragado seus planos, arruinado o golpe. Que havia dito a coisa errada, agido da maneira errada e causado a ela uma enorme dor de cabeça.

Sei que Opal não é Trish. Sei que ela não estava me usando, mas a tortura de Trish foi tão pessoal ao longo dos anos, que é difícil não presumir que todos têm o mesmo objetivo quando experimentam emoções intensas.

E eu quero contar isso a Opal. Quero lhe perguntar o que ela estava de fato sentindo durante nossa briga, se está brava comigo. Quero me desculpar por minhas palavras terem sido ofensivas, por ter ferido seus sentimentos enquanto eu lidava com os meus próprios.

Mas o silêncio entre nós é tão vasto, crescendo e crescendo e, puta merda, crescendo mais ainda. Tornou-se uma presença autônoma, uma grande massa de algum ser pressionando para entrar no quarto, espremendo-se por cada fresta e porta e pousando em meus ombros, enrolando-se em volta da minha garganta para que nenhuma palavra possa sair.

Opal dorme em sua própria cama desde então.

Tenho tentado continuar com todo o restante como se nada tivesse acontecido, de volta à minha rotina de acordar com o sol, colher flores e juntá-las para que outros as usem em criações incríveis. Mas a sensação é de um completo... vazio. Tão vazio sem Opal comigo, suas bochechas rosadas e comentários bobos, pequenas lembranças pungentes enquanto limpo e podo meu jardim.

Quero tanto consertar isso. Quem me dera saber por onde começar.

Não tenho certeza de como ela faz isso, mas Opal sempre dá um jeito de estar onde eu não estou, e eu suspiro enquanto a vejo baixar a cabeça contra o sol forte e opressivo do meio-dia e caminhar penosamente até o galpão para trabalhar enquanto estou na cozinha, lavando a louça do meu almoço. Ela vai ter uma insolação com o tempo que está passando lá dentro, com a porta bem fechada.

Quero caminhar decidida pela grama e invadir aquele espaço. Quero agarrá-la pelos ombros e abraçá-la e sacudi-la e implorar para que ela me diga como consertar isso, como fazer para merecer aquelas suas gargalhadas e sorrisos deslumbrantes.

Mas eu não sou uma lutadora. Não sou corajosa ou ousada ou qualquer uma dessas coisas. Eu vejo a vida acontecer ao meu redor, sendo sacudida por sua corrente, nunca me firmando o suficiente para contrariá-la. Fecho as cortinas da janela e abaixo a cabeça envergonhada, com lágrimas escorrendo pelo rosto enquanto meu peito é dilacerado.

A sensação é desorientadoramente familiar, e percebo que é tristeza. Não a tristeza áspera e calejada pela vovó Lou que guardei no fundo do meu peito, sem nunca olhar, crescendo em volta dela até que um dia, torçamos, eu seja grande o suficiente para não notar seu peso. Essa tristeza é nova e pungente e tem dentes que me rasgam, abrindo novas feridas.

É um luto pelo caminho sombrio à minha frente, esse vazio onde Opal esteve tão recentemente. Ela está bem ali, tão perto. Mas, de alguma forma, nunca me senti tão sozinha.

Sem dar permissão para meus pés se moverem, encontro-me vagando sem rumo pelo andar de baixo da casa. Com o estômago embrulhado, paro em frente à porta do quarto da vovó Lou.

Não entro nele desde que ela morreu. A rapidez de sua morte — partindo de maneira pacífica durante o sono — muito dolorosa, muito real, para eu entrar no espaço que era tão inteiramente dela. A pequena bolha preservada de seu último dia aqui. Seu último dia comigo.

Quando ela morreu e seu corpo foi levado embora, Diksha entrou por mim. Arrumou sua cama. Abriu as persianas como Lou amava de manhã. Pegou sua roupa favorita para a cremação. Diksha também procurou o testamento, reunindo todos os documentos que pareciam importantes para a administração da fazenda. Não havia muitos. Ela não era muito boa em manter registros, e seu quarto era um refúgio designado livre do trabalho.

E enquanto Diksha cuidava dos últimos vestígios da vovó Lou, eu me sentei como uma covarde com minhas costas pressionadas contra a porta fechada, as mãos tremendo enquanto eu guardava meus sentimentos.

Eu não sabia que a perda podia deixar você tão entorpecida. Mas a dormência era pesada, sugando todos os sentimentos do meu corpo e me deixando vazia. Exceto pela ameaça de dor. Isso vivia e crescia, deixando-me com medo até de me mexer na maioria dos dias.

Foi só quando Opal apareceu é que comecei a voltar a sentir.

Com uma respiração profunda e trêmula, levanto a mão e giro a maçaneta.

Pisco, os olhos se ajustando à luz do sol que entra. O quarto é pequeno, cada superfície suavizada pela fina camada de poeira que se acumula sobre ela. Com as pernas bambas, dou um passo para dentro do aposento. Depois outro, parando no centro do espaço dela.

Quase espero vê-la em cima da cama, uma caneca fumegante de chá ao lado dela enquanto lê um livro, o jeito que ela sorria para mim por cima dele. Um nó se forma em minha garganta e desvio os olhos, que pousam em sua penteadeira, os pequenos frascos de seus cremes e perfumes, uma fileira de suas bugigangas de cerâmica ao lado do espelho.

O guarda-roupa dela chama minha atenção em seguida, e eu vou até ele com três passos, abrindo as portas e pressionando meu rosto no tecido familiar e macio de suas camisas. Eu respiro fundo, um pequeno soluço sai enquanto minhas lágrimas caem contra as mangas gastas. Eu tiro uma do cabide, cheirando-a de novo e abraçando-a com força contra meu peito antes de deslizá-la pelos braços, enrolando-a em volta do meu tronco.

Choro ainda mais forte, e essa liberação é tão boa — permitir que tantos sentimentos que eu guardei trancados em meu peito se derramem enquanto me envolvo em sua lembrança.

Sinto sua falta. Sempre sentirei sua falta. Mas sentir falta não está me matando como eu pensei que aconteceria. É uma dor linda, um lembrete sagrado e precioso de quanto amor eu tenho por ela.

Desabo em seu colchão, e milhares de conversas tarde da noite, eu de pernas cruzadas na extremidade enquanto ela estava bem aconchegada na cabeceira, correm pela minha cabeça. Ela falou comigo sobre tudo. Flores e medos e fé e amor. Ela me contou histórias e ouviu as minhas. Ela me deu espaço para crescer naquele lugar na extremidade da cama dela. Era sempre o meu favorito.

Eu me enrolo com firmeza no travesseiro dela, abraçando-o enquanto mais soluços rasgam meu organismo, e é como se eu pudesse senti-la arrastar uma mão amorosa pelo meu cabelo, pelas minhas costas, enquanto silenciosamente me encoraja a sentir tudo correndo por mim.

Eu choro até meu cérebro ficar nebuloso e o mundo do lado de fora da janela ser tocado pelo crepúsculo. Choro por essa mulher que amo tanto até não poder mais chorar, colocando para descansar a dor que me corrói há tanto tempo. E, então, fico deitada lá e apenas respiro.

✿ ✿ ✿

Acordo do sono algumas horas depois, esfregando os olhos e me espreguiçando com um bocejo. Abraço o travesseiro mais uma vez, respirando fundo, e percebo que, apesar da dor no meu peito, estou sorrindo.

Sentando-me, acendo a lâmpada ao meu lado, piscando para a luz. É quando noto a caixa entalhada misturada à mesa de cabeceira, e meu sorriso aumenta. Eu tinha esquecido que essa coisa linda existia. Pegando, viro-a entre as mãos, os polegares traçando os contornos das flores ornamentadas no topo.

Essa caixa nunca deixou de me fascinar desde que cheguei à casa da vovó Lou.

Todas as mulheres precisam de uma caixa quebra-cabeça para guardar seus segredos, vovó Lou me disse uma noite, deslizando-a pela mesa.

O que é uma caixa quebra-cabeça?, perguntei, tentando abrir a tampa sem sorte.

Bem, exatamente o que parece, ela disse com uma risada bondosa. *Há um truque para destrancá-la.*

Ela se moveu para se agachar ao lado do meu assento na mesa. Com dedos seguros, torceu as três papoulas no topo até que suas pétalas mais longas se sobrepuseram e um pequeno clique soou, um compartimento escondido na lateral se abrindo. Vovó Lou pescou a pequena chave de latão, entregando-a para mim. Ela deslizou para o lado um painel escondido em forma de folha na parte de trás, revelando o buraco da fechadura.

Bem legal, hein?

É incrível, eu disse, destrancando a caixa. Ela tinha algumas cartas guardadas lá dentro, algumas flores prensadas e uma nota de dois dólares. *Esses são seus segredos?*, perguntei, girando a tulipa seca entre meus dedos.

Ela rira e então me cutucara no nariz. *Desculpe desapontá-la, querida. Um dia, você pode tê-la e enchê-la com seus segredos muito mais interessantes.*

Mexi nela tantas vezes ao longo dos anos, torcendo as flores em cima distraidamente enquanto ouvia Lou falar.

Segurando-a agora com dedos trêmulos, eu a destranco como fiz tantas vezes, o pequeno clique criando um eco familiar em meu peito. Mas quando deslizo a tampa, um pedaço de papel dobrado salta para fora e cai no meu colo. É mais nítido e mais novo do que as cartas antigas que ela guardava lá, e quando o pego, vejo meu nome rabiscado na frente.

Há um Post-it rosa neon colado no lado oposto, as letras grandes e arredondadas de Lou são suaves como um abraço enquanto leio o que ela escreveu.

A FAZER:

- ~~Girar os lotes de dálias para a próxima estação~~
- Ou aparar o bordo sobre o lote 6 para obter mais luz? ✓✓✓
- Considerar vender ervas na primavera (??)
- Pedir brotos a Jane Taylor três fazendas acima da colina
- Presente de Natal para Pepper? → macacão novo
- Encontrar um advogado / organizar a propriedade

Minha risada sufocada se transforma em um tremor vibrando através de mim, emoções crescendo atrás dos meus olhos. Claro que a vovó Lou priorizaria colocar seus negócios em ordem muito depois do bem-estar de suas dálias.

Algumas lágrimas rolam pelo meu rosto enquanto coloco com delicadeza o Post-it na mesa de cabeceira. Respirando fundo, desdobro as folhas e leio.

Minha querida Pepper,
Observá-la crescer é o maior presente que a vida me deu.
Eu te amo agora e sempre te amarei.

Com amor,
Vovó Lou

Leio e releio várias vezes até ouvir sua voz suave e adorável pronunciando as palavras para mim. Quando finalmente consigo largar o papel, olho para a segunda folha, o coração batendo forte na garganta enquanto percebo o que é.

O testamento.

CAPÍTULO 36

PEPPER

— Por que não estamos conversando?

Encurralei Opal. Fiquei acordada a noite toda, andando pela casa até ficar tonta de frustração com a rapidez com que tudo desmoronou. Fiquei aguardando-a entrar furtivamente na cozinha, parada entre ela e a máquina de café, sabendo muito bem que isso é um golpe baixo, mas não posso passar mais um dia nessa tortura silenciosa.

A cabeça de Opal se joga para trás e ela pisca algumas vezes de surpresa, ainda grogue. Com pena dela, sirvo-lhe uma xícara de café, coloco açúcar como ela gosta, e depois a entrego a ela.

Com os olhos arregalados e fixos em mim, ela toma um gole tímido.

— Não sei do que você está falando — ela sussurra, o olhar fixando-se no chão.

Palavras. Nós não as estamos usando. Quero saber o motivo.

Opal gesticula com a mão.

— Eu poderia lhe perguntar a mesma coisa. Acho que nós duas sabemos que é bem óbvio.

— Opal, meu traseiro autista não percebeu algo "óbvio" nenhuma vez na vida. Então, por favor, me esclareça.

Ela franze a testa, levantando o queixo em desafio.

— Quero dizer, *obviamente* estou mortificada com a competição e nossa... nossa briga depois. Mas você também não tem falado comigo, Pepper. Eu estou acompanhando o fluxo.

Agora é minha vez de parecer ofendida.

— Me *acompanhando*? Acompanhando como? Eu não nos trouxe até aqui.

— Certo, porque você iniciou tantas conversas desde que voltamos.

— Foi você quem saiu de repente — digo, a voz subindo em uma mistura confusa de frustração e desespero.

Opal pisca, então desvia o olhar, fixando-o no chão.

Droga. Não é isso que eu quero. Não quero mais brigas, mais confusão. Quero abraçar essa mulher sentimental e complicada contra o peito e segurá-la ali até resolvermos isso. Talvez segurá-la ali por muito tempo depois disso.

— Não quero que não nos falemos — falo, por fim, dando um passo em sua direção. Ela recua. Finjo que isso não me esmaga em pedaços. — Na verdade, *precisamos* conversar.

Seus ombros se curvam em torno da caneca, olhos ainda fixos no chão.

— Eu sei do que se trata, e tudo o que posso dizer é que sinto muito.

Demoro um segundo para perceber que ela está falando sobre a competição.

— Não tem a ver com isso — digo, dispensando o assunto com um aceno de mão. — É sobre a fazenda.

Ela finalmente olha para mim, o rosto cansado e derrotado.

— Pepper, escute, sinto muito por tudo isso também. Sinto muito por ter entrado aqui e forçado você a viver comigo e aturar toda essa merda. Foi... bem, tem sido uma bagunça desde o começo, hum?

— Hum? — eu ecoo, meu peito se esvaziando.

Ela bufa por entre os lábios apertados, inclinando a cabeça para trás.

— E eu quero que você saiba que estou jogando a toalha. Não posso continuar torturando você assim, interrompendo sua vida. A fazenda é sua. Nós vamos ficar quites.

Minha cabeça gira, as palavras que ela está dizendo todas misturadas e reverberando.

— Eu não preciso que você me dê — digo, lábios torcidos. — É isso que estou tentando lhe dizer. Encontrei o testamento.

— Você... você o quê?

— Encontrei o testamento. — Sacudo o documento apertado em minha mão. — Lou a deixou *mesmo* para mim. Deixou tudo para mim. Não me ajudou muito em encontrar a maldita coisa, mas... sim.

Opal olha para o papel, lábios entreabertos, rosto pálido. No fim, ela assente.

— Certo. Isso é ótimo. É ainda melhor.

— Melhor?

Ela dá de ombros, lançando-me um sorriso forçado que não alcança seus olhos.

— Não precisamos passar por nenhuma transferência oficial de propriedade ou qualquer bobagem legal. É sua. Sempre foi, sempre será.

— O que está acontecendo? — sussurro, dando outro passo em sua direção. Mais uma vez, ela recua.

É então que noto duas mochilas no pé da escada. Olho para elas, franzindo as sobrancelhas

— Você... você está indo embora? — pergunto. O pânico me invade, devorando cada célula enquanto meus olhos alternam entre as mochilas e o rosto aflito de Opal.

Ela abre a boca, fecha-a, mordendo o lábio com força. Contempla as mochilas também, depois a porta. Por fim, assente e sussurra:

— Sim.

A palavra raspa perto do osso, fazendo-me cerrar os dentes com a força dela.

— Mas... por quê?

Opal pisca, algumas lágrimas escorrendo dos cantos dos olhos, e eu quero ir até ela. Quero enxugar essas lágrimas. Beijar um sorriso em seus lábios. Mas não consigo. Estou enraizada no lugar, observando meu mundo desmoronar, os pedaços escorregando como água pelas rachaduras entre meus dedos.

— Porque estou cansada de ser uma intrusa na sua vida, Pepper — ela declara, a voz tão baixa que mal a ouço. — Estou cansada de passar por aqui e estragar as coisas para você e fazer uma bagunça. Então, estou me retirando da equação. — Ela coloca o café na mesa e se desloca em direção às mochilas.

— Você não estraga as coisas. — Grito as palavras. Um esforço desesperado para impedi-la de desaparecer.

Opal solta uma risada sem graça.

— Sério? Porque você deixou bem claro que todo esse verão foi um desastre gigante.

Minha cabeça se joga para trás.

— Eu nunca disse isso.

— Você não falar comigo fez com que eu entendesse. Você pode não perceber ainda, mas sei que no fundo é isso que você quer.

— Você não pode presumir meus sentimentos por mim, Opal — retruco, jogando os braços para o alto. — Eles são meus para que eu possa lidar e resolver.

— Bem, o que mais eu deveria fazer com seus sentimentos? — ela diz, a voz aumentando, a cor intensa em suas bochechas. — Você não os compartilha comigo. Feito uma idiota, abri meu coração várias vezes para lhe dizer o quanto gosto de você, ao passo que você não me dá nada.

— Nada? — grito de volta. — Eu não lhe dei nada? Estou uma completa ruína por você.

Ela abre a boca, uma torção obstinada em seus lábios, mas o som de uma buzina e portas de carro batendo nos faz pular. Nossos olhares disparam para a janela, e nos movemos em sincronia para ver quem está aqui.

— Droga — Opal diz, afastando-se do vidro e pressionando as costas na parede.

— O quê? — pergunto, olhando para os estranhos na entrada da minha garagem. O cara tem uma barba rala e baixa contornando o queixo, que ele coça enquanto se espreguiça, e a mulher é alta e esguia, intimidadora de um jeito que pessoas descoladas que sabem que são descoladas sempre são. — Você os conhece?

Enquanto digo a última parte, a mulher grita, *Opaaaaaaal*.

Opal está branca como um fantasma, olhos arregalados e lábios apertados entre os dentes enquanto muda o peso do corpo de um pé para o outro.

— É a minha, hã, amiga, Laney — ela diz, finalmente olhando para mim. — E meu ex, Miles.

CAPÍTULO 37

OPAL

— Laney — digo, saindo para a varanda. É a única palavra que consigo dizer. Pigarreio. — O que você está fazendo aqui?

— Bem, é a volta do filho pródigo — Laney diz, erguendo um quadril e me encarando com um sorriso cruel enquanto bate palmas lentamente.

— Você veio até ela — Pepper diz atrás de mim. — Isso não faz sentido.

Laney lança um olhar ressentido para ela, mas rapidamente fixa sua atenção em mim.

— O que foi, nenhum amor por seus melhores amigos, Opal? — ela diz, gesticulando entre ela e Miles.

— Oi, Opie — Miles diz, acenando para mim.

Mesmo daqui, posso ver quão vermelhos e vidrados seus olhos estão, e posso dizer que ele está chapado. Bem, pelo menos isso o torna um pouco mais fácil de lidar.

— O que você está fazendo aqui? — repito, movendo-me com as pernas bambas para dar a Laney um abraço rígido.

— Bem, faz tanto tempo que não temos notícias suas, pensamos em surpreendê-la. Começamos a ficar preocupados que você tivesse se esquecido por completo de nós agora que tem dinheiro a dar com pau. — Ela lança outro olhar penetrante para Pepper, mas me encara com um sorriso. — Como vai, amiga?

— Eu, bem... hã...

— Fantástico — diz Laney. — Então, escuta essa. Finalmente estamos fazendo aquilo — diz ela, gesticulando de novo para Miles.

Meus olhos se movem entre os dois.

— Fazendo o quê?

Laney franze a testa.

— Saindo em turnê!

Eu literalmente não poderia estar menos impressionada.

— Oh. Nossa. Isso é ótimo.

— Né? — diz ela, sorrindo para mim. — Estamos na lista de apresentações de um monte de lugares *incríveis*, cara. Tipo, você não vai acreditar em alguns deles.

— Nossa — repito, soando como Owen Wilson. Estou muito confusa com essa surpresa e minha discussão com Pepper e tudo colidindo ao mesmo tempo para que tenha condições de formar qualquer frase coerente.

— Eu *sei*. E aqui estávamos nós, dirigindo para nosso *show* em Atlanta, e eu estava tipo, *Miles, espera, não podemos fazer isso sem Opal.*

— Ficarei tão chateado de fazer isso sem você — diz Miles, os olhos mal abertos. Assinto para ele.

— Então, eu pensei, vamos pegar aquela vadia e arrastá-la para a turnê com a gente!

— A-a turnê? Por quê?

Laney inclina a cabeça, olhando para mim como se participássemos de uma peça e eu estivesse bagunçando minhas falas.

— Bem, porque não deve ter nada melhor rolando para você, certo?

— Eu... hã... como você sabia onde eu estava? — Eu me certifiquei de nunca dar a ela meu endereço, e minhas irmãs tampouco passariam essa informação. Especialmente para Laney.

Ela despreza a pergunta com um gesto.

— Buscador de amigos — ela diz, balançando o telefone. — De qualquer forma. Você topa? Vai ser tão divertido. E, ouça, eu sei que estamos nesta van pequena, mas podemos fazer dar certo. Se não, estamos completamente abertos a, tipo, o que você preferir para viajar e não temos problema em mudar. Gato — ela diz, virando-se para Miles. — Você ainda tem o endereço daquele site com os ônibus de turnê legais? Mostre a Opal.

— Cara, alguns desses são sinistros — ele diz, tentando me entregar seu telefone. Eu gentilmente afasto seu braço com um tapa.

— E, tipo, escuta — Laney continua, como se ela me desse uma oportunidade de não escutar —, nós estávamos planejando dormir na van, fazer as coisas à moda antiga como todos os grandes e tal ou o que seja, mas, tipo, se você se sentir mais confortável em um hotel e essas coisas, nós podemos ser totalmente flexíveis. Queremos que você se sinta confortável, sabe?

Laney olha para mim como se estivesse esperando que eu diga algo, e eu abro e fecho a boca algumas vezes. Felizmente, Pepper me poupa de ter que fazer um comentário.

— Com licença, você acabou de admitir que rastreou Opal em um aplicativo? — ela diz, a voz ríspida e incrédula.

Laney olha para Pepper.

— Quem é você?

Pepper coloca uma das mãos no meu ombro, puxando-me para o lado dela.

— Sou a dona desta terra em que você está.

— Credo. Propriedade? Você deveria examinar seu discurso e ações em busca de preconceito ou presunção devido ao privilégio social e coibi-los.

— Total — acrescenta Miles, concordando com a cabeça.

Acho que minha cabeça vai explodir. Ou talvez a de Pepper exploda primeiro.

— Responda à pergunta. — Ela se vira para mim. — Opal, você queria que eles soubessem que você estava aqui?

Laney revira os olhos antes que eu possa responder.

— Não é tão sério assim. Estamos tentando fazer algo legal para Opal.

Pepper se coloca na minha frente agora.

— Não, isso é realmente muito assustador e se encaixa bem na definição de perseguição.

Laney fica boquiaberta.

— Ai, meu *Deus*, supere isso. Não estamos *perseguindo* Opal. Sou a melhor amiga dela — afirma Laney, encarando Pepper.

— Temos um lance — acrescenta Miles, sem graça, dando-me um sorriso preguiçoso.

— *Tivemos* um lance — sussurro com um estremecimento de horror.

— Rastrear a localização de alguém e forçá-lo a ver você é praticamente a definição literal de perseguição — argumenta Pepper, aprumando o corpo o máximo possível, olhando para os dois. — Então, sugiro que vocês caiam fora da porra da minha propriedade e se afastem da minha namorada antes que eu aja dentro dos meus direitos de removê-los eu mesma.

Todo o ar é sugado da terra, e eu encaro Pepper com a boca aberta, o coração batendo tão forte no meu peito que estou preocupada que ele vá sair de lá e se lançar sobre ela.

Pepper, em sua essência, é uma das pessoas mais pacíficas que conheci. Ela poderia ilustrar aquele ditado que diz que quem vê cara, não vê coração, pois, por baixo daquele seu exterior intimidador, ainda que bonito, só há calor e amor rosa-chiclete. Mas, enquanto ela se eleva sobre todos ali, com uma linha rígida no lugar da boca, mandíbula cerrada e punhos fechados ao lado do corpo, ela pode parecer a pessoa mais assustadora do planeta.

Eu a amo muito por isso.

— Opal, você vai deixá-la falar comigo desse jeito? — Laney dá um passo em nossa direção. — Estou prestes a...

É minha vez de me colocar na frente de Pepper. Posso bater no ombro de Laney em altura, mas não importa; ninguém vai atacar minha garota.

— Escute aqui e escute bem, porque eu só vou dizer uma vez. Se você ousar sequer respirar na direção de Pepper de novo, não irei descansar até ter arruinado sua vida de forma pessoal e profunda. Você passou toda a nossa amizade pisando em mim, e isso acaba aqui e agora, porque que Deus a ajude se você usar essa sua boca suja para ameaçá-la. Agora, é melhor você fazer o que eu digo e sumir antes que as coisas fiquem feias. Entendeu?

Laney fica boquiaberta, piscando para mim por sólidos trinta segundos.

— Você me entendeu? — friso, cutucando seu peito com o dedo.

Ela assente, as feições fixas em uma careta enquanto dá um passo para trás. Eu a sigo até que suas costas estejam pressionadas na porta da van. Mantenho os olhos grudados nos dela enquanto ela se atrapalha com a maçaneta e então se espreme dentro do banco do motorista.

— O mesmo vale para você, Miles — digo, revirando os olhos enquanto ele pisca abobalhado para a cena. Ele assente e entra na van.

— Você se tornou uma verdadeira vadia, Opal — diz Laney atrás do vidro da janela da van.

— É preciso ser uma para reconhecer outra — rebato. Não é das alfinetadas mais contundentes de forma alguma, mas tenho tanta adrenalina correndo por mim que estou prestes a desmaiar se isso não acabar logo. — E joga meu número de telefone fora — acrescento.

Laney me mostra o dedo do meio enquanto desce pela entrada de cascalho, e eu retribuo o gesto. Rio quando olho por cima do ombro e vejo Pepper fazendo o mesmo.

Nós duas temos mesmo muita classe.

A quietude aos poucos se restabelece sobre a fazenda, e meus joelhos quase dobram enquanto os eventos da manhã me varrem como um maremoto.

Mas Pepper está lá, com a mão na parte inferior das minhas costas, puxando-me para ela. Abraçando-me forte.

Eu retribuo o abraço porque é Pepper e ela é perfeita e eu quero ficar aqui para sempre.

Mas não tenho certeza se posso. Se deveria. Estou ocupando um espaço ao qual não tenho direito.

— Você está bem? — Pepper pergunta, soltando-me e se afastando. Eu balanço em direção a ela, mas resisto à vontade de estender a mão.

Quero lhe dizer que estou bem. Que sinto muito por mais uma bagunça despejada em sua porta. Que se ela apenas tornar isso fácil, apenas me deixar ir, vou parar de causar problemas a ela. Mas, em vez disso, falo:

— Você me chamou de namorada.

Pepper solta um suspiro longo e profundo, apertando as mãos nos olhos antes de soltá-las e me encarar com um olhar sincero.

— Ué... é óbvio, Opal.

— P-por quê?

A risada de Pepper é entrecortada e rouca, um pequeno balançar de cabeça enquanto ela morde o lábio.

— Porque eu te *amo*.

Minha mente é arrastada como um deslizamento de terra, até que o choque me inunda.

— Você... o quê?

— Eu te amo — ela repete, a voz rouca, as mãos trêmulas. — Eu te amo da maneira mais básica, complicada, avassaladora, simples e inevitável possível. Acho que isso já é óbvio há algum tempo.

Balanço a cabeça, uma lágrima rolando pela minha bochecha.

— Sim — ela diz, rindo de novo, mas dessa vez sua risada é suave e brilhante e tingida com uma mistura de exasperação e alegria. — Eu te amo tanto que poderia explodir por isso.

Olho para baixo, arrastando o dedão do pé pelo cascalho, algo perigoso e lindo correndo por mim.

— A Thistle and Bloom é sua. Toda sua. Este é o seu lar — digo, gesticulando para o chalé atarracado que se tornou tão precioso para mim que um pedaço do meu coração sempre ficará bem na porta dele. Mas eu vou embora. Farei a escolha mais estúpida possível e aceitarei a perda brutal do meu dinheiro e dos meus sonhos e todas as outras ideias fantasiosas que construí neste chão se isso fizer Pepper feliz. Se isso lhe trouxer paz.

Pepper assente, semicerrando os olhos, um pequeno sorriso puxando seus lábios.

— É, sim. Você está... você ainda está indo embora?

Passo as mãos pelos cabelos, puxando as pontas, uma sensação exasperada e desesperada crescendo no meu peito e ameaçando me abrir.

— Sim? Não? Foi sério o que acabou de dizer? Porque estou lhe dando uma saída se foi no calor do momento. Sei que isso pode acontecer e a última coisa que quero é que você se sinta presa ou ache que me deve algo. Não posso continuar estragando sua vida. Não posso...

— Opal. — Ela dá um passo à frente, colocando um dedo sobre os meus lábios. — Por favor, cale a boca. — Ela pronuncia as palavras com suavidade. Doçura. Como se tivesse colocado um coração em vez de um ponto-final no final da frase. — Quero que você fique se quiser ficar.

Um som pequeno e frustrado sai do fundo da minha garganta, e eu recuo, colocando uma distância muito necessária entre nós. Não consigo pensar claramente com ela tão perto.

— É claro que eu quero ficar — sussurro, olhando em seus intensos olhos castanhos. — Quero ficar tanto tempo na Thistle and Bloom que minhas veias se transformem em raízes no solo. Quero andar para cima e para baixo nas fileiras de flores até conhecer os caminhos no escuro, meu destino final sempre sendo sua porta. Mas sou uma bagunça, Pepper. Eu entrei e virei sua vida de cabeça para baixo e transformei tudo num desastre gigante. E você não precisa disso. Você não precisa das dores de cabeça que eu causo. Quer dizer, olha o que acabou de acontecer. Eu não pertenço a este lugar.

Pepper está parada como uma estátua, e estou com medo até de respirar. Mas, num piscar de olhos, ela diminui a distância entre nós, estendendo a mão, os dedos mergulhando no meu cabelo, inclinando meu rosto para o dela.

— Você — Pepper diz devagar, com cuidado, para que eu capte cada palavra — é a pessoa mais caótica, doida e maravilhosa que eu já conheci. Você virou minha vida de cabeça para baixo e eu não quero nunca, *nunca* mais consertar isso. Se você acha que não pertence a este lugar, podemos conversar sobre isso. Mas tudo o que sei é que pertenço a *você*. Podemos descobrir o restante à medida que acontecer. Mas eu te amo, Opal. Eu te amo e amo suas bagunças e sua risada e seu cabelo e o jeito que você diz meu nome com aquele suspiro perfeito e exasperado que me faz sentir como se a palavra tivesse sido criada só para você falar.

Meus lábios se separam, mas nenhum som sai, lágrimas rolando pelo meu rosto. Ela as enxuga com os polegares e sorri para mim.

— Eu preciso que você entenda uma coisa — ela diz, a voz quente e defumada como uma dose de uísque depois de se voltar do frio. — Minha casa, sua casa — os detalhes não importam. Eu quero *nossa* casa. Nosso lar. Ao seu lado é o meu lugar favorito no mundo, e esse é o único lugar que eu me importo de manter.

— Eu te amo tanto que me assusta — sussurro, colocando as mãos em cima das dela. — Tenho medo de estragar tudo ou ser demais para lidar e você ficar enjoada de mim. Ou de não ser o suficiente e você perceber que merece algo melhor.

Pepper ri, o barulho suave e incrédulo. Então, ela avança, beijando-me de forma delicada, descansando a testa na minha.

— Sua mulher boba, bobinha. Nós duas vamos estragar tudo, e tudo bem. Meu amor por você existe porque você existe. Não é baseado em quaisquer padrões ridículos que você se impõe. Você deseja mais do que eu tenho para lhe dar?

— Não — respondo, balançando a cabeça. A palavra é sólida, enraizada e robusta entre nós como um carvalho.

— Você deseja alguém menos complicada? Eu também não sou uma pessoa fácil, Opal.

— Você é perfeita — digo, agarrando seus pulsos, apertando-os com força. Posso nunca mais soltá-los.

— E você também — ela diz, enxugando mais algumas das minhas lágrimas. — Estou grudada em você e não há lugar onde eu preferiria estar. Então, pare de tentar nos convencer a desistir e me beije logo.

E, pela primeira vez, sem confusão, contestação ou palavras adicionais, faço exatamente o que ela pede. Beijo-a até a Terra parar de girar, o tempo se desenrolando em torno de nossos tornozelos. Beijo-a como se fosse nosso primeiro e último e a promessa de cada beijo entre eles.

Beijo-a da forma como a amo, dedicada e firme e um pouco frenética.

E ela retribui o beijo.

Por fim, respiramos fundo, rindo e chorando, e nos abraçando tão perto que suspiramos pelo conforto disso.

Enquanto caminhamos de volta para casa, seguro sua mão. Ela segura meu coração.

E nada é perfeito, mas tudo está certo, e é isso que importa.

EPÍLOGO

ALGUNS ANOS DEPOIS

PEPPER

Em um mundo cheio de maravilhas infinitas, o lugar mais especial da Terra é ficar aninhada ao lado de Opal em frente à nossa lareira.

— Um brinde à outra temporada incrível — digo, batendo minha caneca de chocolate quente na dela.

— Saúde, meu amor — ela diz, inclinando-se e me dando um beijo mais delicioso do que qualquer chocolate poderia esperar ser.

— Eu não teria conseguido sem você.

— Bem, você traz algumas habilidades para o celeiro — ela diz, cutucando-me com o ombro. Aceito o elogio com um franzir do nariz, virando-me para assistir à primeira nevada da estação dançando pela janela.

Nós finalmente encerramos as atividades da fazenda deste ano, e agora é temporada de descanso até a primavera chegar, e estou quase inebriada diante da perspectiva de manhãs cinzentas de inverno aconchegadas na cama com Opal, rindo o dia todo como fizemos tantas vezes no inverno passado. E no inverno anterior a esse.

No dia em que Opal decidiu ficar, pareceu que a vida afinal se encaixou. Não demorou muito para encontrarmos um ritmo, a energia fluindo pelo chalé como uma batida de coração entre nós. A maneira como Opal sempre sabe em qual canteiro me encontrar se a deixo dormir um pouco mais. O rangido único das tábuas do assoalho quando ela se levanta da cama para tomar banho. A cadência de seus passos pela casa quando ela anda de um lado para o outro em seu estúdio — o antigo quarto da vovó Lou — perseguindo uma ideia.

Opal boceja, e eu pego sua caneca, coloco as duas na lareira, então a puxo para mais perto de mim, brincando com seu cabelo cor de lavanda enquanto observamos o fogo crepitar e estourar.

Logo descobrimos que uma das melhores coisas sobre ter o privilégio de uma renda fixa é ter acesso a recursos. Como um advogado realmente foda.

Com o testamento, foi fácil contestar a venda da propriedade por Trish e, embora ela tenha gastado uma grande parte do dinheiro, transferimos os ativos para o meu nome, liquidando-os rapidamente e colocando os fundos diretamente na fazenda, nos dando bastante espaço para respirar.

A Thistle and Bloom tem crescido muito desde então.

Opal contribuiu para o nosso sucesso ao associar seus sapatos ao negócio. A pequena gênia pinta à mão tamancos de jardinagem — e outros calçados diversos —, enfeitando-os com flores inspiradas em nossos jardins. Sua loja *on-line* foi descoberta por alguns veículos de comunicação na última temporada de férias, depois mais alguns, e a demanda no ano passado foi tão alta que ela contratou dois funcionários para ajudar a atender aos pedidos.

É difícil acreditar que uma pessoa possa ter tanta beleza dentro de si.

— Eu tenho algo para você — ela diz, deixando os meus braços e se sentando, um sorriso travesso se espalhando por sua boca.

— Por favor, que não seja outro bolo de partes do corpo decepadas — digo, levantando a guarda. Opal e Diksha adotaram o estranho ritual de se juntarem para me surpreender com um bolo de anatomia aleatório e altamente detalhado a cada poucos meses. Aparentemente, minhas reações horrorizadas são "muito engraçadas" e "valem cada centavo". Acho que ambas são malignas.

— Hoje não — Opal diz com uma risadinha. — Tome. — Ela estica o braço próximo de mim, remexendo na prateleira baixa da mesa de centro por um momento antes de deixar cair um envelope grosso em minhas mãos.

Ela decorou o exterior com desenhos simples e despretensiosos, e eu o aproximo dos olhos para enxergar os detalhes à luz fraca do fogo. Sinto que vou chorar quando percebo que são desenhos de nós duas — meu rosto enrugado de tanto rir, Opal me envolvendo nos braços enquanto dançamos na cozinha, nossas mãos entrelaçadas sobre um canteiro de flores.

Eu me inclino para a frente, pegando seu rosto em minhas mãos e a beijando profundamente.

— Eu amei.

Opal ri, afastando-se.

— Esse não é o presente, boba. Você tem que abrir.

— Eu não quero rasgar — protesto indignada, apertando o envelope contra o peito.

Opal ri de novo, inclinando-se para a frente e beijando minha testa.

— Eu vou fazer mil envelopes para você, amor. Mas, por favor, abra este.

Com um suspiro resignado, enfio meu dedo sob o lacre e o abro. Um papel brilhante de revista dobrado algumas vezes cai, e eu o desdobro, apertando os olhos em confusão. A folha é dividida em um monte de pequenas caixas, pequenas descrições em cada uma. Olho para a segunda folha, e é a mesma coisa.

— Uh... obrigada — digo, colocando-as de lado de maneira gentil. — Estou sempre procurando coisas novas para ler.

Opal bufa.

— Meu *Deus*, como é difícil dar presentes a você. Leia o bilhete.

Pesco no envelope de novo, tirando dali mais duas folhas de papel, essas sem dobraduras e aspecto solene. Leio primeiro a que foi escrita à mão por Opal.

Pepper,
Você é a pessoa mais brilhante que conheço e uma força da natureza. Acredito em você para fazer tudo o que quiser, meu amor. Aproveite cada momento desta próxima jornada.

BJS,
O

Releio algumas vezes, franzindo as sobrancelhas em confusão. Olho para Opal, e seu rosto está vermelho de entusiasmo, como se ela estivesse prestes a explodir de alegria. Olho para a folha seguinte. Está endereçada a mim, *Plano de Conta 529* digitado no topo em negrito. Leio as primeiras linhas.

Prezada Pepper,
Parabéns por abrir seu Plano de Poupança para Educação 529! Veja os detalhes da sua conta abaixo.

Meus olhos examinam o gráfico com números grandes várias vezes antes de rolá-los para cima para olhar para Opal.

— Opal... o que é isso?

— Você vai para a faculdade! — ela grita, batendo palmas e depois as prendendo sob o queixo.

— Eu *o quê*?

— Vai para a faculdade, sua bela garota.

— M-mas... como?

Opal sorri, agarrando minha mão livre.

— Tive um ano muito bom em vendas e a fazenda está em uma posição sólida, então, pensei no que fazer com o dinheiro extra, e era óbvio! Criei uma poupança de estudos para você. Agora, não entre em pânico, eu sei que leva um tempo para você entender as coisas e tudo bem. Você tem todo o tempo do mundo. Mas, quando estiver pronta, o dinheiro estará lá. E é todo seu. Eu coloquei o suficiente para os primeiros dois anos porque não queria presumir que você faria um programa de quatro anos ou algo assim, mas, se você quiser, a UNC Asheville está bem ali e estou pronta para depositar o dinheiro sempre que você precisar. E é isso do que se trata — ela diz, pegando as folhas de revista. — O catálogo de cursos da UNCA. E essas são da Blue Ridge Community College. Eu separei os de agricultura e botânica, mas obviamente você pode estudar o que quiser.

— P-por quê? — digo, a cabeça girando e o coração batendo forte enquanto olho para Opal. A adorável e maravilhosa Opal.

Ela me olha como se fosse óbvio.

— Porque você merece, boba. Porque você queria ir para a faculdade e eu quero realizar todos os seus sonhos. Porque eu te amo e quero te mimar. Porque...

Ela não consegue dizer mais nenhuma palavra; não deixo. Eu me jogo nela com muita força, mas minha Opal não se importa, ela nos rola para o chão, rindo enquanto eu caio em cima dela, beijando seus lábios, suas bochechas, seu pescoço, qualquer lugar que eu possa alcançar.

— Você está surpresa? — ela pergunta em um murmúrio ofegante, as mãos deslizando pelo meu cabelo.

Eu assinto contra o seu peito, as emoções obstruindo minha garganta.

— Você está feliz? — ela diz, ainda mais suavemente.

Eu me afasto, pairando sobre ela, as lágrimas escorrendo pelo meu rosto. Ela se estica, enxugando-as, e eu viro a cabeça para beijar sua palma.

— Você me faz a pessoa mais feliz do mundo — sussurro em seu pulso.

— Digo o mesmo para você, minha doce Pepper — ela diz, elevando a cabeça para me beijar.

Sento-me, puxando-a para o meu colo, segurando-a perto da lareira enquanto continuo a pressionar beijos em sua pele, absorvendo seu ronronar de satisfação.

— Vamos dar uma olhada nos cursos — ela diz depois de um tempo, pegando as folhas e segurando-as na luz. Eu as leio mais de cem vezes, tentando memorizar cada palavra como se cada uma fosse uma porta para um novo mundo, um que é meu para criar.

Por fim, Opal afunda contra o meu peito, a mão descansando sobre o meu batimento cardíaco.

— Eu te amo — ela murmura, a voz pesada de sono. Eu beijo o topo de sua cabeça.

— Te amo tanto — digo de volta.

Brinco com a aliança em seu dedo anelar esquerdo enquanto estamos sentadas ali, respirando lenta e firmemente.

Opal passou por uma obsessão recente com a era vitoriana, e agora cada uma de nós usa uma aliança de ouro com um acróstico arco-íris de pedras, soletrando o nome da outra. É bobo, brilhante e lindo e faz meu coração pular toda vez que a luz do sol o atinge.

— O que vem agora? — Opal pergunta no meio de um bocejo.

— Dormir — digo com uma risada, traçando círculos ao longo de seu braço.

— E depois disso? — Ela inclina o rosto para olhar para mim, um sorriso radiante naqueles lábios carnudos.

Eu me inclino e a beijo, sorrindo de volta.

— Bem, acho que é melhor começarmos a planejar um casamento.

— Hmm — ela diz, fechando os olhos. — Parece muito trabalhoso.

— Sim, bem, pelo menos eu conheço alguém que pode cuidar dos enfeites florais.

— Tal? — ela pergunta, sem perder o ritmo.

Eu belisco sua bunda enquanto nós duas rimos.

E é assim que passamos a noite, abraçadas enquanto rimos, sonhamos e planejamos nosso futuro.

Bagunçado, radiante e nosso.

Anatomia de um título

Já havíamos trocado cerca de dezesseis e-mails numa torrente de ideias para títulos até que minha editora me interrompeu com trocadilhos sobre flores (sem brincadeira, foi isso mesmo que ela escreveu no e-mail, de maneira adorável, é claro).

Jardim para Duas é meu quinto livro publicado e, embora cada um tenha apresentado seus próprios desafios e questões sensíveis, uma das partes mais difíceis ao dar vida a *este* livro foi decidir um título. Estou falando sério. Escrevê-lo foi complicado, não me entenda mal (há mensagens de grupo que mostram o quanto eu sofri de maneira irritante e desagradável durante o rascunho), mas quando chegou a hora de nomear oficialmente a história de Opal e Pepper, passamos cerca de cinco meses quebrando a cabeça mais uma vez, indo lá e voltando.

A princípio, este livro se chamava *Pining* [Sofrendo de Amor], e se passava em uma fazenda de árvores de Natal — NINGUÉM ROUBE ESSA IDEIA, EU TENHO PRIORIDADE SOBRE ELA E QUERO COLOCÁ-LA EM PRÁTICA —, mas os cronogramas de publicação são coisas próprias (nem me faça começar a falar sobre isso!), e ficou decidido que este livro não poderia ser lançado na época das Festas, como era o planejamento original.

Para ser sincera, fiquei aliviada. Embora eu tenha adorado a ideia original, no início do processo de rascunho ficou óbvio para mim que Pepper é uma mocinha florista, e eu estava pronta para plantá-la no sol da primavera e vê-la crescer. Meu rascunho do Google Docs passou por alguns títulos substitutos temporários realmente incríveis depois disso, incluindo GAY, LIVRO GAYY, PEPPER + OPAL 5EVA[6]... Por algum motivo, nenhum deles carregava um grande apelo comercial. Quando por fim entreguei o livro à minha editora, o título era *Lavender Haze* [Névoa de Lavanda]. Agora, é óbvio, sou uma fã desequilibrada de Taylor Swift, mas fiquei muito atraída mesmo por esse título por causa da importância do termo na história *queer* e sáfica. Para minha tristeza, embora essa opção estivesse na disputa há um tempo, aparentemente, há uma praga moderna chamada SEO (na minha mente, sigla para Shit Eater's Organization [Otimização de Merda]) que influencia quão bem algo aparece em mecanismos de busca e algoritmos de mídia social que acabaram me mandando retornar à prancheta em busca de títulos porque não há como o meu livro idiota (no bom sentido) competir com o monólito que é Taylor Alison Swift.

Quando de fato chegou a hora de fazer um *brainstorming* para o lançamento deste livro, enviei listas e mais listas de opções de títulos cada vez mais desequilibradas:

✿ **Best Buds**[7] → garotas só sendo parceiras!

✿ **More than Buds** → houve muita discussão se o uso de "bud" como um eufemismo para clitóris ficaria um pouco óbvio demais

6. Um passo além de 4EVER (forever/para sempre), significando "mais do que pra sempre". (N. da T.)
7. Trocadilho entre *bud* (botão de flor) e *buddy* (camarada). (N. da T.)

- **Love in Lavander** → prestando homenagem àquele momento *sexy* de massagem com lavanda!

- **Floral Fixation** → tão apropriado para essas duas em tantos níveis

- **What in Carnation** → grande discussão sobre se cravos crescem na Carolina do Norte. Minha pesquisa mostrou que eles crescem principalmente nas zonas de resistência 7 a 10, e a Thistle and Bloom situa-se na zona 6b. É importante observar que há mais de 300 variedades de cravo, então, às vezes eles podem ser cultivados na zona 6!

- **Lilac Haze/Gaze/Gays**

- **Late Bloomer**

- **Anemones to Lovers** → me disseram que parece muito marítimo, então preciso que alguém escreva uma *fanfic* de sereia de Pepper e Opal e dê esse nome, por favor

- **I'm So T(horny)** → é tipo... uma escolha tão óbvia e perfeita

- **Doom and Bloom**

- **Nip It in the Bud** → de novo, com a imagem do mamilo/clitóris

- **In Bloom**

- **Damndelion**

- **These Rose Ain't Loyal**
- **Wild Flowers** → Eu estava inflexível que se optássemos por essa — o que foi uma possibilidade muito real durante alguns dias! —, teria que ser duas palavras, não uma. Eu achei que parecia mais legal
- **Suck My Cockscomb**
- **Golden Shower** → em minha defesa, isso é uma flor (chuva de ouro) e não apenas uma perversão sexual!
- **Every Garden Needs a Ho** → minha preferida, pelo jeito não é "apropriada"
- **Best Laid Plants**
- **Okay, Bloomer** → agradecimentos a Emily Minarik por esta (e, para ser sincera, a tantas outras nesta lista)
- **Business is Blooming** → ainda bem que consegui acrescentar essa piada durante as preparações de texto
- **Girls and Roses** → meu noivo criou essa e eu AMARIA ver Opal e Pepper colocadas em um pôster do Guns N' Roses com essa opção de título

Como você pode ver, sou extremamente profissional e nem um pouco opressiva de se trabalhar! Quando fui interrompida, o interior do meu cérebro parecia Florence Pugh no fim de *Midsommar*, chorando e sorrindo, envolta em uma montanha de flores. O caos acabou sendo reduzido a *What in Carnation*, *Love in Lavender*, *In Bloom* e *Jardim para Duas*. *Jardim para Duas* sempre foi minha primeira escolha entre essas opções, mas houve muita hesitação por causa do uso do título e variações em livros publicados alguns anos antes. Nós — as equipes de venda, criativa e editorial — pulamos de título para título por meses, alternando a opção do dia (ou hora, em certos pontos) até que eu tivesse certeza de que este livro seria enviado para as gráficas com [TÍTULO A DECIDIR] na frente. No fim, minha editora e eu já estávamos sonhando sobre qual título escolheríamos.

Finalmente, todos nós concordamos que *Jardim para Duas* era a melhor decisão, e eu não poderia ficar mais feliz (a menos que fosse *Every Garden Needs a Ho*) com o resultado.

Opal e Pepper são minhas garotas de desabrochar tardio. Pepper com sua identidade sexual, obviamente, mas mais ainda em como ela e Opal levam tempo para perceber seu valor maravilhoso e lindo. Não é uma coisa fácil admitir que você é digna e merecedora de amor, com mágoas perfurantes como espinhos e raízes familiares bagunçadas e tudo, mas foi tão especial ver essas duas descobrirem isso uma na outra e em si mesmas.

Flores mencionadas no livro e seus significados simbólicos

Sendo a vida toda uma amante de flores com a capacidade surpreendente de matar todas as plantas que toco, escrever sobre uma fazenda de flores me permitiu brincar com minhas fantasias mais loucas. Uma das minhas partes favoritas foi pesquisar flores que crescem no oeste da Carolina do Norte, bem como a linguagem das flores. Há uma história tão rica e dinâmica sobre o que as flores significam e o folclore por trás delas. Baseei-me bastante nas interpretações vitorianas de flores e na mitologia grega em relação às origens de certas espécies. A seguir, descrevo algumas das flores mais proeminentes e seus significados dentro de *Jardim para Duas*.

- **Anêmona:** a flor favorita de Pepper, que simboliza a passagem do tempo e o amor abandonado. Tomei algumas liberdades criativas com a expressão "amor abandonado" e como ela representa Pepper. Ela sente como se o único amor verdadeiro que conheceu (vovó Lou) a tivesse deixado/abandonado, e ela está, por sua vez, abandonando a ideia de amor. Mas, na linguagem vitoriana das flores, diz-se que emparelhar anêmonas com milefólio ajuda a curar um coração partido, e esse emparelhamento aparece no cabelo de Safo na competição. Além disso, o recurso de autoproteção das anêmonas mostrado quando se enrolam em suas pétalas durante tempestades simboliza a própria disposição de autopreservação de Pepper.

- **Áster:** diz-se que se formou quando a deusa grega Astreia chorou, suas lágrimas derramando-se como poeira estelar na terra, fazendo ásteres crescerem onde pousaram. A flor simboliza paciência e justiça. Opal plantou essas flores na estufa para Pepper. Escolhi incluir essa flor como um símbolo da disposição de Opal em ser paciente com Pepper enquanto ela se descobre, e também como um prenúncio da justiça que as duas mulheres recebem no fim da história.

- **Dália:** outra que Opal plantou na estufa para Pepper, essa flor é um símbolo de amor eterno. Também simboliza persistência, o que eu acho que é uma palavra perfeita para Opal e seu amor implacável por Pepper. Além disso, são minhas favoritas!

- **Lilás:** primeiro amor (ai, que fofo). Opal colhe lilases com Diksha enquanto Pepper se recupera de sua enxaqueca. Escolhi essa flor porque senti que esse momento foi uma das primeiras vezes que Opal demonstrou seus sentimentos em desenvolvimento (e eventual amor) por Pepper por meio desse ato de abnegação.

✿ **Papoula:** por causa da associação da flor com ópio, ela costuma ser um símbolo do sono. Mas o que vem com o sono? Sonhos! Essa é outra flor que Opal planta para Pepper na estufa, e eu queria que simbolizasse o desejo de Opal de que ela e Pepper compartilhassem seus sonhos e esperanças juntas.

✿ **Rosa:** essa é bastante óbvia, mas rosas simbolizam o amor! Eram as favoritas da vovó Lou porque ela é a personificação do amor. No romance, Pepper afirma que odeia rosas porque elas servem como um lembrete de quanto amor ela sente que perdeu com a morte da vovó Lou. Gosto de pensar que, depois de alguns anos, Pepper aprende a gostar de rosas de novo ao perceber que o amor da vovó Lou não se foi; apenas vive dentro dela de uma forma diferente. Também gosto de imaginar que ela e Opal mantêm um pequeno vaso de rosas frescas no antigo quarto da vovó Lou/novo estúdio de arte de Opal em sua memória.

✿ **Cardo**[8]**:** um tanto severo em seu simbolismo, o cardo representa desconfiança geral e antipatia pela humanidade, o que resume Pepper quando a conhecemos. Os cardos também são muito resistentes, capazes de sobreviver em muitos ambientes, assim como Pepper. Dar à fazenda o nome de Thistle and Bloom foi um aceno ao crescimento de Pepper de espinhosa e desconfiada passando a se abrir para os outros como uma flor desabrochando abre suas pétalas para o sol.

8. Em inglês, *thistle*. (N. da T.)

- **Violeta:** remontando a Safo, a violeta é considerada a flor das sáficas. Safo muitas vezes se referia às violetas em seus poemas sobre mulheres. A bandeira sáfica também tem uma violeta no centro. Opal decora seu quarto com uma tapeçaria de violetas pintada à mão.

- **Milefólio:** cura para um coração partido! Também é uma flor que simboliza coragem, coisas que ambas as mulheres têm uma pá. (Entendeu? Tipo a ferramenta de jardinagem? Eu sei onde fica a saída...)

Agradecimentos

Apesar das minhas muitas e muitas mensagens de texto no grupo e e-mails de pânico caóticos que expressam o contrário, escrever é minha maior alegria, e não acredito que consegui fazer isso como trabalho, ainda por cima. Embora meus livros sejam o produto de ficar olhando (chorando) para uma página em branco sozinha por horas a fio enquanto tento extrair palavras do meu cérebro, eles não existiriam sem a ajuda de tantas pessoas maravilhosas.

Eileen Rothschild, editora extraordinária. Este é nosso quinto livro juntas, e ainda não consigo entender como foi que consegui trabalhar com você. Você é uma defensora destemida do meu trabalho e uma pessoa forte e enérgica. Obrigada por sempre me dar espaço para tentar algo novo, e estou muito animada com todos os livros que nosso futuro reserva.

Obrigada à minha espetacular agente, Courtney Miller-Callihan. De alguma forma, você consegue aturar minhas palhaçadas e nunca faz eu me sentir irritante, e sou muito grata por isso. Você infunde graça e intenção em tudo o que faz, e tenho muita sorte de trabalhar com você e tê-la ao meu lado. Cheyenne Faircloth, você é um ser etéreo e maravilhoso. Muito obrigada pelo seu *feedback* sobre os primeiros rascunhos. Sua contribuição fez toda a diferença.

Lisa Bonvissuto! É uma alegria trabalhar com você, e o editorial tem muita sorte de tê-la.

Sou realmente mimada pela minha maravilhosa equipe da St. Martin Press, e nunca poderei expressar o quanto sou grata pelo seu contínuo apoio, paixão e amor por minhas criações doidas! Lexi Neuville, obrigada por ser uma craque do Canva e, de alguma forma, traduzir meus e-mails incoerentes em belos gráficos. Alyssa Gammello, você tornou realidade muitos itens da minha lista de desejos e sonhos com eventos de autora. Você é uma estrela. Obrigada a Brant Janeway e Marissa Sangiacomo por tudo o que vocês fazem para levar esses livros aos leitores! Um grande obrigado a Kerri Resnick por criar a capa e a Jenifer Prince pelo que deve ser a ilustração mais deslumbrante que já vi. Vocês duas capturaram Pepper e Opal tão bem que tenho vontade de estampar essa imagem em todas as superfícies que vejo.

Obrigada a Ava Wilder por fazer a leitura de teste e me encorajar a largar os fósforos toda vez que eu queria queimar um rascunho até virar cinzas. Você é fantástica. Obrigada a Kaitlyn Hill por ser sempre encorajadora e irmã de ansiedade, compartilhando comigo o sentimento de quão terrível o processo de escrita pode ser.

Katie Holt, seu anjo absoluto. Obrigada por ser uma luz tão brilhante. Sua alegria e amor pelo romance me inspiram constantemente a continuar escrevendo. Você é incrível e eu a admiro demais.

Emily Minarik, não sei por que as pessoas são tão más com você em restaurantes, mas espero que saiba que sempre estarei do seu lado (quero dizer... não de qualquer forma substancial, já que também tenho muito medo de que gritem comigo em um restaurante, mas sempre estarei lá para falar sobre isso depois). Além disso, obrigada por fazer a leitura de teste deste livro e amar Opal e Pepper tanto quanto eu.

Obrigada, Saniya Walawalkar, por sempre mergulhar de cabeça nos meus primeiros rascunhos terrivelmente bagunçados e, de alguma forma, encontrar algo absolutamente gentil e encorajador para dizer. Você me faz querer bater a cabeça repetidamente no teclado um pouco menos durante o rascunho.

Minha melhor amiga, Megan Stillwell. Acho que você ainda não leu este, mas você apoiou emocionalmente meu traseiro neurótico por meio de memes e TikToks por anos e, sério, eu não seria capaz de continuar avançando nos momentos difíceis da escrita sem você. Eu te amo.

Obrigada a cada livreiro, bibliotecário e leitor que tirou um tempo para recomendar meus livros a alguém. Você é a espinha dorsal da publicação e um autor não é nada sem divulgadores como vocês dando aquela força!

À minha família *queer* que me deu espaço e amor para assumir minha identidade, conhecê-los me trouxe muito conforto.

E ao Ben. Se tudo correr conforme o planejado, este livro será lançado quarenta dias antes de nos casarmos. Você amou, apoiou e torceu por todas as versões de mim. É a maior bênção da minha vida ter você como meu melhor amigo e a pessoa com quem passarei o resto da minha vida. Obrigada por acreditar em mim. Tenho muita sorte de poder chamá-lo de meu.